参道 中

梦溪石 著

知音动漫图书·时代坊
ZHIYIN COMIC BOOK 打造优秀作品·引领流行阅读

你在我身边苦苦追寻的
我也许无法给你
我毕生追求大道
唯有你
是我唯一的尘缘牵绊

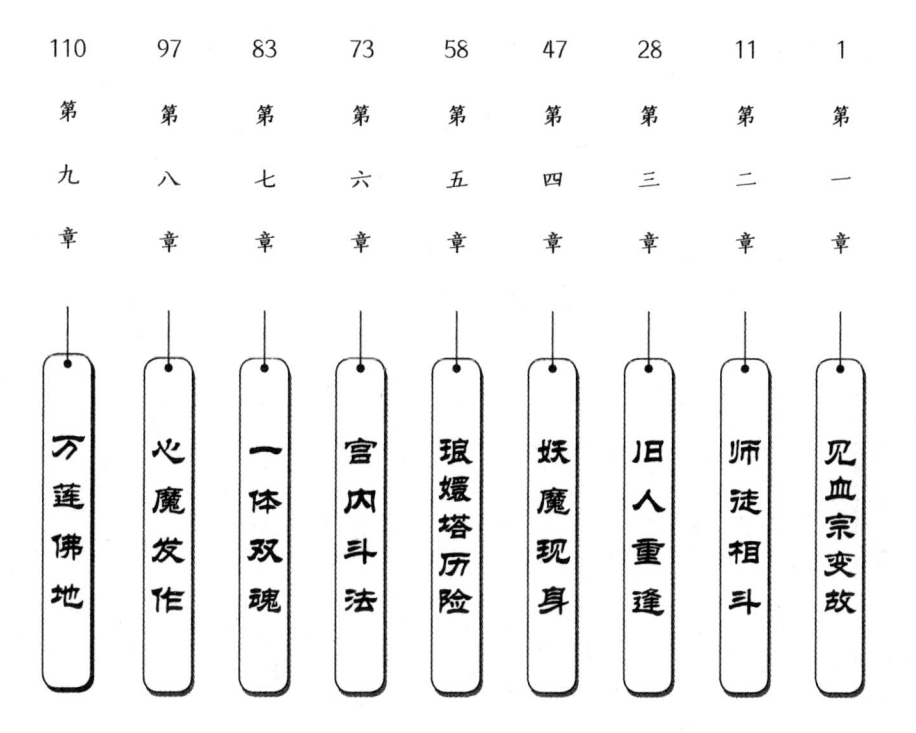

目录

页码	章节	标题
1	第一章	见血宗变故
11	第二章	师徒相斗
28	第三章	旧人重逢
47	第四章	妖魔现身
58	第五章	琅嬛塔历险
73	第六章	宫内斗法
83	第七章	一体双魂
97	第八章	心魔发作
110	第九章	万莲佛地

121	第十章	鬼王现世
132	第十一章	联手结阵
147	第十二章	孽镜合之困
161	第十三章	真假难辨
180	第十四章	幽都噩梦
195	第十五章	魔心蚀体
206	第十六章	死劫难逃
220	第十七章	迷雾渐散
234	第十八章	同归于尽
246	番外	旧梦长圆

第一章
见血宗变故

  这是上凌波峰的路，许静仙再熟悉不过，但她平时很少走这条路。她要么是用雨霖铃直接将自己传送到山顶，要么是让人用小辇把她抬上去。月色很好，也许是太久没有回来，她忽然想步行上山，也许芳尘和蔓草会惊喜万分。白梅树下的那坛酒，应该也可以开封了吧。
  长途跋涉之后，原想着风尘仆仆回去泡个花瓣澡，睡个三天三夜再说。嗯，不行……自己离开这么久，宗主肯定会将她喊去问话的。在九重渊里过了两三个月，外面却已三年有余，她迟迟未归，凌波峰该不会也易主了吧？思及此，闲情逸致顿时没了，许静仙从怀里拿出雨霖铃，视线落在脚面，忽然顿住，鞋子旁边的泥土，怎么有一片血迹？
  血已经干涸，颜色变深与泥土相近，但一眼就可看出与旁边泥土的颜色不一样。再往前走，这样或浅或深的血块，随处可见。
  许静仙将凌波峰当成自己的地盘，她素来不允许手下在这里杀人，所以凌波峰一直是干净的。那么，这些血迹又是从哪里来的？
  许静仙心里忽然升起一股古怪的感觉，这感觉来得浓烈，让她心头一紧，握紧手中的雨霖铃，却依旧选择了飞掠上山。
  死寂。
  放眼望去，寂然无声。山林里，楼台下，没有人听见她到来的动静，没有人跑出来迎接。
  不会吧，难不成宗主真将她这个峰主给换了？
  哼，那她就干脆投奔长明去，宗主师父的大腿，总比宗主粗吧！

心念一转，脚下不停，她一路奔到山顶。山门已到，那里本该有两名弟子驻守，如今亦是半个人影也没有。再入凌波宫，她举目望去，空荡荡的，纱绫在夜风里飘飞，鬼影幢幢，阴森可怖。

许静仙的心彻底沉下去，就算凌波峰易主，也总该是有新人在的。现在这样，倒像是——人全死光了。

"芳尘！蔓草！"

自然是无人回应的，连敌人的身影也没有。

难道见血宗遭遇了什么变故？有宗主这个活阎王在，谁敢如此放肆，又不是不要命了。难道连宗主也……

不，不可能。

如今她虽然服用养真草，实力突飞猛进，但也没有与宗主一战取胜的把握。这天底下能人虽多，敢来挑战见血宗的，也寥寥无几，更别说进行一场规模如此之大的屠戮了。

许静仙停住脚步，她又看见了血迹。这次是在柱子后面，一大摊血还未全干，一部分喷溅到柱子上又流下来，形成一道道的血痕。流这么多血的人，想必性命也难保了。

在她平日最爱待的软榻旁边，又有一大摊血赫然入目，像是有人被强行拖走，血迹一直往前延伸。

许静仙想也不想就循着血迹的方向追去，这一追就追到了后院。

杂草丛生，荒芜杂乱，这不是她离开时的样子。瞧这光景，起码好几年没有人打扫了，总不可能她当年刚走，这里就没人了吧。

四下无声，连虫子鸣叫都绝迹了。血到草丛便没了痕迹，草丛有半人高，一眼看不出里面是否藏着东西，白雾过处，更笼罩上浓重的阴影。

许静仙下意识屏住呼吸，慢慢走向草丛。她手里已经捏紧半截纱绫，随时准备出手。

忽然间，一只手从背后伸来，悄无声息，居然直接突破她的防备，轻轻搭上她的肩膀。

啪的一下，似静夜里一声爆响。

许静仙整个身体几乎炸起来！她扭过头！

许静仙睁开眼睛，头顶是纱帐，底下是熟悉的、柔软的被褥。

侍女蔓草袅袅走来，站在外面询问："峰主可要用早膳？"

许静仙松了一口气，她就说，方才都是在做梦。

三年对于经常闭关清修的修士来说并不算久，昨夜她归来之后，凌波峰一切如常。

许静仙生怕宗主等久了发脾气，还想着先过去拜见宗主，汇报一下她在九重渊里的经

历，顺道提醒宗主别忘了之前答应给她的鲛绡。能平安无事地从九重渊回来的人可不多，她不趁机胡吹一把再扯虎皮做大旗要点好处，实在说不过去。养真草的事就不必说了，至于宗主的师父和大师兄的事，看宗主心情再做决定。

结果，昨夜她已经将话酝酿好了，却见不到周可以。

门口守卫的弟子告诉她，周宗主闭关了，不见人，也不知何时才出关。

宗主闭关很寻常，只是她的鲛绡一时半会儿就拿不到了，许静仙老大不痛快，回来之后也懒得吃东西或打坐静修了，沐浴之后就往床上一躺睡到现在。

"我不在的这三年里，凌波峰可有什么事？"

许静仙任蔓草给自己梳妆，将几个心腹唤来，懒洋洋询问近况。

"丹青峰和观海峰的人没来找碴吧？"

"没有，一切无事，峰主放心。"芳尘回道。

许静仙奇怪："他们一次都没来过吗？"

芳尘道："来过一回，被属下挡回去了。后来宗主发话，说您出去办事了，他们便不敢放肆了。"

"算他们识相！"

许静仙娇哼，想到自己去了一趟九重渊，历尽生死，拿到养真草，不免得意起来。如今在见血宗她应该算是除宗主之外修为最高的人了吧。

"不行，他们不来，我倒想去会会他们，看他们以后还敢在我面前放肆不！"

芳尘劝道："您刚回来，还是休息几日再去吧。听说汤峰主闭关了，不知如今出关没有。"

许静仙蹙眉："怎么我一回来个个都在闭关？"

芳尘笑笑："您先将这盅燕窝羹喝了，厨下从昨日就炖着的。"

许静仙："拿过来吧。"

修士中辟谷者数日乃至数十日滴水不进也是寻常事，但许静仙爱那口腹之欲，在自家地盘上有条件享受的时候，自然不肯苟待自己。

一碗热气腾腾的燕窝羹呈上来，还加了许静仙最喜欢的杏仁露。她拿起汤匙，随手在碗里搅了搅，舀起一勺正欲入口。白腻的燕窝羹里，除了燕窝，似乎还有细长的虫子在游动。

许静仙眨了下眼。没有虫子，燕窝羹依旧是一碗燕窝羹，仿佛刚才只是眼花。

这时芳尘问了一句："峰主，怎么了？"

"没什么。"许静仙放下汤匙，打了个哈欠，"我回来之后总觉得累，睡也睡不够，你来帮我捶捶背吧。燕窝你们分了吧，晚些时候再给我炖一盅。"

芳尘娇声应是，走过来服侍许静仙，手下力道适中，不轻不重。

蔓草过来拿走燕窝，许静仙忽然叫住她："你今日是怎么了，梳头也梳不好，还有一绺落在肩上。"

蔓草："是属下大意了，这就回去梳好。"

许静仙喜欢看她身边的人每日都漂漂亮亮的，梳妆打扮不重样，是以这些侍女衣饰不同，性格也不相同。旁人若不小心闯进来，还当进了盘丝洞。

蔓草匆匆离开。许静仙挥退芳尘，说是想再躺会儿，其他人不敢叨扰，纷纷告退离去。

纱帐刚放下，许静仙就一骨碌坐起来了。

不对劲，所有一切都不对劲。

方才她在蔓草耳后看见一道细如游丝的红线。她借故让芳尘过来捶背，结果发现芳尘耳后也有。蔓草的性格原本很活泼，这两日话却不多。昨夜她刚回来没有留意，今日再与之对话，就容易发现异样。

还有那碗燕窝羹。

许静仙有点坐不住了，她想去见宗主，但现在还不能动。她按捺下性子，硬是在床上躺到天黑，等外面渐渐无人走动了，方才起身，足尖一点掠出寝殿。

许静仙翩然落在屋顶，俯瞰大半个凌波峰峰顶。院子外头值守的弟子都在，但个个一动不动，仿佛死了。

许静仙看了半天，忍不住飞下去，落在柱子后面，做出刚从里面走出来的姿态。

她刚踩上台阶，那些弟子就都动了起来，走来走去，一如往常。

"峰主。"在许静仙路过时，他们还会请安。

许静仙"嗯"了一声，脚步未停，飞快走出山顶。她心头狂跳，冒出一身白毛汗。方才实在是太诡异了，那些人在她出现之前，一直都是死了般僵硬不动，她的脚步仿佛号角，那些人又瞬间"活"过来。他们走动的频率乃至迈出的步子，似乎都经过精心计算，每个人的每一步，都是一样的弧度，一样的距离。

这根本不像是寻常人能做出的动作，倒像是——长明的那些傀儡纸片人儿。

但她凌波峰上的人总不可能全都变成傀儡了吧？

许静仙不敢再逗留，拿出雨霖铃直接来到龙鼎峰。她要见宗主，无论如何也得见到宗主。

周可以闭关的静室外面依旧有弟子值守。许静仙之前没留意，现在站在暗处端详，发现那两名弟子同样一动不动，像睡着了。一个人就算打瞌睡也不可能连一点动静都没有，难道连宗主这里也……

许静仙的心一点点往下沉，她正准备绕到后面找机会进去，忽然听见身后传来细

微动静。

许静仙一凛，猛地回身出手！

对方似乎提前一步料到她的举动，侧身避开还伸出手来直接将她拽开，又捂上她的嘴。

"是我，别声张。"

是长明！

许静仙浑身微颤，几乎瞬间瘫软。她从未觉得这个声音如此动人过！仿佛长夜明灯，许静仙感动得快要落泪了，宗主靠不住，还是宗主的师尊靠得住啊！

许静仙无论如何也没想到，威名赫赫的见血宗竟会有朝一日变成满是行尸走肉的阴地。在普通人眼里，修士是如神仙一般的存在，可修士也不是无所畏惧的。死亡和未知是人性深处最为畏惧的事物，只是对普通人和修士而言，能够承受的程度不同。

许静仙现在就油然而生森寒之感。她甚至忽然冒出一个念头：如果捂住自己嘴巴的这个长明也是假的呢？一念及此，她无声地挣扎起来。

长明顺势松手，见她回身看自己，只比了个噤声的动作。

想来不是幻觉。许静仙想起刚刚摁在唇上的温热触感，暗松一口气，也顺着他观察的方向看去，门口二人依旧一动未动。

长明弹出一颗石子，命中守门弟子头部。对方半点反应也没有。

他又捏了个剑诀，须臾，四非剑凌空浮现，化作白光掠去！

那两人却忽而惊醒过来一般，陡然迎上飞剑，与四非剑激战起来。

似乎感到许静仙的疑惑，长明说了两个字："灵气。"

许静仙恍然，这些"人"是感应灵气而动的，修士周身散发灵气，四非剑上也有灵气，但刚才那枚石子没有。

不一会儿，那两人就被四非剑放倒。说来也蹊跷，闹出这么大动静，龙鼎峰上下居然无人跑过来看一眼。

这越发印证了许静仙心中的不祥之感，如果宗主也不在里面……

思忖间，长明身形一动，人已经落在周可以闭关的屋子外面。他挥手放出一只白色纸傀儡上前敲门，那纸片傀儡居然还能模仿他的声音。

"可以爱徒啊，为师前来看你了。"

许静仙差点没被自己的口水噎死。

里头没人应，傀儡伸手推门。

门一推就开，里面微光露出。待两扇门被推开，数十道白光霎时疾射而出！

许静仙反应极快，当下就反手拍出纱绫，将白光悉数挡回去，身体则飘然而起。

她的纱绫虽比不上东海鲛绡，可也是难得的法宝，虽然在九重渊遇上萤火尸虫毫无办法，但其实是水火不侵刀枪不入的。此时竟被这些白光穿透而过，已然是不能用了。

许静仙又恨又怒，那些东西落地即燃，立马将草丛烧成一片火海。

长明丢出两个傀儡，支使它们去灭火，自己则走上台阶。

"且慢！"

许静仙慢了半步，对方的衣角从她手里滑开。她犹豫一瞬，还是跟了上去，对见血宗，她心中实在有太多疑问，而这些疑问的答案，似乎都藏在那间屋子里。

夜风随着洞开的两扇门刮入，将白纱吹得狂舞乱飞。

正中蒲团上盘腿坐着一人，那人原本闭着眼，听见他们进来的动静，缓缓睁眼。

许静仙大惊："宗主，您没事？！"

周可以冷冷道："我有什么事？"

大难当头，许静仙顾不上他阴阳怪气的语调："外头发生了许多变故，宗主可知？"

周可以："什么变故？"

许静仙急急道："这见血宗恐怕由上而下都被控制了，连我身边的侍女都一个个变成傀儡机关，不知死活……"

"你是说，他们吗？"

周可以古怪一笑，抬手指向右侧。

许静仙扭头望去，目瞪口呆。那里白纱层层，她原本不会刻意去看，此时风吹得白纱翻卷起来，她便看见后面居然站了许多人。

确切地说，那些人身上连着丝线，丝线另一端则系在横梁上，他们是双脚腾空被吊起来的。里面有她熟悉的一张张面孔，芳尘和蔓草，平日里与她不对付的丹青峰和观海峰的二位峰主，还有她自己。

"许静仙"双手下垂，睁着眼静静与她对视。平静的面容与死寂的双眸，让许静仙霎时汗毛直竖。

周可以的声音在耳边响起——

"赝品终究是赝品，比不上你。既然你来了，正好过去填上那赝品的位置，去吧。"

她无法挪开眼神，着魔一样盯住"自己"，真就迈开脚步走过去。直到眉心一点冰冷传来，直透脑海深处！

她蓦地回神，哪里有什么傀儡人偶和另一个自己？

周可以闭关的屋子空荡荡的，半个鬼影都没有。而她的脚步还停留在门槛之后，竟是入了魔障。

许静仙伸手往眉心一抹，抹下一指猩红——是长明的血。要没有这一抹血，她刚

才差点就着道了。

"有人将这间屋子布置成阵法了。"

长明就在她身前几步，似已察知她的情状，头也没回，正在观察四周环境。

"我们现在看见这里什么都没有，也未必真的什么都没有，不要随便乱走。"

"您觉得这会是宗主留下来的布置吗？"许静仙不知不觉带上敬称。

长明一口否认了："不会，他天分稀松平常，学不来那么多东西。"

许静仙嘴角抽动一下，很想说，所谓的"宗主的天分稀松平常"，比起她已经强上许多了。但这番话出自宗主的师尊之口，只能说明在他的眼里，的确如此。

"这个阵法很高明，"长明道，"我一时半会儿找不到阵眼。"

许静仙："您说过九重渊也是一个巨大的阵法，它比九重渊还要高明吗？"

长明："不能比。一者庞博广杂，一者麻雀虽小五脏俱全。你回来之后发现了什么？"

他不说还好，一说许静仙又想起之前在凌波峰上的那种恐惧感，放眼整座凌波峰，竟只剩下她一个活人。

见血宗偌大魔门，放眼当今天下，敢正面挑战的并不多。即便那些存在数百年的宗门有能力对付见血宗，也不可能兴师动众跑来剿灭他们。除了宗主周可以，见血宗九峰十三溪也各有峰主，再怎么强大的敌人也不可能在一时之间将这门派上上下下所有人都消灭得干干净净，同时还能把他们都变为无心无智的傀儡，供其驱使驾驭。

难道，连宗主都没能活下来？这隐藏在背后的，又得是何等庞大的力量？

她将自己的经历说罢，想起长明与云未思原该是一起的，如今却只有长明一人出现，不免奇怪。

"云道友，啊不是，云大师兄呢？"

"他在观海峰。"

长明没去计较她"当场认亲"的称呼，也没多解释云未思在观海峰做什么。

他慢慢往前走，步子看似随性却又会在某一刻突然停下，生生拐了个方向。

"跟着我走。"

许静仙一凛，不敢再轻易走神，仔细观察对方的步数和方向，亦步亦趋。

长明从前面递来一截红绳："绑在手腕上。"

红绳的另一端，则连着长明的手腕。这是为了将两人绑在一块，避免许静仙行差踏错而又落入阵中迷障。她将红绳系上之后，又跟着走了几步，便看见眼前景象为之一变。

好像还是这间静室，却又不是这间静室。布置一应没变，非要说有变化，大概就是白纱染上血污，而光线也更为暗淡真实。

真实二字浮现在脑海时，许静仙心头一凛，似乎明白了什么。下一秒，阴恻恻的

声音出现。

"不愧是九方长明，三重迷障都能识破！"

三重迷障……这阵法竟隐藏了三重幻境。许静仙明白了，第一重是她刚进来的时候看见的那一幕，而后被长明喝破，她以为自己清醒了，实际上被喝破的瞬间，她就与长明一道跌进第二重迷障，直到此刻——他们依旧站在进门之后的位置。

静室中央的蒲团上，有个人头露出森森白骨，眼球却还会转动。它的嘴巴一动一动，方才那声音应该就是它发出来的。

长明面上殊无异色，就像看见路边的野花野草一般寻常。

"这种阵法不算复杂，下次若是想困住我，最好再花点心思。"

骷髅咧嘴笑道："偌大一个魔门第一大派被连根拔起，渣都不剩，你身边那个小娘皮若不是跟着你走，此刻定也早被我做成人皮傀儡。似她这么漂亮的皮囊，我能用上好几年，可惜了！"

长明居然还点了点头："我也觉得可惜。"

骷髅："你现在修为早已大不如前，那一手御物之术骗骗不懂行的人还行，难不成还想在宗师大拿面前献丑？九方长明，如今早已不是当年你横行天下的时候，既然你能从黄泉捡回一条命，老老实实苟延残喘不行吗，为什么非要卷进来多管闲事？"

长明："你们若不将我当作棋子之一，我也不想多管闲事，若我不能从黄泉归来，此刻怕是早已成了聚魂珠里一个冤魂了吧，江离江宗主？"

骷髅一时没了声音，它头顶的蓝色幽光渐渐暗淡下去，仿佛附身其上的灵力也在跟着消散。

许静仙待要走近，却被长明拦住。

那个骷髅又说话了。

"周可以倒是还活着，你若想救他，七月十五，我在万莲佛地等你。九方长明，你敢来吗？"

最后一个字说完，声音渺渺，骷髅随即化为灰烬，堆在蒲团上。

"等等！"许静仙急了，"见血宗其他人呢？"

"不必问他了。"长明道，"你眼所见，但凡已经变成傀儡的必然是魂魄已被抽走，被他们拿去炼聚魂珠了，回天乏术。"

许静仙难以置信，见血宗何等宗门，饶是佛道联手，也得几大宗师一起出手才能将宗门上下彻底灭绝吧，缘何短短三年，就成了这般模样？

"当日在七弦门后山，刘细雨的死，你还记得吗？"

长明的提醒让她猛地想起来，刘细雨死得很蹊跷。

第一章 见血宗变故

当时她奉宗主之命前往七弦门索要炉鼎，若无意外，那个原定的炉鼎应该是七弦门大弟子刘细雨。但就在刘细雨跟萧家女儿成亲前夜，他死在七弦门后山，魂魄全无，凶手无迹可寻。

她以为是张琴那老匹夫为了避免让爱徒成为炉鼎，故意让刘细雨假死。张琴则觉得是她或长明将人杀死了，七弦门没敢拿她怎么样，最后不了了之。

现在想来，那件事应该是一个征兆，预示着接下来所有事情的开始。

当日离开九重渊之后，长明与云未思二人前往七弦门。但他们抵达七弦门山脚时，却发现那里原本几个村庄已经杳无人烟。灶台稠粥满碗，桌上筷子整齐，连竹编的物什都像是干到一半被匆匆撇下，来不及收拾。家家户户还保留主人临走前的状态，却蒙尘已久。

七弦门乃见血宗附庸，见血宗又离此不远，碍于周可以的凶名，很少有修士会从此地路过，就算有，也只会当村子的人匆匆搬走了。

长明他们在村子里仔仔细细找了一圈，最后在山上的竹林里发现了尸骨。整整齐齐一百来口人，全部被埋在近河的坑里，魂魄早已不知去向，不存在冤魂不散的可能性。

这种死法，很容易让人想起刘细雨和玉汝镇血案。

"那些人手无寸铁，面对修士自然无还手之力，为何宗主他们也……"

"你们见血宗，除了周可以和九峰十三溪那几个人，其余人的修为可能还比不上刘细雨。只要有个像张暮一样的妖魔披上人皮，以沧海月明迷惑他们的神志，夺魂摄魄，进而就可以蚕食整个见血宗。周可以修为虽高，但他修炼的功法里有致命缺陷，导致性情越发激烈偏狭，容易一叶障目，等他发现的时候，也许就太迟了。"

对方选择见血宗，必然是早已预见这样的情景。

聚魂珠需要为数众多的魂魄，但寻常人魂魄再多，也比不过修士的魂魄有用。放眼天下宗门，见血宗各峰分散，不似其他大宗门有森严的规矩，是最容易被乘虚而入的。

从玉汝镇到如今的见血宗，可见对方已经不满足于攫取寻常人的魂魄了。他们势必觉得修士的魂魄能让聚魂珠发挥更大作用，直接铤而走险了。

许静仙呼吸沉重，没有言语。这里是她经营数年的地盘，虽然宗主难伺候，但也比在那些佛门道门自在。要说她与手下人半分感情没有，那也不可能，可谁都想不到暌违三年归来，见血宗竟已成了过往。她所有心血付之东流，又成了孑然一身的妖女。

许静仙忽然想起一事。

"那骷髅头是江离？他为何让我们去万莲佛地，难道佛门也参与其中了？"

如果是这样，那他们将要面对的势力，岂非强大到难以抗衡？

当今世上几大宗门，万剑仙宗与万莲佛地，无疑都在其中。尤其在万神山一役之后，万剑仙宗一跃成为顶级宗门，甚至超越神霄仙府，隐隐有问鼎之势。

而八风不动的万莲佛地与庆云禅院并称佛门双璧，地位尊崇，行事比庆云禅院低调许多，江湖上甚至很少听说有从万莲佛地出来的佛门修士。许静仙对他们没什么好感，却也不想跟难缠的佛门对上。对付魔宗，佛门怕是有不止一百种的法子。

今日是六月十八，距离七月十五，不到一个月了。

"你若是怕了，可以不去。"长明言下之意，他是要去的。

许静仙咬咬牙："去就去，他把老娘的地盘都毁了，老娘也无处可去。宗主还欠我鲛绡未给，决不能让他赖了！"

如今她连那半截纱绫也没了，凌波峰上倒还有不少私藏的法宝，可无一比得上她原来那条纱绫。许静仙一面庆幸她去九重渊躲过一劫，否则就算没被摄魂，恐怕下场也不会好到哪去，一面又为她折戟沉沙的纱绫心痛不已。

长明想解开绑在他跟许静仙手腕上的红绳，却发现刚才他图方便直接打了个死结，现在想解开就有些麻烦。红绳不是普通棉绳，用四非剑从中斩开，手腕上还留了一截。他蹙眉看着，似在犹豫要不要用嘴咬断。

就在此时，悬停半空的四非剑，嗡的一声，似被人弹了一下，发出清越长鸣。

他心神牵动，蓦地抬头！

云海那边出了问题。

第二章 师徒相斗

观海峰。

见血宗九峰十三溪，这里是离周可以所在的龙鼎峰最远的一峰，常年隐没在云雾中。观海峰上的人也远远少于其他峰，峰主方岁寒没有收徒弟的爱好，也不喜欢美人，只喜欢炼丹。魔修沉迷炼丹，传出去不免让人觉得滑稽，但在变故来临之际，却令观海峰成为见血宗最后一方净土。

三天前，方岁寒在闭关炼丹出来之后发觉不对劲，他原想拜见宗主，将他最新炼成的、有助于缓解宗主走火入魔的丹药献上，但手下弟子告诉他，宗主在闭关。

方岁寒经历了与许静仙差不多的遭遇，不同的是，他被困住了。困住他的是炼丹房外面的八名修士，此八人手持长剑将炼丹房围起，正好将他困住。不管他想怎么突围，这八个人都能组成剑阵令他无法冲出，却又不主动动手杀他。

方岁寒原本还不知道原因，但现在他明白了。当夜是罕有的三星射月之象，天雷不断，而剑阵与地上的八卦图相生相成，对应天象，被困死在阵中、又被天雷击中的人将会被炼为人丹，从此无法解脱轮回，生生世世都要成为阵魂，供对方驱遣。

好歹毒阴损的法子！

方岁寒寻思见血宗里难道有人看他不顺眼，要置他于死地？可就算这样，在宗门内大动干戈，也很容易惊动宗主吧。此时他还未想到另外一种可能性，那就是见血宗全员沦陷，连宗主都自身难保。

方岁寒在这个八卦剑阵里被折磨了整整三天。在最后这一晚，他抬头看见三星射月，突然生出想要彻底放弃的念头。此时他的双腿已经血肉模糊，修为也无以为继，

几与废人无异。这八人的修为虽然不及宗师，却借助阵法之利，压制得他无法反抗。对方不急着杀他，似乎想要将他慢慢折磨到斗志全消，甚至心生怨恨，这样才能让他在成为阵魂之后，发挥更大的作用。

方岁寒看破他们的意图，冷笑一声，狠狠心，正欲自绝，却见剑光东来，炫目耀眼，八卦剑阵竟被破开一个缺口！

一人落在他身前。

方岁寒眯起眼，一下辨认不出对方的身份来历。

此人背对着他，望向守阵的八人，哼笑出声。

"江离不敢露面，只敢派你们这些杂鱼来送死吗？"

八人二话不说，直接出手。八卦七星步，四灵北斗诀。脚下亮起符箓形状的蓝光，迅速延伸到阵中央，也就是丹房门口方岁寒所在之地。直至此时，八卦剑阵方才正式启动！

方岁寒只觉浑身被蓝火包裹，灼热难忍却动弹不得，连喊都喊不出声，修为被源源不断吸到符箓之中，使得蓝光越发明亮，又反哺到八人身上，生生不息。

他忽然意识到，他根本不是对方的目标，站在他身前的人才是。八卦剑阵的目的正是要诱这人到这里来。这人，才是他们想要的阵魂！

方岁寒张了张嘴，却发现他已经发不出声音，如刀俎之肉，任人宰割。此人修为很高，以方岁寒目测，可能比周宗主还要高。但他力量越强，剑阵反弹得越厉害，一层层蓝光犹如茧丝，将他们重重围困。

这到底是什么剑阵？

方岁寒骇然，眼睁睁看着虚空浮起的符箓蓝光越来越盛，身前那人的动作也迟缓下来。

持剑守阵的八人也觉得不对劲。以八卦剑阵的威力，此人纵然修为堪比宗师，也早该束手就擒了。对方非但没有，还一直用灵力对抗符箓。而剑阵在巨大的灵力冲击下居然微微震颤，似有不稳。

"剑……"

其中一人喃喃出声，看着自己手中竖起的剑身隐隐现出裂痕。强大威压扑面而来，连符箓也维持不住，轰的一声，剑阵爆发巨大波动，蓝光骤然炸开！

宛若洪荒伊始天地混沌，灵力冲击之后爆炸迸开，化作漫天星光，点点落下。

剑阵彻底被毁，持阵八人无一幸免，悉数被阵法反噬惨死，唯独方岁寒和那人安然无恙。

"多谢道友相助，不知道友尊姓大……"

方岁寒的声音戛然中断，他看着对方转身朝自己走来，长发杂乱，剑尖滴血。

第二章 师徒相斗

符箓蓝光细碎落下，照亮了对方的脸。那张俊美已极的面容上，双目尽赤，流露着浓浓杀机。

方岁寒心下一沉，刚走了八个煞星，竟又来个阎王？他下意识拖着身躯慢慢往后挪。

"道友救命之恩，若有什么要求，我当——"

话未竟，对方身形已经到了他面前。方岁寒的脖子陡然被扼住！

"云海！"

他听见有人喊道，脖颈上的手一松。那人放开他，转身面向来者。

方岁寒死里逃生，猛地咳嗽不已。

"云海。"

长明刚对上他的眼睛，就知道不对劲，他入魔了。

距离手臂上那条红线延伸到掌心还有一段时日，但刚才八卦剑阵逼出云海潜藏的灵力，被符箓反弹之后，他竟提前入魔了。

那双眼睛微红，正一眨不眨注视着他，陌生而嗜血，似随时都会大肆杀戮。

长明仔细端详，应该入魔未深，尚可挽回。

"你现在什么也不必想，先凝神入定，我会帮你……"

未等长明语罢，对面风声已至！凌厉杀气挟着强大灵力，席卷而来！

长明抬袖扔出两个傀儡，两道白光扑向云海面门。

云海只挥出一剑，就将傀儡斩为两半。这些雕虫小技在真正的实力面前，就只是糊弄人的把戏罢了。长明也没指望这两只傀儡真能拦住云海，他趁空隙争取到片刻工夫急速后退。

春朝剑已至！

剑光快若流星，迅猛如雷，随着他后撤的身形步步紧逼，甚至已经咬上他的发丝。霜白色的发尾被剑气灼烧，瞬间燃掉一小撮，长明手捏剑诀，长袖一引，四非剑飞出！

他不是没有与云海交过手，只是之前灵力全无，局势一面倒，云海也只是拿他猫捉老鼠似的戏耍。现在云海入魔，他通过四非剑拿回一部分灵力，勉强恢复到从前的五六成水平，算是可以一战。

只是这一战，胜算依旧不大。四个徒弟之中，云未思毫无疑问是天分最高，也是成就最高的。假若没有当年那一场变故，现在他应该是青出于蓝了。

云未思在九重渊里修炼数十年，虽然最终从云未思变成了云海，连记忆都没了大半，但实力并未受影响。入魔之后的云海七情皆抛，无所顾忌，将云未思所有功力化为己用，不管眼前阻挡他的是四非剑，还是九方长明，一切障碍皆不在心，人挡杀人，佛挡杀佛。不留余地的攻势，甚至比无心无情的云未思还要疯狂几分。

13

在云海毫无保留的状态下，长明倾尽全力也未必能克敌制胜，稍有不慎，他可能连命都不保。

"剑蕴万灵，法归无极，彼尽浩劫，始有阴阳，敕！"

剑诀起，夜风忽而大盛，四非剑一分为七，浮空列于云海面前，形成一道剑障，挡住他的去路。长明趁势飞起，在更远处遥遥指挥。

云海想也不想挥剑斩去！但他强大的灵力在剑障面前居然反弹回来。这与方才那八人布下的八卦剑阵，有异曲同工之妙。

现在只有七把剑。七是一个单数，在道门也好，佛门也罢，都没有特殊的寓意。然则古语有云，七，阳之正也，从一。

方岁寒喘息不已，看着不远处长明布下的七道剑光，竟然一下看得入迷了。

肩膀冷不防被人摁住，他的心差点从嘴巴里跳出来，就差当场去世了。

"怎么见血宗的人全死了，就你没事？"许静仙道。

方岁寒翻了个白眼，原话奉还："怎么见血宗的人全死了，就你没事？"

许静仙冷笑："方峰主，如今宗主不知去向，唯余你我二人，我劝你还是放下往日成见，精诚合作。"

方岁寒纵是平日看她百般不顺眼，也不能不承认这番话有道理，但他仍是不敢置信。

"偌大见血宗，当真一个人都没剩下了？我只当观海峰遭了变故……宗主呢？"

"宗主不见了，我回来的时候，其余人等……"许静仙的声音在他听来颇为冷酷，"全死了。"

方岁寒："谁干的？"

许静仙："万剑仙宗江离，也许，还有万莲佛地。"

方岁寒倒抽一口凉气，他知道平日里有许多人看他们魔门不顺眼，但也从未听说万剑仙宗和万莲佛地的交情有多好，怎么一下子就联手了？

数百年屹立不倒的宗门代代传承，谁也说不清万剑仙宗的底蕴有多深。万莲佛地就更不必说了，自世间有佛门以来，就有万莲佛地。前朝时，它与庆云禅院轮流坐镇朝廷，被奉为至上国师，享受无上尊荣。前朝覆灭、天下三分之后，万莲佛地成了幽国国教，而庆云禅院院首则被洛国国君请去，奉为座上宾。这样两个在世俗政权和修真江湖都有特殊地位的存在，想要对付见血宗，自然不在话下。

但——

"为什么？"方岁寒百思不得其解，"宗主是强暴过江离的女儿，还是杀了万莲佛地老秃驴的爹妈？"

"我不知道，也许他们并非针对宗主。"

许静仙分心去看长明，发现战局胶着，一时间难分胜负。云海固然实力骇人，但长明灵力逐渐恢复，又有四非剑加持，暂时还能撑住。若是撑不住……许静仙想想自己如今的修为，再想到刚才已经彻底报废的纱绫，不由得一阵心酸。

云大师兄要是能正常点儿，她也能多一条大腿抱，现在这般，她选谁好？

"不是针对宗主，那是针对见血宗？"方岁寒还在旁边絮絮叨叨发问。

许静仙分心观战，有些不耐烦了："我要与师父去找宗主，你倒不如想想自己该何去何从！"

方岁寒："你什么时候冒出来一个师父？"

许静仙："上面交手的那两位，一位是宗主的师父，一位是宗主的大师兄，宗主师父他老人家在九重渊里屡屡救我，可不就如同我再造父母一般，师父就如同父母，我已决意——"

话音方落，长明就在他们视线中如断线风筝飞出去，重重撞向不远处的一座小山峰。云海的强大灵力竟直接将山峰顶端削去一小块。

长明落地不知生死，但云海并未就此放过他，依旧飞身追上去。

许静仙："……"她这师父，是不是认得有点早了？

长明知道，云海是真的想要置他于死地。先前云海虽然性情不定，但在九重渊时屡屡站在他们这边，连长明也不免放松了警惕，却未想到，今夜八卦剑阵会令对方提前入魔。而入了魔的云海六亲不认，远甚先前修无情道的云未思。

胸口闷痛，视线模糊。长明想吐血，却忍住了。狂风迎面而来，转瞬即至，他重新捏起剑诀，让四非剑挡在身前，勉力起身。四非剑再度一化为七，形成剑阵将云海围住。

黔驴技穷，故技重施。云海压根就没放在眼里，直接以方才破解之法抬袖劈向其中一把剑。

这次居然没劈开。云海挑眉。

七把剑围绕他旋转，白色符箓微微发光，不断从剑身浮现虚空，对他形成进一步的压制。符箓携带的灵力进一步收缩，最终会将他困在里面，直到力量消耗殆尽。云海低头看向脚下，他的脚下竟然也有一个阵法，符箓重重叠叠，复杂难辨。

原来将他引到这里，是为了让他落入这个阵法。云海笑得张狂，忽而敛去笑容，以千钧之势一跃而起，春朝剑骤然飞起悬停头顶，爆发出刺目光芒，脚下的符箓寸寸裂开，似已承受不住他强大灵力的威压。

长明面色微变。四非剑中的灵力无穷无尽，但他目前的身体却承受不了太多灵力，如同巨浪滔天漫过堤坝，可能会直接将堤坝摧毁。但云海即将挣脱剑阵符箓，他不得不临时从四非剑再汲取更多灵力，用以维持剑阵稳定。

血从口鼻缓缓流出，头发随风狂舞，发尾的霜白色似乎也在逐渐向上蔓延。

"你，还是不行。"

白光中，云海一步步朝他走来，带着轻蔑。

"有所求，有所顾忌，这些无用之物会让你死无葬身之地。"

长明闭目不语，任凭脖颈被捏住，弱点尽在对方手中。

云海没有急着杀他，反而将人锁入怀中，低头在他脖颈处轻嗅。

这是香甜的、魂魄的味道。妖魔不容于世，因为吸食人的魂魄是他们提升力量修为最方便的途径。与其辛苦修炼，倒不如攫取魂魄，尤其是攫取修士的灵力，化为己用。

云海抬起头，眼中黑色与红色交织翻腾，眼神有微弱波动，仿佛在犹豫是否要即刻动手。

长明不动声色，手在背后默默捏起剑诀。

轰！

当光芒彻底炸开，甚至覆盖两人交手的那一片区域时，连许静仙也无法看清战局了。她腾地起身，站在崖边张望，却无论如何也只能看见白光。

到底要不要过去看看？恐怕还没靠近就会被殃及吧？即使许静仙现在修为大涨，她依旧有点心虚，尤其在面对宗主师兄时。要是连宗主师父也打不过他，她好像也没有必要再上了吧？

偏生方岁寒还在旁边聒噪。"你不过去看看吗？他入魔了，你不看我们就快走吧，别管闲事了，不然我们都要交待在这里！"

他不是不想跑，方才在剑阵中他的双腿腿骨尽碎，想跑也有心无力。

"闭嘴！"许静仙狠狠道，回身将他定住，又撕下方岁寒的袖子，掰开对方下巴塞进去，耳边顿时一片清静。

方岁寒："……"

未等许静仙过去，光芒缓缓消散，云海抱着长明走过来。没有预料中的两败俱伤，但长明……

许静仙心头一凛。半白头发大片迤逦，遮住了长明埋在云海怀里的脸，不知生死。而云海——他周身血迹斑斑，但已经没了先前的癫狂和血红的眸色。

许静仙试探："云道友？"

云海没应，但也没表现出对许静仙的戒备。

"见血宗有什么灵草丹药，都拿过来。"

"宗主私藏颇多，我去找找。"

其实许静仙也有私藏，这年头哪个有点能耐的修士不搜刮点丹药灵草备用，不过她觉得宗主的东西效果肯定更好，自己本来就穷，就没必要拿出来献丑了。

"啊对了，这位是见血宗观海峰方峰主，擅于炼丹炼药，您有什么需要，找他就成。"

她顺手就把方岁寒给卖了。方岁寒动也动不了，嘴里还塞着东西，只能唔唔唔个不停，也不知道是赞同还是反对。

许静仙自动帮他翻译："我们方峰主最是热情好客，方才二位的救命之恩，他感激不已。我记得他有一盒向阳丹，是他炼丹数十年的心血，对灵力受创之伤最为管用，想必是很愿意拿出来的。"

方岁寒："……"

云海不言不语，抱着长明就往里走，看样子是要临时征用方岁寒的炼丹房了。

"云道友！"

他转头看许静仙。许静仙道："长明，嗯，宗主师父没事吧？"

她有点怵现在的云海，因为他煞气浓郁，威压深重，像是随时有可能翻脸不认人。眼皮下还带着血，蜿蜒流下，像眼角流血，看起来瑰丽邪魅，惊心动魄。

"你眼睛流血了。"

"不是我的血，是他的。"云海随手一抹，"他没有性命之危。"说罢他不再多言，抱着人入内。

没有性命之危，也就是说受伤还是不轻了。许静仙待要再说，炼丹房的门已经关上了。

她与无法说话的方岁寒面面相觑，对视片刻。

"你那向阳丹放在哪里？"

方岁寒："……"他没有说话，但眼神里流露出"我死也不会告诉你"的意思。

"你不说，我就自己搜了，反正你现在动弹不得，观海峰上的人也死光了，根本拦不住我。到时候我搜出什么据为己有，你就别怪我不顾同门之情了！"许静仙狞笑，她觊觎方岁寒的私藏已久，要不是忌惮他布下的机关，早就动手了，哪里会跟他先礼后兵。

方岁寒瞋目怒视，呜呜两声，强烈表达出想要说话的意愿。

"我可以让你说话，不过你要是说那些废话，以你现在处境，就等着被我整治吧！"许静仙警告完，这才取出了他嘴里的布条。

方岁寒脱口而出："你别想动向阳丹！"

许静仙用看傻子一样的眼神看他："现在是宗主师父疗伤需要用，你不交出来？"

方岁寒恨得咬牙切齿，若不是她嘴快，他们如何会知道向阳丹的存在？他耗尽心血，夙兴夜寐，才终于得了那三十六颗向阳丹，原是想留着他突破修为时用的。

许静仙似乎看出他在想什么，冷笑道："你那修为再过八百年都赶不上我了，这次见血宗遭遇巨变，如果没有宗主师父和大师兄在，我们根本报仇无望。你用脑子好好想想，今夜若非我们及时赶到，你怕是早就尸骨无存，去地下抱着那些向阳丹哭吧！"

方岁寒沉默片刻："跟我来！"

他的双腿如今不能行走，还得要许静仙背着，但许静仙偏不背，她直接把人打横抱起，把方岁寒给气得又要骂人。幸好，他忍住了，他二人素来不和，他很清楚他要是骂出口，许静仙能直接把他从山顶扔下去。

二人所到之处，见血宗半个活人也无，那些死去多时、失去灵力支撑的身躯早已腐烂。早在之前长明毁掉骷髅头之后，外面的傀儡就一个接一个倒下。如今的见血宗，除开长明和云海，就剩下两个活人。

许静仙先前已见过此番情景，现下没什么反应，方岁寒却不知道见血宗竟已变成这样，大为震撼。

"我离开见血宗三年，外头是否发生了什么？"她问方岁寒。

方岁寒茫然摇头："我也不知道……"他沉迷炼丹，经常十天半月待在炼丹房，甚至不知道外面侍女是不是换了人，长得漂亮还是丑陋。

"有一回出关，我好像听见他们说，重山宗和二十四陂袁家一夜之间相继被灭门，凶手不知所终，但当时我急着回去炼丹，也没怎么打听……停，你放我下来。"

方岁寒指着前面的井："向阳丹我就藏在那里头，还有一些零零散散的丹药，你都拿出来吧。"

许静仙："我？"

方岁寒奇怪："难不成是我？我现在还怎么下去？"

一刻钟后，他就知道自己怎么下去了，被拎起来扔下去。

"我依稀记得，三年前万剑仙宗的人好像前来拜访过，说要请宗主去参加一个什么会，宗主没答应，甚至连人都没见，就让人把他们打发走了……"

井里别有乾坤，许静仙为了方岁寒那些私藏，背着他在井下走。方岁寒的声音打在井壁上，产生的回音炸得她耳朵嗡嗡直响。为了听他回忆这三年来见血宗发生的事情，从中提取有用信息，她忍了又忍，没打断他。

"我想起来了，应该是千林会，当时有人说，历来千林会齐聚各大宗门，魔修也不少，唯独少了我们见血宗。三年前那次千林会的东道主是万剑仙宗，他们派人前来邀请宗主，希望宗主能拨冗出席。"

"宗主怎么说？"

"宗主说，要是江离老儿亲自来邀请，他会考虑一下。"

许静仙嘴角微微一抽："果然像是宗主会说的话。"

除了他们二人，见血宗上下无人生还的景象让方岁寒受了极大震撼与冲击，他拼命想要回想起与此有关的所有记忆。因为任何细节，都有可能还原真相。

方岁寒拧着眉头："江离不可能因为宗主不给面子就屠了见血宗吧？咱们宗主好像都没这么狂妄过。"

许静仙沉默片刻："我觉得不是宗主不够狂妄，而是他一个人也灭不了万剑仙宗。"

方岁寒："……"

魔门偏安一隅，行事狂妄嗜杀无忌，因此不受其他宗门待见，修士也以魔修为耻。但在绝对的实力面前，所有声音都会消失，就像周可以对附庸见血宗的小门派也干了不少缺德事，就没见其他门派跳出来反对。这样一位喜怒无常的魔修宗主，也没有动不动就要灭了哪个门派，说明他的脑子还是清醒的。

既然万剑仙宗与见血宗无仇无怨，江离为何又要对见血宗下手？从九重渊到见血宗，处处都能看见他的身影，仿佛蓄谋已久，就连她跟长明进入九重渊都像是一场早就计划好的阴谋。

许静仙忽然道："我听说，曾经万剑仙宗的衣钵传承人选不是江离，而是他的师兄燕行。"

方岁寒："好像是有这么回事。"

许静仙："后来那个燕行在一次历练中身负重伤，双腿残疾，别说修炼，连正常走路都做不到，自然失去继承衣钵的资格，于是他师弟江离接掌万剑仙宗，成为如今的宗主。"

方岁寒："这跟见血宗被屠有何关系？"

许静仙冷笑："凡事都要追根溯源，你这脑子自然想不明白！你焉知江离背后无人，又或者他在酝酿更大的阴谋？他让宗主师父七月十五去万莲佛地,这说明什么？说明佛门居然与道门勾结在一起，要共同对付魔门了，你说事情严重不严重？如果我们还内斗不休，最后只会被他们逐个击破！还有，你说重山宗和二十四陂也都一夕之间被灭门了，他们都是不起眼的小门派，与魔门毫无瓜葛，跟万剑仙宗也素无往来。这说明被针对的不仅仅是见血宗或者魔门。他们似乎打定主意，从一些不惹人注意的门派开始蚕食。"

她越想越是惊心，禁不住倒吸一口凉气："宗主师父果然没说错，万剑仙宗从数十年前的六合烛天阵就开始布局，所图甚大，绝不会仅仅满足于执天下道门牛耳，他连宗主师父都敢算计，更不会把其他人放在眼里了！"

方岁寒的注意力却被她的称呼吸引了:"你口口声声称宗主师父,宗主哪来的师父?别是你从哪儿认的野亲戚吧?"

许静仙:"九方长明听说过吗?"

方岁寒:"好像有点耳熟。"

这要不是在井下狭长的通道里,许静仙就要直接把人掼下来了。

"你除了炼丹,还能知道什么?"

方岁寒"啊"的一声:"是不是那个跟妖魔勾结、毁了六合烛天阵的九方长明?"

许静仙:"我觉得你这话最好不要当着他的面说,否则我是不会出手救你的。"

方岁寒悻悻的:"还不是因为那件事太出名了……等等,那固然是宗主的师父,你为何又叫得那么亲热,难不成还打着让人家收你为徒的主意?"

他对长明的身份没有太过震惊,固然是因为有了见血宗变故在前,再大的事情也很难让方岁寒吃惊,也因为他常年沉迷炼丹,对他来说,九方长明这个名字还不如一颗绝世仙丹放在他面前来得震撼。

"反正宗主师父对我很好,要不要收我为徒要看人家的意愿。要是收呢,往后我的辈分就与宗主平起平坐了,你怎么也得喊我一声宗主师妹吧,哎,这还真让人有点抗拒不了!"

虽然她极力保持镇定,但方岁寒怎么都能听得出她声音里头的得意。碍于他现在还趴在人家背上,他不好说什么,只能无声冷笑,心道:得意不死你吧!

四非剑与春朝剑悬停半空,围绕坐在正中央的人缓慢旋转发光。蓝色星光组成万千星河,徐徐流淌,最后汇入长明头顶的百会穴。

太极阴阳,生生不息。

长发披散遮住长明垂下的面容,苍白脸色在两把剑的灵力滋养下逐渐好转。

不远处,云未思看着地上被他用树枝随手画出来的复盘,陷入沉思之中。

数十年前,万神山出现异状,魔气外泄,被长明发现,由此展开追查。妖魔在万神山现身的事情很快被各大宗门得知,昆仑剑宗任海山找上长明,请他参与布置六合烛天阵,彻底封住万神山的缺口。

这个阵法是由万象宫迟碧江提出的,长明自己就是精于阵法之人,他事前仔细检查过,阵法并无问题。但最后阵法依旧出了纰漏,在场除了万剑仙宗江离、独孤重、神霄仙府付东园三人之外,其余人等包括外围护阵之人全部当场殒命,事后三人对外宣称,是九方长明中途变节与妖魔勾结,导致阵法失败。

为了防止万神山彻底崩溃,迟碧江和江离等人利用当时已经混乱的灵力和魔气,推演日月星辰,构筑了九重渊,将其布置成一个缓冲地带。而云未思镇守九重渊,并

非为了天下苍生，他只是想要寻找一个真相，一个导致阵法失败、他师父殒命的真相。

这是蓬莱湖里那条蛟龙告诉他的，云未思自己已经不大记得了，但是与九方长明重逢之后，随着他们的探究追查，当年许多模糊的细节已开始逐渐浮出水面。

云未思在西面画了一座山——万神山，又在东面画了一座山，表示众法山脉。万神山有九重渊，而上回他们在众法山脉下面的舍生峰附近，也发现地底有囚禁异兽的痕迹。

还有，那条蛟龙被镇压在黄泉。他用树枝在西南方向又画了个圈。浅浅灵力烙在地面，代表黄泉的白圈微微发光。

东，众法山脉，异兽；西，万神山，九重渊。

西南，黄泉；西南对应的东北方向，见血宗。

他指尖一点，四个点随之被光线相连，两两相连处形成圆点。山川河流、九州天下仿佛在指尖画过的地方隐隐浮现，而这四个圆点两两之间的距离竟相差无几。那么按照这个距离，西北与东南所对应的……长袖随着手指轻轻滑过虚空，让人心惊肉跳的猜测逐渐在心头成形，饶是宠辱不惊的云未思眼底也不禁泛起波澜。

这是——

"一个新的六合烛天阵。"

沙哑的声音说出了他没说出口的猜测。长明不知何时苏醒过来，撑着额头微微蹙眉："对方想要将世间万物容纳进去，彻底将这九州大地与妖魔所在的黑暗深渊打通，融而为一，单凭万神山那个六合烛天阵是不够的，所以他们干脆以天下为棋盘来布阵，九重渊就成其中一环。"

先前长明一直以为，九重渊就是对方在万神山一役失败之后新布的局，江离分出化身伪装成万剑仙宗弟子陈亭尾随他们进入九重渊，也只是想要彻底破坏九重渊，最终打破这处缓冲地带，将妖魔放出。

但他错了，对方所图根本就不止一个九重渊。或者说，九重渊仅仅是起点。对方所要的，是以九重渊为一个据点，将天下东、西、东南、西南、东北、西北六处联结为阵，重新形成一个更为庞大的六合烛天阵。以天下为棋盘，修士、宗门、异兽，万物皆可为棋。星罗棋布，阵法天成，所需要的是尸山血海，而所铸就的却是千万年来从未有人设想过的尝试。

饶是知晓自己被当成棋子，长明望着那幅被云未思描绘出来的九州虚空图，仍赞叹出声。

"何其巧妙大胆的构思，神仙怕也不过如此！"

如果这个想法真是由江离提出来的，那么此人将会是一个可怕又值得重视的敌人。

"布局，应该是从五十年前那场变故就开始了。"云未思道。

隐秘变得不再神秘，真相的可怕，却远远超乎最初的想象。

许静仙暗中昧下两颗向阳丹，拿着其余的丹药过来兴冲冲邀功，冷不丁听见二人的推演，脚步、呼吸下意识放缓，站在旁边听呆了，她不敢打断云未思，心中纵有无数疑问，也只好耐着性子听下去。

长明"嗯"了一声："对方算到六合烛天阵的失败，以封印为名，布下九重渊，诱你镇守其中，成为新阵法一环。"

只是他们百密一疏，漏算了长明还活着，流落到黄泉，若干年后居然还能活着出来。所以对方亡羊补牢，费尽心机想让他在九重渊里被云未思杀死，却没想到昔日反目的师徒非但没有斗得两败俱伤，反而达成某种默契。

即使这种默契是暂时的——云未思从来没有承诺过他不会再弑师证道，只是他也不想再被人当棋子，所以愿意暂时跟长明合作。他们师徒联手，这恐怕也是对方所不乐于看见的。

听至此处，许静仙按捺不住了，提出了疑问。

"见血宗固然是魔修大派，但与九重渊和众法山相比，根本不值一提，为何也会被作为六合烛天阵其中一处支点？"

"因为时间。"

长明淡淡道："一来，见血宗是魔门，素来不为其他宗门待见，便是被灭门，也少有人会在短时间内发现异常。二来，除了见血宗，七弦门的门人和山脚下村庄的村民也都被摄魂取魄了，其中还有诸多修士，这摄取规模不亚于一个玉汝镇了。修士的魂魄比寻常人更有用，这次所摄魂魄足以炼化聚魂珠，支撑阵法一角。第三，也是最重要的一点，他们等不及了，时间越久，变故越大。"

他的声音越来越小，最后了然无声，头也跟着垂下。

"长明？"许静仙一惊。

有人已经先于她上前，捏住长明的下巴查看，长明没有昏过去，只是过于困倦睡着了。

这一睡，直接就睡到了黎明前。天还未亮，模模糊糊的光线照入半开的门窗缝隙，在地上印出一块块明暗相交的花纹。

云未思抱着春朝剑，正看着那些花纹出神，袖子忽然被扯了一下。

长明将醒未醒，意识尚且有些模糊。

"方才入魔之后，你就是云未思。"

云未思："嗯。"

长明："天还未亮，为何是你？"

云未思与云海，一个白日，一个黑夜，交替出现，早已是常态。

云未思："他七情六欲过甚，最难控制魔心作祟。"

他与云海看似两人，实则又是一人，只不过分离为两个意识，居然也能在识海中交流。云海无法控制局面，索性将主动权交给云未思，因为云未思修的是无情道，对控制魔心尚有一些心得。长明揭起他的袖子，云未思没有抗拒。那条红线曲折细长，已经穿过手腕，将将抵达手掌最下面的掌纹。

"放心吧，为师不会让你入魔的。"长明握住他的手，打了个呵欠。

云未思偏头去看他，长明说完这句话却又睡着了。

晨曦微光渐渐东起，柔柔覆在长明侧面，不知怎的，云未思忽然想起他在虚无彼岸里看见的星河。

日升日落，沧海桑田，唯有那点点星河陪伴着他。昼夜如斯，无声长情。

先前那半截红绳还在手腕上，孤零零的，缠成死结了。

云未思伸出手，一点点去解开。

云未思许久没有真正睡过觉了。修士所谓睡觉休息，其实也是一种修炼冥想。人生苦短，追求长生大道的步伐，半刻也未能停歇。但这次，他不只睡着了，还做了梦。兴许是之前入魔所致，兴许是受了倚靠身边正沉睡的人的影响。梦里光怪陆离，光阴跳跃。

冰天雪地，茫茫一片的白，看不见半点异色。他却身着单衣站在冰瀑下面。头顶冰瀑垂落成丝，似随时能化为尖锐的冰锤落下，刺入他的脑壳中。他的牙齿在打战，浑身也不由自主发抖，寒气从外部渗入身体，又从骨子里散发出来，几乎将骨头也冻为冰雕。

有人从远处走来，身影越来越近，却依旧掩盖在风雪中，不甚明晰。他望着对方走到身前。

"还继续吗？"师尊如是问道。

他艰难点头，脖子被冻住了，他也不知道自己到底点头了没有。

"那就继续吧。"

对方看了他片刻，复而转身离去，再无回头。

他又整整站了三天三夜。

这不是处罚，而是修炼。他的灵力迟迟未能彻底淬炼出来，玉皇观的人都觉得他很难成为一名真正的修士。即使大家都认同他的毅力和决心，但有时候再能吃苦，没有天赋也无济于事。这是一个残酷的现实。

艰苦环境也许能逼出他的潜力。云未思主动提出到这里来修炼，师尊同意了。

师尊素来严厉，这样使自己受苦的修炼法子是他所乐见的。他从未给过云未思灵丹妙药，从不让他走捷径，甚至连指点也只是寥寥数语。

三天，也许是更久，他已经完全失去了时间概念。脑海里一片空白，唯有丹田中一点灵力如风中残烛，摇摇欲坠。风雪消停一些，视线不再模糊不清。他眨了眨眼，睫毛上的霜花簌簌掉落。

远处石头上坐着个人。那人头顶、肩膀上都落了雪，想必已经在那儿很久了。

那是师尊。以师尊的修为，根本不必用这种法子来磨炼自己，但他还是坐在那里，与云未思遥遥相对。

云未思想笑，却忘了脸已经冻僵。但那笑还是在心底徐徐漾开，像春风拂过结冰的湖面。

后来，他在那里坐了多久，师尊也就坐了多久。直到他终于能够控制灵力，将其运转全身，收放自如。

有些人不喜欢用言语来表达想法，他们的想法通常都蕴含在行为里了。他觉得，师尊内心其实是个十分温柔之人，只是他不善于表达，也不屑表达。能领悟的，便是缘分，若因苛刻而错过，师尊也绝不惋惜。

他在冰天雪地里沉沉睡去时，身体似乎被人抱起，许久之后醒来，那种暖意似乎还在。

从家破人亡起，他原以为自此孑然一身，独来独往。没有师尊，他现在什么也不是。

"不要跟着我了。"场景变换，耳边传来这样的话。

师尊对他重复了一遍："我们早已恩断义绝，你不必再跟着我，跟着我也是徒增牵绊罢了。"

他见对方要走，上前两步将胳膊拽住，继而紧紧抱住："师尊！"

换作往常，这样幼稚的举动必是要被训斥的。但这一回却没有，他听见师尊静默半响，叹了口气。

"怎么还跟个小孩儿似的，你修无情道，便是要修成如此模样吗？"

"不然，还是我代你去吧。"

"我早已说过，此去吉凶未卜，不必二人都搭上。在外人眼里，你我已经反目，在我没有查出真相之前，他们必然不会针对你。"

悲凉的情绪在心头缓缓流淌，他似乎早已预见师尊即将去赴一场无法回头的约定，唯愿此刻肌肤相贴的温暖，能停留得更久一些。

师尊是如此强大，"天下第一人"是何其尊荣的称号，所有敌人都不敢正面与师尊对上，再狂妄的人也会在他面前低下傲慢的头颅。但强大并不意味着无敌，人心

如水不能平，与利益伴生的阴谋从来就没有间断过。

师尊发现六合烛天阵背后隐藏着一只翻云覆雨的手，也意识到阵法很可能会出问题，但他终究决定答应任海山的请求，成为六名持阵人之一。

云未思在后来无数次想过，如果当时他尽力阻止，是不是师尊就不会去了？

不可能的。他早已知晓答案，师尊决定的事情，任何人都无法变更。

九方长明这个人看似随意妄为，说离开宗门就离开了，说改换门庭就改换门庭，从来不顾及他人想法，对徒弟又严厉无比，严厉到徒弟受不了，直接叛出师门。但云未思知道，这人心里有着至为柔软的地方，只有愿意去读懂他的人，才能窥见这一方别有乾坤的天地。

"那我等你。"仿佛游离于外又置身其中，云未思听见自己在说话，"如果你没回来，我就去找你。"

一只手落在他的头顶，就像少年时那样，温暖而有力量。那是无声的默许，也是两人的默契。但转瞬之间，那只温暖的手消失了，取而代之的是天地混沌以及无边无际的迷雾。

刺耳难听的嘶吼在耳边响起，硕大的尖利指爪拍过来，稍一愣神就会身首异处。这东西远远望去宛如一座小山，浑身鳞甲坚硬反光，隐隐发绿，那双血红眼睛缓缓转动，透着血腥残暴。它原本应该是只寻常老虎，却因被魔气侵蚀变成如今这副模样。

九重渊初成，到处都是这样的妖物。张开嘴巴，口水从獠牙缝隙流下来，魔兽微微后退，做出严阵以待的攻击姿势。

下一刻，它扑过来了！

云未思不记得他已经杀了多少只这样的魔兽。有人间寻常野兽受魔气侵蚀变异的，也有从深渊的缺口处跑出来的，还有修为强大不逊于人间宗师的妖魔。

他想要在九重渊立足，就必须将这些障碍通通铲除。

春朝剑划破妖兽的肚皮，后者跃至半空就重重摔在地上，但它仍不肯束手就擒，挣扎着想要绝地反击。他一剑插入其脖颈，剧烈震颤的猛兽渐渐不动了。妖兽临死前喷出的血和魔气溅了云未思一身。他毫不在意，只是拭去脸上的血迹，面无表情将猛兽开膛破肚，取出内丹。

待在九重渊久了，这样的场面比比皆是，他已经数不清有多少次被魔气缠身，那些魔气丝丝缕缕渗入发肤，为了抵抗这样的侵蚀，他日复一日修炼无情道，将前尘过往抛弃，如果抛弃不了，那就全部封印，封在无人知晓的角落，再也不会成为他的弱点。

他想找到那个人，首先得确保自己能活下来，而非成为对方的弱点或软肋。

只是明月白露，眨眼百代过客。他以后还能记得自己的初心，还能记得那个人吗？他不知道。

云未思徐徐睁眼。他已经很久没有做过梦了，更遑论是如此复杂变幻的梦。身旁的人不见了，外头传来说话声。

天光大亮，门还虚掩着，他起身推开门。

"这些向阳丹，您看看是否有用？"许静仙借花献佛。

方岁寒坐在轮椅上，一副懒得多说的模样。

"有用。"寻常丹药入不了长明的眼，唯独这些向阳丹被他大加赞赏。

"能炼此丹者也算是于此道上登峰造极了，不亚于宗师水准。"

许静仙挺高兴，就像是她被夸奖了一样。

"那你们先用一些，不够再让方峰主炼，他最喜欢炼这个了！"

方岁寒的嘴唇颤微微抖了两下，想说几句，但碍于自己现在武力值约等于无，最终只能委婉道："炼就一颗向阳丹，至少得耗费三年心血，其中极品更是需要花数十年往上。要是这些吃完，可就没有了！"

许静仙嘻嘻一笑："方峰主，你炼丹是一颗颗炼的？怎么不是一炉一炉地出？我是不会炼丹，但宗主师父是行家，你可别想蒙他老人家！"

方岁寒忍得很辛苦，妖女、狐假虎威、崽卖爷田不心疼等字眼在脑海里飞速滑过。百忍成金，我忍！他嘴角抽搐地开口："那是寻常丹药，跟向阳丹不一样……"

许静仙对他忍气吞声、敢怒不敢言的模样颇为满意，仿佛从前憋着的恶气都在一夜间出了。

"这些够了。"长明道，"我要去万莲佛地。"

许静仙想到那个骷髅头的话："宗主当真会在那边吗？"

长明："不知道，所以要走一趟。"

许静仙："我有传送法宝，万莲佛地是秃驴的地盘，我虽未去过，但可以直接送您去离那儿最近的洛国国都。"

长明的确是要先去洛都一趟。根据他们的推演，以天下为棋盘的六合烛天阵，其六处对角连接的交集点，正好就落在洛国国都上。

"你们也一起吗？"

许静仙干笑道："我就不必了吧，打打杀杀的场面不大适合我这样的弱女子。"

方岁寒翻了个白眼，心想，天下红雨了，连魔修妖女都能说自己是弱女子了。

长明略做思考："此处现在已成凶地，对方是否留有后手，现在一时半会儿无法察知，你们就算不去洛都，也要尽快离开见血宗。也罢，方岁寒如今不良于行，你

就带着他先去别处吧。"

许静仙瞪大眼睛，不明白她怎么就突然多了个叫方岁寒的包袱。待在见血宗的确不安全，但孤身流落在外，还要带着个半废的累赘，未必就能安全到哪里去。见血宗的仇人遍天下，万一那些人知道见血宗落难来围攻他们，那可真是虎落平阳被犬欺了。更何况如今迷雾重重，敌暗我明，要是幕后真凶遇到他们这两条漏网之鱼，她都能想象到自己是个什么下场了。

似乎还是留在宗主师父身边最安全，若是能顺道救出宗主的话，她那条东海鲛绡也唾手可得了。当日入九重渊之前，她也百般后悔，最后因缘际会还真拿到了养真草呢。无形之中，许静仙心中的天平倾斜了。

"我想清楚了。"她脸色真诚，语气真挚，"让二位前辈去赴汤蹈火，我实在放心不下，我还是跟着你们吧。"

旁边传来方岁寒一声嗤笑。许静仙头也不回，毫不犹豫往后朝他那条伤腿一踢，快狠准。

"啊！！！"一声惨叫划破天际。

第三章 旧人重逢

洛国，洛都。

随着洪氏末帝让出权柄，江山一统的局面一去不复返。长明流落黄泉时，天下就已经一分为三了：洛国，幽国，照月王朝。

俗世政权的变迁本与修士无碍，但也不乏修士插手其中，搅弄风云，攫取更大的利益。毕竟作为人间富贵的极致，朝廷皇室能够集中更多资源，也可以为修士带来更多好处。

与幽国将万莲佛地奉为国教、崇佛之风甚为浓郁不同，洛国更为兼容并蓄。

虽然庆云禅院是国君的座上宾，常年受供奉，但道门儒门在此同样也有一席之地，而混迹洛国的魔修也不少。这种相对包容的风气使得洛都在数十年间一跃成为天下繁华之最，年节热闹从未间断，晚上也无宵禁。从夜幕降临到旭日东升，城中各处灯火就没彻底熄灭过，是以洛都又有"火都"之称，寓意不夜辉明，煌煌如白日。

许静仙是个爱热闹的人，从前闲暇时也曾到洛都玩耍，只是次数并不多，一则她是魔修，容易被针对，二则这里鱼龙混杂，佛门弟子犹多，她不爱看见满眼的秃驴晃来晃去。

"差点忘了，今日是浣秋节！"

熙熙攘攘的街道上，许多行人手里拿着彩纸风车，风车上还插着各色花朵。父亲牵着儿女，小贩努力兜售着还带着露珠的花朵，间或有贵人的马车经过，却被人潮堵住，马车上的人也不得不下来步行。

"什么是浣秋节？"长明不记得从前有这样一个节日。

许静仙："洛国当年立国是在秋天，他们的皇帝就将立国那一日定为浣秋。从朝廷衙门到民间百业，都会在这一天大肆庆祝。不过洛都本来也不宵禁，平素街上也不冷清，只是今天人更多了些罢了。"

比起长明只是不知本朝节日，云未思入目皆感新奇。九重渊里变幻无穷，就是没有人间烟火气。他也曾随长明在过去流连，甚至见到了生身父母，可那些与眼前相比，终究还是不一样的。这是真实的、触手可及的热闹。

"这是何物？"难得云未思也有好奇心发作的时候，虽然面上依旧没有表情。

"节节高。"

长明伸手将几个大小不一的花球往上叠，这些球并非浑圆，上下都有平口，但极小。孩童玩闹以叠得高为胜出，所以叫节节高。他随手叠了四五个，却听云未思道："你是不是给我买过？"

长明微怔，一不留神，手下几个球都滚下来了，前功尽弃。

"你记起来了？"

云未思依稀有些印象。似乎在那个梦之后，一扇虚掩的门徐徐打开，门后的许多事情也随之陆续呈现。

那天是他父母的忌日，他拜师之后的第二年。父母的尸骨远在京城，且已被敌人抛尸弃骨，可谓死无葬身之地。显赫一时的丛家，随着权力斗争失败风流云散。

师尊九方长明带他出门游历，拜访旧友。他因师尊严厉，平日未敢将这些小儿心思诉之于口。路过某村集市时，他手上也多了不少玩具，九连环，节节高，竹编小兽。彼时他早已不是孩童，还以为师尊是要买给故友孩子的，谁知一直让他拿着，后来也没要回去。他这才慢慢恍然，原来玩具是买给他的。

当时的心情已不大记得了，好像有些哭笑不得。师尊带徒弟没经验，连哄孩子也这般粗糙，似他这样的年纪早已不会为了这些玩具兴奋不已，但他还是玩了一阵。后来他发现师尊闲暇时居然也拿了九连环在解，兴许是头一回玩，不大熟练，花费的时间比他还多，他想师尊约莫也是没什么童年乐趣的。那时的云未思实在想象不出年幼的九方长明是如何度过漫漫的启蒙岁月的，难不成也是一本正经成天盘坐在冰瀑下面修炼吗？

"你好像叠过一个二十几层的。"云未思回忆了一下，大概有半人高了，后来……后来被他推倒了。

玩心一起，手痒极了，本来可堆到一人高的花球被他碰倒了。九方长明自然不可能因为这点小事罚他，但本来难得的兴致没了，再没了堆第二个的工夫。

为了哄人，他大半夜将冰雪堆砌成屋子那般高的节节高，顺道练习御风削冰的能力。等隔日九方长明推开房门，正好一阵狂风吹来，两层房屋高的冰球堆直接倒塌，

差点没砸到他头顶上。哄人是哄不成了，不过师尊倒也没有发火，只是让他多抄几遍《清静经》。

原也没有刻意去回忆，只是记忆的阀门自己打开，过往种种如潮水一般涌进脑海。

"看来你想起不少事，为师深感欣慰。"长明手里拿了个竹编耗子把玩几下，随手塞给他。

"洛都太大，线索一时无从找起，你们不妨先闲逛两天，再……"

话音未落，人潮一窝蜂涌向某个方向，将他们几人挤到街道边上。原本热闹的场面忽然就像热水倒入油锅里，更加沸腾起来。行人个个翘首以待，激动张望。

许静仙等不及走近前去看，随手拉了个路人询问，不一会儿便回来找他们。

"是照月遣使来朝，据说这次同来的照月皇女生得国色天香，他们的马车待会儿会从此处经过。"

天下三分，有强有弱。洛国强盛，独占九州中原以北大部分地区；其次是幽国，拥有中南东南区域；最后才是偏安西南一隅的照月王朝。之所以没有被灭国，是因为照月充分了解自己的定位，利用洛、幽两国的不和，在间隙中游走，同时向强者俯首称臣，每年朝见进贡。照月如今是女主当政，更将善于低头的婉转发挥得淋漓尽致，洛国新君刚登基没多久，他们就把皇女送来了。

"这位皇女是照月女主的亲妹，正儿八经的公主。为了讨好洛国，照月也算是使出浑身解数了。"

许静仙不由得感叹起来。皇女身不由己的命运，很容易让她联想到自己。如果她不是毅然离家走上修炼之道，如今怕是早就被困在夫家生儿育女，如同芸芸众生，毫无悬念地走完一生。哪怕锦衣玉食，也掩盖不了无法自主的命运。

修士之间的竞争固然更为残酷，动辄就会性命不保，但至少她不必囿于狭小逼仄的井底只能仰望头顶那一小块天空，至少她有了更多的选择。对她而言，因杀人夺宝而死，也好过在后宅里成日操心那些屁事。人生一世，最要紧是痛快。

照月王朝的车队很快过来了。他们所在的这条路是通往皇城的主干道，方才百姓只是因为想先睹为快，才纷纷追了过去，此时又跟在车队后面拥过来，一下子将道路挤得水泄不通。所幸还有皇城卫引路疏导，将百姓拨向两边，让马车得以顺利前行。

前方骑着高头大马的自然是照月来使，中间的车辇华丽异常，侍卫簇拥左右，想必正是照月皇女的座驾。只是马车四面被遮挡得严严实实，两面小窗也未打开，众人只能望车兴叹，在心里想象皇女的模样。

似乎听见百姓的心声，车窗忽然打开，一只白若美玉的手搭在纱帘上，将其轻轻掀起。丽人好奇的神色映入眼帘，有幸得见真颜的人都发出赞叹，一时说不清是皇女头上的珠翠照亮了美人容貌，还是美人让珠翠更显夺目。

长明也看得失神，他不由自主往前几步，想看得更清楚些，却被皇城卫推回来。对方瞪他一眼，似要张口训斥，见他仪表不凡，即刻收声仅仅是道："不可唐突。"

洛都藏龙卧虎，皇城卫见过的高人多了，自然不会轻易做出得罪人的举动。

许静仙看那皇女固然生得美貌，可世间美人多的是，何况那皇女再美貌，也只是凡间的佼佼者，没有修士修炼到一定境界之后缥缈出尘的仙气。难不成宗主师父是吃多了山珍海味，偶尔看见清粥小菜，就觉得养眼？

许静仙有些不服气，禁不住道："您若是对那女子动心，我可以将她掳来。"

长明却道："你方才没看见她的头饰吗？"

云未思："玉冠上有一颗宝珠。"

长明"嗯"了一声："沧海月明。"

出于女人的天性，许静仙方才只顾着去看所谓国色天香的皇女了，还真没留意到对方的头饰。长明这一说，她就想起来了。

这沧海月明大有来历，珠子里通常藏着一种叫无求的药，能令人迷失神志，身不由己。无论是七弦门的刘细雨，还是七星河的悲树，他们的死都与沧海月明脱不了干系。

方岁寒双足还未痊愈，不方便行走，被安置在城中宅子，他们三人则随着车队前行，一直跟到照月国下榻的官驿。虽说是官驿，但为了迎接这位皇女，洛帝命人重新修缮过，看上去与王府差不多，不至于辱没皇女身份。

"不能再靠近了。"云未思道。

随行有照月来的巫女，官驿里还有洛国王室供奉的修士，其中不乏准宗师级高手，为的就是保护来使的安全。长明一行自然不必忌惮这些人，但动手肯定会打草惊蛇。

沧海月明的出现，是极为不祥的征兆。皇女此番入宫，如无意外是要被皇帝留下的，不管她头顶那颗沧海月明是怎么来的，自然也会跟着她留在宫中。

显然，对方的目标不是照月国使团，而是皇城内的宫廷。如果洛国宫廷为幕后者控制，见血宗的事情会不会再度上演，答案呼之欲出。

许静仙能想到这些，长明和云未思自然也想到了。他们原先觉得洛都既然被定为阵心，必然会有可以探察的古怪之处，却没想到这么快就发现了一条重要线索。

许静仙道："不如等夜深人静之后，再潜入官驿查探。"现在再怎么看，也看不出什么了。

长明轻咳一声："倒不必这么麻烦，可以让佛门出面邀请皇女参加佛会。以庆云禅院的地位，照月公主不会不给面子的。"

许静仙刚想说佛门怎么会帮我们，转念一想，宗主师父不正是从佛门出来的吗？说来也巧，庆云禅院如今的院首不苦禅师还曾是他的二徒弟。可他们师徒俩不是反目了吗，对方未必会给这个面子吧？"

长明不用问也知道她在想什么："庆云禅院只有一处分寺在此，孙不苦很少亲自过来坐镇，一般都是长老在主持，但琉璃金珠杖不还在我们这儿吗？"

自从离开九重渊，那把禅杖就被长明收起来了，再也没用过。旁人对这件佛门法宝求之不得，就算不是佛宗修士，也可以用它来帮助自己修炼增进修为。长明有四非剑在手，对这件法宝并不是很在意，但庆云禅院的人肯定很乐意为了这件法宝做点什么。

"你回头就将琉璃金珠杖送到他们那里，以此为交换，让他们派人请照月公主和正使去听经。"

许静仙眼珠一转，有镇寺之宝在手，岂非可以刁难那群秃驴？

"放心吧，宗主师父，交给我便是。"

方才三人交谈俱是传音入密，旁边无人听见。来看热闹的民众熙熙攘攘，围在官驿门前，哪怕被士兵挡住无法前进半步，看不见公主模样，也不肯离去，仿佛多站一会儿，就能从那门缝里盯出点门道来。三人站在人群后边，也不算扎眼。

"洛都天天都这么热闹吗？不愧是天子脚下！"说话之人是头一回进城，颇有大开眼界之感。

他的同伴告诉他："这照月公主再怎么好看，咱们也见不着，倒不如去看看宋相爷纳妾。"

"也是今日？"

"是啊，浣秋节是难得的黄道吉日，许多好事都赶在今日呢。看见东边那座八宝琅嬛塔了没，也是今日竣工，各方宝物源源不断送过去，就等着陛下携高僧开光呢！"

众人顺着他所指的方向望去，果然看见一座金顶琉璃宝盖的宝塔在晴朗天空下闪闪发光，耀眼非常。

不少头一回来洛都的人还当那宝塔早就有了，听这话才知道，敢情是刚落成的。

"那塔可有什么说头？"

"说是陛下梦见了神仙，教他老人家在那里建塔，可保风调雨顺天下太平呢！陛下还下令各地进贡宝物，供奉在此塔以悦仙人。今日照月国不是运来许多宝物吗，届时怕也是有不少要供奉在宝塔里的！"

"原来如此……"

"那塔可真好看啊！"

"欸，你说的宋相爷纳妾，是什么时候？"

"约莫就在晌午吧，为了避开照月使团，特地选在一个时辰后。宋相爷权倾朝野，纳妾的阵仗可不比照月使团进城差，咱们得早点过去，说不定还能抢个好位置捡喜钱，

去晚了就没了！"

"走走走！"

人群一阵骚动，众人相继簇拥着往相府方向而去了。许静仙对那位相爷没什么兴趣，倒是对八宝琅嬛塔兴致勃勃。

"也不知那塔里是否会供奉什么法宝，不如寻个机会进去看看，顺手拿上一两件！"

"你这么想，别人也会这么想。那里若真有宝物，也必定机关重重，特别是专门对付修士的。"长明道，"走吧，咱们也去看看相府纳妾，与那宋丞相见上一面，也许不用去佛门绕一大圈，就有更简单的办法混入官。"

许静仙："您与那丞相有故？"

长明在黄泉待了五十年，就算洛国丞相盛年当政，把持权柄五十年，如今也该七八十岁了。但她曾见过宋丞相，看上去也就是三十出头，并不显老。

长明不答反问："你说的宋丞相，姓甚名谁？"

许静仙："好像是叫……宋难言。"

长明："我在儒门时曾收过一徒，也叫宋难言。如无意外，他应该就是你说的宋丞相。"

许静仙："……"她心想，您老人家可真是桃李满天下啊！

长明会收宋难言为徒，源于一场有趣的意外。

当年他刚叛出魔门，觉得儒宗里有些可以化为己用的道理，便寻个小县城落脚，还找了位儒学先生给自己授课，如同孩童启蒙一般从头开始学习儒门典籍，甚至还通过了当地的考试选拔与推举，当上当地县官的副手，负责掌管文书，辅佐县官。自然，这中间长明也用了些手段，譬如说贿赂太守夫人进而结识太守，让他赏识并推荐自己。

彼时天下还未三分，洪氏主政，选官考试和推举并行，这其中就有许多可操作的余地。出身高门或者富贵的人，即使在考试中表现平平，也可通过推选资格得到官职，再一步步往上。长明虽平日里我行我素，但若想达到某个目的，也不是不能暂时低头，投其所好，自然深得上官喜爱，很快上官得到机会升迁了，他就顶替了上官的位置，成为当地的父母官。

儒学经典博大精深，长明越深入研究就越觉得有意思，按照儒学观点，出世不如入世，在庙堂泽被苍生才能学以致用。因此，他还真就有模有样处理起政务，在案牍文书、鸡毛蒜皮的事情里寻找儒门真谛。

那两年里，他几乎将儒门典籍翻了个遍，还派人搜罗孤本残本，以及鲜少流传于世的先贤著作。县衙的书阁里堆满了书籍，他嗜书如命的名声逐渐传开，许多儒生

上门交流请教。后来儒生们提起他都是满口称赞，长明的名声甚至传到六义书院。书院派人捎来书信，询问他是否愿意拜入大儒丘秉坤门下，成为丘大儒的记名弟子。长明自然是婉拒了，不过他还是写了封信，表示对能得到丘大儒的青眼感激涕零，只是自己政务在身无暇分身，兼之学问不精，想等任满辞官之后再去六义书院请教学习。

就这样，他竟也安安稳稳当了两年县太爷。没有人料到一个人口不多的小县城的父母官，居然是修士中赫赫有名令敌人闻风丧胆的大宗师。

彼时宋难言是县里一个家境贫寒的普通少年，家里亲娘早死，父亲娶了后娘。为了省下一张嘴的口粮，后娘把他赶出来了。他流落街头，以打零工为生，饥一餐饱一餐，和万千贫苦人一样，他看不见希望，兴许连媳妇儿都娶不上，就会在某场瘟疫或水患中死去，又或者迫于生计去当苦力，死在贫困交加之中。

与别人不同的是，宋难言很聪明，他打听到父母官长明爱种花，就弄了些花，每天在长明途经之处叫卖。终于有一天，他引起了长明注意，然后凭借机灵的反应和对答，成功地在县衙里谋到一份差事，又千方百计地在名士为长明授课时偷听，甚至将对方说的话一字不漏记下来，倒背如流。

长明在宋难言眼里看到了野心。一个人有野心不是坏事，它能催人奋进，让人努力达成目标，修士若无野心，每日得过且过，恐怕天赋异禀也无济于事。宋难言不仅有野心，还有天分。他过目不忘，在修炼上也能举一反三，悟性不比云未思差，但他的心不在修炼上。他不想追求虚无缥缈的长生成仙之道，他想当官，他想要掌握世俗的权柄，让人从此不敢再欺侮他。

长明收下了这个弟子。宋难言也知道，以他的出身和过往，能够拜县官为师已是天大造化，他努力学习，勤奋刻苦，几乎每天都沉浸在书海之中。因为精力有限，且志不在此，除了儒家学问，他只是向长明学了一些道门修炼的皮毛，主要还是为了身轻体健，保持旺盛精力。

如是几年过去，宋难言学业有成，通过长明的推荐，他被六义书院录取。六义书院乃当世儒门最高学府，地位如同庆云禅院之于佛门，能够进入六义书院，是儒门学子梦寐以求的事情。宋难言不可能不心动，他拜别恩师，踏上前往六义书院的路。

那是他与长明的最后一次见面。直到分别，宋难言也不知道他的这位先生究竟有多大的能耐，毕竟在他看来，那些如神仙一般出神入化的修士高人是不可能跑到俗世里来当官的。宋难言对这位授业恩师感激不已，但他不可能一辈子侍奉恩师左右，他的野心注定他要在俗世这条路上继续走下去。

在六义书院，大儒丘秉坤看中宋难言的资质，想收其为关门弟子。宋难言不愿放弃这个机会，便写信与长明说明情况，甚至等不及长明回信，就拜入丘秉坤门下，成为人人歆羡的大儒嫡传门生。

儒门并不禁止学生拜多位老师，但修士不一样。在长明看来，宋难言拜入丘秉坤门下，就相当于叛出师门了。彼时天下乱象初现，他对仕途生活心生厌倦，已是挂冠飘然离去。

宋难言从六义书院学成出师之后，有了丘秉坤弟子这一层光环，他在仕途上步步高升，哪怕改朝换代，也照样平步青云。出身贫寒的农家子弟从一无所有到权势熏天，这一路的经历堪称传奇。

如今洛国天子登基未久，宋难言身为先帝托孤之重臣，实际上已是万人之上，纳妾自然也远比旁人隆重。

世人都说，宋相爷得神仙授术，长青不老，风流多情。多年未见，长明对这个徒弟的印象，远没有其他徒弟来得深刻。眼下想要追查沧海月明，从他那里入手，显然比拿着琉璃金珠杖去找庆云禅院的人要方便一些。不过方便也是相较而言，他若是自称宋丞相的老师要进门讨一杯喜酒喝，恐怕会被门子当成胡言乱语的疯人；如果大张旗鼓地出手，又会打草惊蛇，还是得想法子从别处入手。

思及此，他看向许静仙，和蔼地说道："你午夜梦回时，有没有想过像寻常姑娘一样成婚生子，也尝尝和乐融融的滋味？"

许静仙："……"她现在回见血宗还来得及吗？

宋难言从未娶妻，却有许多妾侍。他从不讳言爱美色，食也性也，连修士都无法免俗，何况是他们这样的凡夫俗子。而且娶妻娶贤，纳妾纳色，他的每一个妾侍毫不例外都是出了名的大美人，有青楼花魁，也有小家碧玉，他不看重数量，加上今日新纳的，拢共才五六人，这在豪富权贵之中，不算夸张。然而，近来洛都市井里流行的本子却是他弃公主的倾慕于不顾，拒绝了皇帝赐婚，偏偏要纳一个浣纱女为妾。这样的故事无疑是百姓茶余饭后最爱听的，无数人簇拥在相府门口，以比看照月公主更大的热情，想一窥新娘子的真容。他们不会去计较其中的曲折与真相，在许多人看来，能够舍公主而纳浣纱女，说明那女子的美貌已经远远超越公主了。

但他们还是失望了。花轿一路抬到相府门口，新娘子在喜婆和侍女的搀扶下进府，盖头严严实实盖在头上，天公不作美，不肯来一阵狂风将盖头揭起。不过，新娘子有盖头，她身边的侍女却没有，一袭粉色衣裳明艳大方，已是世间难得的美人。许多人看呆了，纷纷说道宋相爷好艳福，这一收就收了俩，陪嫁侍女尚且如此美貌，正主儿必然更是绝色。相府极大方，钱成把成把地撒，众人蜂拥上前拾捡都来不及，也就将新娘子的长相抛诸脑后了。

纳妾比娶妻简单许多，不需要那么多繁复的仪式，也没有高堂可拜，新娘子直接就被送入洞房，在相府新收拾出来的后院里，静静等待夫君的到来。

宋难言略吃了几杯酒，微醺，但尚算清醒。毕竟以他如今的地位，没有多少人敢当面灌酒。皇帝派人送贺礼过来，打破了因为宋丞相拒绝公主而龙颜不悦的传闻。面对众人一如既往的谄媚奉承，宋难言置之一笑，应付了半个时辰之后，他就起身往新院子走。

这位新纳的妾侍，是他在河边遇见的。晨曦初起，女子倚溪浣纱，衣裙半湿，的确有几分姿色，但要说比公主还漂亮，就言过其实了。人人都知道，当今皇上的妹妹是难得的佳人，只是宋难言不想娶一尊大佛到家里供着。他已权倾朝野，再加上一位公主娘子，非但不会有所助益，反倒会变成累赘。

门虚掩着，一推便开。侍女站在门口，朝他福了一福行礼，盈盈笑道："恭迎相爷，恭喜相爷，相爷请！"

宋难言"嗯"了一声，忽然止步，回退几步，仔细看她。

"你是彤娘的陪嫁？为何我从未见过？"

许静仙眨眨眼："好教相爷知晓，奴乃府中新进侍女，先前管家派奴去服侍彤娘子，再跟着彤娘子一道回府，往后还是在府里伺候的。"

宋难言正要说些什么，却听对方又道："管家有命，相爷既来，奴便去外边守着，莫要打搅您与彤娘子，相爷若有吩咐再喊奴便是。"

说罢也不等他回应，便低着头告退了。宋难言寻思反正也是他的人，什么时候有兴致再收到身边也是一样，就没再喊住她，举步入了新房。

屋子里，红烛高照，囍字映光。新娘子正束手端坐在床边，微微垂着头，似有无限娇羞，正待郎君揭盖细说。宋难言一笑，将揭盖头的喜秤伸过去。

在揭开眼前这条绣着戏水鸳鸯的盖头前，宋难言的心情并没有波澜。毕竟他也收过好几个妾侍了，这个固然清秀如兰，也就仅止于此。他对妾侍素来不错，她们年老色衰后也照样在后院里养着，若想自行离去他也不拦着，比起那些动辄打骂妻妾的侯门显宦，宋难言觉得自己是个无比厚道宽容的人。

若是眼前此人温柔小意又识趣，他也不是不能多宠爱几年。但是当宋难言揭开盖头时，他却结结实实愣住了。饶是见过大风大浪，他也忍不住噔噔噔接连后退几步，张口欲嚷。

下一刻，他的喉咙像被石头堵住，徒然费力，却发不出来半点声音。

长明长袖一挥，消除幻术。在宋难言眼里，对方的一袭嫁衣随之消失，男人青玉高髻，广袖长袍，俊丽如仙。最重要的是，有些眼熟。

不，是很眼熟。

"你还记得我吗？"

宋难言天赋异禀，过目不忘，当然不会忘记，只不过他没敢往那方面想。明明是已经死去多年的人，怎么会活生生出现在面前？

"你……"宋难言发现自己又能说话了,"您,是老师?"

这个猜测一出口,他的表情越发古怪。

长明点头:"我以为多年不见,你把我给忘了。"

"您不是已经……"

宋难言记得他去六义书院之后,还经常写信给长明,讲述他的见闻和在经义学习上的体会。长明回得很少,通常是他自己有疑惑,才会让宋难言向书院大儒转达请教,但也是寥寥数语。十封信寄过去他能回一封就不错了。

后来,就断了。他心中奇怪,可他早就离开了家门,身边能称得上亲近的人除了长明一个都没有,一时也没法千里迢迢跑回去察看。几年之后他当了官,再派人回去探望,才知道长明早就挂冠离去,不知所终。

起初宋难言还派人多方打听,数年过去,音信全无。又过了十数年,宋难言觉得长明约莫是不在人世了。权倾朝野之后,他还曾回到故地,大张旗鼓地为他的老师起了衣冠冢,竖了石碑,煞有介事拜祭一番,掉了几滴眼泪,缅怀他们师徒二人的情谊,以表哀思和孝心。

谁知道这会儿他的老师坐着本该由他新纳妾侍坐的轿子进来,坐在他洞房夜的床边,冲他微微笑道"你还记得我吗"。

五雷轰顶,一佛出世。宋难言无法形容此刻的心情。

"我何时与你说我死了?"长明挑眉。

"可……"以常人的寿命而言,长明此时就算不死,起码也得是耄耋老人了。但他非但毫无老态,眉目神色还宛若当年初识。

宋难言也从他这位老师那里学到些道门修炼功夫,但他实在没兴趣,仅仅学了点皮毛,后来又得遇机缘,被赠予佛门丹药,据说修士吃了能修为大进,寻常人吃了也能青春常驻容颜不老。是以常人在这个年纪早已垂垂老矣,宋难言看起来却还如三十上下,若无意外,就算不能达到修士的寿数,也能比常人长寿许多。

在数十年的官宦生涯中,他早已学会钩心斗角、暗度陈仓、过河拆桥等种种伎俩,但内心深处对授业恩师还是心存感激的。也许是因为早早离开后来又了无踪迹,长明在宋难言心目中的形象相当高大,真如高山仰止景行行止,但他从没想过有生之年还能见到活着的老师,而且是在洞房里。

如此说来,老师应该也是修士了。若是常人,又如何能数十年如一日,容颜不老?

"你所料不错,我的确是修士。"长明似乎知道他心中所想。

震惊过后,宋难言心情复杂:"这么多年了,您为何从未来找过我,难不成弟子在您心里,就是如此微不足道吗?想当年,弟子三餐不继食不果腹,幸而遇见老师,方一步登天,顿时有了做人的尊严。弟子还记得,您允许我在府里读书时,我是何等雀跃……"

长明打断他："你还记得，为师为何要给你取名难言吗？"

宋难言："……"

长明很满意他突然的静默。"这些年我遇到些事，被困在某个地方，新近才出来。因追查一件事，不得不先来找你，等事情告一段落，我们再叙旧情不迟。"

宋难言："老师请讲。"

长明便将九重渊的存在和妖魔很可能已混入人间伺机寻衅之事略说了一下，又提到了照月公主头上的沧海月明。

"照月公主应该是要长留在洛国后宫的吧，如果她身边的人出问题，很容易殃及皇帝。如果你暂时无法查清究竟是谁有问题，我可随你入宫查探一番。"

宋难言骤然接收到如此多的消息，有些难以消化。这毕竟是一个修士为尊的天下，他虽手握权柄，也得时常与各派修士打交道，尤其对这些人还得客气有加。不过寻常修士也是不敢对宋难言无礼的，哪怕宗师驾临，也不会无视他的存在。这便是一个互相成全的世道，修士虽超然，偶尔也需要世俗权力为其张目，譬如被幽国尊为国教的万莲佛地，在幽国境内已达到称王入圣的地步，而权贵本身也需要修士的保护，就像宋难言的丞相府，里里外外有十数名修士暗中庇护，以防宵小作祟。

但这些修士居然没能防住老师的李代桃僵。由此可见，不是他的人太废了，就是老师太强了。宋难言不觉得自己挑人的眼光有问题，他更倾向于后者。

"老师，妖魔祸乱之事我也有所耳闻。前朝末年，我曾在朝中为官，听过一些秘闻，据说末帝便是受了妖魔附身的妖姬蛊惑，吃了不该吃的东西，才会神志迷乱，干出许多异乎寻常的事情。本朝立国之后，先帝也曾严防死守，竭力阻止旧事重演。常年守卫宫廷的宗师就不下四位，更不必说那些常来常往的客卿了。如果照月国的人当真如此胆大包天，我只能说，他们是自寻死路。"

他定了定神，渐渐从"老师不仅没死还变成神仙"的震惊中恢复过来。

"多年不见，您风采如故，弟子日夜思念，还请老师留下几日，稍作歇息，让我尽尽孝心。"

长明似笑非笑："你就不想知道你那新娘子去哪里了？"

宋难言一噎，他还真忘了这件事："您想必不会为难她的。"

长明："她与侍女都在床底下睡着了，一会儿你再把人弄醒便是。"

宋难言趁机问道："那门外那位……"

长明似笑非笑："你有兴趣？"

宋难言干笑："您若愿牵线，我那正室之位可为她……"

"你大可自己去问她，我不当媒人。"

长明觉着自己这徒弟固然在俗世混得不错，看女人的眼光却实在有些问题，居然敢对许静仙动心色，这分明是不知死活。许静仙在他面前乖顺听话，那是因为长明用实力让她无话可说。起初许静仙也并不是如此好说话的，若因此就觉得她好摆弄容易相处，那完全是瞎了眼。

"言归正传，妖魔之中不乏修为高深者，又与修士有所勾连，连大宗师都无法轻易察觉。我不信旁人，只相信自己双眼，你须得寻个机会帮我入宫，如若不然，我便另外再想办法了。"长明淡淡道，自负之意溢于言表。

宋难言不知道他老师是何等修为，过去又有何等尊荣的地位，只听言语之间大有他不答应就直接硬闯的意思，赶忙道："您误会了，弟子不是不愿意答应，实在是宫内情况复杂，皇帝身边的修士俱是先帝和太后安排的，不让旁人插手。这些年我费尽心思努力经营，也算是能与其中一两位说得上话，但您也知道，那些宗师脾性古怪，他们不会完全听我命令，任我差遣。"

长明若有所思："皇帝身边的修士如何安排，是你与太后暗中角力的方式？"

宋难言苦笑："老师还是一如既往言辞犀利！不错，帝权与相权自古不能相容，太后出身前朝高门，素来瞧不上我，不过我是先帝指派，在朝中支持者甚众，她未能轻易动我。但在那些宫内修士面前，弟子也未能完全掌握主动，那位与我交好的宗师名叫寒夜，是东海派长老，要不让弟子先去探探口风，让他帮忙在宫内查探？毕竟以他的身份查探，光明正大。"

长明："你有没有想过，宫中那些修士也有可能被妖魔渗透，而且如果他们有问题，会比常人更难被发现？"

宋难言一怔："这，不可能吧？"

他虽然沉浮宦海多年，毕竟还是与人打交道的多，便是见过修士的神通，也未有深入了解，更难以想象。修士与普通人，毕竟如同两个世界。

长明道："宫墙外面有众多宗师设下的结界，我要强行通过也不是不可，只是会惊动一些修士，稍微麻烦些。你设法带我入宫即可，后面的事情就不必你操心了。"

宋难言还真怕长明一言不合去强闯皇宫，若闹大了，他也脱不了干系，还不如老老实实想办法带长明进去。

"老师莫急，我倒是有个法子，只是可能要委屈您了。"

长明："但讲无妨。"

宋难言轻咳两声："我有位随侍，常年往返宫廷传递消息，您若肯委屈一下，此事倒也容易。"

长明："……"

二人正说着话，外头传来急促脚步声。

"相爷！相爷！"

宋难言皱眉道："何事？"

"宫中来使，说是有十万火急的要紧事！"

宋难言一凛，刚要开口，想起长明还在这里，不由得看他。见长明没有避开的意思，宋难言只好让人进来。管家满脸焦急，入内就愣住了——洞房花烛夜，没有美娇娘，新郎官衣冠整齐不说，边上还多了个男人。

"何事，速报！"宋难言催促。

与管家一道进来的内侍倒是没想那么多，赶紧道："相爷，大事不妙了，陛下忽然生了急病，沉睡不醒，太医全看过了也说不出个名头。这会儿太后和几位宗师都在，想尽了办法陛下也没醒过来，太后特地让小人请您速速入宫商议！"

举国欢庆浣秋节，朝廷上下休沐三日，皇帝昨日还举行了盛典祭祀先祖，举止如常，转眼居然就大病不起了？

宋难言与太后素来说不到一块去，她会派人过来，说明情况已经十分紧急了，太后独木难支，需要宋难言帮忙出力。

照月国来使刚刚入京，皇帝还未召见，且再过几日就是初一，皇帝还要亲自登八宝琅嬛塔祈福。这时候皇帝忽生急病，对朝野内外无异于地震一般。

短短几息，宋难言就将利害关系想明白了，他立刻道："我这就更衣随你入宫！"他身上还穿着喜服，显然不能直接入宫。

旁边的长明忽然咳嗽一声，宋难言沉默片刻："你也准备一下，随我一起，我身边不能没有你。"

宋难言言语暧昧，容易让人误会。但这年头贵人身边带上一两个心腹是常事，宫中来使忧心如焚，也无暇多想。倒是管家从未见过长明，听见主人这番话，看看这个，瞅瞅那个，惊疑不定，脑中浮现无数想象。

长明安之若素，任由管家的眼珠子差点瞪出来也不加理会。

入宫途中，宋难言不忘在马车里叮嘱长明："老师，事发突然，还不知缘由为何。宫中强手如林，光宗师就有四位，高阶修士更不必说，届时老师还是跟在我身边，切勿轻举妄动，以免发生危险。"

他只知长明是修士，但对长明的修为能耐如何，却半点都不了解，生怕这位多年未见的老师刚刚与他相认不到半天，就惨死宫廷之中。宋难言多年来在官场行走，本不可能对一个人如此有求必应，但不知怎的，当师徒重逢时，他对昔日老师的要求，竟不假思索就鬼使神差地答应下来，这根本不像他往日的作风，但事已至此，他只能硬着头皮带长明入宫。

长明掀开车帘往外看，傍晚天色渐沉，头顶乌压压一片，如巨石压顶，风雨欲来，让人心头沉甸甸的。

宋难言也跟着瞧了一眼："今日天气似乎不好，但这云也压得太低了，像随时要砸下来。"

不是云，是异象。

当妖魔来袭，实力强大、原本不属于人间的他们，自然会有气息外泄，改变天象。这就说明，洛都中必然有妖魔潜伏，修为能耐可能还不低。

构筑六合烛天阵，必须要有聚魂珠作为支撑。血洗见血宗，固然可以炼化一颗聚魂珠，但以山河九州为支点的阵法，仅仅只有见血宗那些亡魂是不够的。只有无数魂魄汇聚融合，怨力足以撼动天地时，聚魂珠才能发挥效用，支撑起阵法一角。

而洛都这样拥有庞大人口的繁华之地，正是对方梦寐以求的聚魂容器。他们甚至不需要大开杀戒，只要制造一场足够大的天灾，就可以将无数魂魄收入囊中。

洛都地处中原，气候条件优越，平日里别说冰雹，连暴雨都罕见。眼下临近秋季，天高气爽，除了干燥些之外，风调雨顺，一派太平。寻常状况下，根本不会有天灾。可是，如果有人非要刻意制造非同寻常的状况呢？

"起风了，相爷快把帘子放下！"

一阵狂风须臾间刮来，路人纷纷举袖遮挡，连马车都微微摇晃起来。马匹嘶声长鸣，躁动不安。侍卫连忙在外面提醒他们。

长明放下车帘，宋难言已经被风沙迷了眼，正一边低头揉眼，一边抱怨："怎么回事，往年这时候不会有这么大风沙的！"

马车很快驶入皇城。宋难言被先帝赐予了入城不下马的殊荣，马车一路长驱直入，载着二人到了正殿台阶前，他才带着长明下了车，二人拾级而上，被领着绕过正殿，来到皇帝平日起居的地方。

门口守卫森严，人比平日还要多上两三倍，宋难言无暇多看，匆匆扫了几眼，对长明低声道："情况恐怕不妙。"多年的朝堂生涯让他一眼就能从守卫的人数和表情上判断出许多事情。

宋难言那张脸守门将军是认得的，长明却被拦住了。宋难言正要解释长明的身份，却听得里面传来太后焦急不安的声音。

"是不是宋相来了，快请进来！"

守门将军自然不敢再拦，二人顺利入内。

龙榻前，已被围了许多人，太后、御医、修士。这些修士个个来头不小，既有宋难言之前说的东海派长老，也有庆云禅院驻守洛都的主持枯荷。连太后都得对他们客客气气，持礼深恭。

长明微垂着头站在宋难言身后，倒也不引人注目，听内侍小声而飞快地给宋难言讲述事情经过。

今日一早，宫人去请皇帝起身，发现皇帝怎么喊也喊不醒，但面无异样，呼吸平稳。太后过来一看，赶紧宣太医，但太医用尽法子也束手无策。太后这才慌了，连忙找来守卫皇城的几位宗师。

枯荷禅师等人纷纷上前查看，一时之间也查不出缘由。几位宗师虽然宗门不同，但大家都有个共同的判断，那就是皇帝离魂了。只是关于如何找回皇帝的魂魄，众人却产生分歧，且分歧还不小。

根据近侍的说法，昨夜皇帝看书看了半个时辰便说倦了，要就寝。天子不到二十岁，太后不欲让他沉沦美色，后宫只有两名宫人，皇帝也没多大兴趣。年轻人贪新鲜，他倒是对即将入宫的照月公主颇有兴趣，还曾想微服出宫提前看看闻名遐迩的美貌公主，只是被告到太后那里，被拦了下来。

昨夜，皇帝就寝时辰与往日差不多。近侍便也没特别在意，服侍皇帝睡下之后就在外间待命，里头也未传出动静。直到早上，近侍去叫皇帝起床，却发现皇帝面容安详如得好梦，却怎么也叫不醒。

从早上到现在，也有大半天了，太后原是想让太医赶紧给皇帝诊断，可费劲折腾也查不出缘由，她才不得不找来几位宗师以及宋难言商量。

按照之前的安排，皇帝明日就该接见照月使团了，即使托病不见暂时蒙混过去，但总不能连朝臣都不见，时间久了，大家肯定会起疑心。论国力，洛国以微弱优势称强，而幽国原本就虎视眈眈，若趁机联合照月王朝和北方游牧民族对洛国不利，将又是一场腥风血雨。

思及此，太后心头发慌，赶忙制止宗师之间一触即发的冲突。

"几位真人，如今皇帝这怪病来得突然，连太医都束手无策，我却六神无主，只能倚靠诸位了！"

太后的面子还是要给的，在场的宗师走到龙榻前，进一步查看皇帝的状况，她则将宋难言拉到一边。

"宋相，关于此事，不知你有何建言？"

纳妾当日在洞房里看到失散多年的老师已经够让人发蒙的了，眼下又是惊天巨变，换作常人早已不知所措，但宋难言不愧是帝国丞相，在来时的马车上已将思绪梳理了一遍，压低声音道："为今之计，先将消息控制在皇城之内，所有知情者不得轻易出宫，以防宫外生变。"

太后点点头，二人平日再不对付，眼前的利益却是一致的："宋相所言甚是，我这就让卫将军立时把皇城围起来……"

二人说话之际，几位宗师之间却有些火药味了。

"离魂一术，非近身者不能施展，陛下身边的人全部都要控制起来审问，一个也不能放过。唯有找到真凶，方能逼他交出陛下的残魂！"

人有三魂七魄，离魂并非指三魂七魄悉数离体，一般离体的只有魂，魄只能依附人体而生，只有把三魂召回，人才能恢复如常。

长明认得说话之人，对方名为谢春溪，乃金阙道宫掌教，是大名鼎鼎的宗师修士。以一宫之掌教来守护宫廷，常人兴许觉得是莫大荣幸，但在修士看来却有些掉份了。不过金阙道宫在道门中并非顶尖宗门，自从第一任掌教兵解之后，金阙道宫每况愈下，如今虽然不能算作三流门派，却也无法与神霄仙府那等规模的宗门相提并论了。

"近身才能施展摄魂之术仅仅是对普通修士而言，如果对方是宗师高手，只要有被摄魂者的八字和近身物件，哪怕相隔千里，也能摄魂取魄。依我看，倒也不必那么麻烦，直接调查能经常接触陛下的修士即可！"

这话明显就是跟谢春溪唱反调了。

长明循声望去，发现这人面目陌生。正好宋难言从太后那儿回来，听见长明询问，便低声道："他是镇灵宗宗主，越澄波。"他一边回答长明的问题，一边心道老师连宗师都不认得，恐怕修为实在一般，有些后悔贸然将人带进来了。

长明对镇灵宗倒有印象。这是个小门派，几乎淹没在济济宗门里，但他与云未思在虚无彼岸回溯过去时，曾于玉汝镇与镇灵宗的聂峨眉有过几面之缘。按照时间来算，这个越澄波应该是聂峨眉的师兄弟。

那在场的另外两人就很好认了，想必就是宋难言提及的庆云禅院枯荷禅师，以及东海派长老寒夜了。

越澄波的一番话矛头直指谢春溪，暗示他才是让皇帝离魂的罪魁祸首。

谢春溪勃然大怒："越澄波，你这话是何意？"

越澄波冷笑："我是何意，你不知道？是谁平日里总弄些乱七八糟的道术蛊惑陛下，陛下年轻气盛，不知节制，难不成你也不知分寸吗？！"

"什么叫乱七八糟的道术？陛下对道门法术有兴趣，我自然要为陛下展示。你也是道门中人，竟说出这样的话？"谢春溪顿了顿，哂笑，"我倒是忘了，你们镇灵宗以幻术化神起家，跟街头卖艺玩杂耍的差不多，充其量只能算旁门左道，根本难登大雅之堂！"

寒夜连忙打圆场，道："陛下未醒，二位还是暂时放下成见吧。我先抛砖引玉，试试能否让陛下转醒，若是不行，就得几位道友出手了。"

说罢他双手掐诀，指尖往皇帝额头上一点，将灵力灌入。这是典型的搜魂之术，

不仅能查探皇帝昏迷前的部分记忆，还能寻找隐匿在周围与此相契合的游离残魂。此术各门各派手法略有不同，但大体是相通的。

片刻之后，寒夜放下手，摇头自嘲："敝人学艺不精，还得看几位的了。"

枯荷禅师不言不语，上前一步，手中禅杖顿在地上，双手合十默念经文。伴随着他的低声吟诵，皇帝周身浮现一层淡淡金光。仔细一看，那金光竟是由无数微小的经文组成。

太后见状不由心生希望，紧紧盯住皇帝。庆云禅院威名赫赫，四人之中承载了她最大希望的自然也是枯荷。

很可惜，这层金光在一炷香后逐渐淡化，而皇帝依旧毫无起色。

枯荷念了一声佛号："贫僧无能，若是院首在此，兴许有法子。"

他口中的院首，正是庆云禅院掌院孙不苦。以孙不苦的修为，太后自然没有疑虑，只是他现在不在洛都，远水救不了近火。越澄波与谢春溪也轮番尝试，都无功而返。

"这索魂之术古怪得很，我看着倒不像是寻常宗门能干得出来的，对方想必是将陛下的残魂禁锢在某处了！"

听见越澄波此言，枯荷颔首表示赞同："方才我搜索陛下的识海，发现他离魂之前残余的情绪并非充满惊慌恐惧，而是平和安详的，甚至有点快乐。"

这也是枯荷的疑惑之处，一个人在魂魄被攫取之前，必然是害怕的，但皇帝非但不害怕，还很快乐，这只能说明皇帝在被摄魂之前已经陷入迷梦幻境，任由对方摆布。

天子不是修士，年纪轻轻，意志力薄弱，被人乘虚而入可以理解，但皇城内外俱是里三层外三层的结界阵法，一般修士难以窥视，更勿论穿透。对方是如何突破重重围困，在不惊动坐镇宗师的情况下，进出皇宫如入无人之境并成功对皇帝下手的？

除非，他本来就隐藏在皇城之中。

太后差点就崩溃了："那现在如何是好？"

越澄波道："陛下出事，论理该有人摄政，若此事传出去，陛下的皇叔惠王必定发难。据我所知，谢掌教平日与惠王的交情倒是不错。"

谢春溪的脸一下拉长了："我与惠王不过是泛泛之交，越澄波，你今日不想着如何救助陛下，反倒一直针对我，你到底是何居心？难不成恶人先告状，你才是最有嫌疑的人吧？"

"这位道友，既然来了，为何一直不开口？"

二人又生争执，枯荷却望向另一边的长明，忽然开口道。

他所指的是长明，一直低调沉默、站在不起眼角落的长明。

枯荷的修为毕竟比另外三个人略高一等，竟能看出长明刻意收敛了修为灵力。

宋难言的心一下子提起来，比自己被点名还紧张。

长明笑了笑："我修为低微，不值一提，有几位在此，我洗耳恭听便罢了。"

他虽口中说洗耳恭听，脸上却没有低阶修士那种谦虚神色，但一个人是否见识广博阅历丰富，是无法伪装也无法刻意隐藏的。

谢春溪眯起眼："道友面生，不知是何门何派的高人？"

长明："无门无派，散修而已。"

谢春溪："就算是散修，也有师承吧？"

长明："先师山野闲人，名不见经传。"

谢春溪越发觉得此人可疑："便是山野闲人，总也是有师出的，你早不入宫晚不入宫，偏偏陛下刚出事，你就在这儿，天下岂有这么巧的事情？"

"谢掌教，这位是我的启蒙恩师。我们多年未见，他正好来京城探望我，听说陛下出事，事出紧急，我便携老师一同入宫，看能否帮得上忙。"

宋难言出面解释，他觉得谢春溪委实有些咄咄逼人了。但连太后面对此四人都是客客气气的，眼下皇帝出事，他更不能得罪这几位修士。他暗暗将这笔账记下，准备之后再找机会算账。

"老师？我记得宋丞相的恩师是六义书院的丘秉坤吧，怎么又变成这位了？难不成丘大儒在一夜之间剃光了胡子，还改头换面了？"

谢春溪摆明了不信他的话，竟伸手过来想要试探。在宋难言看来，姓谢的明显是想转移和越澄波的矛盾才跟长明过不去，但对方出手极快，他竟来不及阻拦。

"且慢！"

谢春溪充耳不闻，抓向长明的肩膀，想要试出他的来历。原以为十拿九稳的他在碰触对方的瞬间，表情蓦地一滞，竟是抓空了？！

他反应极快，一道灵力随即从掌心溢出，分作几股缠上对方。长明袍袖一挥，居然将他的灵力悉数挡在身外。两人交手数招，籍籍无名的散修非但没落下风，反而有些举重若轻，四两拨千斤的意味。

谢春溪心头邪火一起，还真就不信这个邪了！他原是没准备亮兵器的，但如果不拿下此人，他在越澄波等人面前，就会彻底沦为教训不成反被教训的笑话了。

"你果然可疑！"

谢春溪先下手为强给长明扣帽子，与此同时他并指微抬，剑随心引，化作白光疾射而去。白光至中途化为千万道，一剑幻千，所向披靡。

宋难言禁不住"啊"的一声，他的眼睛被剑光刺痛，忍不住抬手遮挡，心跳剧烈加快，几乎快要跳出胸腔！早知道就不该带老师进宫的，但现在后悔已经晚了。他没想到谢春溪跟越澄波过不去，竟会祸水东引，把矛头指向长明。宋难言又急又怒，这不仅是不把长明当回事，更是完全没将他放在眼里。

金阙道宫掌教，堂堂宗师，竟与无名散修过不去，而他谢春溪这一击，起码用上七八成灵力，高阶以下的寻常修士根本无法抵挡。千钧一发之际，任何在场的人想要阻拦已是来不及。眼看就要血溅三尺，万千剑光却忽而一收，仿佛瞬间垂下夜幕，万籁俱寂，有形之物化为无形。

当啷！谢春溪手中神兵竟断为几截落在地上。

再看长明，束手而立，神色如常。

"动辄要人性命，金阙道宫的人都是如此行事吗？今日给我徒弟一个面子，就不在这里杀人了，否则以我从前的脾性，谢掌教今日恐怕走不出这里。"

他淡淡一笑，眉目之间毫无厉色，话语却如利剑穿心。谢春溪面色惨白，连退三步。宋难言看着自家老师，微微张嘴，颇有些大开眼界的震惊。

至于其他人，也都是一脸意外。方才枯荷出言试探，只是觉得长明有些可疑，却没想到此人居然一出手就震慑住了一名宗师。他的实际修为，恐怕深不可测。

"技不如人，无甚可说的。太后，有道友这样的能人在，陛下必能逢凶化吉，我就不在此献丑了！"

谢春溪言语惨淡，甚至不想去询问对方的师承来历了，转身欲走。

"慢着！"越澄波岂能让他走，"谢春溪，你若是心里没鬼，急着跑什么！"

谢春溪沉下脸："凭你也想拦我？"

身后响起长明的声音："谢掌教方才有句话没说错，害皇帝离魂的凶手正是皇帝身边的人，也就是说，在场诸位之中，必有妖魔化身。"

此言一出，四下皆惊。若不是长明方才露了一手，大家几乎要以为他在说疯话了。

在场都有谁？

长明，宋难言，四位宗师，皇帝，两名近侍，另有两名高阶修士，以及太后。

第四章
妖魔现身

洛都上空，乌云从未如此浓密，天空雾沉沉的，却始终没下雨。不过这并不影响百姓的日常生活，这几夜比平日要热闹许多，浣秋节带来的喜庆氛围还未散去，东西坊照样灯火通明彻夜不眠。据说乐坊里还多了不少照月来的客人，一掷千金，纵夜寻欢。都说照月多富贾，果然名不虚传。

在歌舞升平的丝竹声中，在夜色的掩护下，黑气悄无声息地在云层中弥漫流逸，融入其中，没有惊动任何人。

滴答，滴答。黑气从井里冒头，从流动的团状逐渐变为人形，身上还淌着水。水滴落在青石板上，冒出一点烟，了无痕迹。

井前这间屋子是本城最大乐坊的后院。琵琶声嘈嘈切切，划拨的却不是忧伤，而是快活。衣着暴露的舞女随曲起舞，跳的是西域胡旋舞，手镯、脚环跟着琮琤作响。客人们推杯换盏，酒肉香气在屋中弥漫，进门上菜的伙计闻上一口，差点也跟着醉了。纱缎从光洁的肩膀滑下，引来众人又一阵喧哗。

在这样的氛围中，黑气从窗户缝隙潜入，在毡垫下游走，循着气息找到让它觉得最适合寄居的人选。

云未思盘坐静修，他双目紧闭，周身浮现出一层淡淡白光。

这是他们几人在洛都置的宅子，方便临时落脚，比住客栈要便利许多。此处临近东坊，又是居民区，闹中取静，夜晚还能听见遥遥传来的琵琶声。

这是他在九重渊里没听过的靡靡之音，许久以前，他也曾身处这样的繁华人间，

锦衣玉食，无忧无虑，现在想来却恍如隔世。近来他时常梦见从前的事，其中又与长明有关的最多。梦中的长明是冷酷严厉的，但梦中云未思的心态却随着时间在不断变化，从最初满心都是恨意，到后来每天被操练得精疲力尽，无暇顾及报仇；再到崇拜强大修士，一心求道。

前尘过往，点点滴滴，在梦中逐渐浮现。他修无情道，却越修越回去了，未能及时斩断那一点牵绊，结果寸草犹在，野火烧不尽，春风吹又生。

云未思忽然睁眼！他几乎没有犹豫，身形一掠就出了门窗，飘向屋顶，又循着瓦当飞向另一个屋顶。夜色中，俗世间的狂欢丝毫没有绊住他的脚步。他身形极快，寻常人抬头亦只能看见一道白色身影一晃而过。唯独他自己知道，那前面的东西比他更快！

那是一道魔气。

浅淡无尘，从窗外掠过，却瞬间被他捕捉到。他对魔气的嗅觉比任何人都要敏感。

从城内到城外，不过片刻工夫，他飞剑出鞘，直接穿透魔气，将其牢牢钉在前面的树干上。树干蓦地冒出烟气，须臾化为灰烬，连带魔气也消散殆尽。

云未思手腕微动，春朝剑即刻回到手中，他动作未停，手捏剑诀，顿时八道剑光同时向周身八个方向疾射而出，剑光如电，灿若霓虹。

其中一道剑光倏地半途顿住，而后爆开，炸出一个人影。

"上天有好生之德，云道尊这般不分青红皂白，可是伤了我一片好心！"

男人蓝袍广袖，颇有些飘逸的风采。

云未思："是你？"

男人挑眉："你记得我？"

云未思："我见过你。"

云未思觉得此人面目熟悉，依稀有些印象，应该是在很久以前打过交道。但在他的记忆里，关于此人的印象很模糊，这说明两人也只是萍水相逢，没有太多关系。

男人摇摇扇子，带起一阵香风，笑道："素来是只有宗师以上修为的人，才能入得你的眼。彼时我不过是无名小卒，怎能劳云道尊惦记？"

他一说话，反而勾起云未思更多的记忆："是你，当年跟在江离身边的小道童。"

男人有些讶异，似乎没想到云未思真能想起来。

"不错，是我。想必云道尊还不知道我的名字，敝人姓萧，名藏凤。"

这个名字让云未思的眼神有所变化："七弦门刘细雨的死与你有关？"

萧藏凤笑道："不能说有关，我只不过放了个引子，杀他的人不是我。正如今日，我将云道尊引到这里来，也不是为了与你动手，恰恰相反，我对云道尊仰慕已久，若非立场所限，你我也许可以成为惺惺相惜的论道之友。"

云未思不语，春朝剑霎时飞向对方，却在抵达萧藏凤身前半寸时，被无形之物阻挡，生生反弹回来。再看脚下，一圈红纹隐隐发光，正好将云未思圈起来。

"江离让你困住我？你以为你能做到？"云未思淡淡道，不是反问，而是轻蔑的否定。

萧藏凤叹了口气："我修为不过宗师级，比起你，自然是远远不够的。师尊将你困在九重渊，原想让你静心修炼，为六合烛天阵护持，没想到九方长明突然出现，险些坏了师尊的大事。云道尊，我无意与你为敌，反倒是你，无情道大功将成，只因一个九方长明就方寸大乱，前功尽弃，值得吗？"

"你们的目的是什么？江离身为万剑仙宗宗主，地位不啻人间至尊，他还想求什么？长生？成仙？与妖魔勾结，没有办法得到他想要的那些，他就算成魔，也无法长生不老。"

云未思目光灼灼，似乎非要得出一个答案。这也是他与长明曾经讨论过却未能得出结论的疑问。若说司徒万壑为了复活亲人会跟着江离去干这些事，那么号称天文地理无所不知的万象宫，为何也会被江离蛊惑？

云未思与江离相交不多，不甚了解。长明与江离此人却有过几次合作的经历，他对江离的评价颇高，但以他的敏锐聪慧，竟也想不通江离的最终目的究竟是什么。

"万剑仙宗之中曾出过得道飞升的人。"云未思道。

萧藏凤点头："你说的正是我师尊的师父，师祖落梅真人。"

当时，万剑仙宗只是一个二流有余一流不及的宗门，正是因为落梅真人白日飞升，轰动天下，万剑仙宗才一跃成为顶尖宗门。据说落梅真人飞升之前，给门中弟子留下不少修炼手记与灵丹妙药，在他之后，万剑仙宗人才辈出，江离众望所归，带领万剑仙宗更进一层。如今天下已无多少人敢直呼江离二字，大家往往都要称呼一声"江真人"。

云未思道："修炼之人，毕生追求也不过是得道飞升，长生不老。"言下之意，既然已有落梅真人珠玉在前，江离为何还要另辟蹊径？

萧藏凤微微一笑，这笑容里竟有几分苦涩。"师尊所作所为自然是有其道理的，他不奢望世人能理解。不过他说过，若是云道尊得知真相，也许能理解一二。可惜如今看来，你修无情道半途而废，前功尽弃，也是不成了。"

对萧藏凤装神弄鬼不坦诚的言辞，云未思回以一哂，不再与他废话，直接以力破难，捏诀列阵。

很明显，萧藏凤想拖住他，也许这关系到洛都城内正在发生的事情。他甚至有意无意提到长明，为的就是混淆云未思的心神。云未思微眯起眼，春朝剑身随意动，在他身侧悬停轻颤，似感应到主人的战意。他心无旁骛，所有注意力都落在面前的萧藏凤身上。

皇城，咏玉宫。

寝殿之内，长明语惊四座。鉴于他先前展现出来的实力，没有人立马跳出来指责他妖言惑众，震惊之后，众人的表情都有些惊奇。

枯荷当先道："道友修为深厚，贫僧有眼不识泰山，方才有所得罪，不过我等受托护佑天子，自然不能有所轻忽，还请道友见谅，敢问道友尊姓大名？"

长明负手淡淡道："我是何姓名，出自哪门哪派，跟我说的话有关系吗？"

枯荷稽首："自然没有关系，贫道只是仰慕道友风采，而且道友所言非同小可，不知有何依据，可方便说一说？"

宋难言算是大开眼界了，今日之前，他可想不到素来高高在上的宗师会如此低声下气。在他看来，在场这四名宗师架子一个比一个大，尤其是来头不小的枯荷与谢春溪。枯荷虽然不像谢春溪那样目中无人，但他背靠庆云禅院，说话做事让人挑不出毛病却又让人感觉到一丝骄矜。

宋难言知道这是修士的通病，他们在面对普通人时，总会不自觉地表现出高高在上的优越感。俗话说得好，在绝对的实力面前，只有绝对的臣服。头一回看见连天子都要恭敬相待的宗师在自己老师面前低下头，宋难言不得不说，这心情——还真挺爽的！

长明道："我与妖魔打过几回交道，很清楚他们擅用的手法。先前我就曾在照月公主身上看见妖魔惯用的沧海月明，但她还未觐见，皇帝就已经出事，可见宫廷之内早有妖魔隐匿。方才为皇帝诊断时，有人已经在言语举止中露出了破绽。"

太后惊疑不定："真人所言，是指谁？"

长明没有急着回答太后，他的目光扫过在场众人。有人垂着头、不与他视线相接，也有人目光相触之后即刻移开，尤其是一名皇帝身边的近侍。他原本就有些紧张，被长明一看，更是手足发颤，只觉对方目光锋利如刃，一下刺穿他的内心，令他无所遁形，不由得往后退了一步。

此时此刻，他这一退就太招眼了。

太后立刻道："将他捉住！"

离那近侍最近的枯荷出手如电，立时就将那人制住，令他动弹不得。

"太后饶命！小人所做一切皆为刘昭仪指使！她口口声声说体恤陛下，亲手做了羹汤想给陛下尝尝，小人绝无加害陛下之心，也万万不敢这么做啊！"近侍彻底崩溃，苦于无法下跪求饶，只能痛哭流涕。

太后怒道："你究竟做了什么！"

近侍抽抽噎噎地说："刘昭仪苦于陛下不肯临幸，就亲手做了碗莲子汤，求小人送上来，陛下用了两口，说太甜了，就……"

太后："那碗莲子汤呢？"

近侍："被、被小人倒掉了！"

枯荷："碗还在吧，把碗拿过来。"

太后赶忙让人去找碗，她恨不得将此人大卸八块，但现在却不能动。这刘昭仪进取心甚强，几次三番想要接近皇帝，但皇帝年轻，又不太喜欢比他年长的女人，逼得刘昭仪不得不剑走偏锋。下毒谋害皇帝，她肯定是不敢的，但焉知她不会被人给利用了？

碗很快找来，枯荷等人查看一番，没发现什么异样。

"从这碗里残存的汤汁来看，应该只是放了些助兴的药物，并无其他。"

若是方才，没有谢春溪主动挑衅长明的一幕也就罢了，在长明展示了实力之后，其他人自然不能再装作他不存在。

太后恭敬有加地主动询问："宋相的老师可也要看看？"

长明摇摇头，什么也没说。枯荷忽而心头一动，长明不看碗，说明他也不认为问题出在宫人身上，那他所说的妖魔又是指谁，总不会是随口胡诌的吧？

太后没想那么多，她又气又恨，余怒未消："依几位真人看，可要将刘昭仪一并抓来审问？"

谢春溪因为方才受挫又走不得，深感失了颜面，此后一直维持着漠然的态度，不主动掺和也不主动开口。越澄波面带讥诮看了他好几眼，几次想出言嘲讽，碍于情面都忍下来。四人中寒夜一向是低调的老好人，不会抢着说话。

唯有枯荷回答太后："若能将人带来问一问，是最好的。"

长明却道："刘昭仪是否参与谋害天子，我不知道，但在场还有一位脱不了干系，寒夜道友，你说是不是？"

寒夜冷不防被点名，微微一愣之后脸色渐沉："道友此言何意？"

长明道："有两种人，一种是做贼心虚，一种是故作镇定。不知寒夜道友是哪一种？"

这下，寒夜确定对方是来找碴的了。

"道友这话好生奇怪，你是怎么认定我有嫌疑的？"

长明道："方才越澄波与谢春溪二人起争执，你打圆场并头一个上前为皇帝搜魂，当时你做了什么？"

寒夜："在下学艺不精，无功而返，让道友失望了！"

长明摇头："东海派有一门绝学名为素神诀，在施术人修为超过被施术人许多时，可以此诀攫取对方灵力，包括搜魂摄魄。我记得没错吧？"

寒夜冷笑："道友对我东海派倒是了解得很！可方才需要查看陛下体内是否还

有残魂隐匿，我用素神诀又有何问题？"

长明："用素神诀自然是没问题，问题就出在你用素神诀的时候，还悄悄留了一缕灵力清除皇帝体内的残留魔气，以防其他人在查看情况时发现真相。"

寒夜："血口喷人！你究竟是何人，身份不明就敢入宫来胡言乱语！先前是跟谢掌教过不去，现在又盯上我，究竟是谁派你来的？！"

谁知谢春溪却半点不想被他拉下水："不劳寒夜道友惦记，是我主动挑衅却技不如人，与他无关。"

寒夜气得咬牙："好好，如今陛下情况不明，当务之急是找到他的魂魄让他尽快苏醒，你们却在这里听个连名字都不知道的人胡言乱语。既然你们都不敢动手，我就当仁不让，先除了这个祸害吧！"

话音刚落，他人已到了长明面前，灵力倾泻而出，牢牢将长明压制住！

转眼两人就动起手来，太后牵挂儿子还躺在榻上，心急如焚，忍不住拉住枯荷的袖子，让他赶紧制止二人。

枯荷苦笑，他何尝不想阻拦？他是插不进手。那个不知姓名的男人也就罢了，刚才他反击谢春溪，已展现出不可小瞧的实力。枯荷没想到的是，平日里不显山不露水的寒夜竟也是藏了拙的，他很难将老好人寒夜与眼前这个出手凌厉的中年人联系在一起。

看样子寒夜似乎很想给长明一个难忘的教训，出手就是杀招，灵力澎湃而出，汇聚成海汹涌席卷而来，毫不留情。

反观长明，双手空空，只靠袍袖抵挡对方的攻势，大有后继无力的迹象。

太后往后踉跄两步，直接坐在了皇帝床边。

宋难言忙低声道："太后保重凤体！"别说太后，这一晚上跌宕起伏，连他都有些承受不住。

太后看了他一眼，心里很是埋怨宋难言自作主张将长明带进宫来，但事到如今，她也不好说太过火的话，只是问道："宋相，你这位老师到底是何来历？"

宋难言道："实不相瞒，当年臣拜师时，只知老师名叫方长明，是臣老家的父母官。臣随着老师学习儒家经典，当时并不知道老师还是修士。后来老师离去多年，我也只当他老人家仙逝了，如今想来方长明这个名字应该也不是老师的真名。臣还没来得及问，就听说宫中出事，连忙带着老师赶过来了！"

"既然如此，你快让你老师住手，寒夜真人守卫宫廷数载，是先帝极为信任之人，绝不会——"

话还未说完，她的脸色就变了。不只是她，宋难言连同其他人，也都神色大变。

原本所有人都以为寒夜占据上风时，长明忽然转守为攻，召出四非剑，剑光步步紧逼，直接将寒夜的退路截断，再反手筑起剑阵困住他，直把寒夜逼得无招可出，不得不撕下人皮，亮出妖魔本相。

寒夜也看出长明不是出手试探，而是真要将他置于死地。他再不拼尽全力，就真要死在当场了。他不再犹豫，撕开身上束手束脚的皮相，青面狰狞，咆哮一声冲向剑阵。魔气轰然如海，剑阵很快出现裂痕。寒夜抓住机会强行撕开缝隙，破阵而出！

但他居然没有对长明出手，而是直接消失在原地！

观战的枯荷心道不好，他隐隐猜到寒夜的打算，抬手就想筑起结界，却是晚了一步。

下一刻，太后尖叫声响起！细嫩白皙保养得当的脖子被一只手掐住，紫黑色的指甲尖端深深陷入她的肌肤里。

"住手！"

众人大惊，却不敢轻易出手，生怕打了老鼠却伤了玉瓶。

寒夜倚仗的也正是这一点，阴恻恻盯着他们："都给我让开！"

谢春溪等人都没想到长明所说居然是真的，这妖魔不知何时杀了寒夜，然后伪装成他，模仿他的言行举止乃至东海派的灵力心法。不，不能说模仿，谢春溪觉得这厮必然吸取了寒夜的记忆和灵力，化为己用，才能没留下一点破绽。

今日若不是长明，恐怕所有人都要被他瞒过去。只这一点，就足以证明宋难言的老师不管是眼力还是修为，都力压在场所有人。其他人都没敢上前，唯独长明并指御剑，在"寒夜"尚来不及反应之前，剑光化为长虹袭来，竟然穿透了太后的身体，直接将"寒夜"一道钉死在身后的柱子上！

"啊！！！"

四非剑的剑气如何是妖魔能承受得住的，"寒夜"不断嘶吼哀号，身体逐渐变黑，开始腐化为脓水沿着柱子流下。

而与他钉在一起的太后则在剑身入体那一瞬间变成了一具白纸傀儡。真正的太后早就被长明偷龙转凤用障眼法安置在了寝殿外面，此时她在近侍的搀扶下进来，双膝虚软，惊魂未定。

"陛下的残魂到底在哪里？！"越澄波上前逼问。

"寒夜"嘴角扭曲，露出狞笑，支撑着残躯不肯开口。既然他已经难逃厄运，又怎么可能会告诉他们？

萧藏凤将云未思引到这里来，明显是早有准备的，他周身的屏障被春朝剑斩碎之后，人却原地消失了。

云未思发现他进入一个新的幻境，眼前景物为之一变。

他看见另外一个自己，还有长明。一把剑插在"自己"的心口上，剑柄则握在长明手中。剑尖穿透身体，血顺着剑尖不断淌下。

长明神色漠然，看着被四非剑所杀的云未思。

"这是你应得的下场。"云未思听见长明如是道，"人魔殊途，你的存在只会给我和这个世间带来更多变数。"

那是长明的声音，曾经多么熟悉，现在就多么陌生。

这个幻境很用心，不仅人物栩栩如生，连声音都能影响心境。云未思想召唤春朝剑出来破阵，却发现召不出来。

"这不是幻境，而是未来。"

萧藏凤自黑暗中步出，面色和煦，如老友叙话。

"是你和九方长明的未来。"

云未思淡淡道："我竟不知以你的修为，还能扭转乾坤、倒置阴阳了？"

萧藏凤似未听出他的嘲讽，反而语重心长地道："云道尊，你如今魔气入心，除非修无情道，否则无法可解。你既已在九重渊修行多年，何必为了一个九方长明重新入世呢？他不过是你修道路上的障碍，除了将你拉入泥潭之外，一无是处。"

阵法幻境里，在萧藏凤口中所谓的未来里，"云未思"缓缓倒地，至死都是难以置信的表情。

"九方长明"将四非剑抽出，手覆在"云未思"的额头上，却不是为了让他瞑目，而是搜索他体内残存的魔气，以确认他是否彻底消亡。在确定魔气彻底消散之后，"九方长明"还不肯罢休，他掌心上翻，火焰落在"云未思"的尸身上，燃起，蔓延，将"云未思"烧成灰烬。

目睹这一幕，真正的云未思面无表情，处变不惊。

萧藏凤试图从中窥探一丝破绽，但对方心如止水，灵识圆融无缝，竟连半点破绽都没有露出。这样一个云未思似乎已经修成了无情道，任何人做出任何事，都无法撼动他的道心。

萧藏凤不相信，如果真是如此，他又怎会入魔？

云未思一动未动，他在寻找机会。萧藏凤看似在他身旁说话，实则那只是一个幻影。只要他稍有举动，幻影就会消失。想要出手，就必须先寻找出对方真正的藏身之处。

"你为何要与我说这些？"云未思缓缓道，"是因为江离以天下为棋盘，布下六合烛天阵，需要我回九重渊为你们镇守万神山的那一角？"

萧藏凤挑眉，似有些意外："原来你们已经猜到，不过这也不难猜，如果你跟

九方长明两个人联手，还猜不透我师尊的计划，那天下恐怕也无人能识破了。"

云未思不是为了听对方吹捧，自然对这些话不置可否，他在等萧藏凤的下文。

"五十年前，万神山那个六合烛天阵，仅仅是一个尝试的开端。"

萧藏凤缓缓开口，揭开那座掩藏在岁月中的冰山的隐秘一角。

云未思神色微动："所以，在想出布下六合烛天阵的法子时，江离和迟碧江就已经想过阵毁人亡的结果，我师尊和任海山等人都是牺牲品？"

萧藏凤摇摇头："不能这么说，当时我师尊同样做了牺牲的准备，他以为他也会在那一场变故中身亡，没想到最后幸存下来了。既然如此，计划就得以继续了。而且，九方长明本身是精通阵法之人，他当年既然答应与我师尊合作，自然就要接受可能发生的一切后果。"

云未思冷冷道："那为何你们要将阵法失败的责任归咎于他？"

"凡事总要有一个出来负责的，不是吗？成大事者不拘小节，我师尊为了这件事做出的牺牲是你们想象不到的，让九方长明来分担一点又有什么不妥呢？"

他注视着云未思，微微一笑，没将对方身上的冷意和杀气放在心上。

"九方长明正邪无忌，行事诡异，再加上叛出道释魔儒四门，说他与妖魔合作，不会有人质疑其真实性，也不会有人帮他说话。只是我没想到，在那样惊天动地的变故中，他竟还能存活下来。而你，明明与他反目成仇，还愿意为了他镇守九重渊，数十年不踏出一步。你们的师徒之情令我感动不已，但是，"萧藏凤略顿了顿，"你觉得九方长明归来仅仅是要与你重叙师徒之情吗？他想要为自己翻案，想要寻找当年的真相。你是其中的关键人物，而你入魔了。以他行事不择手段的性子，他是会与一个即将成魔的徒弟重修旧好，还是利用你来揭开谜底，然后踩着你的尸骨，一步步走上去？你，可曾想过？"

萧藏凤说完这句话，发现云未思的神情似乎有些许恍惚，虽极其细微，但被他捕捉到了。

正是现在！

萧藏凤不再犹豫，亮光乍然从八个方位浮现，八个幻影同时飞掠向对方！

光团去势极快，几乎在他话音刚落的瞬间就已扑到云未思的面门上。

云未思只来得及后退半步，灼热火焰在他周身迅速燃起，星星之火眨眼就成燎原之势。火越来越大，黑焰冲天，几乎将阵法之内的云未思淹没。即使他祭出春朝剑，也无法阻挡这些来自黑暗深渊的火焰，只要火舌接触到肌肤，就必然会将人吞噬殆尽。

如果长明或许静仙在此，一定能认出这些黑焰与九重渊里的萤火尸虫极为相似。

烈焰中，云未思的脸渐渐变黑，脸上流露出痛苦之意。他的半身已经被黑焰吞噬殆尽。黑焰如附骨蛆，舔着他的身体往上蔓延，不死不休。

萧藏凤忽然感觉有些不对劲，太顺利了。没有人比他更懂这些黑焰的威力，凡是被沾上的，几乎没有还手之力，哪怕是宗师。但云未思不一样，他是曾经独挑道门几大宗师、最终稳坐道门首尊位置的人，是数百年来道门仅承认过的几位首尊之一。一个修为超越大宗师的人，会如此轻易就没了吗？

当黑焰烧至云未思的脖颈时，萧藏凤忍不住踏出半步。

正是这半步！

他心头警铃大作，那是来自识海深处的警示。后背传来一股寒意，萧藏凤来不及转身，直接用灵力筑起结界护住周围，再召出自己的兵器——一把似剑非剑、似刀非刀的长枪。长枪反手划向身后，炸开一片巨大的气海，绚烂耀眼，也迷惑人心。

但那一点寒意并没有消失，居然无视所有攻势和结界，直接穿透了他的后背，再从前胸射出。萧藏凤能感觉到心脏像被什么东西打穿，骤然在体内爆开，这股力量甚至还不消停，直到将他全身的经脉、筋骨震碎。他如同一头被剔骨的猛兽，软软地倒在地上。

萧藏凤的神志还很清醒。他自知死期将至，却只能眼睁睁看着黑焰中的"云未思"烧成灰烬，另外一个云未思朝他走来，嘴角微翘，带着讥讽。

萧藏凤明白了，被烧死的是云未思的化身傀儡。看来，九方长明将御物化神之术传授给了他。以云未思的悟性，想要在短短时间内学会，并非难事。

"你既然知道我即将入魔，怎敢用魔物的东西来对付我？"云未思哂笑，看萧藏凤的眼神如看死物。

萧藏凤的脑袋渐渐变得沉重，他甚至无法再去看对方的表情，只能垂下头。他感觉云未思与之前有一些差异，这样的语气，这样的表情，不太像是那个八风不动的人。但他的神志昏昏欲灭，嘴角淌血，已经说不出话了，只能将眼睛盯在对方不断走近的鞋面上，仿佛要从上面看出一朵花来。

"我知道你的魂灯在江离那里，不过他赶不及来救你了，真是可惜。当年他怎么布下这个局，现在我要他看着自己身边的人一个个死去，很快就轮到他自己了。"

不……萧藏凤勉力张嘴，似乎想要说话。血突然大量从口中涌出，顺着下巴染红前襟，也彻底堵住他临死前最后的声音。

他双眼圆睁，死不瞑目。

云海面无表情，掌心簇起一朵蓝焰，弹指落在萧藏凤身上，连同来不及逃脱的魂魄，全部燃为灰烬。就算江离赶过来，也找不到爱徒的一丁点儿痕迹了。

云海觉得这样处理太便宜他了，按照他的风格，至少要将萧藏凤的残魂拘禁起来反复折磨，但那样一来，恐怕会给江离做手脚的机会。对付江离、萧藏凤这种人，

云未思的无情道根本不堪一击，还得他出手才行。

云海一挥袖，灰烬随风而起，消散在夜色中。长明那边应该也差不多了吧？心念刚起，云海就感到一股牵引之力，似冥冥之中有无形之物拉着他望向不远处。

灯火通明，塔尖在夜色下也泛着琉璃异彩，令人目眩神迷。

那里是——八宝琅嬛塔！

第五章
琅嬛塔历险

时间回到两个时辰前。

皇宫内寒夜刚刚伏诛,但皇帝的残魂依旧遍寻不得,众人不得不分散开来,四处寻找。最后,谢春溪在太后寝宫的床底下找到皇帝三魂中的一魂。

一魂入窍,皇帝慢慢苏醒,但整个人依旧是呆滞的,不会说话也不会动,如同被随意摆布的傀儡。

眼看所有人都束手无策,太后不由得心生绝望。她与先帝就这么一个儿子,若他出了问题,且不说围绕帝位承继会掀起多少腥风血雨,单是幽国得知了消息就绝不会放过这个大好机会,还有现在向他们俯首称臣的照月王朝,恐怕也会生出异心,趁着洛国内讧转投幽国。两国联手,洛国危矣。看来,幕后之人是想搅得天下大乱了。

谢春溪与越澄波正分头在宫内各处搜罗审问,希望能从可疑人物身上找到一丝线索,但恐怕希望渺茫。

太后不停垂泪,将大部分希望都放在长明身上。在她看来,这位能够凭肉眼就辨认出妖魔的真人,本事一定比其他人强。

"明日照月使者就要入宫觐见,皇帝如今这样……还是我出面接见他们吧,对外就说皇帝病了,这几日要歇息。"

枯荷道:"事情拖了这么久,宫中消息很难彻底封锁。此刻惠王想必已听到风声了,若他将消息透露给照月使者,那对方无论如何都想亲自看一眼陛下的情形,还请太后稍敛悲伤,早做打算。"

太后神色一凛,很快擦干眼泪:"禅师所言极是,多谢提醒,不知二位有何建议?"

长明道："我有一门法术，可以傀儡替身取代皇帝。不过这傀儡只能维持一日，不能近水不能近火。若是来使离得远一些，蒙混过去并不困难。"

太后听得长明言语，连连点头："如此甚好，那就拜托真人了！真人实在助我良多，今日若不是你，恐怕就要被那妖魔得逞了。还不知真人尊姓大名，不知真人能否告知，我必在宫中为您供奉长生牌位！"

长明道："在下九方长明，无门无派，散修而已。"

太后从未听过这个名字，却不得不装出久仰大名的表情："原来是九方真人！"

旁边枯荷先是微怔，感觉这个名字无比熟悉。下一刻，他如遭雷击，浑身僵住。

九方长明？！

几乎没有一个修士没听过九方长明的名字，那曾经是悬于每人头顶的一盏明灯或一把利剑。相较他人而言，九方长明与庆云禅院还有不浅的渊源。虽然枯荷入门时，这位行事无忌的大宗师早已叛出佛门，但关于他的传说从未曾停过，以至于后来还有人指着枯荷打水的那口井说，九方长明曾在这口井旁边悟出威力巨大的佛门法咒。

时隔多年，没想到竟还有人提起这四个字。枯荷疑心此人是个冒牌货，毕竟总有些人想要冒充威名赫赫的前辈，这种人他也见过不少。但他盯着长明再三端详，却一时看不出个所以然来。

枯荷的异常引起太后注意，她觉得奇怪："禅师，可是有何问题？"

"没有，是贫僧走神了，太后见谅。"枯荷双手合十，将目光收回。

长明没有理会枯荷的打量，他既重回人间，往后这样的事情会屡见不鲜。

"我有一事想问，还请太后如实作答。"

太后定了定神："真人请讲。"

"那八宝琅嬛塔，可当真是皇帝梦见神仙所建？"

"非也。再过两月便是我的生辰，皇帝孝顺，说想建一座塔来供奉五谷宝物，祈求我长命百岁，也祈愿我国五谷丰登，国运昌隆。"

"这么说，民间传说神仙托梦是假的了？"

"让真人见笑了，的确是以讹传讹。想必是民间百姓喜欢玄奇故事，故而添油加醋了。"

"那么皇帝去过那座塔吗？"

"没有，那座塔自落成之后，皇帝与我只是远远眺望过，未曾入塔。皇帝原是打算十二月初二，也就是我生辰那日，请庆云禅院的高僧大德入寺开光作法，我与皇帝亲临祭拜，祈求风调雨顺。此后每逢初一、十五，再开放允许百姓入内供奉鲜果。"

"也就是说，现在塔里没有人？"

"没有。"太后顿了顿，"应该没有。"

她又望向枯荷，似乎想从他那里得到确认。

枯荷道："的确没有，除了运送器物入塔那日有禅院僧人随行之外，如今塔里是无人的，塔外倒是有人驻守。道友是怀疑塔有问题？"

长明："洛都八面来风，此塔正好建在风口处。若说四平八稳，天地相连，这琅嬛塔正好就处于连接天地的中心，如冠冕明珠，耀眼夺目，却也吸阴聚阳。"

太后紧张起来："那会怎样？"

枯荷接上长明的话："神仙喜欢这样的地方，邪物也会喜欢。"

太后脸色微变。

"这塔的地址是寒夜定的，禅师与谢掌教都看过，说没什么问题。"

枯荷叹了口气："是贫僧的疏忽。从选址上看，塔本身的确没问题，我只是没想到寒夜有问题。"

长明道："东海派何时也擅长堪舆之术了？"

枯荷："寒夜虽为东海派长老，但他的堪舆之术却是家传的。他姑姑便是万象宫弟子。"

兜兜转转，果然都连上了。长明不再多言，只对太后道："我想去那塔里看看。"

太后抱着希望："皇帝的生魂会在那里吗？"

谁也无法回答这个问题。

枯荷道："我随道友同去吧，宫中就有劳越道友和谢道友继续搜寻了。"

太后忙道："还有一事，照往年惯例，此次幽国使者与照月国使者入宫，必定带着修士同行，想与我方切磋比试。去年是我方赢了，但今年幽国必定不死心，听说这次他们带了两位宗师。还请二位尽量在天亮前回来，你们不在，我心里实在不安！"

经过方才种种，太后对长明的信任已经超过其他三人。枯荷也知道她说的是二位，实际上指的是长明，便没有出声擅作主张。

长明道："琅嬛塔如果真有问题，我们能不能安然离开还是未知，无法承诺何时出来。"

太后脸色一白："竟如此凶险？"

枯荷觉得长明言过其实，但他生性厚道，没有当着太后的面拆台，道："目前不知塔内情形如何，无法承诺。宫中有谢、越二位宗师在，应该无甚问题。"

说罢，他从袖中摸出一枚铜令："若有急事，太后可派人至禅院寻我师弟听雨。"

这算是多了一重保障。太后略松口气："多谢禅师，多谢真人。祝二位顺利，希望洛国平安，天下和顺。"

皇城离琅嬛塔不远，以两人的道法功力，片刻可至。

入塔前，枯荷频频看向长明，欲言又止，最终还是忍不住问："庆云禅院昔年曾出过一位佛子，虽半途入佛门却资质过人，被尊为五百年来不世出的天才，后来却又因故离开佛门，此人姓九方名长明，敢问道友……"

长明懒得听他啰唆，直接打断："是我。"

枯荷："……"

长明看他一眼："你跟孙不苦同出一门，说起来我也算你师伯吧。你怎么跟他半点不一样？若有他那种圆滑的功夫，现在庆云禅院院首就是你了。"

枯荷连连苦笑："不敢当！前辈言重了，我怎敢与不苦师兄相比！"

长明"嗯"了一声："就你这样，难怪会被扔到洛都来吃灰。"

枯荷本想多试探几句，没想到反被噎得说不出话来，索性闭嘴了。

琅嬛塔外的确有修士驻守，不过这些驻守者修为都不会高到哪儿去，看见枯荷过来都纷纷行礼。听了枯荷来意，他们很快将塔门打开。

但长明没有急着进去，他抬头望去，在这样的视角下，塔尖高耸入云，每一层窗口都有微光，仿佛有人在里头连夜抄经。如果夜里有人没睡，遥望此塔，心头会有一点暖意，仿如心灵得到一丝慰藉。

但这些都是表象。在修真之人眼里，塔尖之上云层翻涌，猩红若隐若现，正是不祥的征兆。

琅嬛是传说中天帝藏书之处，但这座塔非但没有带来吉祥，反而从建好之后，洛国就开始频频出事。细微的裂缝也许不起眼，但当裂缝连接在一起，就会形成更大的缝隙，最终四分五裂，分崩离析。皇帝出事，正是其中最显眼的一条缝隙。

连枯荷都看出不对劲了。入塔，出乎意料的平静。没有扑面而来的魔气，也没有想象中的敌人。

枯荷的目光从神像移到其左右四方，抬头看穹顶，低头看地板。一切如常，并无异样。

"这神像刻的是虚天藏？"长明问。

"确是佛门虚天藏佛尊。"枯荷低头朝神像行礼。

虚天藏是创立佛门之人，传说是佛子降世，圆寂之后被尊为佛门祖师。庆云禅院也有佛尊立像。不过与禅院的立像不同，这尊神像是坐像，佛尊盘腿而坐，一手持珠，一手掌心向上，托着虚空。

关于这神像，其实还有一段争议。不同于幽国尊佛，洛国是佛道儒皆尊，取海纳百川兼容并蓄之意。所以琅嬛塔建立之初，关于塔内的神像是佛是道，佛道两家一直争论不休，枯荷跟谢春溪差点翻脸。后来儒门也加入进来，非要在塔内挂儒门先哲的画像。皇帝被吵得没办法，最后取了个折中的法子，八层的宝塔中，一层塑佛门神

像，三层挂儒门先贤的画像，最高一层的塔顶则供奉道家法宝，如此一来，三家兼容，大家都无话可说。

虽然后来佛门表示不满，凭什么道门和儒门的东西能在其顶上，儒门也不痛快，觉得被夹在中间，但这些都是细枝末节，枯荷不想说出来徒惹长明笑话，却听长明问："神像手上是准备托举什么？"

枯荷定睛一看，笑道："没有，这就是本来的手势。"

手托虚空的神像比比皆是，长明没再纠结，二人转而察看第一层的各处。珐琅墙砖在烛光下熠熠生辉，仿佛琉璃世界，地面还贴着莲花金砖，花儿朵朵绽开，令人心醉神迷，恍惚间仿佛摸到西方极乐的门槛。

有乐声隐隐从楼上传来，琵琶箜篌编钟，璁珑悦耳，曼妙动听。

但塔内除了他们，分明是没人的，又怎会凭空发出乐声？

枯荷心头微凛，一下清醒过来，不由得看向长明。后者却已拾级而上，朝二楼走上去。

"前辈！"

枯荷下意识伸手，慢了半步，只抓到对方的袍角，长明的身影已消失在楼梯拐角处。他无法，只好握紧手中禅杖跟上去。

二楼是另一个世界，妖娆的舞者翩翩起舞，男女皆有，衣袂飘飞，纱绫半透。

长明不知何时已站在中间，一名舞姬贴着他，丰乳顺着他的轮廓一点点往下挪，红唇贴近，吐气如兰。

枯荷面红耳赤不忍再看下去："何方妖孽，竟敢作祟！众生无相，妖魔尽退，去！"

他手捏法咒将灵力化为金光拍向众魔，却见那些舞者非但毫不惊慌，反倒嬉闹窃笑，好像在嘲笑他的小题大做，纷纷簇拥过来将他也拥到中间。

法咒为何不起作用？！枯荷惊疑不定，身不由己被推着走。这些男女舞者同样用妖娆的身体缠住他，令枯荷难以动弹，不管他念什么法咒、用什么法术都不管用，他发现自己不管往哪个方向挪动，最终都会绕回原地。

舞姬脚踝的铃声仿佛有种魔力，跳动间丁零作响，让枯荷控制不住自己，有种想要跟着跳舞的冲动。

这是天魔舞！

他满头大汗，恍然惊觉，却发现另一头长明已经跟着女舞者跳起来了，甚至还伸手抱住她，两人缠在一块，身躯扭动，令人无法直视。

九方长明已经被蛊惑了！枯荷心头一凉，想到一世英名恐怕要毁于此处，日后旁人打开此塔，只会看见他跟长明倒在地上衣衫凌乱面露痴态。那真是无法洗清的污名了，虽然他心思清明，身体却不由自主沉沦下去，甚至有种想要拥抱面前舞女的冲动。

啪！他听见一声爆响，脸上被溅了温热的液体，流到嘴里，还有点咸腥。

枯荷定睛细看，长明的一只手穿过贴在其身上的舞姬的身体，灵力灌注，舞女惨叫一声，身躯骨骼寸寸碎裂，脑袋滚到枯荷脚下，双目圆睁盯住他，眼睛里尽是不甘，张口还要来咬枯荷。他下意识后退半步，脚下一空，半身入了血池。

那脑袋咕噜噜沉下去，取而代之的是无数的手在血池中拉扯他的脚踝，想要将他彻底拉下去。血池里的血水不时飞溅到枯荷脸上，鼻腔里满是腥气。无数声音在他耳边呼喊自己死得很惨，让枯荷陪着他们一起。

怨念深重，血海滔天。但洛都是繁华之地，哪来那么多的冤魂？

枯荷暗自心惊，一不留神整个身体被拉进血水里，他没防备喝了一大口，差点没吐出来，神志却变得恍惚。

意识模糊间，他隐约想起来了。洛都本是前朝故都，洪氏主政末年，乱臣起叛，天子拒不开城门，乱臣大怒，攻下洛都之后大开杀戒。据说十日之内死了五万余人，除了提得到消息逃出去的少数人之外，大部分百姓连同来不及逃走的前朝贵族，悉数死在屠刀之下。城中尸骨遍地，腥臭冲天。

后来洛国先帝打败乱臣入京之后，才派人收殓尸骨，埋在京都地下。但那么多死于非命的人的怨念，又岂是能够轻易平息的？

仿佛为了印证他的猜测，他的耳边响起喃喃低语，诉说自己从前死得如何惨，又是如何痛苦不甘，盘旋、苟且阴暗处多年，想要重回人间。

枯荷若真被轻易蛊惑，他就不可能在洛都撑起庆云禅院的门面了。他握紧手中禅杖，不再去管那些从四面八方抓住他身体的枯骨，闭上双眼，杜绝一切视觉上的迷惑。

"世间芸芸众生，多苦少乐，执迷虚妄，故有法在，超度万相，归于庄严。破！"

枯荷陡然睁眼，手中禅杖光芒万丈！

一切枯骨化为乌有，所有冤魂在佛光中被净化超度，血池逐渐消退，攀附他身体的枯骨也不见了。多年的执念在诵经声中灰飞烟灭，纵然还有些不肯消散，企图缠住枯荷，也都在他的经声中无以为继。

枯荷没有忘记他们进来的目的，他同时也在用搜神术暗中搜寻皇帝的生魂，但等到这些怨灵化为光团消散干净，他也没有找到皇帝生魂的下落。

枯荷重新置身琅嬛塔第二层，发现四面原本绚丽多彩的壁画，居然都变成了空白。

"天魔化生，以画为偶，恭喜禅师堪破业障，修为更上一层。"

枯荷对上长明似笑非笑的眼神："惭愧，贫僧学艺不精，让前辈见笑了！"

无论师门和外界如何评价，在枯荷看来，九方长明都是当年的天下第一人。如今重现人间，修为只怕不减旧日，长明恐怕早就破除迷障，在旁边看着他挣扎沉沦呢。

"敢问前辈可曾找到天子残魂？"原本枯荷只是碍于修养和长明的名头称呼其为前辈，这一次他的语气变得很真诚。

强大的实力是最容易得到尊敬的，长明深知这一点。

"没有，再上去看看。"

如枯荷先前所言，琅嬛塔三楼供奉着儒门先贤的画像，一共十六张。枯荷不是儒门中人，对画像里的人认不全，他只看这些画像里是否隐藏着魔气与残魂。

本来好端端的宝物供奉塔，有儒释道三门法宝神像镇压，居然会有天魔血池。若他不是宗师修为，此刻恐怕早就着了道。如此看来，若是对方以画为障，将魂魄困在画里，倒也不是不可能。枯荷小心翼翼，谨慎地检查每一幅画。这些画虽然栩栩如生，却无任何神通。这一层仿佛就是一个瞻仰先贤之地。

枯荷皱起眉头，望向长明。长明似乎知道他想问什么，摇了摇头，表示自己也没发现异常。二人继续往上，四层，五层，六层，七层。宝塔视野绝好，站在窗口远眺皇城，一览无余尽收眼底。

越是平静，枯荷越是觉得古怪，他总觉得有什么隐藏在下面，翻涌欲出。

"顶层供的是道门法宝？哪件法宝？"

"是神霄仙府先代掌教所用的拂尘，名为瀚海归尘，还有皇室的部分珍藏。陛下对此塔甚为重视，命人将不少宝物都搬进来了。"

说话间，二人步入顶层。果如枯荷所言，中间琉璃台上供着一柄拂尘，隐有流光闪烁，看似不凡。

长明见过瀚海归尘，以他的眼力不难分辨真假，眼前这柄拂尘确是如假包换的瀚海归尘。这件法宝是神霄仙府先代掌教早年所用，是上佳法宝，但不算绝品，象征意义远大于实际。这件法宝供奉在此，意味着洛国皇室与道门的相互认可。

问题不是出在瀚海归尘上。长明的视线落在四周那些错落分散的珍宝上，满满几斛的硕大珍珠，各色宝石，月亮形状附着微弱灵力的法宝。

"这是何物？"长明弯腰，从珍宝中拿起一个白色象牙圆盆，盆边镶嵌着宝石，状若星辰，珠光宝气，夜色不掩其辉。

枯荷探头来看："这应该是个聚宝盆吧？"

这象牙委实有些白得过头了，还泛着莹莹蓝色，摸上去光滑细腻，如美人肌肤。

"不对。"长明忽然道。

枯荷："怎么？"

长明："这不是象牙。"

枯荷也上手来摸："那是什么？"

他亦觉得摸起来不大像象牙的手感，但具体是什么，一时也说不上来。

"是人骨。"

枯荷悚然一惊,却见长明伸手抠下聚宝盆中间的那颗红宝石。说时迟那时快,黑雾弥漫,魔气呼啸,二人顿时陷入一片漆黑中,仿若亘古以来从未有过光明!

在经过天魔舞之后,枯荷对这里已经有了戒备心。眼前骤然黑暗时,他就将禅杖往身前一横,口念法咒,以灵力威压四方。

"有法非法,有相非相,受持颂诵,万魔皆除!"

嘴唇翕动,咒语化为金光倾泻而出,生生将黑暗驱开,照出一条明路。

与此同时,他发现从另一个方向涌来的白光竟如波涛般将黑暗覆盖,以强横之势碾压!

好霸道的术法!枯荷惊叹,下意识后退几步,为那白光让出道路。

神王驾到,万方跪拜,无以横路当前,无法争夺其辉!

一把剑出现在枯荷的视野里,剑身发出的光芒足以让任何邪魔退避三舍。而后,持剑的主人在耀眼夺目的光海里逐渐显露身形。

是九方长明。他神色漠然,如从天而降来斩妖除魔的神明,冷眼看着人间兴衰。

似乎受了感染,枯荷也跟着变得严肃起来,放轻呼吸,生怕有所冒犯,他趋近去看长明手中之物。刚才兴风作浪的聚宝盆,此刻静静躺在长明的手心,如襁褓中酣睡的婴儿。

"前辈将它封印了?"

"没有,仅是驱散它表面的魔气。我想做个尝试。"

长明带着聚宝盆下楼,从第八层重新回到第一层。神像如他们进来时一样,依旧在莲花台上盘膝而坐,似笑非笑,一手持珠,一手向上拖着虚空。

枯荷见状心念一动。没等他捕捉到确切的念头,长明已将聚宝盆放到那只托举的手上。

是了!枯荷恍然大悟,他先前以手托虚空来解释神像的姿势,自然是说得通的,但细想起来,这与这座八宝琅嬛塔格格不入。

手托虚空之虚天藏佛尊为的是让后来者探究阴阳,但这里是帝都之塔,为的是给凡俗世间的百姓祈福安康,求取功名利禄的。说白了,奏阳春白雪给下里巴人听,无疑是对牛弹琴,点化有缘人也得用有缘人能看懂的方式,在这里,虚空法相远远不如手托宝盆的法相。这才应了琅嬛塔本来的建造目的!

聚宝盆被神像平托在手上,光彩夺目,映照得神像的面容也跟着有了光彩,越发高深莫测。枯荷看着神像露出微笑,眉目生动,栩栩如生。

不,不是栩栩如生,他本来就是活的!

早已坐化多年的虚天藏佛像居然朝枯荷露出了笑容,须臾那笑容一敛,如暮鼓晨钟，喝破人心。

"枯荷，你可知错？"

心头似遭重重一锤，他定了定神，隐约察觉这可能是幻象，或是未死心的妖魔又在作祟。

"弟子自入佛门以来，佛心坚定，从未半途而废，从未欺凌弱小，从未做任何有悖良心之事，日月可鉴，神佛共察！"

虚天藏佛像沉沉一笑，仿佛在笑他说谎。

"那入佛门之前呢？"

枯荷沉声道："佛门有'放下屠刀，立地成佛'之语，既然杀人者亦可顿悟洗罪，弟子自然也可以。"

虚天藏佛像陡然喝道："狡辩！你虽未杀人，行事却诛心。你兄嫂因你而家破人亡，你为了逃避方才遁入佛门。这么多年你从未深省，总以为修为越深厚地位越高，就能掩盖你从前的所作所为，却从未想过不管你如何修行，铸下的错误已不可能挽回，那些因你而死的人，比你直接拿起屠刀杀了他们还要凄惨！"

枯荷沉默不语。

"汝还有何可说！"

"汝还有何可说！"

"阿弟，我求你了，不要折腾我们了！"

"阿弟，你想要什么我都可以让给你，唯独阿婉不可以，她是一个人，你明白吗？"

"汝还有何可说！"

……

质问如雷电频闪，一声接一声，回忆如潮水般涌上来。枯荷连退数步，一屁股坐在地上，汗如雨下，面若死灰。

长明看见的与枯荷截然不同。他看见的是他的师父，玉皇观先代观主，那个将玉皇观交到他手里，殷殷叮嘱他一定要将本门发扬光大的人。

长明的确让玉皇观在高手林立的众宗门里声名鹊起，这份名声却是依托他的实力而来的。当他离开玉皇观，将观主传给了师弟，道观就因此沉寂了。若非后来出了个云未思，玉皇观恐怕会就这样没落下去。可就算这样，在云未思去了九重渊之后，玉皇观也不可避免地走向衰落，还未成为一流宗门，就如流星般在天空转瞬划过。

从这一点上来说，长明的确辜负了师尊的托付。顶级宗门不可缺少顶级高手，但宗门想要长远发展，无法单靠一个人来实现。

"你明明答应过，却没有做到。长明，你自诩一诺千金，却连对师尊的承诺都

无法实现。"

玉皇观主望着长明，脸上神情满是失望："早知如此，当日我就不该将观主之位传给你。"

"你不传给我，便无人可传了。师弟资质平庸，勉强支撑，无以为继，唯有我是最佳人选。我并不贪恋观主之位，是看在师徒情分上才勉为其难。你想乱我心智，乘虚而入，也得找个好人选。"

长明嘴角微翘，看着他师尊的面容，如同在看一个笑话："这种程度的幻术去骗骗外头那些老百姓还可以，想要骗我……"

他指尖一弹，小簇白光落下，神像霎时熊熊燃烧，玉皇观先代观主不见了，取而代之的却是周可以。他一条腿屈起，一条腿盘着，浑身血迹斑斑，狼狈不堪。头发一绺绺贴在额头，暗色血水已经干涸，周可以抿唇靠坐在角落，眼皮掀开瞅了长明一眼，复又垂下。

"我快要死了，你终于来了。"

"我正要去救你，他们血洗了见血宗，说你在万莲佛地。"

"万莲佛地？"周可以哂笑，气息微弱，"你去那里只能看见我的尸体，我早已被他们身魂分离，魂魄被囚禁在这里，求生不得，求死不能。"

长明挑眉："以你堂堂见血宗宗主的能耐，被人剿了老巢，竟还无法反抗。若当日肯听为师一言，何至于沦落到今日情状？"

周可以听他如此轻描淡写，忽然怒意上涌。

"见血宗会有今日，还不是因为你？！若不是你多管闲事，去调查万神山，一切怎会如此？你自己搭进去还不够，还要牵连他人！"

长明先前以为这又是一个幻象，顶多更高明些，但眼前周可以的愤怒却让他有些不确定了。难不成对方被抓去万莲佛地是假，被囚禁在这里是真？

他走过去，握住周可以的手腕，温热的，脉搏还在微微跳动。

"你怎样了？"

长明为他灌注灵力，却瞬间被他的身体排斥在外。他心头一沉，这不是什么好兆头。民间有句俗话叫回光返照，周可以的身体排斥越激烈，反倒越说明他很虚弱。

"九方长明，我一直恨你。"周可以喃喃道。

"我知道。"长明被他反手握住手腕，没有挣开，"是谁干的，我给你报仇。"

周可以冷笑，咳嗽不已，血沫喷溅上长明的手背。

"那重要吗？我想自己复仇，不需要你。"

"好，你不需要。"长明跟哄小孩子似的。

在他心里，周可以始终是不成熟的，是四个徒弟中最需要关照的那个。但当年的长明并没有耐心也没有时间去温柔地哄孩子，他认为每个人都有各自的苦难，修炼之路更是残酷无比，如果脆弱到需要时时抚慰，那此人基本也就没什么作为了。所以周可以叛出师门时，他无动于衷，内心只有轻蔑，觉得周可以自此已将自己的后路切断，除了入魔，别无他途。

事情果然照着他意料的方向在走。许多年后，长明经历了无数生死挣扎，性情发生了变化，终于开始反省他当年对周可以的态度。师徒一场，原本可以不必走上绝路。

"见血宗全毁了。"周可以闭上眼，喃喃道。

即便他一开始纯粹只是为了跟师尊作对，证明自己，才一手创立魔门，但后来见血宗渐渐成了魔修人人向往的去处。他虽然喜怒无常，是名门正派人得而诛之的魔修，但在许多魔修眼里，他却是一座高山。如许静仙，如果不是遇上见血宗，她可能至今仍然流落在外。是以她对周可以，是又畏又敬又怕。

长明叹了口气，按上他的肩膀："见血宗毁了，还可以重建。"

"但人死了，神魂俱灭，神仙难救。"周可以淌下血泪，"如果没有你，他们本来可以避开这一切。九方长明，你害了多少人，还不够吗？"

他伸手攀上长明的衣襟，揪紧，扯到自己面前。

"你招惹了这么多祸患，如果不是你，见血宗不会变成这样，我……"血顺着嘴角流下，周可以双目尽赤，似有千言万语，愤懑难喻。

忽然，他瞪大眼睛，露出不可置信的表情，死死盯住长明。

"过了。"

长明的手从他胸口抽出，慢条斯理，用对方的袖子擦拭着满手血污，仔仔细细，连指缝都不放过。

"树欲静而风不止，非我之过，我为何要认罪？还有，周可以不是这样的性子，他不会自怨自艾，絮絮叨叨怀念见血宗。他喜欢以眼还眼，以牙还牙，而不是在临死前跟个怨妇一样怨声载道。"

他起身，顺势将"周可以"踹倒。"你只得其形未得其神，一开始还真差点让我着了道，可惜演得过火了，落入我的陷阱。你知不知道，记忆和印象也是可以造假的？"

长明冲地上瘫软一团的"周可以"露出诡异的笑容。"你以为摄取的我的记忆，就一定是真实的吗？你可以制造幻象，我也可以制造记忆反过来控制你所制造的幻象。"

"周可以"虚弱地喘息，血从各处伤口流淌出来，身体逐渐化为细沙沉入地面，消失在长明面前。

眼前恢复明亮，神像托着聚宝盆在他面前安详盘坐。烛光微微，透着暖意，枯荷却不知去向。这时，塔门的内门被推开，云未思走了进来。

"你这边如何？"

"还好。"长明注意到他的眼神与先前不同，"你是云海？"

"师尊好像不想看见我？"云海惯来是不会好好说话的。

长明蹙眉："你们频繁交替会加快灵力的消耗，催发入魔。"

云海哂笑，没有回答这个问题："我遇到萧藏凤，他特意将我引到郊外，想困住我。"

"然后呢？"听到这个名字，长明不由得留意。

"然后他被我杀了。"

"萧藏凤是个关键人物。"

"他引我过去，只为分散我们，置我于死地。此人对江离死心塌地，根本不可能从他口中得到一星半点消息。"

长明叹道："可惜了。"

云海："倒也不算太可惜，他给我看了未来。"

长明："未来？"

"是的，你会杀了我的未来。"

云海走过来，将长明的手按在自己的胸口。

"就是这里，四非剑穿胸而过。我到现在还记得那种感觉。"

长明想说那只是迷惑你的幻术，但他随即感到不对劲。他的身后也被云海紧紧抱住，对方将下巴靠在他肩膀上，脸贴着脸，声音与前面的云海如出一辙。

"萧藏凤是不是想告诉我们，这么多年了，我们还是逃不过自相残杀的宿命？"

长明动弹不得，他的身体四肢已被对方牢牢禁锢，绳索化为利刃，一寸一寸，凌迟血肉。而前面的云海，则捏起他的下巴。黑气热焰，翻涌奔腾，缠绕着他的发肤，钻入衣裳，攻城略地。

长明眼里满是痛惜，身体却已沉沦，嘴角滑下一抹猩红，目光逐渐迷离。

在外人看来极为暧昧的拥抱，实则却是凶险万分的生死相搏。他如同正站在悬崖上，狂风咆哮，山石滚落，眨眼之间，便是万劫不复！

长明的意识在混沌中漂流，他无法控制身躯，只能将识海与躯壳强行抽离，勉强避开魔气席卷而来那一瞬间令人恐惧的威压。

时光回溯，数不清的片段从周身流淌滑过，伸手去抓却留不住半点痕迹。光点在掌心散开，什么也没剩下。长明发现连他的手也变成了光点的一部分，逐渐融化消失，从手指到手掌，手腕……识海深处隐约有个声音在警告他，再这样下去他的神魂

也会被侵吞殆尽，尸骨无存，灰飞烟灭。

冥冥之中有股力量一直在拉扯着他往下坠，让他离开这里，只要身心解脱就能达到传说中的飞升境界。长明竭力想要保持神志清明，却发现这是一件很难办到的事情。先机已失，这股强大的力量已乘虚而入，再也难以驱逐。修为越高，挣扎越剧烈，束缚住他的力量就收束得越紧。

长明听见自己的喘息逐渐加重，连带意识也慢慢沉向最深的暗处。

"你这一生，所学者众，奔波流离，到底得到了什么？"

恍惚间，似乎有个声音如是问道。

得到了什么……长明一时无法回答。他精通儒、释、道、魔，多少人穷其一生没能参悟的法术，他却不屑一顾，独自求索，最终成为睥睨天下的大宗师。但即便是他，也过不了得道飞升那道坎，他寻寻觅觅不得其法，希望在万神山找到从远古时遗留下来的蛛丝马迹。既然所谓远古众神可以飞升，那么他也可以。

至于眷恋人间——他这辈子朋友寥寥，敌人却很多。说到底，修真之人孑然一身，连性命都可抛却，旁的更是说放下就放下。

"那我呢？"忽然有人问他。

"那我呢？随你上天入地，生死无惧，你可曾想起过我，有所留恋？"

长明蹙起眉头，心神微动。声音化为无形力量，将他拉住，阻住他的神识下坠。两个完全相反的方向，两股力量在拉锯。

正是这微微的一滞，长明借机将仅剩一丝清明的意识提了起来！

区区妖魔，也敢放肆。

光芒在眼前骤然炸开！

"万方无极，普告生灵，三魂拂剑，合道圆方，破！"

随着这一声"破"，混沌尽散，天地复归，魔气呼号着四散逃逸，却又被四非剑化为齑粉！剑光所到之处，生灵无不俯首称臣，妖魔无不匍匐下跪。被死死压制的封印彻底裂开，世间再无外物可束缚九方长明。

非道，非佛，非儒，非魔，只是他自己。

天上地下，唯此一人。

耳边传来哀号呻吟，那是不甘失败的魔气的垂死挣扎，但当长明睁开眼睛的瞬间，所有魔气避其锋芒，俱如潮水般退开，唯有一人，还死死抱住他。

"……云海？"

长明张口想要说话，却禁不住咳嗽，顺势吐出一大口血，衣袍瞬间染红一片。但这口淤血吐出来，人反倒舒服多了。

"是我。"

云海没有松开他，长明感觉到对方的身躯有些僵硬。

"方才是你救了我？"

"是你自己救了自己。"

云海的脸色有些难看，苍白中有点发灰。他刚才循迹而来，被魔气引动，差点也着了道。不是他救了长明，恰恰相反，是长明救了他。

长明将他的手指拨开，露出掌心，红线在掌心弯弯绕绕，两边分岔，就像两条细长的小路。之前红线只有一条，是还未分岔的。

长明皱起眉头，覆上对方掌心，将灵力源源不断灌入。云海想把手抽回，却被强力按住，无法撒手。

他扯了扯嘴角："师尊看清楚了，我是云海，不是你的徒弟云未思。"

长明闭目不语。他无暇搭理云海，灵力灌输也是需要技巧的，不是一味蛮横输入就可以，而是要顺着经脉梳理抚平。云海能感觉心头那股翻腾欲出的狂躁之意逐渐平静下来。待长明移开手，他发现自己掌心的红线好像淡了一些，原本分岔出来的两根细线，更是浅淡得近乎看不见。

"我知道你是云海。"

长明懒洋洋地道。刚才那一番交手，虽然修为有些许突破，但也耗费了不少灵力，此刻他连骨头都是软的，懒得动弹，然而眉目却是柔和的，嘴角微翘，语气还带了些轻松的调笑意味。

"你在一遍遍提醒为师不要把你忘记吗？还是，在跟云未思争风吃醋？"

云海"哦"了一声："既然师尊这么喜欢我，那我就让云未思永远不要出来了。"

长明回答得很痛快："随你喜欢。不过既然你口口声声喊我师尊，而云未思又已叛出师门，念在你与他不同的分上，回头允你行一次拜师之礼，为师就破戒多收一个关门弟子吧。本来宋难言之后，我是不准备再收徒的。"

云海嘴角抽搐。

长明说完，好像还真觉得这主意不错，拍拍身边："五徒弟，来磕头吧。"

云海："……"

"对了，"长明意犹未尽，"把你名字也改了吧，跟你四位师兄一样，就叫云、云大海，怎么样？"

云海忽然觉得，周可以他们口口声声想要弑师，也不是没道理的。他心头恼怒，一时无言，忍不住迁怒旁人，手中灵气弹出，直接撞在角落里的枯荷的脑门上。

后者一声低呼，从痛苦的深渊中猛地惊醒。他方才便一直沉沦在幻境之中，如同先前的长明。四非剑将魔气斩碎后，他也跟着脱离险境，只是识海依旧被束缚住，一时挣脱不了，醒转后过了许久，才渐渐恢复意识。

这里是琅嬛塔第一层，神像还在，只是手上的聚宝盆没了。

他看见长明懒散地坐在不远处，也看见了长明身边的陌生人："这位道友是？"

"我是你们院首孙不苦的大师兄。"云海冷冷道。

枯荷心里疑惑，一时摸不着头脑，更不知道对方这莫名其妙的怒气从何而来。

"前辈，那聚宝盆？"

"毁了。"

长明转头看向宝塔窗格里透进来的光，天色大亮了。他问枯荷："太后是不是说过，今日幽国的修士会入宫？"

从时辰来看，这会儿幽国和照月国的人应该已经身处皇宫之中了。但，他们还没找到皇帝的生魂。

第六章
宫内斗法

长明猜得不错，此刻宫中正是群英荟萃，风起云涌。

时间回到两个时辰之前。

幽国使者与照月使者先后入宫，向天子与太后问好。幽国国力强盛，与洛国不相上下，使者虽然恭敬，却也不会过于谦卑。照月王朝就不同了，在两国夹缝中生存，姿态须得放低一些，否则不可能存活到如今。所以今日幽国使团只来了个礼部侍郎，照月那边却派来了礼部尚书，还有一位即将进入洛国后宫的皇女。陪同在侧的，还有洛国朝廷的大臣、皇室宗亲。

皇帝在御座之上，面色平静，待在场诸位行完礼喊了句"平身"，就不说话了。

太后接过话头："皇帝这两日偶染风寒，身体还有些不适。听说两国来了使臣，皇帝十分重视，不愿推迟会见。是以今日哀家代皇帝多说两句，诸位不要见怪。"

众人哪敢有异议，两国使者自然说了好些感激涕零的场面话。太后发现，照月皇女似有些怯怯的。

"公主初来乍到，可是水土不服？"

照月皇女盈盈下拜："有劳太后惦记，臣只是这两日睡得不大踏实，过两日便好了。"洛国宫廷素来没有女子戴面纱的习俗，照月公主此番入宫，非但戴了半面轻纱，连眼睛都遮住了，还始终低垂着头。

太后有些不喜，只觉得这公主有些小家子气。不过皇帝也不可能娶她为正宫，若是入了后宫，顶多就是贵妃罢了。

"公主若有不适，可请太医来为你诊治。"

照月皇女道:"太后恕罪,非是臣有意怠慢,实是这两日被蜂虫蜇了眼睛,一只眼睛流泪不止,臣怕有碍观瞻,这才戴上薄纱,以免唐突了陛下和太后。"

说罢她将面纱揭下,众人看见她的右眼果然微微肿起发红,她只能闭上单目。除此之外,照月公主倒是生得花容月貌,清秀中带着妩媚。

太后面露怜惜:"原来如此。你不早说,哀家便派太医去驿馆为你诊治了,来人,赐座。"

照月公主柔柔地说:"多谢太后体恤,臣一定尽快康复。"

太后:"好孩子,不必忧心,你就在驿馆里好好养着,待病情痊愈了,再让礼部挑个良辰吉日,风风光光迎你入宫。"

她正发愁此事不知如何拖延,现在瞌睡来了就送来了枕头,太后暗自松了一口气。

众人寒暄一番,太后如往年一般宣布在御花园里设宴款待。

皇帝虽然话不多,偶尔咳嗽,但行止如常,只是主持宴会的人换成了太后。酒过三巡,却见惠王上前拱手:"太后,去年幽国来访,几位宗师交手切磋,委实精彩,不知今日可还有幸看到?"

洛国的宗师自然是留守皇宫的谢春溪和越澄波,二人就坐在太后边上,可见地位优越。幽国来的修士则是一男一女。太后不认识,谢春溪就给她介绍:"男的叫卢知远,是青杯山长老,女的叫风素怀,是竹海灵隐的隐主,二人是师兄妹,修为应该都是宗师级,风素怀甚至还要更强一些。"

太后低声问:"比起二位呢?"

谢春溪略有犹豫:"卢知远应该与我们不相上下,风素怀可能稍胜一筹。"

太后心里咯噔一下,心往下沉。但不比是不可能的,既然以往有此定例,今年总不能说我们这边暂时没有实力比你们强的,要不先等我去找几个高手来再跟你们比,那样只会让幽国看低。对方试探之意显而易见,但太后不能不答应。

"哀家也很期待几位真人的切磋,只是不知几位真人的意思?"

卢知远当先起身,拱手道:"听闻谢春溪谢掌教修为高深,道法独树一帜,不知卢某可有幸请教?"

谢春溪原想主动挑战风素怀,但被对方先发制人,如果再提出这个要求,反倒显得越澄波技不如人了。他只好道:"请。"

众人闻言,无不放下手中酒杯,翘首以待。一场精彩的宗师之间的交手,近在眼前,这种机会,可不是时时都有。

谢春溪和越澄波素来不和,这从他们之前的针锋相对就能看出来。但再怎么不和,在外人面前,还是得维持团结,否则只会让他人看笑话。

修士无国别,只要修为足够高,无论在哪国都会被奉为上宾。但像谢春溪这样

守卫宫廷的宗师本身就带有立场，就譬如幽国国教万莲佛地的首尊来到洛国，洛国太后也不会真以为他是中立的，对他的行止毫不在意。强者为尊的同时，游戏规则也会套住强者。自然，像九方长明那样的，除外。

青杯山是个名不见经传的小门派，但卢知远不是。他出身竹海灵隐，后来游历到了青杯山，因与青杯山掌门交情深厚，应邀才成了青杯山的长老。卢知远的天资修为虽然比不上风素怀，实力也是不容小觑的。他能作为幽国使者的随行修士，凭的绝不是跟风素怀的关系。

谢春溪不敢轻视，一出手就祭出长剑。他这把长剑跟着他走南闯北、斩妖除魔，剑方出鞘，当即走云连风，声鸣九霄。桌上的杯盘跟着嗡嗡振动作响，把在场的人吓了一跳，有的白玉杯子当场就震碎了，酒水溅了身后的人满脸，惊得人当场往后坐倒。先声夺人，谢春溪已经做到了。

卢知远以剑气灵力护身，但他仍觉得泼天风雨一般的压力迎面而来，如千斤巨石般。他苦苦支撑，咬牙坚持了好一会儿，还是被破了灵力屏障，突然胸口一阵闷痛，人已往后连退三步。

这三步，就将地上石砖震裂了。他的脸色倒还好，但剑从半空落下，手也垂在身侧。到了这地步，高下已分，继续动手没有意义了。

卢知远勉强一笑："是在下输了。"

谢春溪不掩得色："承让。"

开局就输了一场，幽国使臣的面色不大好看。

照月皇女依旧戴着薄纱，她没怎么吃东西，也几乎没有喝酒。她眼睛红肿，容貌失色不少，连太后也不好强人所难，让人另外单独为公主准备了些清淡汤水。

先帝的两位兄弟，惠王和齐王亦在场，宋难言作为丞相自然也在场，此外还有一些重臣。惠王与齐王低声说笑，神情很是轻松。只有宋难言，面上虽然言笑晏晏，实则坐立不安，内心焦虑。上面那位皇帝虽然有吃东西，说话也挑不出毛病，但宋难言知道，那是个纸片傀儡！

昨天晚上，他亲眼看着长明从袖子里掏出一张人形纸片，放在皇帝身上，然后吹了一口气，那纸片落在地上晃晃悠悠，就跟发面人儿似的，渐渐变成皇帝的模样，连头发丝都分毫不差，把所有人给看呆了。

这傀儡纸片不单单是模样像，连皇帝的声音、神态它都学了个十成十，除了话少一些之外，寻常情况下不会露馅，若非宋难言亲眼所见，很难怀疑这皇帝竟是个纸片人变的。非但如此，假皇帝还能辨认来人的身份，准确喊出每个人的名字，只是不能近水不能近火，但一场宴会而已，又有什么需要近水近火的？

宋难言真没想到，自己当年走投无路认的师父不仅是个修士，还是个修为高深、

连枯荷禅师都要对其俯首的修士。不过眼下最要紧的，还是寻个机会，让皇帝早早退场，以免露馅。他暂时找不到机会开口，因为风素怀已经离席走向越澄波了。

"素闻镇灵宗役鬼之术厉害，今日得见宗主，还请不吝赐教。"

镇灵宗的确擅长役鬼，但镇灵宗是剑宗，擅长剑术，风素怀提役鬼不提剑术，显然有两层意思，一是瞧不上镇灵宗的剑术，二是故意激怒越澄波。

越澄波是个暴脾气，否则之前也不会当着太后的面就跟谢春溪掐起来。他听见此言，果然面露怒色："风隐主客气了，役鬼之术难登大雅之堂，今日我还是用剑术向风隐主请教吧！"

风素怀笑道："好说。"

她话音方落，袖子已抬起，一把修长的素琴从其座位上飞来，落在她面前。

在越澄波出剑之时，风素怀纤纤五指也按在琴弦上。

铮！

在旁人听来，那真是清脆悠扬的琴音，若一曲能成，必是天籁之音。但在越澄波耳中，那一声犹如利刃，先发制人将他定在当场。接下来风素怀又是连着拨动几下琴弦，环环相扣，直接将越澄波所有的欲发之招挡了个密不透风。越澄波处处被压制，非但失去了先机，还不得不手忙脚乱地反攻为守。

太被动了，再这样下去，非输不可！越澄波哪里甘心，当下咬破舌尖，一口血喷在身前长剑上，催动灵力，剑光骤然大盛，瞬间灵力威压排山倒海般涌向风素怀！

风素怀正专心致志催动琴声化为灵力结弦为阵，冷不防被越澄波绝地反击，身子犹如被狠狠一撞，一口血吐在琴弦上。但她的琴音催动得越发急了！

嘈嘈切切，风雨如珠，一把五弦琴竟拨出了千军万马的气势。仿若百万大军自地平线出现，策马扬鞭，长枪尽出，声势震动天地。

宋难言早年随长明学过些基础的养生道术，也算稍有根基，但在旁边听得耳膜刺痛，难受得直想跟着呕血，更不必说太后这等年纪了，她直接大喊出声，差点昏厥过去。谢春溪赶紧在众人面前筑起一道结界屏障，将声音隔绝在外。饶是如此，众人依旧面色发白。

而卢知远则眯起了眼，他在不着痕迹暗中观察皇帝。以风素怀的修为，她方才用上八成功力奏的琴音，别说寻常人，连他都有点消受不住。但皇帝居然面不改色，在众人都禁不住捂上耳朵时，皇帝一动未动。

卢知远不认为洛国的年轻皇帝是个深藏不露的高手，他在想，难道传闻竟是真的？如果是，今日便是大好机会了。

在风素怀倾尽全力的攻势下，越澄波逐渐后继乏力。在外人眼里，两人之间尚有一段距离，实际上，风素怀步步紧逼，而越澄波步步后退。

退无可退，背水一战，也未必有胜算。他知道自己修为比不上风素怀，虽然对方今日存心要让洛国好看，但败在自己身上，他终究是不甘心的，尤其是他这么一个好胜心强的人。

　　但就在此时，越澄波眼角余光瞄到一簇火光。谢春溪筑起的结界骤然破碎！下一刻，宫女的惊叫声传入他耳中！

　　风素怀停手，越澄波也循声望去，却是脸色大变。

　　坐在上首的天子身上不知何时着了火，那火沾了衣服就熊熊燃烧，甩也甩不掉，但天子并没有因此着急跳脚，反是燃烧的部分都软软地塌陷下去。

　　身旁的宫女惊叫起来，根本没法理解眼前的景象，任谁看到皇帝忽然变成个烧焦的纸人，反应都不会好到哪里去。不少臣子更是目瞪口呆愣在当场，嘴巴都忘了合上。

　　太后最不想看到的事情还是发生了。长明再三交代纸片傀儡不能近水不能近火，居然还是烧起来了。

　　"大胆，你做了什么妖法！为何陛下好端端的会变成这样？来人，将他拿下！"

　　宋难言腾地起身，当先发难，他看得很清楚，刚刚是卢知远将一簇火星弹射出去，正中皇帝。

　　谁也想不到卢知远会胆敢行刺，谢春溪本来倒是有能力提前发现，但他看太后面露痛苦，就站在她身边护持结阵，一时疏忽了卢知远这边。不知内情的众人惊疑不定，听见宋难言的话，都望向卢知远。

　　卢知远冷笑一声："难道贵国陛下有什么不测，竟要让你们用御神之术造一个傀儡来掩盖？贵国就是这样对待使臣的？"

　　谢春溪二话不说，朝卢知远出手，想要将他拿下。惠王反应也很快，他直接将手中酒杯往地上狠狠掷去！

　　"皇嫂这是想挟天子以令诸侯吗？！我早就察觉不妥，没想到皇嫂竟如此狠心，为了独揽大权，连亲生儿子都下得了手！"登时就有数十人拥了过来，动作整齐，显然早有准备。

　　太后知道他早前带了人入宫，不过这些人是先帝所赐的侍卫，先帝爱重弟弟，给惠王的待遇规格远比其他兄弟高，太后也没法说什么。太后与惠王二人素来不和，惠王拥兵自重，太后想要削弱他的权力，只是主少国疑，暂时未有合适的机会，却没想到惠王早有谋算，趁两国使臣入宫之际发难。她最近忧心皇帝病情，一时竟未察觉。

　　谢春溪定睛一看，脸色竟比太后还难看几分，他低声告诉太后，惠王带来的人全是修士，即便修为不高，可也不是寻常禁卫能比拟的。

　　惠王竟在一夜之间将近卫全部换成修士，可他又从哪儿调来这么多的修士？谢

春溪感觉不妙，单凭他跟越澄波两人，今日恐怕很难控制住局面。如果惠王趁机挟持住太后，那就更难办了。

那厢，风素怀忽然掉头，掠向太后！她身形极快，纵是谢春溪和越澄波看见了马上动身去拦，也已是慢了半拍。

说时迟，那时快，一道劲风破空而来，射向风素怀的太阳穴！

风素怀一惊，下意识抬手挡在太阳穴前。下一刻，掌心传来剧痛！

她顺势侧身避开，定睛正视对手——一个男人。这人看不出年纪，可能是二十几，也可能是三十几，甚至上百岁。修士便是这样，未至寿元将近渡劫兵解之时，是看不出真实年纪的。但饶是在雅士如云的修士中，这人也是出类拔萃的，明明清隽如仙，眼中却有岁月。

风素怀的注意力不在对方的容貌上，一个人的修为阅历是可以从他的举手投足中看出来的。短短片刻，风素怀几次还击，对方都一一接下，举重若轻。那一瞬间风素怀的心往下沉，她感觉遇到硬茬了，恐怕不好对付。

心随意动，琴入怀中，风素怀的手指按在了琴弦上。她弹的是《松风明月》，这是一首时下名士喜欢弹奏的曲目，并不复杂，但意境高远，最能体现出尘之心。明月松间照，清泉石上流，枕石而弹，仙鹤聆听。但原本清淡雅致的曲子，在风素怀手中却变得慷慨激昂，金戈铁马，气吞万里如虎！

这不像是月下弹琴，倒像是披甲策马准备大战三百回合。她将灵力蕴含曲中，通过琴弦奏响，犹如金石落地，声调铿锵，由无形之声化为有形之刃，从四面八方斩向对方！大音希声，势如破竹！

风素怀从不轻易下山。竹海灵隐是个近乎隐居的门派，同时这个门派又很有名，因为一百年前，竹海灵隐曾经出过一名奇女子，那就是风素怀的师父。风素怀的师父膝下只有两名弟子，正是风素怀和她的师兄卢知远。这对师兄妹感情如亲生兄妹，后来卢知远出门远游，在青杯山落脚，从此长住青杯山，很少再回竹海灵隐。但师兄妹之间书信不断，这次卢知远请她出山帮忙，护送幽国使者来洛国，并将可能需要出手的事情说明，风素怀本不愿掺和世俗的争名夺利，却无法拒绝师兄的请求。

直至此刻，跟这个神秘莫测的男人交手时，风素怀忽然生出一点懊悔。懊悔自己轻易答应了师兄的请求，如果她出了意外，竹海灵隐恐怕后继无人了。

这个念头刚起，她就知道自己输了。一鼓作气，再而衰，三而竭。如果她自己都没有了斗志，那么胜败只在顷刻之间！

风素怀飞了出去，手中的琴脱手而出，在半空中碎为几段，她撞翻一张桌子，摔在地上，毫无之前的宗师风范。

反观长明，翩若惊鸿，足不沾尘。

所有人都被镇住了。只有宋难言兴奋起来，生怕别人不知道似的大喊："师父，您老人家可算是来了！"

出息！长明瞥他一眼，没吱声。

谢春溪和越澄波腾出手，拦在太后身前，挡下了卢知远。凭他们二人之力，制服卢知远并不困难。随后赶到的枯荷出手将惠王带来的修士也一一制服了。

惠王完全没料到长明与枯荷会突然出现，扭转局面。原本他是没准备仓促动手的，如果太后今日准备周全，他就按兵不动；如果太后这边出了变故，他不妨就捡一捡便宜，当那个鹬蚌相争后得利的渔翁。

先时局面一片大好，正如照月国那边秘密传来的消息所言，皇帝和太后果然有问题。不光如此，本该在他们身边、实力最为雄厚的枯荷竟也不知去向。简直是天助他也，惠王不再犹豫，趁机逼宫。谁承想，枯荷竟然及时赶回来，随行的还有另一个更为棘手的人物。照月国的人明明保证过，这两个人都会被困在八宝琅嬛塔，就算侥幸得以脱身，那也得是三天三夜之后的事情了。

三天三夜，足以完成许多大事。惠王怒火中烧，忍不住瞪向照月使臣。

太后很是激动，满怀希望地望着长明和枯荷。枯荷对她微微摇了摇头，太后的心一下子变得冰凉。看来，他们没有找到皇帝的生魂。如果八宝琅嬛塔里也没有，那要去何处寻觅？难道她儿子就这样不明不白变成个傻子？

幽国使者强自镇定，道："技不如人，我们本也没什么可说的。只不过陛下若日理万机，不出席也就罢了，缘何换了个纸人来糊弄我等，真当我幽国软弱可欺吗？！"

宋难言冷笑："方才你们出手伤人未成，这笔账我朝还没有算，贵使就先声夺人了？我倒想问问，风隐主缘何对我朝太后出手？还有，贵朝使者与惠王一唱一和，而惠王明显有备而来，难道二位早就知道今日会有此变故？！"

惠王立时辩驳："本王带兵入宫，是怕幽国和照月国对陛下不利。方才事出突然，陛下忽然变成纸片，任谁都会觉得古怪，本王询问太后，完全出于公心，还请宋丞相慎言！"

掰扯还在继续，长明却理也不理，径自走向风素怀。

风素怀也在看他："多谢道兄手下留情，在下竹海灵隐风素怀。"

她受了内伤，经脉受损，但对方没有下杀手，她只当长明是有意为之，实际上长明已是强弩之末，他在琅嬛塔内损耗过甚，虽然修为精进，身体却残损得更厉害了。每次出手都意味着要耗费更多精神，加剧身体消耗。

风素怀以为长明是君子风度，点到为止，这完全是个美丽的误会。

长明停下脚步："竹海灵隐？我认识你师父宁无意，她是个很有意思的人。"

风素怀眼神一黯："是我堕了先师的威名。"

长明倒是不客气，淡淡道："你天资不错，大有可为。如今擅入红尘，又要蹉跎十年光阴了。"

由此，风素怀对长明是师父故人这一点深信不疑，恭恭敬敬道："多谢前辈教训，晚辈回去之后一定闭关不出，绝不再理会红尘俗事。前辈既是先师故友，晚辈是否有幸得知您的尊姓大名？"

长明走向不远处的照月公主，轻飘飘丢下一句话："你师父偷过我的狗，被我追杀了三天三夜，她脚程快，方才留下一条命。记住，我叫九方长明。"

风素怀："……"早知是这样的渊源，她还是不要问了。

照月公主还是一副柔柔弱弱的模样。兴许是因为女子最在意的容貌受损，入宫之后除了行礼问安，她没有多说一句话，低调地坐在那里，任谁也看不清面纱下的表情。

方才打起来之后，公主就躲到角落里了，明明害怕还强自镇定，竭力想要维持一国公主的尊严。如无意外，今日国宴之后她就会留下来，成为皇帝后宫的一员，也许还会被封为贵妃。但宫变之后，一切都变了。虽然太后和宋难言不确定照月国是否参与其中，但肯定不会再让她入宫了。她也许会被送回国，这可是破天荒头一回。

太后还在质问惠王，没有人在意照月公主，唯独长明朝她走去。

"你就是照月公主？"他问道，语气冷冷淡淡的。

公主垂首不语。

"将你的面纱揭下来。"长明又道。

闻言，公主往后缩了缩。

在旁人看来，这明摆着就是欺负弱女子的架势，连越澄波都有点看不下去，但他没有贸然出头。风素怀微微蹙眉，想要阻止，但长明动作更快，他见公主没有回应，伸手如电，扯下了面纱。

一张单眼红肿、楚楚可怜的脸映入众人眼帘。照月公主"啊"了一声，伸手捂住那只红肿的眼睛，又羞又恼："你想做什么？"

长明道："将皇帝的残魂交出来。"

照月公主一头雾水，她后退两步，恼意更甚："太后，今日宫中多事，我等本该留下来协助配合，可照月国从未参与过今日之事，还请太后明鉴，我实是不知道这位郎君在说些什么！"

她生得柔弱，就连羞恼之下的言语也不带半分火气，反倒更让人怜惜了。

太后也认为，今日很可能是惠王与幽国暗中勾结，照月国纯粹是被牵连进来的。毕竟照月国那么弱小，不依附两个大国就无法生存。她正要张口，长明却已经出手了！他动作极快，在场的人甚至没来得及看清！

长明这一出手，没有手下留情。在修士眼中，若照月公主不躲不闪，只怕眼睛就要被当场戳瞎！

　　风素怀看不下去了，哪怕晚了半步，她也要拦下对方："住手！"

　　越澄波和谢春溪齐齐一惊，朝长明掠去。照月公主只是个手无寸铁的弱女子，修士对毫无反抗之力的寻常人动手，是为人不齿的。更何况公主身份特殊，绝不能有事。

　　出乎所有人意料，千钧一发之际，公主居然躲开了！

　　她飘然后退，玉手往前一推，灵力落地立为屏障，将长明的前路阻住，又接连弹出数十朵金花。这些金花玲珑精致，看似女子头发上的饰物，却在半空炸开缕缕金丝，将长明团团裹住。

　　风素怀面色大变！她知道这些金花是什么。西有灵蛊，落地为花，遇风则散，金丝银柳，灿若日晖。这些叫金花蛊，不是兵器，不是灵力，而是一种蛊虫。美则美矣，却很可怕，金丝碰到肌肤就会自燃，而且不把人烧得尸骨无存决不罢休。别说寻常人，就连修士撞见了，也很棘手。

　　照月国虽然地处西南，可谁又能想到一国公主身上居然藏有这种蛊虫？！

　　公主知道在场能人济济，尤其是长明，这些金花蛊不知能困住他多久，当即转身欲走，想趁其他人还未追上来，以传送法宝遁逃。她刚捏住手中玉佩，突然感觉身后有危险迫近，她头也不回，猛然挥袖，一跃而起。

　　但照月公主的前路还是被拦住，一道耀眼白光以迅雷不及掩耳之势朝她直直射来，避无可避！

　　公主微微眯眼，左眼隐然有黑气，红肿右眼却越发晶亮，似有眼泪将落未落，看上去尤为诡异。事到如今，既然已经暴露身手，想要全身而退，唯有展示真正的实力了。本是个十全十美的局，若不是因为九方长明，今日他们早就控制了洛国皇宫，又怎会平生风波？说到底，还是江离做事不慎！

　　九方长明……这个名字在她心头滚了滚，照月公主抬起手，竟然生生阻住剑光！她衣裙狂飞，身形却仡立不动，剑光悬停在她面前，刺目异常，在场的人忍不住闭上眼睛。她调动了灵力，黑气自然再也遮掩不住，绕着她周身翻腾涌动，整个人如地狱黑莲，绝美却令人心里发寒。突然，她一抓一摔，身前黑焰骤起，陡然卷住剑光，逼得剑光往来时方向疾射而去！

　　一只手撕开虚空，握住疾射而来的剑光。然后出现的是胳膊、肩膀、上半身，云海露出真容。他手握春朝剑，返身落入黑莲之中，转眼被黑焰吞没。那黑焰蔓延极快，由公主脚下迅速向四面波及，许多人闪避不及，也都跌入黑暗中。

　　云海神色肃然，他从接到朝自己射来的春朝剑时就已感觉到了，照月公主的修为恐怕比他之前见过的妖魔都要高。春朝剑早年跟随长明，后来为他所用，在他身边日夜浸润灵力，早就与他融为一体。照月公主居然驱策得了它，可见她的实力非比寻常。

从琅嬛塔出来时，长明就说过，琅嬛塔内的聚宝盆实则是同聚魂珠一样的法器。百姓日夜上香跪拜祈求会在无形中形成一股念力，这念力被高僧开光后的聚宝盆源源不断地吸收，日久天长，将会导致整个琅嬛塔成为一个新的聚宝盆，届时这个巨大的聚魂器的威力将无人可以压制。试想当洛国帝都变成玉汝镇，将会是何等可怖的场景？

照月公主看似与琅嬛塔毫无瓜葛，可从她如今的行为来看，两者之间恐怕没有那么简单。

那些金花蛊没能对长明造成什么伤害，他早就挣脱了，却被照月公主的黑焰卷了进去。

第七章 一体双魂

魔是什么?

天地初开,人受神明眷顾,在偏远冷僻、瘴气丛生的险恶之地也能生出的灵长类。

万神山是众神遗迹,也是把人间和黑暗深渊彻底隔开的封印。但总有人蠢蠢欲动,想要挑战这道封印,自古便有的定律就一定是合理的吗?

有人不信命,妖魔更不信。深渊中的黑暗生物,为了生存,远比人要更懂得隐藏。

魔气天生就是人的克星,即使是低阶修士,也很难不受影响。

充满野心的妖魔能轻而易举看穿人类的脆弱,挑起潜藏在他们心底的各种欲望,甚至不必亲自动手,就可以让他们自相残杀。

那皇帝呢,坐拥天下、应有尽有的皇帝,也会有求而不得的欲望吗?

长明看见一个人在哭。那是一个二十岁不到的年轻人,他哭得很伤心,脑袋埋在屈起的膝盖上,肩膀一下下地抽动。周身有无形的屏障,将他困住。长明知道他是谁,即使没看见他的脸,因为他穿着龙袍。

"他的生魂在我这里。"照月公主的声音由远而近。

她缓步而来,脚下步步生莲,盛开的却是一朵朵焰火般的黑莲,绝美动人,引人堕落。

"你们想救他,但你们救不了,因为他不愿意走。"

公主在年轻人身后停下,弯腰抚摸他的头顶。他不哭了,抬起头,怔怔地看着公主,半晌伸手将公主的双腿抱住,充满依恋,不肯松开。

"他不是我刻意收来的魂魄,是他自己不愿意走,没想到会引来你们。"

公主重复一遍，轻轻叹了口气。

"九方长明，久仰了，我曾在许多人口中听过你的名字。没想到你我有缘，还能在此相见，我叫玲珑。"

长明不动声色："玲珑似乎是照月公主的闺名。"

公主笑了笑："如今我就是公主，公主就是我，玲珑自然也是我的名字。听说你曾入佛门，而且精通佛法，怎么反倒着相了？"

谁能想到，有朝一日九方长明居然会被一个妖魔教训他着相了，这委实滑稽。

但长明没有笑，反是点点头："你说得有道理。"

玲珑公主道："你也看见了，他很眷恋我，不肯离开，不是我有意扣着他不放。你们将琅嬛塔的布置毁了，算你们赢了一招，我可以将他的生魂还给你，而且还附赠两个消息，作为交换，你放我走，怎么样？"

长明："你先说说看。"

"第一个事关周可以的生死。我知道你想赶去万莲佛地救他，可你有没有想过，这也许只会白跑一趟？第二个自然是事关云未思入魔。我有办法令他恢复正常。不过两个消息，你只可二选一。"

玲珑公主露出意味深长的笑容："九方长明，你是想要救周可以的命呢，还是更关心云未思？"

"还有第三个选择吗？"

听见他这样问，公主轻轻一笑，道："在你心里，周可以或云未思都无足轻重，是吗？"

长明也笑："我不喜欢被别人牵着鼻子走。就算你给我答案，我也未必相信，这个选择没有意义。"

公主："那你想问什么？"

长明："你如何确定，万剑仙宗会真心诚意与你们合作，而不会背叛？"

公主似乎没想到他会问这个问题，沉默片刻。

"这个问题，我无法回答，只能靠你自己去寻找答案了。"

长明："万剑仙宗宗主江离是否已经入魔？"

公主："不曾。他是我见过的最聪明厉害且无法被看清深浅的人。可惜你让他的谋划生出了变数，否则，如今我们早已大功告成。"

长明摇摇头："不然。要论聪明厉害，江离远比不上他的师父落梅。"

古往今来，修士无不追求长生不老，得道飞升，可惜最终真能堪破生死大关的人寥寥无几，远的不说，近的也就一个落梅。万剑仙宗正因有了落梅，才一跃成为顶级宗门。

"他吗？我倒是听说过。"公主"啊"了一声，表情似有些意外，又有些微妙，说不清是什么。

长明想从她的神色变化中看出端倪，可惜失败了。公主的修为比长明之前见过的妖魔都要高，地位肯定也更高，自然，也就更不好对付。

长明："人也好，妖魔也好，除了生存方式，本质上没有太大区别，都不会干损人不利己的事情。"

公主点头："的确如此。"

长明："就算与你们合作成功，最终得到一个人魔不分、妖孽混淆的世界，这对江离，对万剑仙宗，有何好处？"

在人间，万剑仙宗的地位已足够高，若说只求名利，江离根本没必要干这些事情，若说是为了追求长生大道，他只要照着师父落梅真人留下的修炼手札修炼，在合适的机缘下，终有一日能修成正果。可他偏偏要与妖魔勾结，且思虑深远，从数十年前就开始布局了。

"这是第二个问题，我答应过只回答一个，方才已经回答过，你犯规了。"

公主说话间，举步往长明的方向走。两人相距不远，却又似隔了千山万水，黑莲丛生，她却始终近不了长明的身。这里本是她故意布下的结界，却没想到长明趁着刚才说话的间隙，暗中做了手脚。

公主讶异："江离告诉我，你是一个不可小觑的对手，我原本不信，现在却信了几分。"

她语气里没有恼怒，只有欣赏，仿佛面对势均力敌的对手，对她而言乐趣更大。除此之外的其他人，风素怀、枯荷等人也罢，洛国太后幽国使臣也罢，全都不在她的眼里。对站在山巅的人而言，其他人一如蝼蚁。若说片刻之前的长明仅是引起了公主几分注意，如今他才算真正入了她的眼。

公主袍袖一挥，黑焰无声弥漫。但这样看似柔和的黑焰，却可以吞噬万物，将看见的一切毁灭。瑰丽而极端，这就是妖魔的力量。人间对他们而言什么都不是，而人类只是甜美的猎物。小心翼翼只是为了让狩猎更精准，等猎物到了嘴边，大快朵颐才是猎人的本性。

公主发现黑焰破不开长明筑起的屏障时，并未感到挫败，反而更加兴味盎然。猎物奋起反抗，总会让狩猎变得更加刺激。

这里像是个被切割开来的独立世界，她能看见长明，长明也能看见她，除此之外，别无他人。但她始终无法靠近长明，不管她用什么法术，就算瞬息千里，却仍被困在原地。这个人居然能在她的结界里临时布个阵法。

"你是什么时候做到的？"她问。

"在你跟我废话的时候。"长明道。

当公主让他二选一时，他就知道，公主不想杀他，即使她来势汹汹。如果想要他的性命，她早就一言不发动手了。对方不想即刻取他性命，这让长明觉得很有趣，她怎么就这么笃定，局面能一直掌握在她手里呢？

黑焰燃烧着无形的屏障，火舌忽而蹿起，忽而贴地舔舐，看似毫无进展，企图让对手慢慢放下戒心。但公主发现长明没有半分松懈，这道结界几乎天衣无缝，连她一时都看不出破绽。

既然看不出……她微微一笑，抬起袍袖！周身黑暗骤然破碎，周围大亮，天火从头顶落下，一个个火球在地面砸出一个个深坑。洛国皇宫内人人惊叫逃窜，原本精致的御花园瞬间变成一片火海！

与此同时，长明耳边响起了公主的声音："我本来只想杀你一个，可你却逼得我不得不连他们一道杀了。九方长明，你本想救他们，结果却变成了害他们，你于心何安？"

这种攻心之术，在长明眼里根本不入流。"公主说这句话是忘了琅嬛塔里用你同族尸骨铸成的聚宝盆？"

被他看出意图，公主轻笑如铃，不再多言。天上仍不断降下天火，燃烧着长明周围的人和物。火海熊熊燃烧，惨叫声不断传来。他发现，这天火无法落在皇宫以外的地方。也就是说，公主的修为虽然高，但她与这具躯壳还未完全融合。她的右眼正不断流泪，满含愤怒与哀伤，左眼却无动于衷，仿佛里面藏着世间最坚硬的铁石。

长明并指为剑，慢慢结印。

公主看见他的动作，哂然一笑，柔声道："我不想杀你，你又何必挣扎？你面上镇定，实则已是强弩之末，何必苦苦支撑，倒不如放下一切随我而去。我这样欣赏你，定会好好待你。"

她的确不想杀长明，以他坚韧的心志与高深的修为，必可单独炼成一颗独一无二的聚魂珠。这样的聚魂珠，她甚至舍不得交出去给江离布置阵法，只想佩戴在脖颈上，以彰示她最浓烈的喜爱。

长明身前突然光芒大盛！四非剑悬停在半空，一分为三，随着他手印结成，疾射而去。

公主也出手了。黑焰倏地卷上剑光，白光与黑影纠缠难分，一时无法看出胜负。但，她已经发现了长明的弱点！站在她面前结印御剑的只是一个纸片傀儡，真正的九方长明，隐藏在傀儡的右后方！

她心下一笑，假意不知，黑焰扑向傀儡，却已悄无声息将真正的九方长明包围起来。争斗中，生死无非是瞬息之间的抉择。她终究还是没有太把长明当回事，此人

五十年前也许可以与她一战，现在嘛，也就只能依靠御物化神之术来拖延时间罢了。

一点寒芒自她身后掠来，眨眼已至后背！

春朝剑的剑光在黑焰中分外耀眼，是云海。

黑焰被破开两半，往两边翻涌。公主眯起眼，分身化形，消失在原地。

春朝剑斩了个空，而黑焰趁势而起，缠上春朝剑。此消彼长，一瞬百态。

天火降下时，枯荷等人赶紧筑起灵力阻挡，将太后、皇帝等人安置在安全处。太后面色煞白，不仅仅是因为惊吓，她想到这场天火引发的灾难容易被人视为不祥，担心有宵小会趁机作乱。幸好今日惠王已暴露且被当场制服，否则日后又是一场祸患。

枯荷与谢春溪等人的面色并未比她好多少，他们在等长明和照月公主交手的结果。也幸而公主的注意力都在长明身上，才给了他们喘息之机，但这两人现在都在他们眼前消失了。

公主自然不会真正消失，黑焰就是她，她就是黑焰，两者早已浑然一体。

四非剑找不到目标，剑身微微颤动，似乎有些焦躁，它在等待主人的指令。主人却像彻底消失了，无影无踪，气息全无。

黑焰渐浓，剑气愈盛。突然间，一滴水滴入流淌着黑气的地面，泛起涟漪，层层往外推开。那不是水滴，是血，长明身上的血。方才交锋之时，长明早已有伤在身，此刻已然无法再隐藏。仿佛闻见香气的野兽，黑焰瞬间从四面八方卷向水滴之处，渐渐显出人形，再逐渐收紧，一点点吞噬。

公主在黑焰中露出半身，微微笑着，双手挡下同时飞来的四非剑和春朝剑。她掌心对着剑尖，剑却始终无法更进一步。此时裹住人形的黑焰猛地炸开，突然卷向公主！

公主心念一动，分神去控制黑焰，两道剑光随即同时刺向她的身体！

枯荷想，今日即便是不苦师兄在此，恐怕也很难善了，谁能想到柔弱的照月公主，居然才是幕后真正的元凶。天火已经停止了，这意味着照月公主分身乏术。枯荷抬起头，看见天空像着了火一般，被红云占领，仿佛随时都能落下血雨。这红并非傍晚霞光的橘红色，而是血一样的暗红色。

空气中有淡淡的腥味，令人焦躁不安。几缕黑焰飘过来，很快凝结成团。谢春溪等人连忙摆出防御架势，将太后等人挡在身后。黑焰逐渐在花园中央形成一朵厚重的黑云，又迅速扩大，变成旋涡，似要将他们所有人都吸进去。枯荷连忙将禅杖横在身前，用心戒备。

就在此时，旋涡里伸出一只手，不算白皙，但修长有力，一看就不是女人的手。长明从旋涡里走出来，又将手伸进去，提出来一个人——居然是照月公主。公主被丢在地上，奄奄一息，不复方才妖冶之态。最后出来的是云海，他回身挥手，旋涡消失。长明、云海两人的脸色都不大好看，前者神色更惨淡，嘴角有些血渍，大约是受伤了。

枯荷自忖换作自己遇上照月公主，别说受伤，恐怕性命在不在还是两说。越澄波最为冲动，当即上前就要对照月公主下手，被长明拦住了。

"把皇帝生魂交出来。"长明道。

众人大吃一惊。照月公主低低地笑，并不作答，她抬起头，左眼里黑焰翻腾，只是身体方才被灵力锁住，暂时无法动弹。但一旦挣脱束缚，她立刻就会反扑。

长明没有再逼问，直接出手，戳向公主的右眼眼珠。众人只听得一声惨叫。随着长明抽出手，两道白光被牢牢攥在他掌心。他摊开手，两道光一浅一深，在他手上流转成球，无法分离。长明皱起了眉头。

太后战战兢兢上前："这便是，我儿的生魂吗？"

"不只是他。"

太后不知何意，枯荷却接道："还有照月公主的生魂。"

天子生魂在照月公主的体内待得久了，二者早就混为一体，密不可分。如今长明趁着妖魔虚弱之际，强行将皇帝的魂魄带出，同时也就把真正的公主的魂魄一并带了出来。

枯荷怕太后听不明白，又解释了一句："如今想要陛下魂魄归体，恐怕也得让公主的魂魄暂时进到陛下体内。"

"那岂不是……"太后目瞪口呆，想说雌雄同体，又觉得不对。皇帝的躯壳还是那个躯壳，只是里面有两个人的魂魄，他与照月公主将会共享一个身体。昔日太后也曾听人说起民间奇闻，借尸还魂、魂魄出窍云云，却从没想过这些事会发生在皇帝身上，甚至比借尸还魂还要离奇，一体两魂，那以后皇帝还会是皇帝自己吗？

长明正要将这团魂光交给枯荷，照月公主的身体却忽然起了变化。黑焰燃起，将她裹住，用来锁住她的灵力尽数炸开，所有人猝不及防地被冲退数步。

公主化为黑焰，消散在众人面前，只留下一句话。

"九方长明，后会有期。"

众人犹在震撼中未回过神，长明与云海对视一眼，没有说话。枯荷他们也许是还没到那个修为，所以没有察觉，但长明刚才跟公主交手的时候，发现对方的修为就像一个无底洞，不管怎么试探，都看不到尽头。如果刚才没有云海与他联手，哪怕他的修为恢复到五十年前的巅峰状态，也没有必胜的把握。

换作平时，他会很乐意有这么一个难以捉摸的强大对手，但他并不喜欢被当成棋子。自己想要做一件事，跟被牵着鼻子去做，是截然不同的。

天火过后，御花园一片狼藉，满地残花断枝。到处是受伤的宫人，场面十分混乱。

太后命人将幽国使臣和惠王押下去，又派人出宫去察看宫外的情形。若天火殃及城中各处，就要派人去灭火救灾。

有宫人将呆滞的皇帝带了过来。枯荷将手松开，魂光落在皇帝头顶，缓缓没入其体内。众人屏息等待，片刻后，皇帝慢慢睁开了眼睛。

"我，为何会在这里？"

皇帝张口，是他自己的声音。众人莫名松了一口气。

他神色惊慌，毕竟还年轻，纵然身份崇高，也没经历过这些。

太后柔声道："说来话长。没事就好，陛下可有感觉哪里不适？"

皇帝欲言又止，最终摇摇头，他的目光在众人身上一一扫过，并没有在谁身上过多停留，包括太后。

太后强忍激动，转身对长明道："能否有劳真人帮忙看看，皇帝如今是否恢复正常了？"

方才听见枯荷说皇帝魂魄与那照月公主的纠缠在一起无法分离，她忧心不已。

长明走到皇帝面前，伸出手："在下为陛下把脉。"

皇帝面露犹豫。太后以为他忽逢变故，浑浑噩噩许久，骤然清醒之后眼前场面混乱，且又面对一个不认识的人，的确会心生疑虑，就劝道："这位是九方真人，陛下的魂魄被人强行夺走了，便是真人找回来的！"

皇帝却道："我没病，不必看了。我累了，又忘了许多事，我想歇息。"

长明忽然抓向他的胸口，皇帝吓一跳，侧身避开，顺势双手捂胸，蹙眉尖叫："大胆狂徒，你想作甚？"

众人："……"

太后也感觉到不对劲了，这哪里是男人的反应，分明是个少女。

太后变了脸色："你到底是谁？"

皇帝："我自然是皇甫睿羽。"

这是皇帝的名讳。但这个名字不是秘密，照月公主将嫁入洛国宫廷，自然也会知道。

太后沉声问："你还记不记得，你八岁那年落水，醒来之后跟我说了什么？"

皇帝沉默片刻，小心翼翼："以后再也不贪玩了？"

太后："你八岁时根本就没有落水。你到底是谁？"

枯荷："一体双魂，她现在应该是照月皇女。"

太后咬牙切齿，恨不得将这占着她儿子躯壳的女人碎尸万段："将我儿子交出来！"

说话间，谢春溪与越澄波已然上前，一左一右将皇帝的去路堵住，以防他逃窜。

皇帝一下崩溃了，声音带着哭腔："我也想回去啊，要是能还，我早就还了！"

照月公主在未来洛国之前就被妖魔控制了。她自己也说不清具体时间，只知道某日醒来，身体就发生了异常变化，脑海中有个不属于她的声音时不时冒出来，让她去做各种事情。渐渐地，那声音反客为主占据了身体的主导权，而她自己则被迫退避，缩在角落看那声音指挥她的身体。

她能与那声音交谈，那声音的主人对她还算和气，有问必答，说自己从黑暗深渊而来，说与公主的身体很契合，也说无意霸占公主的身体，等事情完成，自然会将身体还给她。公主毫无反抗之力，只能任由那人施为。

照月国虽小，后宫同样波澜诡谲，公主的生母乃是宫女出身，公主从前饱受欺凌。被占了身体之后，居然无人敢欺负她了。照月国女主当政，那人似乎有意效仿，想让公主借宫廷斗争之机，成为执政公主。

"但后来他好像改变主意了，听说幽国有联姻意向，就主动向国主提出，让我来洛国和亲。"皇帝抽抽噎噎，还翘着兰花指抹眼泪。

太后眼角抽搐，保养甚佳的脸上透着铁青。为何是洛国，而非幽国？因为比起依附幽国，肯定是与更强大的洛国和亲，要更加符合照月国的利益。也可能是那妖魔在洛国早有布置。当日太后听说照月国主愿意主动献出皇女，也觉得小国谄媚，舍幽而就洛。但此番可彰显洛国之强大，她心里还颇有些得意。

皇帝似乎想用手帕拭泪，摸了半天没摸到，只好抬袖擦拭眼角，配上那张浓眉大眼阳刚气十足的脸，许多人都忍不住移开了视线。

"然后呢？"太后的声音已经开始颤抖了，也不知道是吓的，还是气的。

"照月国小，需要在洛朝与幽国两个大国的夹缝中生存，国主正发愁应该如何讨好洛朝，见我主动请缨，自然高兴。"皇帝嗫嚅着，"我……我也没法子，我的身体全然不由自己控制。那人想做什么，就做什么。"

枯荷："那人叫什么？"

皇帝："他让我唤他寒隐，寒风的寒，隐居的隐。"

不止枯荷对这名字十分陌生，在场其他人也没听说过。不过既然是妖魔，未曾有人听过，也就不稀奇了。

枯荷又问："他为何要让你来洛国和亲？"

皇帝："他对我说，洛国皇帝是我命定的姻缘，说我来了之后会过更好的日子。我原本就浑浑噩噩，身不由己，自然是他说什么就是什么。偶尔夜里我也能离体游荡，不过一旦离得太远，就会被强行拉回去。在郊外官驿歇脚的那天晚上，我离开躯壳去外头透气，就遇到了皇甫睿羽。他告诉我，他是在睡梦中离魂的，起初我还不相信他就是洛国皇帝，直到皇甫给我说了许多洛国的事情。"

很快皇甫的存在被霸占公主身体的妖魔发现，他将两道生魂都拘禁在公主体内。

当公主随着使臣入宫赴宴时，皇帝甚至可以借由公主的眼睛看见太后，却什么也做不了。

听至此处，太后忍不住流泪："我可怜的儿啊！"她求长明和枯荷等人想办法，让皇帝恢复正常。

枯荷等人皱眉不语，长明却知道皇帝根本就不想回到原来的样子，说不定还挺满足于现状，有事的时候让公主的魂魄主导这副身躯，没事的时候自己出来晃荡，不必听太后与众臣啰唆，却照样能享受到当皇帝的好处。

皇帝见太后泣不成声，想说点什么，抬眼对上长明似笑非笑的眼，仿佛早就看穿他，伸出一半的手不由得缩了回去，又开始扮起了鹌鹑。

枯荷道："如今玲珑公主与陛下的生魂互相纠缠，加上公主躯壳曾被妖魔夺舍，一时之间两人的孽缘恐怕很难解开。贫僧才疏学浅，恐怕得等师兄回来，再看看有无办法。"

他嘴上这样说，心里却觉得就算师兄来了未必有用，毕竟就连师兄的师父也没什么办法，只不过面上还得这么安慰太后，给她一个希望。以庆云禅院的底蕴，枯荷都如此说了，谢春溪等人也都表示束手无策。

太后勉强平复情绪，对皇帝道："你让我儿出来说话，他的魂魄不是已经回去了吗？"

皇帝为难道："我方才喊了，他还在睡，一直没醒，应该天亮就会出来了。要不然这样，白天让他出来理政，晚上让我出来活动活动，成吗？"

得，以后白天是正常的皇帝，夜里是男儿身女儿心的皇帝？那皇帝以后还能宠幸嫔妃，传宗接代吗？

太后怒道："何时由你来做主！"

皇帝无辜："那也由不得你来做主呀！"

太后眼前发黑，气得发昏。

眼看两人一时半会儿谈不拢，长明将目光移开。云海正在看天，头顶的血色正慢慢消散，但东面仍有一道长长的红痕，像有人拿刀劈开云层留下的伤口。这一场变故，从白天到黑夜，竟消耗了整日。

长明叫来宋难言："东边有什么？"

宋难言："东市啊，洛都东西二市是城中商贾往来的繁华之处。"

长明要问的自然不是东市："再往东呢？"

"没了。"宋难言答了之后才反应过来，"您说的是洛都以东？那里是皇陵，又叫东陵。"

东陵……血痕下面，依稀正对的就是郊外高坡。长明心中的疑惑，也许要等许

静仙他们回来之后才能解开了。

宋难言早就注意到云海，只是刚才一直没机会开口。此人刚才悄无声息地出现，就与长明联手击败了"公主"，同样的事情连枯荷、谢春溪等人都做不到，这说明对方实力比枯荷高。修为高，就一定不是无名之辈。宋难言一人之下万人之上，早年也是八面玲珑能屈能伸的性子，此时见长明询问，就顺势问道："先生，不知您身边这位真人，该如何称呼？"

云海先杀了萧藏凤，后又赶到琅嬛塔，再与长明联手重创妖魔，此时灵力和体力已消耗殆尽，眉间不掩疲倦，连神色亦是恹恹的，倚靠着坐在唯一一张完好的椅子上，姿态散漫，比太后、皇帝更像这座皇城的主人。

此时场面混乱，太后忧心皇帝体内的公主魂魄，枯荷等人则希望从风素怀和卢知远口中再问出点什么，哪怕云海现在坐在皇位上，也没人顾得上去纠正。听见宋难言的话，云海掀起眼皮看了他一眼，又垂下头去，闭目养神，爱搭不理。

"你想让他留在皇帝身边，守卫皇城？"长明一眼就看穿宋难言的意图。

这次敌人空前强大，让宋难言意识到，之前被他视为神仙一般的枯荷和谢春溪等人虽已是宗师实力，在面对妖魔时仍旧力有不逮。天下自然不止这几位宗师，但远水救不了近火，宋难言自忖留不下老师，就把主意打到云海身上了。

听见长明的话，他讪讪一笑："若是这位真人愿意，我立马向太后建言，请立真人为国师，在京城中为真人立观建庙，光大门派，广为宣扬。"

云海闭着眼睛，懒洋洋道："我是你师父最早收的徒弟。你这收徒弟的眼光是越来越差了，自我之后，什么阿猫阿狗都能纳进门来了！"前面一句话是回答宋难言，后面那一句自然是对长明说的。

莫名其妙就被归类为"阿猫阿狗"的宋难言不仅觉得冤枉，还生出一股怒气。想当年他也是正儿八经拜师的，虽然不知道老师是修士，但自从拜师之后，他听课研学风雨无阻。后来以为老师死了，还跑回故地缅怀一番，给老师立了个衣冠冢，怎么也比这位"大师兄"情深义重吧？

但他宋难言何许人也，在官场上混迹数十年，跟各色人等打交道，早就练出心里狂风暴雨脸上笑靥如花的本事。

"老师，这位真人果真是我的大师兄吗？"

宋难言一脸无辜，还有几分被奚落的委屈，下巴微抬，正好对着傍晚的霞光，深谙告状装可怜的要领。

"按照入门顺序，他的确是你大师兄，你唤他云师兄便可。"

长明看了云海一眼，没有将他身上的复杂情况说出来。

宋难言从善如流："云师兄好，我随老师学习几年，当时并不知道先生身份，

也没学修仙之术。不过先生仅仅是教我读书做人，也足够我受益终身了。"

云海似笑非笑："那你运气真不错，赶在他把你逐出师门之前就自己离开了。再看周可以的遭遇，啧啧，真是闻者伤心见者落泪！"

宋难言："？"

长明若无其事："你云师兄受伤了，心情不爽，有些胡言乱语，等伤愈就好了。"

宋难言没顾得上仔细琢磨，忙将自己要说的话说了："不知老师此番过来可还有别的要紧事？若没有，且让弟子尽尽孝心，留您老人家多住一段时日。弟子与您好久没见了，此番匆匆入宫也没来得及叙旧，您是不知弟子这些年日思夜想，无时不怀念师恩。古语有云'桃李不言，下自成蹊'。一日为师，终生为父，弟子父母早逝，您就像我的父亲一般，还请老师勿要客气推辞！"

他说罢，见长明没反应，忍不住催促："老师？"

长明"嗯"了一声："为师在想，似你这样口若悬河滔滔不绝的功夫，若能落字成音，以言为兵，开宗立派，也算前无古人了。"

宋难言心说您是在变着法子嫌弃我话太多吧？他有点委屈："弟子都这把年纪了，虽说托老师当年教我养生健体之术的福，面上不显老，若要入门只怕太晚了。但要是您不嫌弃，弟子愿日夜侍奉老师左右，聆听您的教诲。"

长明想起从前为何会收宋难言为徒了，其中一部分原因是宋难言日日夜夜都往他跟前凑，逮着机会就说个没完，用少年人青涩幼稚的话奉承长明，长明实在是被烦得受不了，才把人收下。后来长明给他起名难言，他想是知道问题所在了，有所收敛。只是没想到数十年未见，老毛病又犯了。

"我欲与你云师兄前往幽国一趟，就不在这里久留了。"

"您去幽国作甚？"

"七月十五将至，万莲佛地会有超度法会，你可听过？"

宋难言忙道："听过，中元法会在幽国极为盛行，规模庞大。据说每年中元节前后都要连办三日，而在这三日之中，进入万莲佛地的人都不许出来。"

长明："为何？"

宋难言："个中缘由弟子不大清楚。枯荷大师同为佛门中人想必知道得更多一些，不如老师先随我回府休息，再找禅师慢慢打听。"

长明还未答应，便见枯荷与越澄波等人过来了。

"今日之事，多谢真人援手，若无您在，只怕皇宫已经翻天覆地了。"

经过方才之事，饶是谢春溪，也心甘情愿低头了，几人向长明行礼道谢。长明不爱纠缠于俗礼，反应淡淡的，只是问越澄波："你们镇灵宗昔年可有一名弟子叫聂峨眉？"

"前辈怎么认识她的？！"

长明只是顺口一问，没想到越澄波的反应如此之大。当年聂峨眉曾说她出身镇灵宗，事有凑巧，越澄波正好就是镇灵宗宗主。长明将在虚无彼岸回溯过往的途中在玉汝镇遇到聂峨眉的事略略一说。"对她而言，应该是数十年前与我打过交道了。"

萍水相逢，许多人难以给他留下印象，聂峨眉悟性、心志、反应都不错，若后来一切顺利，成就应该不比越澄波低。

"我这师妹失踪许多年了。三十年前，师父大寿，她都没有回去。这么多年来，门中师兄弟们四处游历，也正是为了找她。"

镇灵宗不是什么大门派，但同门之间团结友爱，越澄波与聂峨眉一起长大，感情更是非同一般。聂峨眉虽然失踪，但她的一盏魂灯未灭，显然尚在人世。只是天下之大，找了这么多年，越澄波也有些灰心了。直到去年，一名镇灵宗弟子，也是越澄波的师弟，捎回讯息说在洛都见过聂峨眉。

越澄波心中重新燃起希望，亲自来到洛都，答应替太后守卫皇城三年，作为交换，太后帮他寻人。太后毕竟坐拥整个朝廷，在洛都寻人比修士更快一些。但一年过去了，聂峨眉依旧杳无音信。

"她的魂灯情况如何？"长明问。

"时明时暗，暗时只余一线，行将熄灭，明时若煌煌大火。哎，若不是这魂灯，我们都以为她早死了。"越澄波神情黯然，哑声道，"去岁我师弟说，在洛都的琅嬛塔附近见过峨眉的踪影。"

他原只是看重洛都这个地方，也一直在洛都范围内找人。经过这次的事件，又得知长明他们在琅嬛塔内历经凶险之后，他方才觉得可能一开始就弄错了，聂峨眉的失踪，也许与那座八宝琅嬛塔有关。

枯荷："先前贫僧与前辈在塔内并未看见其他人，更未看见修士的尸体。聂道友许是没有入塔，往别处去了。"

越澄波叹息一声："不管怎样，多谢前辈惦记她。聂师妹性情爽利，为朋友两肋插刀，不吝性命，我们都很喜欢她。修炼一道本就凶险，她若遭遇不测，意外殒命，倒也罢了，怕就怕……"魂灯未灭，怕就怕是在哪里遭受折磨，求生不得，求死不能。就像先前被妖魔摄走魂魄的皇帝，如行尸走肉一般。

谢春溪在旁边枯等了好一会儿，好不容易等到越澄波说完，终于找到了开口的机会。

"敢问前辈，方才太后说你自称九方长明，可是昔日的玉皇观观主九方长明？"

自九方长明身份揭开，枯荷等人就有许多疑问，只是大家刚被长明出手相救，碍于情面不好询问，难免有些尴尬。毕竟这些年来，九方长明这四个字一直与勾结妖

魔联系在一起。枯荷他们几个大多是一门宗主或首座，自矜于身份阅历，对此事将信将疑。新生代的年轻修士们却大多受师门长辈的影响，对这个说法深信不疑。尤其是万剑仙宗的弟子，更是将长明当作背叛人族一般的存在。以如今万剑仙宗的影响力，不难想象这种观点影响的范围有多广。积羽沉舟，群轻折轴，众口铄金，积毁销骨。

"是我。"

听到对方亲口承认，谢春溪仍是难掩震撼。因为站在他身前的此人，曾经是传说一样的人物。背叛人间也好，威震天下也罢，当年的谢春溪只是金阙道宫的无名小卒，什么事都轮不到他出头，当然也没机会跟九方长明有交集。

"前辈方才既然对妖魔出手，可见与他们势不两立，缘何这些年音讯全无，也不出来澄清一句？"

谢春溪早年天赋平平，在金阙道宫里毫不起眼，连师父也没把他当接班人培养，他索性得过且过，懒散度日。某日他下山受了欺负，又听别的修士说起玉皇观新任观主九方长明大出风头的事，若有所感，从此奋发向上，奋起直追，直到后来接过衣钵，成为金阙道宫掌教。

谢春溪为人自负，得罪过不少人，只不过修为高，能跟他计较的人不多，但他自己也不是没有钦佩的人。九方长明是天下第一人的时候，谢春溪不爱提他，不想让人觉得自己是在巴结奉承。九方长明落魄时，谢春溪也曾失落失望过，他以为自己看错了人，后来年纪渐长，又觉得事有蹊跷，难以定论，直到在这里遇上他年少时仰慕的对象。

"他不在人间，如何澄清？你若有心，为何不帮他澄清？"

一声嗤笑传来，来自旁边打盹的云海。他实在是倦极了，刚才没力气跟宋难言耍嘴皮子，就靠在椅子上昏昏欲睡。此时歇了片刻，缓过劲来，嘴角带着讥诮，眼神冰冷，毫无温度。

"行事似魔者，心未必成魔。行事如佛者，也不一定就是真菩萨。你觉得自己是哪种？既然早已认定一件事，又何必假惺惺来问？"

"我……"

谢春溪心生怒意，张口就要反驳，但话到嘴边，怒意却消失了。他固然对当年的事情有疑惑，但不敢去推翻万剑仙宗的说法也是真的。如今的江离就像当年的九方长明，高高在上，宛若一尊神像。不，他比九方长明还要更稳固，因为他身边有无数拥趸，他们会自发给江离加上一层又一层的金身，拱卫其左右，让外人遥遥看见完美无缺的万剑仙宗宗主，不容半点玷污诋毁。

江离的修为也许跟九方长明巅峰时期不相上下，也许要略逊一筹，但他的地位和影响力已经远远超过当年的九方长明，也许，比世俗里的天子还要更大。

云海似乎看穿他所思所想，冷冷一笑，又恢复那种倦怠的状态。

谢春溪惭愧地说："多谢道友点醒，谢某轻信人言，失了判断，的确可笑。"

云海垂着头，像根本没听见他的话。长明无可无不可，他根本不在意世人怎么说，也不会为了他人的看法就改变自己，谢春溪醒悟与否，事关他自己的道心和修炼。

"你们先别走，还有一事。"长明道。

枯荷："前辈，还有何事？"

长明："琅嬛塔的存在说明对方早有预谋，布局甚大。若配合奇门八卦，藏风聚水，可将琅嬛塔聚魂的作用发挥更大。我已派人去城外四处查找线索，整整一天，想必也该有结果了。"

话音方落，一道五彩霓光落在皇宫外不远处。片刻之后，许静仙踩着纱绫飘然而来。宫人们不知情，还当是仙女下凡，满目惊艳。

"可算到了，累煞我也！"

许静仙撤去纱绫，抹了一把额头上并不存在的汗，气喘吁吁。她没来过皇宫，无法用雨霖铃直接传送，只能先到皇宫外面再进来。

"前辈，我照你说的在洛都城外四个方向察看，果然发现了一些东西。"

寻常宫卫自然拦不住她，但今日变故刚过，难免又引起一阵骚动。枯荷见她与长明熟识，亲自去解释了两句。许静仙在长明面前又是擦汗又是喘气，姿态做足，连谢春溪都忍不住问她要不要先休息一下，只有长明握手拢袖，气定神闲，抬头望天。

许静仙不说，他也不主动问。她不由得气道："你就不问我发现了什么，有没有危险吗？"

长明："你这不是好端端地回来了，问不问，你都是要说的。"

许静仙赌气道："我那纱绫没了，临时找了一条又不合适，这会儿跑遍了整个洛都，腿都要断了！"

长明抬抬下巴："那你去跟你云道兄挤挤，他那椅子大。"

许静仙哪敢去跟云海挤着坐，后者掀起眼皮扫来一眼，她都忍不住往长明身边缩。狗男人，难怪打了一辈子光棍！她满怀怨念，也不知道是在骂谁。

"我在城外东南西北四个方向，发现了四根龙柱。"

第八章 心魔发作

　　许静仙来到洛都的第一晚还来不及看一眼城中繁华，就被长明赶去办事。如果以琅嬛塔为圆心，整座洛都为阵，那么在洛都四个方向都会有暗桩。而作为中心的琅嬛塔，随时配合发挥作用，令洛都落入控制。这是长明的猜测，而许静仙要负责找出这四处暗桩，但谈何容易？

　　洛都乃天下第一大都，是在前朝故都的旧址上改建的。城外东南西北四处相距甚远，范围又广，单凭许静仙一人，无异于大海捞针，很难在一天之内办到。

　　她原本以为会空手而回。现在的许静仙两手空空，没有法宝神兵，只有掌心一道由长明画上去的符箓。长明告诉她，在城外四处察看，只要遇到可疑之处，符箓就会发烫，给她预警。如果许静仙运气好，说不定还能碰上自己的机缘。

　　许静仙将信将疑，只当对方想要让她干活，她不敢明目张胆地反抗，背地里消极偷懒还是可以的。她先到西市逛了一圈，天色还早，西市没什么铺子开张，她随手买了串冰糖葫芦，顺势出城。城外不算荒芜，沿着官道有两座小客栈，外面还有茶寮。当时天色未晚，人来人往，焖驴肉的香气随着茶寮伙计掀起的锅盖飘出来，一下子牵绊住了许静仙的脚步。

　　许静仙走近茶寮，发现掌心的符箓微微发烫，低头看去，符箓似乎还在发光。

　　"我找了半天，才发现茶寮正中有半截巴掌大的柱子，下半截被埋在下面，上半截则像枯木，被当成系绳的普通立柱，用来稳固茶寮。前几天下雨，泥土有所松动，露出埋在土里的一小节龙雕，当时我就发现这东西古怪。"

　　她再用从方岁寒那里顺来的罗盘对照，茶寮所在方位恰好就是琅嬛塔的正西方。

毁掉柱子的过程却没有这么顺利，虽然茶寮老板和顾客全是普通人，给一笔钱就能打发，照她从前魔修妖女的行事风格，可能连这笔钱都会省下。但许静仙扫视了一圈，发现人群之中有一名修士。洛都有修士不稀奇，稀奇的是那女修坐在茶寮之中，身前的茶续了一杯又一杯，似乎在等人。

"我猜，她也不知道自己在等谁，能不能等到人。只是奉了命令守在那里，没想到真就等到了我。"

许静仙越说越慢，希冀长明能给她点好处，她才继续讲下去，谁知长明还未开口，云海已是不耐烦起来。

"长话短说！"

狗男人，要不是打不过你……许静仙暗骂一句，敢怒不敢言。

识时务者为俊杰，她在周可以手下时早已深谙这一点，什么时候得闭嘴，什么时候溜须拍马能让宗主通体舒畅，她门儿清。见血宗的其他人就没她这本事，自然升迁也没她快。许多人以为在魔门就一定得踩着别人的尸骨一步步走上去，其实不然。察言观色，学会在什么时候说什么样的话，才是通往成功的秘诀。

扯远了，许静仙顶着云海带着杀气的眼神，将思路拉回来。

"一动手我才知道对方是南海飞仙岛的人，而且修为不低，保守估计也得是高阶往上了。"

如果碰上的是没有得到养真草之前的许静仙，两人修为不相上下，不一定能在短时间内决出胜负。从九重渊出来后，许静仙今非昔比，修为突破瓶颈后上了一个台阶，如今已是如假包换的宗师了。对方估计是没料到许静仙如此厉害，很快就被她控制住。非但如此，许静仙还用魔门独有的控制心神的法术，将对方的老底掏了个精光，将其法宝据为己有，不费吹灰之力得知了另外三个龙柱的下落。"南北两处的龙柱我也找到了，一个在山坡上，一个在民宅里，都被我设法毁掉了。那飞仙派女修说，原本四处皆有人防守，她是其中修为最低的，但据说这几天洛都来了厉害人物，南北两处的人被调走，只有她和东面的人还在。听说东面的龙柱在皇陵里，里头防守的是个厉害人物，是他们四人之中修为最高的。我不敢贸然过去，就先回来了。"

许静仙说罢，长长吁了口气，露出一副虚脱的娇弱样，想向长明讨点好处。另外一个，她反正是不指望了。

谁知长明看了她的袖子一眼道："你新收的法宝不错。"

许静仙："……"

她根本就没露出一丁点儿，长明到底是怎么知道的！那飞仙派女修用的也是纱绫，虽然比不上东海鲛绡，但也是由难得的鲨皮所制。许静仙正发愁没有称手的兵器，这无疑是见她瞌睡了就送上枕头来，哪里有放过的道理，她当即就据为己有，权当是奔波这么多天的小小报酬。

"这两日我们就要启程离开。东面皇陵的龙柱，你们要派人去处理一下，否则日后可能会成为新的隐患。"

这句话，长明是对枯荷等人说的。皇陵不仅是每个朝代皇帝的埋骨之处，更承载着一个王朝的风水。从飞仙派女修的话来看，皇陵里的龙柱可能是最为棘手的。

"前辈，我有一事不解，既然琅嬛塔中邪祟之物已毁，仅剩一根暗桩，对方还能如何作祟？龙乃天子象征，此番既然是妖魔与幽国人从中作梗，为何又要选择用龙柱？"

之前长明露了一手，谢春溪心服口服，问出这样的问题不是找碴，而是需要解惑。

妖魔混迹人间，偶有出现，但这么多年来，与之打交道的人少之又少，众人只闻其名，不见其影。这次皇帝离魂，闹得人仰马翻，众人这才发现，不知不觉间妖魔早已潜入宫廷，可见其根深叶茂。别的不说，照月公主被妖魔附体这件事，到底是因为妖魔看上了公主的身份，还是照月国有人与妖魔有所勾连？而幽国使臣与惠王里应外合一起发难，其中是否有别的力量在左右？

这些事情不是一时半会儿就能调查清楚的，莫说洛朝太后，饶是枯荷、谢春溪这样的修士，也难免感觉前路茫茫，心里没底。

"琅嬛塔里的魔物虽除，但建好的塔却不可能被摧毁。只要塔还在，就是钉在洛都心口的一颗钉子。"长明道。

枯荷眉头深锁："如果将塔毁去，可行否？"

"去塔只是第一步，皇陵中的龙柱也得尽早去除，否则琅嬛塔与皇陵两点相连，依旧可能重启祸端。一个月后，天上将出现五星连珠。对方原本算好地上的阵法，琅嬛塔及四处暗桩，对应五星连珠，届时发动，事半功倍。现在虽然被提前毁去，但对方是个布阵高手，能耐不逊于我，我也无法料到对方下一步会怎么走。"

长明从来没有小看过江离，对方若是能力不济，几十年前也不会逼得他明知前方是坑，也要跳下去。双方这一局棋，从五十年前下到现在，起初敌暗我明，长明落了下风，但随着时间的流逝，江离的底牌也渐渐暴露。万象宫，萧藏凤，妖魔，对方能用的牌越来越少，长明知道的也越来越多。

如果有充足的时间，八宝琅嬛塔本该有更完美的布置；萧藏凤作为江离的弟子，也不该死得如此悄无声息，但对方显然是等不及了。长明逐渐恢复修为，云未思离开九重渊，这两件事已经打乱了对方的筹谋，一步乱，则步步乱。

"到底是何人与妖魔勾结，前辈是否知道什么线索？"

谢春溪显然也已想到背后可能隐藏着重重黑幕，单凭妖魔，就能布下如此之大的局吗？显然不可能。那么与之合作的，必定是他们预料不到的庞大势力。

金阙道宫毕竟不大，谢春溪问出这句话时没什么顾虑，而枯荷出身庆云禅院，他需要考虑的太多了。虽然他比谢春溪想到的更多，但他绝对不会轻易问出这个问题。

但长明没有给他们过多考虑的时间，直接就说出来了。

"万剑仙宗和万象宫。"

谢春溪等人果然一愣。这两大宗门虽然名字里同样有个"万"字，却没有任何亲缘或从属关系。万象宫自诩上通天文，下晓阴阳，取包罗万象之意，所谓"万象"。宗派弟子神出鬼没，在江湖上只闻其名鲜见其人，众人对他们印象不深。

而万剑仙宗则是世间所有修士绕不过去的一座高山。世人都说，若谁能入万剑仙宗，那他修行的通天之途就缩短了一半。万剑仙宗是天才荟萃之处，强手如云。萧藏凤作为江离亲传弟子，天资出众，是萧家经常挂在嘴边的骄傲，可像他这样的天才，万剑仙宗有三四个，寻常宗门想要找一个都难。哪怕佛道不同流，佛门对万剑仙宗这样的顶级宗门，也维持着相应礼数，不会轻易得罪。万象宫也就罢了，现在长明居然将矛头直指万剑仙宗，众人一时都不知该如何反应。

谢春溪几人有些尴尬，跟万剑仙宗作对，是他们从未想过的。

长明一笑，没有多言，走到云海身边，拍拍他的肩膀："先回去吧。"

众人的反应很真实，他们不可能因为长明的三言两语就对万剑仙宗充满怀疑，长明也不会勉强他们，但怀疑的种子一旦埋下，就很难消除了。江离以天下为棋局，跨越几十年的谋划，将会一点点浮出水面，最终所有人都会发现端倪。

长明不着急，他曾经以身为棋，流落黄泉，千夫所指，九死一生，修为尽失。后来退无可退，重回人间，他正一步步找到当年的真相。

现在急的，应该是江离。

云海眯起眼，半睡不醒的模样。他软绵无力，只是外人看不大出来。但长明看出来了，他一手搀住云海，让对方大半重量倚在自己身上。

许静仙见他抬腿要走，忙叫住人："明郎！"

话音刚落，云海看了她一眼。

"前辈！未来师父！"

许静仙随即改口，拉住长明袖子："我这一日东奔西跑，累得要死要活的，好不容易将三根暗桩连根拔起，您就不肯给我一点奖励吗？"

她若是要撒娇，那必能让人的骨头都酥掉，对她服服帖帖，有求必应。可惜长明不是一般人："我想起来了，这里还有你的故人，金阙道宫谢春溪，你想必认识？"

说罢，他还好心指向谢春溪："谢掌教，昔年你途遇一名小姑娘，说她媚骨天生，长大之后必要祸国殃民，不宜修道，你还记得吧？如今这小姑娘就在你面前，说来也

巧，她如今成了魔修，还是见血宗凌波峰峰主。你们久别重逢，看来有许多话聊，许仙子大可慢慢与谢掌教叙旧。"

许静仙："……"她如何会不认得谢春溪，刚刚进来的时候，她一眼就看到了这个曾用一句话就改变了她命运的人。但君子报仇十年不晚，更何况是在长明面前，许静仙原是准备当作不认识谢春溪，过后再暗中伺机去算账，让对方求生不得求死不能，谁知却被长明一语道破。

谢春溪自然认不出女大十八变的许静仙，他很震惊："是你？"

许静仙眼角余光瞥见长明和云海走了，正想去追，却听见谢春溪又说了一句——

"你果然入了魔门！"

许静仙刚抬起的脚立时转了个方向，素手捏诀，迅疾如电，直接点向谢春溪面门。今天不把他的脑袋削尖了，她就不叫许静仙！

谢春溪从来没想过，他当年随口说的一句话就改变了一个小姑娘的一生。寻常人听见他那样说，恐怕灰心丧气，就此放弃。因为当时的许静仙是个普通人，而谢春溪已是道门颇有声望的修士，修士对普通人下的定论，是很少有人质疑的。谢春溪说她不能修道，她爹也让她收心，希望她学琴棋书画，以后找个门当户对的人家，成婚生子，顺顺当当过一辈子。

许静仙偏不信邪，误打误撞当了魔修，又机缘巧合得到养真草，如今的她，已不是谢春溪可以随意折辱，用一句话就能改变其命运的人，可这并不代表她对从前的一切可以释怀。

谢春溪半是糊涂半是懵懂，还未反应过来就被迫防卫，打了一会儿发现不太对劲。这妖女，实力怎的如此惊人？两人交手过半，谢春溪被压制得步步后退，好不容易飞剑出鞘，与对方的纱绫绞作一团。看似平分秋色，实则他之前对付卢知远，灵力尚未恢复，此时额头冒汗，甚为吃力。这下突然被纱绫迎面袭来，脚下踉跄，小腹被重重一击，往后撞在了树干上。

谢春溪倒抽一口凉气："住手！"

许静仙一声冷笑，自然不会住手，她一松手，纱绫被灵力催动，又朝谢春溪掠去。

谢春溪的气也上来了，两人越打越起劲，将御花园里的树木毁了大半，又直接飞向城外，这是准备大干一场的架势。

长明眼见祸水东引，满意地带着云海继续往外走。宫中侍卫虽然不知他的身份，但看方才枯荷等人对他的态度，自然也不敢相拦。

"老师留步！"宋难言脚步匆匆，从后面追上来，他方才不放心皇帝的情况，在太后身边逗留了片刻。

"老师，方才太后又与我说，希望能挽留两位多待几日，看能否治好陛下的病。"

宋难言之前被长明拒绝了，知道这话说出口，肯定又会被拒绝，但他不能不转达。

果然，长明道："皇帝现在没有生病，他只是一体两魂。照月公主的魂魄与皇帝十分契合，而且现在她的躯体被妖魔占据了，魂魄不能归体。即便大罗神仙来了，也很难分开他们。"

宋难言苦笑："既然公主的躯体一时找不到，那能否找到另外一具跟公主魂魄契合的身体，将她移走？"

长明也笑了："契合的不就是现在这具吗？"

宋难言："……"

长明："魂魄与不是自己的身躯契合的情况，万里无一。用你们的话说，照月公主与你们皇帝有缘。有枯荷盯着，不至于有大麻烦，如果你们觉得实在不方便，就只能换个皇帝了。"

宋难言无言以对，这会儿的心情真应了他这个名字。太后就这么一个亲儿子，再换个皇帝，那怕是只能考虑意图谋反的惠王了。要还是现在这位陛下的话——以后就等于白天一个皇帝，夜里是另一个，他们这些臣子得伺候两位性子截然不同的皇帝？宋难言一想到皇帝刚才翘起兰花指擦眼泪的样子，就感觉脑袋大了一圈，不敢再想下去了。

"老师，距离七月十五还有几日，您与云师兄不如还是在我家里歇息吧。我绝不拿那些俗务烦您老人家，必定让您住得舒舒服服的！"

长明道："不必了，你云师兄受伤了，我先带他回去。这几日你也不必再过来，日后若有缘，你我兴许还能相见。"

这就是道别的意思了。宋难言心中怅然，任他平时舌灿莲花，对着"油盐不进"的老师，却有些不知说什么才好。对老师是个修士这件事，他至今仍旧有种犹在梦中的不真实感。

"那，弟子帮您送云师兄回去。"

他伸手要来扶云海，后者看似闭着目，却将胳膊往里一缩，让他落了个空。

宋难言："……"

长明笑了一下："他被宠坏了，脾气坏得很。"

云海抽抽嘴角，没有作声，不是懒得反驳，是没有力气反驳了。

他很疲倦，不是真的因为想睡觉，而是内息混乱，灵力损耗所致。不让宋难言近身，更不是因为赌气，而是因为他快要控制不住身上的魔气了。一旦宋难言碰到他，他担心自己难以克制杀人的冲动。长明死死搂着他，正是在用灵力压制他的魔气。长明看似云淡风轻，实则也是泰山压顶，两人都绷着一根弦。

等回到宅子里，云海脑海中那根弦终于绷到了极致，他反手捏住长明的手腕，

另一只手迅速掐住长明的脖颈。他双目尽赤，理智全无。但下一刻，他的手一松，身体软软倒地。剑光突如其来，击中云海身后几处大穴，四非剑悬停于半空，似在回应长明方才的召唤。心神微动，千里而来，久别重逢之后，这把剑又恢复了与长明的默契。

长明收回剑，只手撑住桌面，单手捏诀在院子四周布下结界，防止有人撞进来。结界刚布下，他就忍不住咳嗽，血从嘴角流出，他来不及伸手掩住，血滴在云海身上。

云海浑然未觉，他做了一个很长的梦。梦里他身负长剑，即将远行，对着站在台阶上的九方长明道："我早已想得很清楚，便是出门历练上十年、二十年、两百年，我的道心也依旧是您。"

"我的道心不是你。"

长明冷冷地道，声音因寒气氤氲显得格外冷漠。

"世间万事最忌强求。你得我所教的，都落在哪里？"

云海，不，那时还是云未思，眼一眨不眨地望着对方。

"唯有执着之人，方能求上善大道。师尊，你是不愿求，还是不敢求？"

九方长明没有回答这个问题，他转身走入道观，只留下一句话。

"再跪三日。"

这样的冰雪天，别说是跪三日，便是跪三个时辰，人也废了。但修士毕竟不是常人，云未思在冰雪之中，感觉他也快化为冰雪了，乘风而去，吐气成冰，就像——就像在八宝琅嬛塔中，他的元神一分为二，一半拥住长明，像抱着千年寒冰，竭力想要用体温去温暖他，另一半则是群魔乱舞，想要将世间最极致的恶渡给对方。

思绪蓦地跳跃，走马观花一般，无视过去和现在，混乱不堪。云海喘息渐重，突然睁开眼睛！

他躺在床上，长明则背对着他，正坐在桌边看书。何处是梦，何处又是真？

云海闭了闭眼，又睁开，对着长明道："师尊。"

对方"嗯"了一声，手握着竹卷看得入神，头也没抬："感觉如何了？"

云海一时分不清他到底是在玉皇观里，还是南柯一梦，前尘往事如琉璃幻境。

"师尊，你转过头来，我想看看你。"他低声道，带着几分自己都没察觉的恳求之意。

"都多大的人了，怎么还跟个小孩儿似的？"

九方长明终于舍得放下手中的竹卷，慢慢转过头来，但，那张脸——

云海忽而身体一震！面前的人青面獠牙，双目淌血，眼睛里透着一股说不出的邪意。

"你觉得，我像你师尊吗？"

他毫不犹豫并指出手，一道剑气点过去。青面獠牙的"长明"瞬间被击碎，碎片散落下来，眼前的画面也开始出现裂痕。

云海面无表情，他知道，他的心魔已经像野草疯长，怎么都压不下去了。

在九重渊孑然一身的漫长岁月里，他心里也总有一把无名火烧着，不知何处起，又不知如何灭，无法消除，无法毁灭，任由心魔的种子落下生根，再长遍山野，既茂盛，也荒芜。

眼前这个青面獠牙的"长明"，正是最好的映照。手握竹简看书，是过去记忆里的九方长明。那时岁月静好，一切动荡尚未发生。他的过去虽然在艰苦修行中度过，却也有点点温情洋溢其中。这个面目狰狞、让人猝不及防的九方长明，是他现在的心魔。他当年深入九重渊，与妖魔周旋，魔气入体，日久天长，渐渐压抑不住，所以修无情道的云未思才会分裂出一个恣意妄为的云海，哪些是本来就深植在他心中的想法，哪些是被魔气影响而产生的，可能连他都分不清了。

画面还未完全破碎，一个声音从遥远处传来。

"不要分神！"

振聋发聩，如狮子吼，如暮鼓晨钟一般，撞入他的识海。

是师尊。

云海原是不愿意叫"师尊"的。他头一回见到九方长明就是在九重渊的海边，那时的九方长明病弱不堪，伤毒内炽，云海只知自己想杀他，却不知为何想杀，对此人也毫无记忆，更谈不上一丝感情。如果九方长明不是引起了他的兴趣，恐怕早已是累累白骨中的一具了。

后来——是从什么时候改变的？云海也不记得了。兴许是他与九方长明经历颇多波折，逐渐认可这男人确实有做他师尊的资格。兴许是云未思慢慢记起往事，而他和云未思的记忆又逐渐融合，对前尘过往有了一些感同身受，仿佛他曾经，就是云未思。这声师尊，从饱含调侃戏谑之意，到心悦诚服的认定。云海的心境，慢慢地平静下来。

长明紧闭双目，细汗从鼻尖一点点沁出。他没想到，给云海疗伤会让他再次被修为瓶颈所困。先前他为了速成，选了一门名为执玉念月的心诀。这门心诀可以让人在短时间内快速提升修为，弊端就是练到第八重时会出现致命缺陷，轻则走火入魔，修为全废，重则当场丧命，魂飞魄散。修炼执玉念月的人宁可止步于第八重，因为那已经足够他们成为一名高手了，但对长明来说远远不够。

当时修炼它是为了迅速拥有自保的实力，现在却成为他修行路上的拦路虎。他原打算在解决周可以的事情之后，再寻求解决办法，但现在为了压制云海身上的魔气，这道难关被提前触发了。四非剑灵力充沛，但再充沛的灵力也不可能予取予求，此时他必须做出抉择：先让自己渡过难关，还是先帮云海。

云海闭目盘坐，敞开灵脉，任由长明将吸取的四非剑灵力度化给他。他从漫长梦境里苏醒过来，又被强行拉入白雪皑皑一片苍茫的山路。这不是梦，而是长明的识海，他的元神一不小心，竟闯入了长明的识海。而在他身前不远处站着的人，不是九方长明的本体，而是九方长明的元神。

这是一种玄妙的体验。云海知道他以元神方式存在，也知道他身处长明的识海，但长明却浑然不知他的入侵。这是九方长明的过往，还是其记忆衍生出来的幻境？他又会看见什么？云海兴味盎然。

雪一直在下，越来越大。对元神而言，无寒冷灼热之分，但云海仿佛能感觉到扑面而来的刺骨寒意。

这里很熟悉。云海举目远眺，山峦在风雪中模糊了轮廓，近处的路被淹没在厚厚的雪层之下，天下大部分雪山都是如此，云海一时辨认不出这到底是哪里。有些熟悉，可还是想不起来。

九方长明已经站在悬崖许久了，连姿势都没变过，一直望向崖下积雪的山路。

云海起初以为他在苦修，后来发现不是，他像是在等人。等谁？

一刻，两刻。时间在这里静止了。

云海有些不耐烦，忍不住伸手去抓那人的袍袖。

"别等了。"手从袍袖中穿过，声音也落在虚空处，对方没有反应。

不知过了多久，风雪终于停下，入目仍是不见边际的白，但视野总算比之前好了很多。云海站在九方长明的元神身边，盯着他的视线未曾移开的那条路，再转头望向他们身后，那种熟悉的感觉越来越强。

这是……进万神山的必经之路！

再看九方长明，一身素衣在风中翻飞，身形宛若高山，巍峨不可撼动。眉目间冰雪积蕴，孤傲萧索。此时的他，与日后还是有些不同的。毕竟这时的九方长明还未经历过重大挫折，他天分过人，即使出身小门派，一路走来也是未尝败绩，出尽风头。流言蜚语从来到不了他面前。在这位天下第一人面前，众人无论怀着怎样的小心思，必然都是恭敬有礼，避让三分的。

但他的萧索之中，又有几分决绝。此刻，长明终于迈步，走向那条进山的路。转身之前，他最后看一眼身后苍茫的白，满目的霜。

云海也恍然大悟——他要去赴约，去万神山赴约，成为六合烛天阵的其中一位持阵人。当时九方长明已经发现其中的诡异之处，他是为了探知真相，才选择深入虎穴，以身为棋。此时他已隐隐有了不祥的预感，但自恃实力强大，并未料到迎接他的竟是差点当场殒命，最终造成魂魄受重创、修为尽失的结局。

临走之前，他在等人，等一个永远不会到来的人。他明知对方不会出现，却依

旧等了很久，直到最后一刻。

等的那个人，叫云未思。

云海感觉心口闷痛，犹如被无形之物重重一捶，将他捶得七零八碎，也将另一个意识捶了出来。淡淡的身影浮现在云海面前，与他生得一模一样的云未思，正望着他。

如果不是因缘际会之下，误入长明的识海，云海不会知道，云未思也永远不会知道。他们彼此看着对方。

云海知道，云未思内心深处是一直带着怨气的，他就是云未思的怨气。

为了追寻九方长明失踪的线索，为了给九方长明正名，云未思义无反顾留在万神山，甘愿抛开俗世浮名，辗转于九重渊，与各色妖魔打交道，在魔气侵蚀下艰难求道，修为寸进。云未思并不是由始至终一直坚定不移的，他在魔气的折磨下也有过对九方长明的怀疑和不甘，既怀疑对方为了避开他，设下骗局假死，又不甘于在九重渊里日复一日地蹉跎。时日一久，怨气逐渐主导意识，被修无情道的身体所排斥，衍生出了云海。

忽然间，云海就明白了自己骨子里的偏执和一开始想杀九方长明的那点念头，到底来自何处。那是对他过去的不甘，而云未思，就是他的过去。

原想抛弃所有记忆，从头再来，却未曾想最终还是选择走回来，因为舍不得。

"我放下了。"云海道。

"从前已耗费太多，我不愿再蹉跎下去，他心里有我，这便足够了。无论这种情，到底是师徒之情，还是知己之情，又或早已超越这两者，只要能与他并肩，度过将来的每一日，我已别无所求。"

云未思不言语，只是静静地看着他。

"你放下了吗？"云海又道。

云未思还是没说话，却"嗯"了一声。

云海笑了，他彻底放下了，就在九方长明回身一望的那一眼里，他放下了所有的纠葛和不甘。

九方长明望入虚空，却也望入他的心底灵识。他，与自己和解了。

许静仙跟谢春溪打了整整一夜。从月暗星沉打到天光大亮，许静仙将谢春溪打得身受内伤吐了血，落荒而逃，犹嫌不解恨。

她想暗中寻个机会，将人弄死，反正斩尽杀绝本该就是魔修妖女的作风。不过许静仙也知道，长明跟宋难言有些渊源，而谢春溪如今又是洛国御用修士，要是死在她手上未免不好看。于是她也不忙着追杀谢春溪，而是先回来跟长明通个气，打算要个免死金牌再动手，结果准备推门而入的她就被阵法拦在外面。

心魔发作

许静仙"咦"了一声。她认得长明布下的阵法，但眼前金色铭文在半空若隐若现，有些更是消失不见，显然阵法效力已渐微弱，这意味着布阵之人灵力不继，甚至可能出现性命危险。昨夜她跟谢春溪动手之前，长明不还是好好的吗？该不会出什么变故了吧？

许静仙可不想长明出事，虽然有了养真草，她修为大进，但行走江湖，靠她单枪匹马，还是底气不足，唯有抱紧长明这条大粗腿，才有机会活得滋润。心念急转，她一手捏诀，一手掷出纱绫，轻易将阵法破除，迈步入内，奔向长明所在的院子，伸手推开那扇紧闭的房门。

一刻钟后，许静仙很后悔自己的举动。推开门之后，她就看见云海抱着长明坐在地上，后者神志不清，长发迤逦，铺满云海的膝盖，脸色惨白，血自嘴角蜿蜒流下，淌入耳后。

这怎么看，都像是云海刚杀了人准备吸食精气，毁尸灭迹。许静仙与他四目相对，忍不住后退两步，心头怦怦直跳。对方的威压扑面而来，排山倒海，乌黑的眼珠注视着她，没有说话。是装没看见，掉头就走，还是冲上去英雄救美？

许静仙知道云海跟长明的关系，也知道两人亦敌亦友，完全不像寻常师徒，以云海在九重渊里六亲不认的架势，若说他突然发起疯想杀长明，她是毫不怀疑的。以她现在的修为，未必打得过云海，还可能很惨。但长明才是她想要抱的大腿，而云海喜怒无常，跟宗主一样难伺候。

许静仙脑中天人交战，纠结了片刻，冲云海干笑一声。

"云师兄在做什么，需要我帮忙吗？"

"出去。"对方言简意赅。

"云师兄不要赶人家嘛，前辈是不是受伤了，需要我帮忙吗？"许静仙拿出作为魔修妖女的基本素养，声音中不知不觉带上了魅惑人心的功力。

云海的神情果然缓和许多。但还没等她得意，一道剑气就弹过来，直冲面门，若不是她闪得快，这会儿脑门上就多个洞了。

"云师兄为何这么凶，吓着人家了！"

"出去，我在帮他渡劫疗伤。"

云海脸色一变，阴沉沉的，看着瘆人。在他的威压之下，许静仙硬是咬牙坚持了半刻钟，她暗暗心惊，明明她已是实打实的宗师修为，在云海面前竟还是有泰山压顶般的感觉，喘不过气。

这是一种无形的威慑。修道者双方照面就能察知对手的大概实力，这其中也不乏虚张声势者，但许静仙不敢冒这个险，她知道云海是真能杀了自己。

许静仙心说，前辈，我实在是顶不住了，不是不想救，是对方太可怕了，我尽力了。

107

"那……那我在外面帮你们守着，云师兄有事只管喊我！"

说罢她脚底抹油，没影了。

云海抽了抽嘴角。

"你看见了，这就是你那看好的三徒弟的人？"

"许静仙资质尚可，虽然比不上你们，也算是矮子里拔尖的。"

伴着几声咳嗽，长明徐徐睁眼。"还有，我留着她，不是因为周可以，是因为她办事比周可以靠谱。"

随着他们对江离的了解越来越深入，长明能力再强，许多事情单凭他一人也不可能全部办到。江离几次三番派出手下、妖魔盟友，甚至自己的化身，不仅仅是为了对付长明，也是为了试探他现在的底细。而长明连江离现在的修为到了哪个阶段都摸不清楚，敌暗我明，前路莫测。

云海似乎知道他在想什么。

"世人都说，万剑仙宗宗主江离是当今的天下第一人。但是近十年来，没有人看过他出手，因为没有人值得他出手。没有人知道他如今的境界，只知十年前他最后一次亲自动手，是在千林会上对阵神霄仙府府主付东园。"

长明以手撑地，慢慢坐起。"你怎么知道这些，你不是一直在九重渊待着吗？"

云海："许静仙说的。"

长明："那次对决的结果呢？"

云海："惨败。"

长明咳嗽两声，抬眼看他。

云海："付东园惨败。也正是从那一次起，神霄仙府的声势渐渐为万剑仙宗盖过，世间宗门再不敢掠其锋芒的。"

长明："你与他交过手吗？"

云海："你入万神山之后，他曾经向我提出过希望切磋交流。"

长明："如何？"

云海："我们一共交过两次手，第一次他出手凶狠，过于急切，输了半筹；第二次他稳打稳扎，最后不分胜负。但是我觉得，他没出全力，我摸不透他的底。"

长明若有所思："那么，现在的他只会更强。"

云海："那你还把四非剑的灵力都给了我，放弃了突破瓶颈的机会？"

先前长明想拿回四非剑，便是因为此剑在他身边浸润多年，灵力非比寻常，关键时刻可助他渡过难关。刚才他的执玉念月到了行将突破不成反败的阶段，却遇到了云海走火入魔，千钧一发之时，长明最终选择将四非剑的灵力让渡给云海，助他压制魔性。

四非剑的灵力已经耗尽，作为难得的神兵，它固然还能为长明出生入死斩妖除魔，却只能依附于主人的灵力发挥威力，无法助长明渡过危机。

"你失去了重回巅峰的宝贵机会，失去了跟江离交手的资格。"云海看着他，"你后悔了吗，师尊？"

"你看看你的掌心。"

云海抬手，摊开手掌，原本已开始交错延伸的红线几乎消散，甚至退至手腕处，颜色淡淡的，与原来的鲜艳欲滴形成鲜明对比。魔气虽然没有完全消除，但长明的心血没有白费，他至少已将云海体内的魔气逼到了一个角落里，短时间内不会再发作。

"你的心魔是因我而生，那就让我亲手来了结。"长明拍拍他的肩膀，"谁让你是我最不省心的大弟子呢，云未思。"

从今日起，是云未思或是云海已无区别，因为与自己和解的他，不会再在意长明喊的是哪个名字。长明并不觉得后悔，他从来就不会对做过的事情后悔。世间大道三千，终有一日，他会凭借自己重回巅峰。

"所以现在是我欠你了，师尊。"

在他抽手之前，云未思握住他的手腕，他们之间的羁绊，不可能就此了结。

"那一年，你进万神山之前等了很久，是在等谁？"

长明眯起眼："你刚才闯入我的识海了？"

云未思："为了救你，事急从权。"

长明看着他，他一脸无辜。

"很好，看来你已经放弃无情道，与云海融合得很彻底了。"

云未思："无情为因，有情为果，所谓天地大道无情，不过是以人须臾之眼作如是观，顺势为之，水到渠成，方为修炼之道。"

长明哼笑："恭喜云道尊顿悟，修为更进一层。"

云未思："也多谢师尊成全，让我看清自己的内心。"

长明："那你现在可以松开我的手了吗？"

第九章 万莲佛地

周可以没有死，但他现在比死还要难受。天是沉沉的黑，从他踏入此地起，头顶从此就没了白。但最让他难受的，并非这漫长黑夜，而是脚下无处不在的莲花。

在视线可及的范围内，一朵朵石雕的莲花，错落绽放，避无可避。莲花乃佛门法宝，圣洁无瑕，但这里的莲花不是，它们看似石雕，实则下面埋着万千尸骨，而这些石莲，正是承载它们的法器。在人活着的时候按照某种秘法将其装入莲花容器内，让他的身体慢慢变成容器的一部分，最终在痛苦中死去，就是肉莲法器。

法器与肉身融为一体，将魂魄的怨气永远禁锢。他现在就在这样一片无穷无尽的法器之中。这些凶灵和怨气所构筑的屏障也许无法一下子将他杀死，却能将他困在这里。天罗地网，无处可逃。他的灵力与心神日渐被侵蚀，性情越发狂躁，濒临崩溃。

血从伤口处汩汩流出，滋润了石莲，花瓣缓缓绽放，妖异而诡邪。周可以想要掀起眼皮，却不遂所愿，他现在连一根手指头都抬不起来。伤口反反复复地愈合又裂开，无休无止。大大小小的石莲簇拥着他，就像簇拥着神坛上的祭品。

"让我看看……"

"滚开。"

"让我看看，周可以，你的心魔是什么？"

"滚……"

"见血宗已经毁了，毁在你的手里。周围那些依附于你的门派，也都无一幸免。这些全是因你而起，你现在已经一无所有了，可你还不肯放弃。瞧，我发现了什么呢？你心里还有个人，你在等他来救你？他是谁？让我看看，呵呵呵。"

"滚！"

周可以陡然睁开双眼，周身黑气骤然迸发，那些贪婪地汲取他血液营养的石莲悉数破碎！暗色莲汁喷溅一地，看上去就像血水，污了他的衣裳，但周可以浑然顾不上这些，这是他最后一次爆发了，如同回光返照，很快他双目变得黯然无神，眼皮缓缓垂下，四肢无力。地面再度生出一朵朵新的石莲，重新簇拥在他周边。

"你希望那个人来救你吗？"

"滚……"

"我佛慈悲，既然你有所求，那本座就遂了你的心愿。"

"不……"

不要来，不要……

离他的身躯不远处，一座巨大的神像矗立在阴云之下。血红袈裟，宝石念珠，便连一颦一笑也都刻画得精巧细腻。只是如今嘴角处的那抹微笑不再慈悲，而是充满妖异。

七月十五，近在咫尺。

七月十三，幽国。

刻着"幽都"的石碑映入眼帘，据说再往前数十里，就能看见天下最壮丽巍峨的城门，以及城门后面被世间众多文人骚客描绘过的幽国都城——幽都。何青墨离开师门下山游历之后，也曾到过许多地方，却从未到过幽都。

"这城门的确比别处高大漂亮许多，可也称不上让人惊叹。说这话的人是不是此前从未出过远门！"

站在城门底下，少年嗤笑一声，说出与他差不多的想法。何青墨看了他一眼，没接话。大家萍水相逢，很快又要分道扬镳，不必有过多的交集。章节见他如此，只当他这个名门弟子瞧不上野路子的自己，低低"呵"了一声，当先举步入城。

"何道兄别介意，章道友就是自尊心强些，并无恶意。"

相比起章节，此刻打圆场的贺惜云就显得顺眼许多，不是因为她是个女修，而是因为她比章节会处事。

何青墨摇摇头："无妨。"他对贺惜云倒是颇有些好印象，愿意与她多说两句："幽都是幽国都城，藏龙卧虎，能人异士隐于市。贺道友入了城，最好还是别乱走。"

贺惜云含笑点头："多谢何道友提醒，我早就听说七月十五幽都有超度法会，规模盛大，天下崇佛者十有八九皆会来拜祭追思，我虽不是佛门弟子，也想过来看看热闹。何道友见多识广，不知法会是否与传闻中一样，能否给小妹讲讲？"

何青墨刚想说他也没来过，话未出口，已经忘了自己想要说什么。入目是精巧

的房舍，一座座如出自同一匠人之手，错落有致，井然有序。屋顶瓦片想是用混入了琉璃一类的材料烧制而成，即使不是琉璃，在阳光下也亮闪闪的，仿佛有光。

许多房屋门前的水缸里栽种了莲花，此时正是莲花盛放的季节，满城莲花襟带含露。中间一条笔直大道直通皇城，透过皇城城门，遥遥可见一座巍峨的皇宫高高矗立，仿佛传说中的佛门神国，瑰丽，圣洁。

风来，铃响。何青墨循声望去，房舍屋檐下还挂了铜铃，稍有动静，千百个铃铛先后响动，犹如美妙乐曲，胜过世间千言万语。真可谓，不必佛音絮念，佛音自在心间。

不只何青墨、贺惜云二人，走在前面的章节也看呆了，许久才回过神来，长长吐出一口气。

贺惜云惊叹："不愧是崇尚佛门的幽都，果然处处皆有佛宗的烙印！"

惊叹之余，却也羡慕。幽国崇佛，从朝廷到百姓，无不虔诚，说明万莲佛地在幽国不仅地位崇高，而且权力很大。相形之下，道门虽然也受尊崇，却远远没有这样的地位。不过这只是在世间的影响力，说明佛门修士远比道门修士熟谙世间的游戏规则。修真界以实力为尊，代表道门的万剑仙宗和神霄仙府还是当仁不让的执牛耳者，无出其右。思及此，贺惜云心里就舒服许多了，连带身边那位神霄仙府弟子在她心目中也越发高大起来。

"未入此门，不知世间有如此瑰丽之城，难怪幽都又被称为佛都！"

贺惜云似想起什么，举目四顾："不知万莲佛地在何处？"

"那里。"何青墨抬手遥遥一指。

远处山腰上，一座院落在云间若隐若现，金顶映佛光，似远似近。

"听说万莲佛地在佛门中不过和庆云禅院并称二圣，没想到在幽都的地位竟如此高。先前旁人与我提及，我还不大信。"章节见何青墨出身名门，竟也和他一样乡巴佬似的呆看半晌，态度不由得也友善了起来。

贺惜云："两位道友，不如先寻个地方住下。听说七月十五前后五日，幽都的夜晚都会十分热闹，我们可以等天黑之后再出来走走。"

章节自然没有异议，他本来就是出来游历的，走到哪里就算哪里。

何青墨却道："你们先去吧，我再四处走走，我们有缘再会，告辞！"

贺惜云想叫住他："欸，何道友！"没等她出言挽留，何青墨已经走远了。

章节冷笑："看吧，我就说他不屑与咱们同行。神霄仙府府主亲传弟子好不威风，如何会将咱们这等小门派出身的放在眼里？"

贺惜云叹了口气，有些惋惜，她本以为此次会有机会跟何青墨切磋交流的，却还是道："章道友不必多心，也许何道友真的有事，我们萍水相逢，本来就不好多问，

你别想太多。"

章节冷哼一声。

青杯山的确是个名不见经传的小门派，唯一有点名气的就是门中长老卢知远。不过贺惜云的师父跟卢长老没什么交情。前些日子贺惜云经历了九死一生终于离开了黄泉，回到青杯山，却发现师父因为渡劫而兵解。她竟连师父最后一面都没有见到，贺惜云大哭一场之后，索性辞别掌门，下山游历，再也没有回去过。

至于章节，他的出身就更平常了，他的师门贺惜云都没听说过，但资质还算不错。如果贺惜云没有黄泉里的那一段奇遇，也就是跟他打个平手而已。

"这些名门弟子，素来眼高于顶，何青墨不会是头一个，也不会是最后一个，我早习惯了！"章节对她的安慰不以为然，"修为越高，就越倨傲，这种人我见得多了！"

"不是的。"

起码有个人不是这样，贺惜云心里不期然地冒出一个身影。他说他叫长明，没有来历，没有记忆，却强大得令人仰视。如果没有他，贺惜云早就死在了那个可怕的地方，尸骨无存，也不知道他在七弦门如今怎么样了。

"对了，章道友，我有位故友名叫长明，住在七弦门的山脚处。你先前不是从龙血山过来的吗，那里离七弦门很近，不知你可听说过他的近况？"

"七弦门？七弦门被灭门了，你不知道？"

贺惜云大惊失色："何时的事？！"

章节："我也不晓得。我在七弦门也有个朋友，当时我本想顺道去探望他，谁知到了山脚下发现村子里没人了，东西倒是还在，有的屋里饭都做了一半了。山上的七弦门也如此，就好像……好像人是在突然间不见的。后来一打听，说是见血宗连同周围大大小小的门派全都被灭门了，也不知道是谁干的。"

贺惜云震惊莫名："见血宗宗主周可以也是当世数得上的宗师高手，难道他也遭了不测？"

章节："魔门本来就仇敌众多，听说周可以一不顺心就以人为炉鼎练功渡关，保不齐是抓了哪位大宗师的得意门生，遭报复灭门了吧！哎，可惜我那朋友平白遭了池鱼之殃，生不见人死不见尸。"

那长明……贺惜云心有些乱，连幽都的景致也没兴趣欣赏了。她与章节随意找了个客栈歇脚，打坐静修了一下午，直到夜幕降临，心境方才慢慢缓和下来。章节过来寻她，邀她出去走走，贺惜云便应下了。

幽都虽然崇佛，但并非没有歌舞娱乐活动。据说东西二市夜夜笙歌，乐坊通宵达旦灯火辉煌。从外地来幽都的客人，多数落脚于此。贺惜云他们住的地方去西市很方便，不过隔着一条街，抬脚便到，只是没想到，这么快就在西市见到了熟人。

"何道友！"

熙熙攘攘的人群之中，何青墨回头，面带讶然："是你们？"

贺惜云快步上前，看出他惊讶之余有些失望："你以为是谁？"

何青墨："没什么，我方才仿佛看见一位故人，不过应该是认错了。"

贺惜云又想起长明，心有戚戚然："何道友之前匆忙告辞，是去寻那位故人了？"

何青墨摇头："我去了一趟万莲佛地。"

贺惜云："有约？"

何青墨："没有，就在外面看看。"

方才他还未靠近万莲佛地，就能感觉到层层的阵法结界。神霄仙府中最擅布阵者非何青墨莫属，但他在万莲佛地外面站了许久，竟看不出丝毫破绽，眼看再待下去可能会暴露，他这才转身离去。

贺惜云感到何青墨此行并非像他们一样毫无目的，可能是为了什么人或事而来，但对方不说，她也不好追问。章节本来就看何青墨不顺眼，见状也不乐意跟他们多待了，快走几步，走在前面。

华灯初上，人间星火。举目望去，盏盏灯笼连成一片，在熙熙攘攘的人群之上熠熠生辉，将幽都照得白昼也似的。临近中元节，不少摊位上都挂着鬼怪面具，有面目狰狞的，也有俏皮可爱的。中元节对于生者而言，并非全然是悲伤，亦可祭祀鬼神，祈福求安，保佑来年风调雨顺，家宅安康。

何青墨三人是修士，没有过中元节的习惯，只当是游人一般，走马观花，体验幽都民俗。

"阿爹，我们怎么还不烧纸呀，去岁不是烧纸了吗？"不懂事的孩童问身边的阿爹。

"胡说，年年都是十五那日才烧纸，你记错了。"

"烧纸那天能吃烧鸭！"

"就惦记吃！那是祭祀鬼神的，只有鬼神吃完，我们才能用。不许胡说，小心被捉去当替身！"

"什么是替身？"

……

教训小儿的声音落在身后越来越远，贺惜云想起她小时候被师父训话，不由得会心一笑，道："那边有面摊，二位道友不如过去坐坐？"

若是何青墨提议，章节肯定不搭理，但对贺惜云，他还是给面子的。三人寻位坐下，贺惜云叫了碗猫耳朵，何青墨和章节则要了臊子面。

满满一碗上来,料是足的,价钱却很便宜,同样价格在洛都可买不到这样一碗面。

章节看何青墨吃面,忍不住嘴痒,嘲讽道:"没想到何道友名门出身,竟也和我们一样食人间烟火,我还以为你日常都是辟谷呢!"

何青墨神色平淡:"辟谷当然是可以的,章道友也可以。可若不是在深山老林无物可吃,谁又会苛待自己?"

贺惜云生怕他们又吵起来,忙打断道:"我这猫耳朵也太淡了,没有半点咸味,你们的呢?"

章节:"我的也没什么味。"他问老板要来盐和醋,可就算放了调料,那碗臊子面还是淡淡的,入口无味。

三人都有些扫兴,匆匆把面吃完结账,离开了面摊。

"我还当幽都的东西有什么特别,面倒是不贵,可这么淡的面,像白开水一样,怎么还会有这么多人在吃,他们都吃不出味道吗?"章节忍不住抱怨。

贺惜云若有所觉,走出几步,又回过头。面摊上的客人的确很多,只是个个埋头吃面,没有交谈,仿佛饿了三天三夜。可这些客人分明衣着整洁,虽然称不上大富大贵,也不至于连一碗面都吃不起。贺惜云心里升出一股很奇怪的感觉,她顺势望向面摊老板。

老板似有所察,正好抬起头,二人对视片刻,他冲贺惜云露出笑容,一个古怪、诡异的微笑。

贺惜云全身的汗毛都炸起来了,猛地回身,三两步冲向老板。

面摊老板被她吓了一跳:"这位娘子是做甚?"

贺惜云一双秀眸盯住对方,老板面带无辜,被她气势所吓,想退又不敢退。毫无异状,仿佛方才是她的错觉。贺惜云再回头看各桌客人,陆续有人吃完起身走了,桌上放着面钱,只有一桌客人还在等面,三口之家说说笑笑。

"贺道友,怎么了?"

何青墨的声音在耳边响起,贺惜云松开紧皱的眉头。

"没什么,可能是我看错了,章道友呢?"

何青墨没有在意:"兴许是方才走快了,走散了吧。"

身边人来人往,一眼望不到头,哪里还能看见章节的影子?不过走散了也无妨,又不是小孩儿了,总会自己回客栈去的。贺惜云还是觉得不对劲,她跟着何青墨走出一段,又忍不住回头去看面摊,这一看,她的脸都白了。

"那面摊呢?!"

何青墨回头,也发现了不对劲,偌大的面摊竟消失不见了,那块地方变成了一个卖糖糕的摊子。

"卖糖糕嘞！卖糖糕嘞！郎君娘子来块糖糕吗？保证甜！"

小贩也完全换了个模样，不是刚才的中年面摊老板。

贺惜云："刚才的面摊呢？！"

小贩莫名其妙："什么面摊，这附近没有面摊，我在这儿卖糖糕已有两年了！"

贺惜云还要再说，却被何青墨按住，拉到一旁："这些人不是修士。"

"但刚刚……"

"自打入城起，我就觉得不舒服。"何青墨道，他本以为是因为闻不惯那些檀香，也没在意，直到此时，脑海中警铃大作，那是属于修士的警惕心。他现在知道了，是这里无处不在的气息让他觉得不舒服，那些气息，不是檀香，不是浊气，而是——鬼气。

如烟似缕，又无处不在的鬼气。

"你看！"贺惜云陡然提高声音，又蓦地强行压低，"那是什么？"

何青墨看着被竹签串起来的，原本白胖绵软让人食欲大振的糖糕，在灯笼下竟在缓缓蠕动——一条硕大的虫。那他们刚才吃下去的面……贺惜云不敢深想，她觉得她可能以后再也不会想吃面了。

何青墨伸手抓向糖糕小贩，小贩任他抓住，也不挣扎，只是拖长了语调，软绵绵地求饶——

"郎……君……您……这……是……干……什……么……呀——"

随后，小贩的脑袋竟然掉了下来，咕噜噜滚落开去。

"杀……人……啦！"

"你……杀……人……啦！"

四周响起此起彼伏的大喊声，只是这些声音听起来阴森森的，不像活人发出来的。

原本游逛的人们纷纷望向这边，贺惜云甚至看见那些背对着他们的人，身体不动，脑袋直接转了个方向，眼睛直盯盯过来，面无表情，嘴角却咧开向上，如同戴着面具，从头到脚透着恐怖。这哪里是夜市，分明是鬼市！

一双双手伸向他们，何青墨长剑出鞘，无情斩出，剑光起落之处，无数人纷纷倒地，身后却有更多的人簇拥过来，前仆后继，怎么杀也杀不完。

他们两人已经被团团围住。贺惜云想用灵力，却发现丹田空荡荡的，什么也没有，再看何青墨，他的剑虽然威力大，却也只有剑锋本身带起的剑气，而非灵力。他们的灵力呢？！

"杀人偿命，你们就留下来吧。"

不知从何处传来轻笑，似远似近，却如一股无形的力量，牵引着万千鬼手拥向何青墨二人。

危急之际，一只手从背后伸来，搭上了何青墨的肩膀。何青墨原想挥剑斩开，却发现对方似有所料，轻而易举避开攻击，又摁住他的胳膊。

　　"跟我来。"

　　似曾相识的声音，令何、贺二人不约而同回头。乌发玉簪，素衣宽袍，眉目深邃，高远如山，此等风姿，比起当日在维清山脚下，更令人移不开眼。

　　长明？！

　　贺惜云又惊又喜，还未脱口喊出对方的名字，这个名字就已在脑海里冒出千百遍，如烟花一般绽开。何青墨比她克制多了，虽然面有喜色，但尚算冷静。

　　长明做了个噤声的动作，示意二人不要多言。两人会意，跟在他后面走，三人所到之处，鬼手纷纷退避，让开一条路来，但若是何青墨二人离得稍远些，那些活死人又会拥上来，两人须得紧紧跟在长明后面，方能平安无事往前走。

　　何青墨起初以为是长明结了什么法印让那些东西无法近身，后来才发现，令那些东西忌惮的，好像是他手里的灯笼。一盏小小的灯笼，毫不起眼，透着惨白的光，微微摇曳。

　　狂风骤起，寒意森森，不像秋夜里清爽的风，倒像是从墓地里刮来的阴风，贺惜云被吹得打了个寒噤，长明手里的灯笼也剧烈晃动，里头的光好像随时都会熄灭。

　　一只手抓向灯笼，尖利的指甲带起厉厉刀风，几乎要刺破裹住光团的灯笼皮！何青墨提剑斩下，还未等剑锋落在鬼手上，眼前的景致倏地一变，他脚步踉跄往前跌去，被长明伸手及时拦住。

　　"这里是？"他听见贺惜云惊讶的声音。

　　人来人往，熙熙攘攘，灯火通明。此处幽暗安静，是闹市中难得的僻静角落，但再往前一步，就是幽都中著名的西市。如果这才是西市，他们刚才又在哪里？

　　贺惜云有些迷茫了："我们刚才是被拖入幻境了？"

　　"不算幻境，就是被鬼迷了眼。你们吃了不该吃的东西，灵力暂时被封锁了，换了寻常人，魂找不回来，人也就留在那儿了。"

　　长明抖了抖手上的灯笼，那灯笼落在地上，居然变成一只兔子，一溜烟钻进人群，不见了。

　　"七月十五快到了，别乱跑。"他不说还好，一说贺惜云又想起那碗没滋味的面，和之后变成虫的糖糕，顿时一阵反胃，忍不住弯腰对着墙角呕吐，吐了半天，也就吐出点胆汁，胃里空空的，什么也没有。

　　"别吐了，我们吃进去的不是食物，是鬼气。"

　　何青墨道，他的脸色也不好看，普通人着了道也就算了，他们俩是修士还被鬼迷了眼，说出去会被同门师兄弟笑话。

何青墨身在局中一时被迷惑，现在也醒过神来了。民间传说有人夜里进山会看见华丽房舍和美貌女子，还受到热情款待，第二天起来才发现雕梁画栋全是朽木腐土，就连前夜吃进去的山珍海味也都是些枯枝烂叶、蛇虫鼠蚁所化，更有甚者，还有人吃了纸钱灰，回去之后就一病不起，一命呜呼。何青墨没承想有朝一日他也成了传说里被迷惑的那些人。

贺惜云不解："可这幽都不是佛都吗，万莲佛地在此，诸邪万鬼还敢在此放肆？"

"鬼不着相，人自着相。万莲佛地的佛光也不可能笼罩整个幽都，你们也不是头一回在外面行走了，怎的警惕心如此低？"

长明的调侃让他们无言以对。也幸而他们都是修士，恢复正常之后，吃进去的鬼气也会被灵力化解，不会像普通人那样大病一场。至于当时吃的面条到底是什么东西变的，已经不重要了，让贺惜云感到不适的是她的记忆和味觉。

"多谢前辈相助。"何青墨正正经经地拱手行礼。

贺惜云看得一愣一愣的，这怎么突然就将道友的辈分拔高了一辈？

在九重渊里，何青墨跟长明曾有过几面之缘，谈不上同生共死，但也合作过。离开前长明还表明身份，让他转达对他师尊的问候。何青墨回到师门与师尊一番交谈之后，对长明的态度也就更加不一样了。

"师尊他老人家对前辈甚是推崇，提起当年万神山一事，他也很遗憾。神霄仙府从来不认为当年之事是前辈的责任，有人问起，也都据实以答。当时情况复杂，真相不明，至于旁人信不信，师尊无法左右。他让我转告前辈，水落石出，拨云见日，真相总有大白于天下的一天。"

会不会大白于天下，长明无所谓，神霄仙府府主付东园的态度，长明其实也没放在心上，这老狐狸当日固然没有落井下石，但也没有雪中送炭。付东园处事圆滑，八面玲珑，这固然让神霄仙府多年来屹立不倒，可也因此失去了更进一步、独占鳌头的机会。后来神霄仙府被万剑仙宗抢了风头，势力被一步步蚕食，如今只能屈居人下。可谓是成也付东园，败也付东园。

长明："那你到幽都来就是为了看中元法会？"

何青墨蹙眉，面色有几分凝重："是为了孟藜师姐。"

神霄仙府弟子孟藜早年下山游历，神秘失踪，魂灯未灭却一直杳无踪迹，直到长明在九重渊的弱水中发现她成为弱水占主傅小山的禁脔。孟藜死后，云海还曾从她体内寻出分水珠，破除弱水结界。在离开九重渊时，长明也曾对何青墨提过此事。

"但后来，我发现佩剑时常会给我传达讯息，有人想与我通话。先时我还以为是妖魔，直到回师门之后，请师尊查看，才发现是孟藜师姐的残魂。"

长明神色微动。

第九章 万莲佛地

何青墨接着道："她的残魂在九重渊感应到了同门气息，当时因气息太弱，无法与我沟通，只能暂时藏身剑中。直到我回到师门后，得师尊以魂灯相引，残魂方能现身片刻。孟师姐说，当年她之所以会流落九重渊，不是因为好奇误入，而是因为她无意中听见一个秘密，被人一路追杀，最终才不得不躲入九重渊。追杀她的，正是万莲佛地的人。"

长明："什么秘密？"

何青墨一字一顿："万莲佛地的龙象佛座圣觉，有半魔血统。"

圣觉乃万莲佛地第一修士，其修为高深莫测。有人说他已到了大宗师水准，有人说他已超越大宗师。万莲佛地高手如云，需要圣觉亲自动手的状况本就不多，上一回他亲自出马，还是与云未思交手。但堂堂佛门二宗的佛座，等同于副院首的尊荣身份，若其半魔身份公之于天下，无异会动摇他的地位，恐怕连佛门也待不下去。

不少妖魔隐姓埋名于人间，与人类结合，生下半魔血统的人类，其中也有不少走上修行之路的。但这样的修士往往会遭遇异样的眼光，不得不去黄泉或九重渊这样的地方遁世修炼。长明曾在九重渊的七星河看庆云禅院叛徒悲树与太罗斗法，后者便是有半魔血统的修士。

贺惜云感觉自己好像听见了什么了不得的秘密，但又不好意思掉头就走，只得尴尬地继续听下去。

何青墨道："孟师姐说，她当时被追杀时不慎将随身佩剑遗落在对方手里，让我找机会帮她寻回来。我辞别师尊之后四处游历，前两日听说万莲佛地将有中元法会，就顺道过来看看。"

长明问："追杀孟藜的人是谁？"

何青墨："孟师姐不认识，但对方身戴佛珠，手持禅杖，应该是万莲佛地的人。否则不至于发现了孟师姐，就要追杀她。"

长明："我亦是过来瞧瞧中元法会的热闹的，既然如此，你们不如与我同行。"

何青墨："有前辈在，我自然安心，只是前辈不是与云道兄一起吗，他呢？"

长明："传闻前几日离此地不远的赭鹤山天降奇石，形成地汤天藏之奇观，他说要过去看两眼。"

何青墨："此事我也听说了。神光出没，便有神兵灵药出世，说不定云道兄机缘巧合能得一称手神兵。"他若不是为了追查孟师姐的死，现在估计也在赭鹤山了。

贺惜云一直没说话，两人注意到她的脸色越来越古怪。

"贺道友，你没事吧？"何青墨询问。

"我……好像听见章道友的声音了。"贺惜云皱着眉头。

"救救我。"

"救救我……"

声音若远若近，带着恐惧。一开始贺惜云还以为是幻觉，她左顾右看，都找不到章节的身影。但声音却越来越急，甚至带着哭腔。虽然章节修为不算太高，但也足以独自行走世间，能让他如此恐惧的，是什么样的凶险？

"章道友？你在哪儿？"

贺惜云忍不住喊道，但那声音却突然消失了。

第十章 鬼王现世

　　许静仙气喘吁吁，她现在很想摸出纱绫，直接一个飞纵越过眼前的山头。但她无法这样做，因为会打草惊蛇，云未思不允许，她只能老老实实跟在他后边。

　　三日前，赭鹤山有神光现世，紫霞漫天，半日不消。百姓都说肯定是神仙下凡。但修士知道，那不是神仙下凡，而是天降星雨，奇石降临，形成"地汤天藏"。这平平无奇的赭鹤山一下子就成了藏宝之地，远近修士闻讯而来，就为了能找到地汤天藏里的宝贝。

　　神兵也好，灵药也罢，若能得到一件，就能让实力突飞猛进，从此踏上一个全新台阶。这其中的好处，许静仙最清楚了，没有养真草，她现在兴许都入不了云未思的法眼。许静仙听说赭鹤山天降奇石时，十分有兴趣，毕竟哪个修士会不喜欢法宝仙器呢？但长明的兴趣不大，他想先到幽都察看情况，于是双方约好，七月十五当日在万莲佛地所在的山脚见面。

　　许静仙本以为她得跟着长明，没想到却被云未思主动叫过来。

　　"你知道我为什么喊你过来吗？"

　　听见云未思的话，她愣了一下，因为她的美貌让对方起了歹意色心？

　　不，这么说，恐怕要小命不保。她如今虽已是宗师境界，但她很清楚，云未思的实力远在她之上，所以在长明和云未思面前，她不敢造次，一心当鸵鸟。

　　"因为我善解人意，能为您鞍前马后随时效劳？"她婉转地换了个说法，心想自己还是太出众了，任谁都无法掩盖光华，连云未思都发现了。

　　云未思："因为你吃过养真草。"

许静仙一头雾水，没厘清两者之间的关系。云未思蹙眉，似不满意她的鲁钝，但为了此行的目的，不得不多说两句。

"灵药分神品、仙品、上品、中品、下品，你吃的养真草虽然不是神品，但也能称得上仙品了。上品以上的灵药之间会有微弱的感应，如今你与养真草融为一体，如有上品灵药出现，你应该也能感应到些许。"

许静仙："……"敢情她就是一个感应灵药的法宝？

云未思没听见声音，回头看她一眼："能感应到吗？"

许静仙立马露出灿烂的笑容："现在在山脚下，离得远，还没任何感觉。"

云未思"嗯"了一声："沿途仔细体察。"

许静仙嘴角抽搐，敢怒不敢言，忍了又忍，还是忍不住道："云道尊，以您如今的修为，即便是吃了神品灵药也收效甚微。"

云未思："师尊需要。"

许静仙了然，她隐隐知道长明的修为卡在瓶颈处进退不得，虽然在她看来，长明如今的修为已足够他为所欲为，但显然这位曾经的天下第一人并不满足于此，他还要向更高处走，挑战自己曾经的高度。云未思想帮他。不过灵药可遇不可求，许静仙踏上修真之途以来，也就得到了一株养真草，还是在九重渊历经九死一生才得来的。世间灵药仙草固然不少，但天地之大，非有机缘者不可得，许多人终其一生未必能找到上品灵药，更不要说仙品和神品了。

赭鹤山大得出奇，山路曲折，据说上山之人迷路失踪是常有的事，连本地百姓都不敢轻易上山。这次周围很多人都看见了神光降世，但敢于拿小命来冒险的寻常人还是少。他们一路上没见着几个人，直到到了半山腰，一股气旋迎面而来，云未思拂袖抬手，以灵力挡住气旋。一阵飞沙走石过后，前方的景象显露出来，一道石桥凌空连起两座山峰，石桥下方云雾缭绕，上方则是青天湛湛，仿佛湖面倒置，随时要溢出水来。

"这就是地汤天藏？"许静仙叹道，果然是鬼斧神工般的美景。

石桥上面有两人正在斗法。剑起刀落，白紫交加，剑光刀气之间一时难辨高下。霞光映天，沧溟浩渺，唯独两人杀气腾腾，有些煞风景。许静仙观战片刻，对两人的修为了然于心，两人都是高阶以上，接近宗师，出手都毫不留情，场面自然精彩万分。

另一座山峰上还有三四人，应该也是观战者，确切地说，是在等时机捡便宜的修士。

天堑之下的雾海中，荧光若隐若现，非蓝非紫，偶尔能看见一簇晶体，晶莹闪烁。

"那是……"许静仙端详许久，只能看出好像是块石头，"天降奇石？"

云未思道："五彩奇石，是淬炼神兵的必需材料。"

当年为了淬炼四非剑，长明寻遍三山五湖，也没能找到这种五彩奇石，最后退而求其次用了别的材料。难怪那两名修士争得头破血流，再看许静仙，两眼放光，蠢蠢欲动。

云未思对五彩石的兴趣不大，他的注意力在云雾之下伴五彩石而生的返春草上。传闻此草一出，方圆五里之内便是冰天雪地，也能瞬间使百花绽放草长莺飞。

"你感应到没有？"他问许静仙。

许静仙迟疑："肚子有点饿，算吗？"

云未思："……"

在饱含威胁意味的目光注视下，许静仙硬着头皮闭上眼，努力去体会所谓的感应，却只能感受到扑面而来的清冷山风，和两人斗法夹带过来的灵力和水汽。

灵药之间的感应到底是什么？玄之又玄，妙不可言。许静仙觉得她又不是一株行走的养真草，怎么可能感应到别的灵药存在？她煞有介事地闭目片刻，心里想着说辞打算蒙混过关，那斗法的二人却忽然生出变故！

其中一名修士手中剑光一暗，落下万丈深渊。他的对手趁势而起，以灵力将对方紧紧缠绕，但与此同时，观战的修士出手了！他并指所向，剑气去处竟是占上风者的后背。这是打的螳螂捕蝉黄雀在后的主意！

说时迟那时快，一道剑气过去，交手二人齐齐坠落。出手之人则纵身飞起，掠向云雾中的晶光。虽说出手暗算不光彩，但杀人夺宝本是修士之间常有的事，少数坚守原则之人无法改变大多数人的贪婪天性。这样的情景，许静仙见怪不怪了。

她专注看戏，并无出手的打算，旁边的云未思却身形一动，同样掠向那抹晶光！

许静仙："……"

跟，还是不跟？在身后劲风袭来之际，许静仙做出了选择。

她一边回身掷出纱绫，一边将身体向后飞出。暗算她的，居然是个和尚，一个乌发如云，却手持禅杖、颈挂佛珠的俊俏和尚。

那和尚看上去二三十岁，但修士的年纪不能以相貌判断。和尚明明没笑，嘴角却自然而然地往上翘起，他朝许静仙走过来，深邃的眼神欲语还休，似有千言万语诉说不尽。许静仙见了非但没有惊艳之感，反倒全身汗毛倒竖！

这是修士的本能反应，它在告诉许静仙，此人非常危险！电光石火间，许静仙选择追随云未思！天塌下来有高个儿顶着，云未思怎么都要比这和尚强吧？

章节动弹不得，他做梦也没想到，居然会被拉去配冥婚。

大红花轿，喜服喜冠，外面还有震天唢呐，从摇曳着的轿帘往外看，依稀能看见一眼望不到头的送亲队伍，前前后后至少延伸出了一两里地。唢呐吹的明明是喜庆

的乐曲，不知怎的却带了一股诡异的意味。外面那些人个个穿着白袍，举止僵硬，丝毫没有活人的气息。

还有，就算是冥婚，为何他是坐在轿子里的那个啊？！乱七八糟的念头在脑子里转过，章节快崩溃了。

喜婆似乎察觉到他的情绪，在外头开口道："别着急，别着急，快好了，马上就能见到郎君了——"连语调都是慢吞吞的，像被拉长的面条，软绵绵的无一丝起伏。

什么叫见到郎君，你们是不是抓错人了？！章节很想大吼大叫，偏偏一点声音都发不出来，急得浑身冒汗。轿子一路起起伏伏的，好像经过了高低不平的山坡。不知过了多久，轿子终于停下，他心想总算可以离开这见鬼的轿子了，谁知乐声停了之后，连喜婆的声音也没了。

一片寂静，静得足以让人生出无数可怕的念头。章节默念心诀，但无济于事。他的兵器不知何时被收走了，此时他当真是束手无策，只能任人鱼肉。

窸窸窣窣的，似有什么东西朝轿子移过来。

门帘被掀开，眼前骤然一亮，不是白日天光的那种亮，是一连串灯笼照出来的光。红色的灯笼，高高低低，由远而近，延绵到眼前。

"娘子，下轿吧，郎君在等您呢！"

一条锁链不知从何处而来，紧紧缠上章节，扯着他不由自主地起身往前走。

我不是什么娘子，你们抓错人了！章节气得灵魂出窍，却半句话都说不出来，难受得面容都扭曲了。

喜婆跟在他旁边絮絮叨叨："娘子高兴点，露出点笑模样来。咱们家郎君可是打着灯笼都找不着的好人呢！"

这不是正打着灯笼吗？灯笼还挺多的，怎么找不着了？章节气得都忍不住吐槽了。

浓雾之中，一道身影影影绰绰，立在前方。他心头一凛，举目望去。对方身量高大，似乎一身黑袍，负手而立。看不清面目，但他身上浓郁的鬼气倾泻而出。

鬼气？

章节斩过鬼，作为修士，他曾到过不少地方，见识过不少妖魔鬼怪，可他从未见过气场如此强大的鬼魅。那森冷的鬼气竟绵绵不绝地压了过来，避无可避。此人——不，这不是人。

章节惊骇异常，但身不由己地被锁链拉扯着，一步步往前，与那人的距离越来越近。心里有个声音不断地警示他，让他不要再往前半步，但他根本无法反抗，他的灵力毫无反应，此时，他一如常人。章节怎么也想不通，他明明是在幽都的街上看花灯，怎么会转眼就到了花轿里，被绑到这个鬼地方来！

不能去，不能去！被那人抓住就完了！章节无比抗拒，却又无可奈何，浑身大汗淋漓，手足发颤。他张大嘴巴，剧烈喘息。

喜婆在他肩膀上轻轻一拍："矜持些，郎君喜欢斯文的女子。"

章节不受控制地合上嘴巴，便连喘息似也被压下去，一层层的无形强压，让他透不过气来。

一只手从昏暗中伸过来，抓住锁链，轻轻用力。当啷，锁链断为两截！

这声音分外刺耳，就连那黑衣人似乎也跟着微微一震。

喜婆愀然变色："你是谁？"

话还未落，章节只觉他的胸口被那只手轻轻一按，身上的枷锁登时被解开，似乎连呼吸都顺畅了。

下一刻，对方与近身而来的黑衣人交上手了。一盏盏灯笼在昏暗中相继落地化为红衣少女，朝他们扑来。

章节伸手拍开一个，脖颈却被另一个狠狠抓了一下，火辣辣地疼。那种疼很快变成了痒，痒得他忍不住伸手去抠，使劲想从里面抠出点什么。他明明知道不能再抠下去，但又麻又痒的感觉无法忍耐。

一记手刀砍在章节的后颈，他登时身体软倒，人事不省了。那些红衣少女却不肯放过他，依旧争先恐后地来抓他。贺惜云眼明手快，挥剑挡开，将他揪起来往轿子里一扔。

另一边长明与黑衣人交手，心里暗暗吃惊。对方非人非魔，路数诡异，修为却深不可测。以长明如今的实力，两人交手片刻，他居然还未能看出对方修为的深浅。

黑袍男人容貌俊美，面色却惨白不似活人，一双幽幽发绿的眼珠一错不错地盯住他，无视长明身前的屏障结界，直接抓上他的手腕。

"我不要他了，你更好，你来当我的娘子吧！"

他冲长明一笑，那手似铁链一般牢牢卡住长明，挣脱不得。

"不知阁下高姓大名？"长明任他抓着，沉声问。

"你猜。"

那人离得极近，气息却是冰冷的，阴寒入骨，令人毛骨悚然。长明有所防备，仍不禁汗毛立起。

"世间有御鬼者，所到之处百鬼跪拜，万魅俯首。"

心念微动，四非剑出现在另一只手上。长明随手一斩，对方不得不松手，后退几步。

"想来，你就是那个能驱策鬼魅的鬼王，令狐幽。"

世间寿终正寝者众多，横死冤死的也不少。许多人死后，怨气未消，魂魄不肯往生，

流连人间,在阳间阴寒处浸润日久,自然便成了鬼魅。人有人道,鬼有鬼道,不是所有鬼魅都能对人造成伤害。怨气深重,又修炼多年的,往往会成为厉鬼,这时他们的怨念已不局限于个人恩怨,稍有不如意就会施加报复,牵连无辜之人,连寻常修士遇上了也会头疼。

而厉鬼之中,经千百年而未被度化,集天地阴邪之气于一身,能驱魂御魄,令众鬼臣服膜拜的,是为鬼王。鬼修的修炼手法不同于世间修士,也区别于妖魔,无法用低阶或高阶来评断。不过似鬼王令狐幽这等实力,若以人间修士的级别来看,足以超越宗师,深不可测。

他指甲修长,在半空一划即留下五道黑气,这些黑气若留在人的肌肤上,必会销蚀皮肉,损伤灵力修为。

长明挥出一剑,斩向黑气,茫茫黑气在剑芒中化为齑粉,消散于无形。

鬼王的攻势极为凌厉,贺惜云反应稍慢,差点就被黑气波及,幸而何青墨及时赶到,出手将她推到一旁。

"前辈,我来助你!"

他抽出长剑引气而动,紫霞霓光随着剑主心念掠向鬼王。剑锋如雷电,剑光闪耀,煌煌之光,势不可当!

鬼王周身瞬间被剑光笼罩,何青墨听见一声冷笑。

"不——自——量——力!"

他的声音不同于活人的,阴恻恻的,如寒夜细雨透着刻骨的冷意,让人忍不住发怵。何青墨甚至觉得这笑声有种无形魔力,不知不觉牵引着他的心神,往对方想要的方向拐去。

引剑捏诀的手微微一颤,正是这一颤!剑光陡然消失,鬼王的身影也跟着消失。何青墨还未扭头细看,只觉胳膊一阵剧痛,似乎有无形的手正在卸他的胳膊。他大惊失色,越是想挣扎反抗,手臂越使不上劲,就连随身的佩剑也不听使唤了,无论怎么召唤都回不来。抓住胳膊的力道越来越大,何青墨痛得几乎说不出话,只能咬牙苦苦坚持。

手臂上的力突然撤掉,他身体猛地踉跄后退,被贺惜云扶住。

"何道友,你怎么样?"

"我……没事……"

他痛得连话都说不利索了,胳膊还能动,但每动一下都会带来巨大的痛楚,这种痛甚至超越了胳膊被砍伤的痛。何青墨自诩为名门之子,此时方深刻意识到人外有人天外有天。这鬼王的实力仿若寒潭深渊,根本无法摸清底细!

让他脱离困境的自然是长明。四非剑在他手中如臂使指,所向披靡,令鬼王颇

为忌惮，一下放开了何青墨。两人再度近身交手，鬼王的身形几乎与周围环境融为一体，诡异飘忽，让人看不清。长明也看不清，他是依靠"嗅觉"来辨认的，鬼也是有气味的。

"你在找什么？"

轻笑声响起，似有凉凉的气息喷在长明耳郭。黑影一晃而过，剑落空了。

"我在找你。"长明道。

"我不就在这里吗？"鬼王呵呵地笑，声音忽远忽近。近的时候，如贴着他的身体，远的时候，又像在天边。

"我还不知道你叫什么名字。"

长明手腕微动，四非剑随之而去，黑气轰然四散，但那仅仅是鬼王的幻影。

"我叫九方长明。"

"九方长明？这个名字很有意思，我好似在哪儿听过。"

"你在哪儿听过？"

"不记得了，我知道的事情太多，总有些会遗忘。不过我很喜欢你，不如你留下来，我放了他们。"

"这里是哪里？"

"万鬼窟，温柔乡，你觉得它是哪里，它就是哪里。"

"我非鬼，如何留？"

"既然如此，你变成鬼不就能留了？我来帮你。"

黑气缓缓凝聚为剑形，伴随着温柔的声音，往他脖颈划去。

长明往后退，却被身后无形的鬼气挡住，身前那把鬼剑不依不饶地缠了过来。

"温柔乡是个好名字，可惜你找不到你的有情人了，需要我帮你吗？"

长明微微一笑，结印捏诀，弹出金光，身后鬼气轰然崩塌，身前的鬼剑则被四非剑挡住劈开。但这里是鬼王的地盘，只要他们身处这里，就永远会被对方牵着走。鬼气会慢慢侵入他们的身体，影响神志，最终——将他们变成这里的一部分。

贺惜云逐渐感到恐惧，她甚至有点后悔回应了章节的求救，连累长明和何青墨被拖进这个鬼地方，不过幸好之前被封锁的灵力恢复了。身后森森寒意袭来，贺惜云回身出剑，发现一名红衣少女双目淌着血泪朝她扑来。红衣少女根本无惧她的剑气，尖利的指甲朝贺惜云当头抓下！

贺惜云心中一凛，来不及反应，眼看就要被抓个正着。何青墨一剑斩下，剑气如虹。那少女这一回却怕了，猛地后退，似有忌惮。他再度出剑。贺惜云这下看清楚了，何青墨的剑气隐含金光，比她的更浑厚凌厉，自然灵力也醇厚许多。两人修为本来就不在同一个层次，那厉鬼怕何青墨却不怕贺惜云，说明贺惜云的修为不足以被对方放在

眼里。

逼退一个厉鬼,不足以解除他们现在的危机。森森鬼气从四面八方飘来,一只手从地面伸出,缓缓地伸向贺惜云的脚踝。

"我可以帮你回溯记忆,找到你想找的人。"

长明对鬼王道。两人交手,招招都欲置对方于死地,偏偏鬼王声音温柔,长明也不疾不徐,若非此地鬼气森森,旁人看了还以为二人是多年未见的老友。

鬼王讶异于长明的实力,知道一时半会儿无法速胜,也就放缓攻势,与他周旋。

"我不记得她了。"

记忆中似乎真有这么个人,可能过于久远,什么感觉都在岁月流逝中消磨殆尽,只在心底留下模糊的影子。不,鬼怎会有心呢?有心的是人,而他的心……

鬼王的目光落在不远处的长明身上,视线从对方的面容上下移,停在心口。

"你的心,能不能给我看看?"

他想看看是不是滚烫的、血红的。

"你喜欢的人,是人,是鬼?"

"好像……是人。不过那么久了,应该早就变成鬼了。"

"她叫什么名字?"

名字……鬼王看着长明带笑的眼睛和微翘的嘴角,一时有点恍惚。好像,她的名字里也有个"明"字。是了,她叫明什么,后面那个字是她的小名。她很喜欢他叫她的小名,但他偏不叫,总想逗她生气。

后来——

鬼王忽然发怒,抬袖挥去,袖中五鬼尽出,扑向长明!

长明却消失在原地,只余下一个纸人傀儡。五鬼扑了个空,将傀儡当作长明,将其撕成碎片。接二连三的傀儡出现在五鬼的周围,他们只需稍加撩拨,就令五鬼狂性大发,互相厮杀。鬼不同于傀儡,是一种有自己意识,区别于人、魔的物种,稍有灵性的鬼长年累月进行修炼,可变成鬼修。而鬼王,自然是鬼修中最为厉害的。但他放出来的五鬼,虽然攻击力惊人,充其量却只是几缕怨气残魂,并没有意识神志。

"你很喜欢她,很想记得她,却还是将她忘记了。"

长明的声音忽然在背后响起,带着浓浓的蛊惑之意。鬼王蓦地回身抓去!

他却消失了。御物化神之术!

身后有灵力惊涛骇浪般涌来,鬼王猝不及防,身体被几股灵力束缚住。长明的手直接覆上他的脖颈。两人近在咫尺,他的鼻尖几乎压到鬼王脸上。鬼王来不及收起表情,面上仍有些震惊。

"这样的你，怎么配留下我？"

鬼王眯起眼，迅若闪电地出手，屈指成爪，探向长明的心口！

又抓了个空！

"你好好想想，她到底叫什么？"

叫什么？

她到底叫什么？

若是许静仙在此，一定会惊讶地发现，长明居然用上了魔门的摄魂魔音。不过长明本来就在魔门待过，博采众长，这天底下各门各派的修炼手法、心诀，几乎就没有他不熟悉的。许多在旁人看来毫不相关的修炼道法，在他看来却是殊途同归，万变不离其宗。

在长明眼里，修炼之法只有有用与否，并无正邪之别。这手摄魂魔音，他比魔门中的大部分人都用得娴熟。魔音深浅不定，飘忽不绝，似钟吕之音，又如微风拂耳，连鬼王也免不了受其影响。

"她叫明晖。"

自视甚高的鬼王恐怕没有想到，原本被他视为囊中之物的长明，竟然反客为主，想要控制他。鬼王大怒，但后发制于人，那一点空隙被长明乘虚而入，牢牢掌握。他一时竟找不到对方的破绽，反而不由自主地被牵着鼻子走。

"明晖，好漂亮的小娘子。"

是啊，她很漂亮。初春时小路的两边开满淡紫色的花，她穿着绣着春草的裙子从堤岸上走来，裙摆随着步伐缓缓摆动，一时竟让人分不清究竟是花开在裙上，还是春草从裙上走下，为花添了点缀。

裙上的春草是她亲手绣的，她的手素来很巧。世人说蕙质兰心，便是为她量身定制的。但她的美好不仅于此。明晖很聪明，无论干什么，她都学得很快。以她的资质，本可成为当世闻名的宗师级高手，可惜天妒英才，明晖的经脉天生孱弱，连寻常的内息心诀她都修炼不了。但明晖并未气馁，她读了很多书，不仅能倒背如流，还能将作者的言外之意讲给他听。可惜儒门不收女弟子，她只能私下去请教大儒，有些名士见她是个女子，非但不肯解答，还将她拒之门外，连发问的机会都不给。他气不过，想去教训那些人，却被明晖拦住。

她说，儒门不收，她便以书为师，修炼之道不通，她就助他修炼。她去学医，以后他受伤了也能帮他医治，还能救天下人。

"后来呢？"

后来……意识深处有个声音一直在警告他，让他尽快清醒过来。鬼王双手成爪想要抓向长明，到了半空中却又软软垂下。他呼吸加重，眼珠颤动，似马上就要睁开眼睛。

贺惜云看得心惊肉跳。在鬼王被控制的情况下，周围鬼魅的攻击力也变弱了。她与何青墨一边杀退鬼魅，一边观察鬼王和长明那边的情状。

"发生了什么……"章节缓缓醒转，扶着脑袋，眉头紧皱。他似乎还沉浸在被抓去配冥婚的阴影中，惊慌无措，连眼神都带着防备。

"我们这是在哪里？"

没人解答他的疑问，贺惜云长剑劈下，一个红衣鬼魅裂为两半。惊得章节禁不住叫喊起来。

"啊！！！"

鬼王身躯微震，蓦地睁开眼睛。章节的喊叫让他从魔音中挣脱出来，双目精光四射，鬼气汹涌而起，朝长明当头罩下。

"剑来！"

长明及时后退，手捏剑诀，引四非剑横在身前，剑光连成一片，恰好挡住汹涌的鬼气。鬼号声四起，一声比一声凄厉，仿佛饥饿的猛兽奔窜而至，扑向早已看中的猎物。呼啸声凌厉中带着满腔恨意，经久不散。

"神存三清，心定五气，紫玄介剑，行立乾坤，敕！"

何青墨表情严肃，并指捏诀，束剑成光，紫气瞬间以他为圆心直冲云霄，向外扩散。剑气一道道蔓延，顿时乾坤涤荡，天地四方为之一清。鬼魅的呼号之声立时停止，众人周围半里之内，暂时得以清静。

贺惜云压力骤减，暗暗松了口气，心想换作是她在这里，定然难以孤身应付眼前的困境，恐怕会拖累长明，变成他的包袱。幸好还有何青墨在。

其实何青墨也不轻松，他虽未表现出来，却一直暗中观察着长明。他很清楚，长明安全，则他们无恙，若长明有事，他们也逃脱不了。

铮！四非剑一声长鸣，震开阴魂不散的鬼气。

鬼王没有感觉到扑面而来的剑气，反而觉得春风拂面，温柔轻抚，像极了——像极了明晖柔软细腻的小手。

"明晖是怎么死的？"长明温柔地发问，如老友叙话，亲切友好。

鬼王蹙眉，欲伸出的手落下，鬼气半途散尽，化为黑蝶漫舞纷飞。他的意识终又缓缓沉下去。

明晖死的那日，也是个像现在这样阴沉的天。她倒在他怀里，病痛让她无法开口，唯有用那双睫羽纤长的眼睛哀伤地看着他。他能感觉到明晖的气息在一点点消散，却怎么也抓不住。他刚踏上修炼之道，还只是学了点皮毛，只能抱着明晖去求师门。师长却说明晖寿元已尽，神仙难救。

微弱的气息争先恐后地从明晖身上逸出，那些是她的生气。他能看见，却无力回天。

她很痛苦。他知道，活着对她来说，已然变成一种折磨。他将手放在明晖的脖颈处，看向她满是期待的眼神，她希望能早一点结束这种痛苦。手慢慢收紧，他的神情比怀中人还要痛苦几分。

生机加速流失，明晖的脸色涨红，又转而发白，身体不由自主地颤抖，但很快就平静下来，渐渐地软下去，直到僵硬。

他亲自将她埋葬，但后来……后来，明晖居然化为厉鬼，见人杀人，遇魔弑魔，连他都不认识了。更令人意外的是，明晖是在他怀中去世的，当时并无异常，死后居然少了两魂三魄。

再后来，他也成了厉鬼，并收服百鬼，炼成鬼修。可他再也找不到他的明晖，找不到那个陌上花开缓缓归的少女。

"你的明晖在生前就中了术，死后又被拘了魂。上天无路，入地无门，求生不得，求死不能。一个人连想死都死不成，魂魄不得安生，自然容易化成厉鬼。道门有拘鬼术，佛门有金刚镇鬼术，妖魔也有噬鬼修炼的法门，以鬼化灵，滋养修为。你修炼多年，又是百鬼之王，想必比我清楚，她到底是被谁害到如此田地？"

是谁？

鬼王沉沉吐息，周身黑气逐渐变得浓郁。原本沉寂了好一会儿的鬼号，似乎为了应和他的心境，再度在四周响起，由远而近，虚无缥缈。

黑暗中分不清东南西北，贺惜云几人只觉阴寒煞气再度冲他们扑来，冰冷冷地刺骨，却比刺骨还要令人胆寒，满怀怨恨的杀念，直欲将他们剥皮拆骨，吞肉吸血。

蓦地，缠绕在鬼王周身的黑气轰然炸开！他睁开带煞双目，唇色猩红欲滴，身上杀气远比任何时候都要浓郁。他死死盯住眼前的人，又似乎是透过此人望向无边无际的虚空。

长明负手站在他对面，神色淡然。

鬼王缓缓开口："金刚镇鬼术！"

第十一章

联手结阵

许静仙觉得，或许她不应该跳下来，因为那和尚根本不是冲着她来的。

云雾之下是一个山谷，寻常人跌落山崖，十有八九就没命了，但对修士而言，这仅仅是一段有些高的距离。与她一道落入山谷的有四人，连她在内，共五人。将许静仙逼下山崖的和尚，此刻正与云未思相对而立，两相无言。

看样子两人应该是旧识，且不是一般的旧识，却没有故友重逢的惊喜。要说是仇人吧，也不大像。

"是你。"

和尚盯着云未思看了许久，似乎唯恐认错，惊异的神情维持片刻，又很快恢复平静："没想到，你竟真从九重渊出来了。云未思，好久不见，别来无恙？"

云未思不语。

和尚眸子一弯，脸上带笑，眼底却殊无笑意。

"遥想当年云道尊为了天下苍生，舍身成仁，亲自入九重渊镇守。此等胸襟境界，贫僧钦佩不已，原想此生再难见到云道尊，心里犹有遗憾，怎么云道尊耐不住寂寞，离开九重渊了？莫非那千魔幻境终究抵不过十方红尘，让云道尊眷恋不舍？"

他说话的腔调再温柔不过，仿佛站在眼前的是暌违多年的故人，绵绵情意尽在其中，偏声音低而不沉，清而有韵，连许静仙这种妖女听了都禁不住微微红了脸。

"我无恙，你倒是有疾。"云未思面无表情，缓缓道，"孙院首，你如此意难平，莫非从前就抱了什么见不得人的心思，如今一时激动失了智？枉你浸淫佛法多年，竟连七情六欲都参不透。怕是要让你失望了，我的注意力从来都不在你身上。"

第十一章 联手结阵

许静仙微微张嘴，疑心自己听见了什么不得了的秘闻。再看云未思，似乎仅仅是在嘲讽。

天下能被称为院首的寥寥无几，姓孙的院首，更是只有一人。如果她没有听错，这位姓孙的院首应该就是庆云禅院院首孙不苦，被世人尊为不苦禅师。说来也巧，他们刚刚在洛国见过庆云禅院的枯荷，这么快又遇上他们的头儿。许静仙记得，这位不苦禅师昔年也曾拜入九方长明门下。后来九方长明离开佛门，孙不苦说他背叛佛门，还昭告天下，师徒恩断义绝，他誓要追杀长明，不死不休。

如此说来，孙不苦与云未思，也算是师兄弟了。他们二宗本就互相有些看不顺眼，如今师兄弟重逢，一个是道门至尊，一个是佛门院首，可不得故人见面分外眼红，大战一触即发？此时此刻，许静仙只想能坐着小板凳摇着小扇子好好看戏。

云未思和孙不苦之间似乎有种屏障，无形中隔绝了其他人。

孙不苦微微眯起眼，忽而笑了："多年未见，云道尊竟还学会开玩笑了。从前你看见我，可都是一言不合就动手了，如今倒开始逗口舌功夫了。看来九重渊果真改变你不少，不知云道尊在里头可又参悟了什么新的术法？"

孙不苦在打量云未思，云未思也同样在打量他。许多年过去，孙不苦未见衰老，这很正常，毕竟到了他们这个境界，开始衰老意味修为将散。但孙不苦的气息，已从锋芒毕露变得含蓄内敛。大巧若拙，大智若愚，这说明孙不苦的修为精进了不少。至于精进到什么程度，云未思看不出来，只有真正动手，才能试出对方的实力。

许静仙看了好一会儿，发现两人不是在"打情骂俏"，是真的不对付。

据说孙不苦一心向佛，是庆云禅院自开宗立派以来，第一位通过七七四十九道考验成为院首的人，可见佛心坚定如磐石。他虽拜九方长明为师，但在九方长明离开佛门之后，他却没有跟着一起走，继续在佛门修行，甚至声讨其师佛心不坚，不配修佛。

据说，他与云未思水火不容，曾经交手数次。但自从云未思进九重渊之后，就鲜少再见到孙不苦跟人动手。旁人都说，不苦禅师已臻大宗师境界，已经成名的宗师自然不会贸然跑到他面前动手，而后起之秀尚不值得不苦禅师亲自出手。

在此之前，许静仙没见过孙不苦。出于对佛道二宗的忌惮，许静仙没兴趣往几大宗门跟前凑，更没想过天下佛宗之首的庆云禅院院首，鼎鼎大名的秃驴头子，竟是这样一个妖僧模样。

听闻曾有一年，庆云禅院出了个叛徒名叫悲树，此人天分极高，野心勃勃，觊觎院首之位，用尽各种办法想要将孙不苦拖下水。他针对孙不苦设了数个局，分别针对爱恨贪嗔痴恶欲等人性弱点，后者却一次都没有中计。反是悲树自己过不了贪那一关，偷了禅院的琉璃金珠杖出逃。

当时许静仙将这件事当作闲谈告诉了方岁寒，谁知方岁寒听完就劝诫她，孙不

苦心志之坚世所罕见，以后若是与他交手，绝不可用摄魂攻心之类的术法，否则一旦被反噬，就再无还手之力。方岁寒修为一般，但他常年沉迷炼丹之道，非心志坚定、耐得住寂寞者无法坚持下去，能被他评价为心志坚定之人，实非一般人。所以，他的这句评价，许静仙还是记得挺清楚的。

云未思没动，孙不苦也没动。两人伫立不动，相顾无言。

许静仙知道，他们不是在深情相望，而是在寻找对方的破绽，伺机出手。不出意外，今天将会有一场极为精彩的对决。

"两位道友，有什么恩怨不如出去再解决。我刚才转了一圈，这里恐怕很难出去。"伴随着一个爽朗的声音，一个人闯入两人中间，打断了两人之间的对峙。

"这下面好像有结界，把我们给困住了！"

鲜少有修士如这个留着络腮胡子的男人一样不修边幅，他的剑是宽剑，扛在肩膀上，像扛沙包似的。见云、孙二人，包括许静仙的视线都集中在自己身上，络腮胡子咧嘴一笑。"在下昆仑剑宗君子兰，不知几位高姓大名啊？"

许静仙："……"

她看了半天，也没看出对方身上哪里衬得上"君子兰"这三个字。可能他爹娘起名的时候，也没想过孩子日后会往狗尾巴草的方向生长吧。

没人回答，君子兰也不觉得尴尬，对从远处走来的另外一人道："齐道兄，你我也算不打不相识了。眼下还是暂且放下成见，共同渡过难关，再去上面打个痛快如何？"

姓齐的修士冷冷看他一眼，没回答，径自走向散发着紫光的山洞。他们所在的山谷，四面环山，上面云雾缭绕，看不见天。许静仙想飞上去，却怎么都越不过去，连她的灵力也无法穿透。看来君子兰说的没错，那云雾实则是一层结界。

这就有些稀奇了。荒山野岭，天降奇石后，竟然还会出现这样一层结界。结界是人为布置的，还是奇石落下之后天然形成的？若是人为……

许静仙蹙眉，心头隐隐浮起一个猜测。她下意识看向云未思和孙不苦，那两人身形虽未变过，彼此之间的紧张对峙氛围却已散去，如两张拉满的弓慢慢松弛了下来。许静仙暗暗松了一口气，此时此刻，她不希望两人打起来。

刚才在山崖上，众人看见的云下紫光竟是从眼前的山洞发出来的。紫光的深浅强弱渐次变化，寻常人或许没有太大感觉，但几人都是修士，无形中能感觉到前面有一股威压，越往前，越深重，这却让众人都兴奋了起来。这分明就是神兵法宝出世前的威压！

世间珍奇不少，有缘人却少，即便是出身名门大派、似何青墨那等宗主的入室弟子，有幸能得到宗主亲赐兵器的，也寥寥无几。更何况，在真正的神兵面前，世间

许多名器法宝仅仅只是珍稀材料而已。长明那把四非剑，就不是单单由一种材料淬炼而成的。况且想要炼得神兵，天时地利人和，缺一不可。

宝物的诱惑实在太大了，并非有定力就能克制得住。许静仙也很好奇，但她不会第一个闯进去，见君子兰和齐姓修士走上前，她又望向云未思。

孙不苦好像看穿了她的心思，冲她一笑，意味深长。魔修妖女何时怕过这个，她当即回了个媚眼。孙不苦的笑意更深了，他双目狭长，笑起来会有条笑纹往后延伸，薄唇似血鲜红，配得上"妖僧"二字了。

许静仙暗自腹诽，忍不住往云未思那边挪了两步。虽然云未思从前也喜怒不定，甚至还想杀她，但如今她对云未思还有用处，跟在他身边，还是靠谱的。

"慢着。"君子兰忽然道。

齐姓修士刚要踏入洞窟，顿时停住，侧首看他。

"神光出世，必有至宝。但此地离万莲佛地甚近，且消息传出去也有好几日了，为何只有我们几个人在此，你们不觉得奇怪吗？"

这正是许静仙方才隐隐觉得不安的缘由。他们本是为了周可以而来，现在万莲佛地的人迟迟没有露面，安静过了头。事出反常必有妖。

齐姓修士道："万莲佛地何等地方，自然看不上这等法宝，没必要自降身份过来跟我们抢！"

君子兰笑了一下："若是法宝不怎么样，他们看不上，那还好说。现在见光鉴宝，这里面所藏必然是千年难得一见的宝物，万莲佛地又不是真的成仙成佛了，怎么没有一个人动心？"

齐姓修士知道他说的有道理，却不肯承认，只道："照你这么说里头有诈，就不进去了？"

君子兰："来都来了，进肯定是要进的。我只是想提醒几位，待会儿切忌自相残杀。我只是来见见世面，你们若想要，让给你们也无妨，可别宝贝没拿到，咱们最后全死在这儿，便宜了别人！"

齐姓修士冷冷道："你如今说得豁达，到时别忍不住就行！"说罢也没等对方回应，他当先抬脚，很快消失在众人的视线中。

君子兰叹了一口气，面露无奈，跟在后面进去了。然后进去的是云未思和孙不苦，许静仙赶紧跟上。

幻象如潮水般退去，露出的自然就是本相。

章节抬头四顾，面露迷茫之色。哪里有什么万鬼同哭千魂索命，周围灯烛高照，热闹喧嚣。脚下枯骨如山，耳边血泪哀泣，似乎都是过眼云烟，如梦幻影。被铁链锁住的感觉还很清晰，章节低下头，身上依旧是那身衣裳，只有受伤的痛楚仍在，提醒他刚才不是一场梦。

"咝……"

旁边响起吃痛声，何青墨挽起袖子，胳膊上一道酱紫色掐痕，触目惊心。这是他方才被鬼王抓过的瘀痕，对方顺手而为，对何青墨来说却是难以忍受的疼痛。胳膊稍微动一下，都是钻心的痛，他估摸着骨头应该也被鬼气侵蚀了，一时半会儿很难恢复。方才若非长明施展摄魂魔音，现在他们几人怕已成了白骨一堆。

鬼王实力，如斯恐怖。更深不可测的，却是长明。何青墨还记得先前在九重渊里，九方长明虽也厉害，却未让他感觉到昔日天下第一人不可逾越的绝对力量。那时长明一副肉眼可见的孱弱模样，似乎随时会被打倒。如今的九方长明，虽依然神情淡然，但更像是带着一种四两拨千斤的轻，一种泰山崩于前而色不变的淡。

短短几日，他已恢复到如此地步，能让何青墨依稀看见他当年独步天下的风采。明月风时，寒枝雨时，幽山人来，化雪为春。何青墨定定地看着长明的后背，从前师尊曾经说过一句意味不明的心诀，他总是难以理解，如今置之死地而后生，反倒是福至心灵，若有所悟了。

他心头激荡，正欲感谢长明，忽觉背后鬼气森森，眨眼将至！何青墨心头警铃大作，下意识地以灵力护身，左手就要拔剑出鞘。谁知背后泼天风雨忽地一敛，仿佛悉数被兜入口袋，森森鬼气突然消失得无影无踪。何青墨大感诧异，即刻回头，见一人站在角落。

斗篷从头到脚笼住身体，身影几乎与黑暗融为一体，兜帽遮住半边面容，露出有些熟悉的下颌。

这是……何青墨心跳漏了半拍，"鬼王"二字呼之欲出。

收敛了鬼气的鬼王就像这夜市上平平无奇的游人之一。虽然在何青墨眼里对方是如此古怪诡异，但来来往往的百姓路过此处没有谁特意朝他看上一眼。

何青墨觉得，在鬼王说出"金刚镇鬼术"之后，事情好像就起了某些变化。困住他们的鬼域解了禁制，他们回到万家灯火的闹市。长明与鬼王走在前面，贺惜云扶着何青墨走在后头，旁边还跟着一个跟跟跄跄、神情恍惚的章节。前一刻他们还在以命相搏，下一刻就变成在夜市闲逛了。

衣角被扯动，贺惜云悄悄过来咬耳朵："我怎么感觉有些别扭？"

何止是你觉得别扭？何青墨抽抽嘴角，看着前面的长明与鬼王，一时不知道怎么回答。

"我们现在应该不是在鬼域里了吧？"贺惜云又向他确认。

"应该不是。"何青墨想了想，"如果我没猜错，鬼王有个故人为人所害，死

后又被金刚镇鬼术压迫，最终魂飞魄散。但鬼王不知何故忘了这一段，直到方才前辈用摄魂之术逼问出这个秘密，鬼王才回忆起来。"

贺惜云方才的注意力大都放在那些孤魂厉鬼身上，哪里有闲暇去细究其中细节，此时听说不免震惊："金刚镇鬼术，那不是佛门秘术吗？！"

何青墨："你也听过？"

贺惜云："我师父曾跟我说过，佛门中多有不外传的秘术，金刚镇鬼术堪称赶尽杀绝之术，是正是邪在于使用的人心间所念。若是到了心术不正之徒手中，甚至可以御鬼策邪，为所欲为。"

她刚说完便想起此地是幽都，而在幽都郊外正有威名赫赫的万莲佛地，脸上不由得露出惊惧之色："……不会吧？"

何青墨显然知道她在想什么，他神色淡淡的，没有贺惜云那般震惊。

"为何不会？妖魔入世，人心思变，天下从来就未真正太平过。"

贺惜云还是觉得这个想法委实令人震惊："若果真是那样……长明道友要帮鬼王去万莲佛地寻人吗？"

重遇长明之后，变故一桩接着一桩，她甚至来不及去细究何青墨对长明的称呼。

何青墨心想那就正好了，他单枪匹马来到幽都，本没想到会这么快跟万莲佛地正面遭遇，但现在多了九方长明和鬼王，倒不是不可以闯一闯。思及方才的顿悟，他一时竟有些热血沸腾，转头看见贺惜云满面忧愁，不由得稍稍缓和了一下表情。

"你若是怕，待会儿就先回驿馆吧。今夜之事你就当没发生过，明日一早离开幽都，尽快回师门。"

贺惜云变了脸色："我知道何道友出身名门，修为比我高，在你眼里我必是累赘。可我贺惜云也并非没有胆气之人，你们若要去，我定然相陪到底！"

何青墨面露茫然，不明白为何他好心劝贺惜云离开，反倒让她产生如此激烈的反应。就像他不明白，为何他在师门里每次说话不超过三句，就会让师姐师妹们不高兴一样。

"那随你吧，到时别怪我没提醒你。"

他以为他这么说总该可以了，谁知贺惜云一听，好像更不高兴了。

"你为何会找上我们？"

前方，长明问鬼王。两人闲庭信步一般走走停停，鬼王似乎对路边摊上的许多小玩意儿颇为感兴趣，有时候会停下来拿起一件细看。更诡异的是，直到他开口询问，那些摊主才会表情如常地向他介绍，就像对待每一位寻常客人，没有对鬼王的衣着打扮表示出半点惊异。

"有人拿着鬼王令，来与我做交易。"

"鬼王令？"

"成了鬼修之后，起初我东躲西藏，受了不少折磨，也承了一些人情，结下了因果。那人带着我当初欠下的人情找上门来，要求我困住你们。"

"困住我们，而非杀了我们？"

长明咀嚼其中含义，看来万莲佛地早就知道他来了幽都，而且在暗中观察他们的一举一动。敌暗我明，现在万莲佛地是否已布下天罗地网在等他们？

"不错。"

令狐幽先时觉得自己是因为丢失了一魂，才会总是怅然若失，仿佛心口缺了一块。直到九方长明用摄魂之术重新唤起他的记忆，他才发现他不是丢了魂，而是被人刻意封印了某些记忆。

明晖是被一个佛修杀死的，那凶手不仅杀了她，还用金刚镇鬼术将她的魂魄拘禁，炼制秘法容器。明晖宁可魂飞魄散也不肯就范，想要玉石俱焚，与那佛修同归于尽。最终她死了，那佛修却没死。他为了报仇，放弃了原本的修炼，自戕以炼己魂，成为一名鬼修。许多年过去了，他已成为鬼王，连佛门中人也会来求他办事，他却忘记了明晖，忘记了自己成为鬼修的初衷。

"我们何时去万莲佛地？"鬼王问。

如果不是长明，他现在还被当作棋子，被万莲佛地放在幽都，成为供他们驱遣的鹰犬。鬼王无论如何也忍不下这口气。

"还不是时候，过两天，等到七月十五。"长明道。

"为何要等？"

鬼王不耐烦，他希望现在就直捣黄龙，他的鬼火已经迫不及待想要将那里烧成灰烬。

长明知道他在想什么："万莲佛地的底蕴远远超乎你的想象，现在直接过去才是真正的自投罗网。中元节阴气最盛，借助天地之气，你的实力会有大幅提升，相反佛地压制鬼魂的力量则会相对削弱，对我们是最有利的。"

鬼王蹙眉，勉强压下心头的焦躁，眼睛落在了前方摇摇晃晃的小挂件上。

"那是何物？"

"柿子，寓意事事如意，每逢中元节，民间有挂此物辟邪的习俗。"

"为何我从未听说过？"

"好像是近几年才兴起的吧，我之前也未听说过。"长明顿了顿，"你有多久没来人间了？"

鬼王："不记得了，我入鬼域那年，人间的皇帝好像叫洪枳，他那时才十几岁。"

长明心道，那起码有上百年了。他原以为自己流落黄泉已经足够闭塞了，如今

竟来了个更不通人事的。这还不算完，长明很快发现，他带回来的不仅仅是一个不通人事的鬼王。

"这是何物？"

"这怎么用？"

"为何石磨与我过去所见不同，有何改进之法？"

"青杯山是何门派，以何物为兵器？"

长明有些头疼，他委实没有想到鬼王竟是这样一个好奇心旺盛的人。不，不算人，他已经死了，应该是个好奇心旺盛的鬼。

鬼王对阳间事物充满好奇，从生活器具到各大宗门的势力分布都一一询问，就连食物——他固然吃不了，也一定要让人买回来给他闻闻气味。而作为所有人中最闲且修为最低的章节，自然就成了那个供他差遣的人。

章节本来是不愿意的，他敏感且自尊心强，经不起任何人的轻视，像他这样的性格本不适合弱肉强食的修真界，但他天分颇高，又出身小门派，从小到大都被同门捧在手里。离开门派出来历练之后，他发现天下之大，而自己渺如尘埃，根本不足为道，方才意识到江湖的残酷。遇到何青墨这等名门子弟，更是处处被比下去，但他还是不服气，时不时阴阳怪气的。

但在鬼王面前，章节所有的不忿都会消失殆尽。只要鬼王稍稍靠近，他身上散发出来的气息足以让章节瞬间忘了要说的话，老老实实去干活。真所谓一物降一物。

"你们如今这等修为都能称得上高手？放在我生前的时候，只能算是平常。"

听见鬼王这句话，章节深吸了口气，似要发作，又强忍下去。

"我没说过我是高手！"

鬼王追问："那谁是？九方长明是不是？"

章节："他应该是吧。"

鬼王："什么叫应该？你不服气？"

章节不耐烦，又不敢不回答："他曾被誉为天下第一人，但是几叛几出，这样的人就算有实力，私德也有亏。这个天下第一人，名不正言不顺。"

鬼王正低头摆弄手里的七巧板，闻言抬起头，一脸好奇。

"几叛几出是何意？"他久离人世，惨白阴鸷的脸上竟有种近乎天真的神色，诡异又矛盾。

章节不敢直视他，移开视线，将九方长明当年入道叛道、入佛叛佛的事略略说了一遍。这些传闻修真之人耳熟能详，他不需要了解长明，也能讲个七七八八。

岂知鬼王听罢，却大为赞赏："天马行空，不拘一格，随心所欲，方为我辈风范！"

章节没忍住，反唇相讥："他与妖魔勾结，也是你辈风范？"

鬼王一个眼神轻飘飘扫过来，章节只觉周围登时从飒爽秋日变为凛冽寒冬，声音一下就弱了。

"什么与妖魔勾结？"

章节嗫嚅着："当年在万神山，众宗师筑六合烛天阵抵御妖魔入世，关键时候九方长明与妖魔勾结，致使阵法功败垂成，死伤惨重。自那之后，万神山便成了妖魔来去自如的入口。"

鬼王歪着脑袋："那再加上我，岂不正好凑成妖魔鬼怪了？"

章节："……"

鬼王微微一笑："你越说，我对他越好奇。这么多年来，能在鬼域之中与我不相上下的，他是唯一的一个。"

章节还想说点什么，慑于鬼王之威，终究没有说出口。

鬼王却不肯轻易放过他："你再说说他的事情。"

章节哪里还知道什么，他认识九方长明不过比鬼王早了片刻，当时他还不知这位突然冒出来救了他们一命的人，正是当年赫赫有名的九方长明。六合烛天阵失败之事已是数十年前的事了，当时章节还未出生，他所知道的全是道听途说来的。

鬼王也看出章节确实不知，懒得再与他说，拼完手中的七巧板，便起身往外走。

章节忙道："你去哪儿？"

鬼王回头看他，两道目光如同冰箭射来，令章节周身一冷："你奉命来监视我的？"

他眯起眼，方才还人畜无害的神色突然一变，仿若暴风雪扑面而来，令章节几乎承受不住，愀然变了脸色。

"你误会了……他们有要事在身，让我看着你……"

不解释还好，一解释更像此地无银三百两了。

"他们在哪里？"

鬼王身上黑气萦绕，浑然没了刚才的闲适。此刻的他才是章节在鬼域里遇上的鬼王，万鬼拜服，遇神杀神，以尸山血海筑起自己的王座，而不是刚才那个摆弄着七巧板，对人间世事追问不休的令狐幽。

"他……他……"

威压之下，章节竟连一句话都说不完整，他甚至有种被逼到绝境的感觉。

"找我何事？"

春风化开冰雪，带来温暖与新生。章节如闻天籁之音，感激涕零，他连滚带爬仪态尽失。

长明走进来，带入一室的生机，那些在阴气下蔫头耷脑的草木，慢慢活了过来。

鬼王的脸色谈不上好看："你去干什么了？"

"布阵。我回来拿些东西,正好需要你帮忙,一起走吧。"

长明弯腰,随手自院子里的花木上摘了几簇叶子,又从屋里拿来一些红线。

阴森气息慢慢散去,鬼王蹙眉不解:"去哪儿?"

"跟我来。"长明伸手过来,握住他的手腕。

鬼王的手冰冷如寒铁,被猝不及防的暖意灼了一下。

"闭眼。"长明道。

铃铛响起,璁珑清脆。鬼王还没来得及闭眼,突然一阵天旋地转,若不是手腕被紧紧抓着,他就要奋起防御。

"传送法宝?"他很快就猜到了。

"不错,此物名为雨霖铃,是我从别人那里借来的。我与何青墨这两日都在布阵。"

鬼王的修为境界实已超乎寻常,此时虽光天化日,他也丝毫不惧,仅以斗篷盖顶。脚下轻快,除了没有影子之外,其他与常人无异。此时他抬眼望去,此处三面环山,唯有一条小路通往山外。荒郊野岭,杳无人烟,唯独山形地势与别处有些不同。

鬼王看了看,"咦"了一声。

长明看他似有所察:"令狐道友对堪舆之术也有研究?"

"谈不上研究,我生前曾在师父那里看过几本闲书。这应该是三龙衔珠的地势,若有珠在,可得日月星辰之精华,修炼起来事半功倍,可惜前面的这条山脉应该曾经遭受过破坏,本来的三龙衔珠成了三龙衔草。"

不过他不觉得可惜,因为修炼事半功倍,仅仅是针对人修而言,因为天地人,是上古三才。三才天地人,三光日月星,自打人类存于世,就受到了上天的眷顾。鬼修与妖魔却不在其列,只是许多人不认为如此,也从来不知道珍惜。

鬼王果然有几分眼力,这三龙衔珠的地势,寻常人看不出来。

"地形虽已残缺,却可修复,只要有'珠'在,三龙就可重新衔珠。以此为阵,除了修炼之外,还可屏蔽阴阳,让万莲佛地的人彻底找不到我们的行踪,甚至我们还可以打通此地与万莲佛地的通道。三龙衔珠的这颗珠,既可人为,又可天造。你看——"

长明抬头,先指向头顶,再指向前方阵心里那颗闪闪发光的琉璃金珠。

"今日午时,烈日当空,天珠与地珠遥相呼应,任谁来了都破解不了。"

何青墨正在两人不远处布阵。以树枝为阵,分别镇守八卦方位,以红线为根脚,连接方位,中间地上则是神霄仙府的独门符箓秘术。原本此阵可以天日为阵心,但人间不可能永远都是白天,当太阳偏移或者下山时,阵法的效果就会相应减弱。但现在有了这颗琉璃金珠就不一样了,便是太阳下山,它白日供给地珠的精华灵气,也足以让地珠维持一个夜晚,直到第二天重见天日。

说来也巧,这颗琉璃金珠正是长明从那柄琉璃金珠杖上挪过来的——反正禅杖一

时半会儿也无法还给庆云禅院，倒不如拿来用用。

这个阵法，说简单也不简单，说难也不难。长明虽然对阵法有些研究，但阵法中那些复杂的符箓篆文，只有何青墨这等出身神霄仙府，备受师门重视能接触到大量古籍心诀，且在阵法上有独到天分的人，才能默记下来。换作其他人，这阵法还真成不了。

何青墨半蹲着，一笔一画，心无旁骛。他手里攥着细长的毛笔，笔尖落处，隐隐泛起金光，那金光落在地上，深可入石，难以磨灭。

从起笔到落笔，整整花了一个时辰，何青墨才将阵心的符箓写好。等他回过神来，才感觉到腰部一阵酸痛，几乎直不起身，身上早就大汗淋漓。

"如何？"长明与鬼王走过来。

"差不多了。"

何青墨低头，长时间抓着毛笔，又要灌注灵力，指甲竟然都崩裂流血了。

"今日是中元节，午夜鬼门大开之时就是我们的机会。依照惯例，万莲佛地会大开中门，举行超度法会，整个幽都的百姓都会前往供奉祭拜。大部分人只能在山脚下，有缘人则可借由通天之梯上山，进入佛地之中。进去的人往往要聆听佛经三天三夜，谓之涤荡身心，之后便会脱胎换骨，罪孽尽去。"

鬼王问："如何罪孽尽去？"

何青墨摇头："我也不知道。传闻出来的人根骨灵智都会更上一层楼，就连样貌丑陋之人，若是能得佛地高僧青眼，进去走一遭，也能变得如出水芙蓉沉鱼落雁。"

鬼王嗤之以鼻："不过是迷惑人心的手段罢了。"

何青墨："幽都百姓对万莲佛地视若神明，这些说法听听罢了，不足为信。"

长明却不做如此想。他在遇到何青墨等人之前，曾听过一个故事。据说一女子原本形貌丑陋，到了婚嫁之龄却无人敢娶，决心跳河自尽。求死之前她抱了最后一丝希望前往法会，祈求神佛保佑自己来生拥有一张漂亮的脸，却得了进入佛地的机缘。谁知出来之后就像换了个人，这女子不仅变得如花似玉，还嫁入高门，由一介民女变身王侯之妻，可谓传奇。

为了佐证传闻的真实性，长明特意去寻访那女子。他远远地看了一眼，女子举手投足，一颦一笑，的确惊为天人。他又潜入对方府中，从仆从的闲话中得知女子嫁入王府的经历，确与市井传闻差不多。

人人都说，女子的诚心感动上天，得了神佛的护佑，方才一夜由媸化妍。但长明知道，世上本无偷龙转凤之术，修士尚且不可能在一夜之间就令根骨、容貌大变，更何况是普通人。似这女子这般令人羡慕的有缘人，身上必定有某些古怪之处。如此一场中元法会，就显得离奇了。

"还有一个问题。"何青墨的声音将他的思绪拉回来。

"需要有万莲佛地里的一件东西作为连接，方可通过阵法将我们传送进去。否则我们只能落在佛地附近，如此就得突破结界，会打草惊蛇。"

长明问："什么样的东西？"

何青墨："只要是在佛地里面的东西皆可，物件，或者草木。"

他说完，自己都觉得这个条件有些苛刻。

"算了，要不就落在附近吧，届时我再想办法破解他们的结界……"

"血脉可以吗？"长明突然道。

"什么血脉？"何青墨一时没听明白。

长明："如果现在有人被困在里面，那人以前受过重伤，我用我的血救过他。那么以血为媒，应该可以满足你说的条件。"

何青墨不太确定："我也没试过，也许可以？"

长明二话不说，割破手指，将血滴在阵心的琉璃金珠上。金珠霎时光芒大盛，符箓似也被触发，金光流动，游于表面。

"阵法启动了！"何青墨又惊又喜。

此刻，长明确定了一件事：见血宗内那个骷髅人头没有骗他，周可以的确是在万莲佛地。桀骜不驯性情暴戾的三徒弟，落在这么个地方，即便还活着，恐怕日子也不会好过。

他料得半点不错，周可以此时命悬一线。

日月轮换，斗转星移，他已经失去了对时间的判断，他不知道现在是白天还是黑夜，也不知道自己维持这种状态已经多久了。四肢纹丝不动，铁索紧紧缠住双臂，穿过他的琵琶骨，两端连着两边柱子，将双臂拉直绷紧。血从锁链与皮肉交接处流下，早已干涸。

上次他突然灵力暴发，看守他的人差点压制不住。对方不得不加强禁制，给他上了几重封印，又将他半身种在这万莲石林之中，上半身又被铁链锁住，动弹不得。

那些看似用石头雕刻而成的莲花，朵朵簇拥在他身边，花瓣在月光下舒缓收放，惬意闲适。蓝光飞舞，随着石莲花瓣舒展，时而凝聚，时而散开，萦绕在周可以左右，汲取着他的生机，肆意张狂，绚丽夺目。它们所有极致的美丽，都是以灵气精血换来的。

周可以没死，他还有一口气。肉体的折磨非但没有令他昏迷，反倒令他的神志得以保持清醒。他头一回知道，清醒也是让人痛苦的，因为一点点微弱的疼都被放大，令人难以忍受。正因为还清醒，外界的声音，些微的动静，都清清楚楚传到他的耳朵里。

石林中间有一条蜿蜒的羊肠小道，定期会有人进到这里，将锁魂幡一扬，魂魄便纷纷落在石莲上，变成这莲池里的养料。魂魄滋养石莲，石莲汲取精华又反哺池子

里的残魂。

周可以经常听见池子里发出惨叫，一声又一声，凄婉哀绝，并非真切的呼喊，而是来自灵魂深处，被逼入绝境的惨叫，无数个声音没日没夜地倾吐着生前的怨恨和不甘，吵得他不得安宁。

每过几天，就会有人将这些残魂收集起来，然后又匆匆离开。有时来的不止一个人，每当这个时候周可以就会尤其注意，毕竟平时难得听见残魂之外的声音。

"怎么这幡里的魂魄反倒少了？晚上就是中元法会了，佛首要超度亡魂，若是不够用，小心上面怪罪下来。"

"嗐，那女人被夫家虐待，口口声声说要杀了夫家全家。我便满足她的愿望，给了她毒药，谁知事到临头她却心软了，自己将毒药吃了。结果呢，她男人还说她是毒妇，把尸体往荒郊野外一扔。本来一家六口整整齐齐的，现在我只能收来一道魂魄。甭提了，晦气！我现在担心再过几日若是聚魂珠都炼不成，这惩罚我是逃不掉的！"

"只要安然度过今晚，你还担心没有生魂可收？多的是人前仆后继，想被佛首见上一面。"

"说得也是……这人到底是怎么回事，就这么锁在这儿？不死不活的。"

"师兄说他原先是个很厉害的修士，留着他当诱饵的，如果有别人来救他，正好一网打尽。"

"我看着也不如何厉害，要不然能被关在这里？"

"哈哈，这你就不晓得了吧，他是被铁链锁住了修为，灵力也被石莲吸走了。据说当时师兄带人过去的时候差点着了道，后来还是师尊亲自出马，血洗了他的门派，才将人擒了过来。他倒好，还留了条命在，他那些弟子、门人可就没那么幸运了，魂魄都被填在这池子里当了肥料了。"

"那救他的人能过来自投罗网？"

"救他的人来头好像更不得了，不过师兄不肯细说。再怎么厉害，也是佛首与佛座的掌中玩物，你担心什么？"

"我这不是未雨绸缪嘛！话说回来，除非万剑仙宗和神霄仙府联手，这天底下还有谁能奈何得了我们？庆云禅院装得不食人间烟火似的，可他们在洛国能有我们万莲佛地这样的地位吗？"

"这话我爱听，哈哈……"

声音渐行渐远，逐渐不闻。周可以微微一动，铁链轻响，带来剧烈的痛。对方的话说得似是而非，但他知道，最后说的"来救他的人"应该是九方长明。

他那死鬼师父，呵。周可以冷笑一声，他怎么会来？他自己巴不得九方长明死，九方长明自然也——

周可以闭上眼，心想，就算来，单枪匹马，双拳难敌四手。这地方太诡异了。他从前不是没有跟佛门打过交道，却头一回发现万莲佛地表面看着光鲜，内里……周可以心里又是一阵冷笑，这佛门内里比他那魔门也好不了多少。

可嗤笑归嗤笑，他却依旧摸不透这里的门道，还有这些人到底在搞什么鬼蜮伎俩。

"周可以。"

他倏地睁眼，铁链抖动，筋骨剧痛。四周依旧是万鬼哭嚎，怨气冲天。

他疑心自己产生幻听了，但下一刻——

"周可以，你还醒着，就'吱'一声。"

声音是从他的识海传来的，他不必出声也能回应对方。

"九方长明？"

"是我。"

"你在哪里？"

"我在你心里。"

长明略带戏谑的语气让他想骂人。他也果真就骂了，破口大骂，用最难听的措辞，把这些年的怨气怒气尽数发泄出来。力气很快耗尽，他本来也没剩下多少气力了，他喘着气，在识海中挣扎着说出最后一句话："有多远，滚多远，九方长明，我再也不想看见你！"

对方没了声音，果真像是离开了。周可以松了一口气，心里又有些说不清道不明的滋味，他合上眼，准备抵御那些石莲下一次的侵袭。

"过了这么多年，你这口是心非的别扭毛病怎么还没改？"

忽然间，熟悉的声音再度在识海里骤然响起！

周可以睁眼，略略一怔，露出片刻的惶惑和难以置信之色。也许，还有连他自己也不承认的，深藏心底的惊喜。他曾经以为他被放弃了，他不信命，宁可自立门户也要证明自己是对的。但兜兜转转，竟回到原点。

"你怎么又……"

"我们的时间所剩无几了，你到底在哪里？"

周可以沉默片刻："我也不知道，这里鬼门道很多。我被一片莲池困住，这些莲花都是石头雕刻的，却会动。有人会定期将一些不知从何处收来的魂魄倾入莲池，饲养这些石莲。石莲生得越好，我的灵力就被压制得越狠。再加上身上这条锁链，我根本动不了。就算你来也束手无策，你……"

他顿了顿，讥讽的话到了嘴边，却变成："他们不杀我，就是为了引你过来，你没有必要为了我……"

"知晓了。"

他的话被直接打断，识海里的声音跟着中断，再也没了下文。
九、方、长、明！
周可以咬牙切齿。

第十二章

孽镜台之困

　　许静仙原以为山洞里会突然冒出什么妖魔鬼怪，但没有。一切异常顺利，几人从洞口一直走到底，直到看见光源。

　　那不是一块晶石。许静仙很难形容眼前的盛景，整个洞窟的四壁都被晶莹剔透的晶石填满，无光自明。紫蓝色光芒便是这些晶石发出来的，光芒柔和却极亮，足以照到外头，满室生辉，灼灼耀眼。哪怕是堆积如山的宝石，也无法达到这种效果。

　　许静仙自诩见过一些世面，乍然看见眼前这番景象，仍是禁不住愣了一下。待回过神来时，她就看见了一株养真草长在洞窟的角落，边上是一簇晶石，不细看几乎注意不到，她迈步走过去。

　　云未思见到的，与她截然不同。他没有看见晶石，在他眼前的，是万神山主峰。

　　他对这里，再熟悉不过。眼前云雾缭绕，怪石嶙峋，寒意中魔气流淌，六个身影围成一圈，掐诀悬灯，面色凝重。背对着云未思的，是个再熟悉不过的人。

　　师尊？！他的心怦怦直跳，忍不住走近。这是五十年前的万神山。这一年，万剑仙宗宗主江离提议在万神山筑六合烛天阵，永镇魔气。提议得到了当世几位大宗师的同意，六人相约在这里把持内阵，还有不少人自告奋勇在外阵守护。

　　云未思一直想要知道这件事的真相，当年到底出了什么事，以至于连九方长明都被重伤。如今长明虽然逐渐恢复了部分记忆，但对这一件事，仍然记忆模糊。云未思没想到他竟然还有机会回到过去，亲眼看见真相。

　　持阵过半，六人身前的悬灯也燃烧过半。只要灯不灭，再过一个时辰，灵力由他们所持的手印灌注到脚下的符箓，连贯到阵心时，六方符箓触发阵法，缺口就会被

彻底封上，妖魔再无途径进入人间。恰恰就在这个时候，变故发生了。

云未思看见长明忽然翻转手印，结了个反印，他身前的灯火立时跟着落地，打在其脚下的符箓上，灌注的灵力被打断，其余五人都受到不同程度的影响。非但如此，长明还祭出四非剑，掠向离他最近的任海山。封印功亏一篑，被压制已久的魔气立刻反噬，倾泻而出，扑向持阵六人。

云未思绝没想到真相竟是如此，他想也不想就朝长明疾奔过去。后者像是背后长了眼睛，忽然转身，诡魅一笑，抬脚朝他过来。身形转瞬即至，云未思不闪不避，直接被对方的手掌印上心口！

长明扑了个空，表情难掩惊讶，他碰上的不是温热的躯体，而是轻飘飘落地的傀儡。

春朝霁日，剑光乍现，所有的人和事霎时碎裂成片，落入虚空。

云未思立在原地，他其实始终没有挪动半步，方才的妄相已悉数被心刀斩落。但脚下已不是方才的洞窟，而是一道狭长石梯，狭长到仅能容纳一人侧身通过，石梯两旁是无穷的黑暗，远远有几颗星子点缀其间。

云未思蓦地回头！离他三尺处，一把禅杖虚虚点向他的后背，似乎随时都能刺入他的后心。

孙不苦冲他微微一笑："恭喜云道尊死里逃生，方才你若挪动半寸，我的禅杖就会立时将你毙命。"

说话间，他收回武器。孙不苦的禅杖远比琉璃金珠杖古朴，甚至看着有些寒酸。禅杖顶端没有像寻常佛门法宝那样镶嵌宝珠佛像、加持佛咒符箓，而是如剑尖般锐利，仔细看去上面密密麻麻地刻满了佛门经文。这样一把禅杖，即便不是法宝，也可当称手的武器用了。

"你知道这是何处。"云未思道。

不是疑问，而是肯定。孙不苦知道的，肯定比他们多得多。云未思与他打交道不算多，两人虽无旧怨，可因着佛道不相容，以及长明的缘故，彼此之间总有些非敌非友的感觉。

旁人只知庆云禅院佛法高深，院首不苦禅师乃当今佛门第一人，说话柔声细语，从来没有人见过他发火。据说每个有幸聆听他讲经的人，都有种如沐春风、醍醐灌顶之感。佛修与凡俗和尚不同，可剃发也可不剃，因为佛修更讲修心，心境不到，修为不进，就算全身毛发剃光也无济于事。佛宗里带发修行的人比比皆是，当然也有人为了表示决心而剃发，譬如枯荷。毫无疑问，孙不苦的皮相远远超越一般的佛修，很容易勾动凡心。据说曾有人听他讲经至半途，被他容貌所惑，当众求爱，最终自然没有得逞，可佛门玉树之名，也由此远播。

但云未思知道，这些都是表象。此人心思称得上高深莫测，虽然常常面带笑容，但行事狠毒，什么慈悲为怀都是蒙骗无知小儿的鬼话罢了。

"你在九重渊待了那么多年，应该知道虚无彼岸。"孙不苦缓缓道。

岂止是知道，云未思在那里镇守多年，连内部如何分布，有何规律，都清清楚楚。

"佛门有两件至宝，实则也是一对，名为夔纹雷音鼓。相传上古神明以夔龙皮弥补天缝，余下碎片被制成两只夔纹鼓，一只放在庆云禅院，一只则在万莲佛地。当年布六合烛天阵失败之后，万剑仙宗宗主江离欲以九重渊覆盖缺口，镇压妖魔，所需法宝之中就有夔纹雷音鼓，但万莲佛地不肯出借，庆云禅院上一任院首心怀苍生，将鼓无偿借给江离。"

孙不苦的话看似与他们眼下的处境毫无关系，但云未思听见六合烛天阵，却心里一动，没有打断他。

孙不苦继续说道："那只鼓既然是上古法宝，自然也有无穷妙用，鼓可大可小，大至混沌，小至微尘，造化万千，变化无穷无尽。九重渊内的虚无彼岸实则正是夔纹雷音鼓所化，与江离、迟碧江布下的阵法相合，可回溯过往，可改变未来，想必你已经体会过了。"

云未思："你的意思是，我们现在就在另外一只夔纹鼓里？"

孙不苦含笑："云师兄不愧是道门首尊，聪明绝顶，一点即通。"

云未思："这里也可回溯过去，改变未来？"

孙不苦："夔纹鼓本身没有这个法力，虚无彼岸只是被江离瞒天过海骗过天劫，硬生生造出来的一个结界。因此迟碧江才会寿元减损，英年早逝。那女人一腔深情，却完全是为江离蹚雷。你可知道，江离造出九重渊的本意，并非如当初所说是为了弥补黑暗深渊的缺口。"

云未思："他以天下为阵，布下一个更大的六合烛天阵。九重渊作为新阵一角，是为他修补漏洞所用。"

孙不苦有点讶异："你还真知道了。"

云未思反问："你是如何知道的？"

他和长明过来寻周可以，好巧不巧，孙不苦也来了。云未思不相信巧合，他只相信自己的眼睛。

孙不苦倒也痛快，没再兜圈子："因为迟碧江。"

云未思："万象宫主。"

孙不苦颔首："不错，起初我是为了悲树叛出禅院一事才关注九重渊。后来遇见迟碧江，从她口中得知了一些事情。那是另外一个故事了。总之我顺藤摸瓜，发现万莲佛地也在其中插了一手，就过来看看，没想到会有意外发现。如此看来，当年万

神山一役大有蹊跷。我相信，你应该也想揭开其中真相，好歹九方长明曾是我们的师尊，怎能令他身后之名被玷污？"

云未思看着他，揣测他的话到底有多少真实性："但你刚才想杀我。"

真实可以用谎言掩盖，但方才对方眼中却明明白白地出现了杀机。

"你差点陷入迷境，贫僧必然不可能坐以待毙。"

孙不苦眼神里带着探究，想要看透他的内心："比起九重渊，这里不过是小巫见大巫。以你的修为，根本不可能被迷惑，所以你看见了什么，竟会一时把持不住着了道？"

云未思没有回答，他转身开始寻找出路，一步步走下石阶，使出灵力令春朝剑出去查探，却石沉大海，一无所获。他低头往下看，他们脚下的这条天梯悬于半空，在黑暗中延伸，无来处，无尽头。

云未思随手扔了块玉佩下去，许久没有动静，听不见响。

孙不苦在旁边悠悠提醒："你若跳下去，就会落入无边无际的陷阱，就像虚无彼岸里那些永远沉溺在过去的人。云未思，既然我们都想出去，不如合作，如何？"

他似乎一点也不着急，慢慢悠悠的，在石阶上盘腿坐下，掐了个莲花手印，拈花微笑，恰似慈悲佛祖。

"说。"

云未思寡言少语，不想跟孙不苦多交流。此人察言观色颇为厉害，他下意识地反感，一直提防着对方。

孙不苦："多年来，万莲佛地广纳门徒，屡屡以'神迹显形'的方式吸引百姓顶礼膜拜，吸收信念之力以加深灵力。同时又暗中与鬼界勾结，攫取生魂炼化法器，增进修为。悲树的事情出了之后，庆云禅院一直暗中追查，发现了蛛丝马迹。这次我亲自出马也是希望在中元法会上能发现一些线索，却没想到他们会不惜血本用夔龙鼓布局，先把我们引到这里来困住。"

云未思蹙眉，打断了他的话："与鬼界勾结？"

"你不晓得？"孙不苦还以为他对万莲佛地的事情已了解许多，"每年四方的百姓慕名而来中元法会，奉上钱财、瓜果、鲜花，希望万莲佛地超度先祖亡灵，护佑家宅。实际上却并非如此。"

万莲佛地招魂纳鬼，引其入毂，或差遣，或炼为厉鬼，就是不会将其超度。在孙不苦看来，这场法会就是个彻头彻尾的骗局。

云未思想到的是长明，他们三人兵分两路，他和许静仙来了赭鹤山，长明则在幽都内探路。万莲佛地既然早知他们到来，在这边用夔龙鼓请君入瓮，那在幽都势必也早有准备。如果真有无数陷阱，单凭长明一人，恐怕会有危险。

思及此，他难免有些焦虑，却又不能表露出来，以免被对方看出端倪。

"我凭什么相信你？"

他神情凝重，看上去更像是在思考孙不苦的话。

"看在你我曾为师兄弟的分上，我以九方师尊的在天之灵起誓，查明万莲佛地的真相之前，我不会做出任何对你不利的事情……"

饶是心思深沉如孙不苦，此时也有些疑虑："你的脸色为何这般古怪，我的话有何不妥？"

云未思收敛表情："没什么，你既已叛出他门下，就不必再以他之名起誓了。"

"我与九方师尊道不同不相为谋，我一心事佛，他却不屑佛门，我自然无法认同。但他对于天道孜孜不倦的追求，却是我辈楷模。我一直心存敬仰，而且我知道——"

孙不苦似笑非笑："你虽与他为敌，内心却是将他当作师尊的。"

对孙不苦而言，九方长明是前行路上的明灯，追上了灯，此后他便以自己为灯。他信佛，却不是信九方长明。但云未思不同，云未思的道，一直是九方长明。

"救命啊！有人吗，快来救我！"

急切的求救声传来，来自之前与君子兰针锋相对的那名修士。云未思循声望去，茫茫黑暗，无边无际，那人的声音好像近在咫尺，又好像远在天边。

"我们现在有三个选择。"孙不苦道，"要么往上或往下走，要么直接跳下去，又或者——"

"斩断这架石梯。"

云未思接道，他动作很快，话音方落，剑光已出现在孙不苦的攻击范围内。

孙不苦也没说二话，举起手中禅杖，重重往石梯上一顿。

"凡所有相，皆为虚妄！"

禅杖落地的一瞬，金光骤然在地面炸开，石阶寸寸碎裂，长长的石梯崩裂塌陷，碎块落入无尽的虚空。两人脚下无寸土可立，也跟着往下跌落。春朝剑与禅杖在身后保护主人，淡淡灵力萦绕其周身，令两人不至于像那些碎石一样落入万丈深渊。

不知过了多久，身体已快要习惯轻飘飘的状态时，云未思感觉他踩到了地面。片刻之后，孙不苦轻轻"啊"了一声。

"果然不出我所料。"

云未思方才一直闭着眼，感知周围的动静。但他发现这里的一切几乎是无声的，除了衣裳抖动摩擦的声音和脚步声，没有其他声响传来。但，脚下有光。

"你瞧，这是什么？"孙不苦的声音传来。

云未思低头看，是一片光滑的石面。与其说是石面，倒更像是镜面。表面平整，模糊中似有光，却瞧不清是什么光。脚下感觉很光滑，须得细心，不然容易摔跤。

"这是什么？"

"你听说过一句话吗？阴阳分隔孽镜台，生前身后定分说。"

"孽镜台。"云未思咀嚼着这三个字，"十八层地狱的孽镜台，为何会在这里？"孙不苦的声音里有意外，有惊讶，也有感叹。

"我也没想到，他们居然会在夔纹雷音鼓的结界内变出佛家的十八层地狱，果然玄妙！"

云未思："再玄妙，也没有九重渊玄妙吧。"

"自然不同，九重渊以迟碧江布下的阵法为核心，号称囊括天地万物，星罗棋布，颠倒乾坤。人魔妖仙混杂而居，弱肉强食，虽然轻易出不去，却也成了某些人的乐土。但这十八层地狱却是审判之所，落入其间者必是罪孽缠身，须得先在孽镜台前照出过往犯下的过错，再以此分到十八层地狱受刑。"孙不苦兴味盎然，"万莲佛地竟有如此野心！"

云未思记挂着长明那边，实在不知道孙不苦的乐趣在哪里，或者说，他从未对此人有过深入的探究。但现在两人一同被困在此地，他只能暂时相信孙不苦是可靠的。

"你镇守九重渊多年，想必知道，想要离开九重渊是需要一个契机的，也就是找到阵心。这里也一样。"

孙不苦在孽镜台上行走，禅杖微微一顿，力道足以让山石崩塌，脚下镜石却纹丝不动，光滑如初。

"你猜，这里的阵心会在何处？是不是整个万莲佛地如今都成了夔纹雷音鼓的一部分？"

庆云禅院与万莲佛地虽同为佛门大宗，彼此之间的联系却很少，庆云禅院私下里甚至有些看不惯万莲佛地，认为对方与俗世联络太紧密，贪恋世俗权力，百十年难以出一个修为出众的人物，甚至连号称武力第一的佛座圣觉，也曾经败在云未思手下。而当时的云未思，还不是道尊。

但幽都崇佛，万莲佛地的地位无人可撼动。每逢初一、十五，上至天子下至布衣，家家户户供奉鲜花、香炉，满城都能闻见檀香。不知怎的，孙不苦向来不喜欢万莲佛地，几次路过幽都，都下意识地避开，从未涉足，直到调查前院首之死和叛徒悲树的下落时，一切证据都指向此地。现在看来，他要避开的不是万莲佛地，而是夔纹雷音鼓。这件上古法宝威压四方，孙不苦不想和它正面对上，兜兜转转，却仍旧避不开。

"猜不到。"

云未思显然不是个好同伴，他没兴趣跟孙不苦废话，兀自琢磨镜面的玄机。呼救声依旧遥遥传来，却辨不清是哪个方向。声音陡然提高，长而尖厉的惨叫声之后，

是一片死寂。

与此同时，云未思看见镜台有了变化，前方模模糊糊倒映出人影，那影子却不是他，也不是孙不苦。镜像越来越清晰，那人双臂被铁链缠绕，拉直捆绑，动弹不得。整个人披头散发，血迹斑斑。

云未思的心猛地一揪，像被什么东西紧紧捏住，连呼吸都不顺畅了。他以为那人是长明！定睛一看，他发现不是，那是——周可以？

"见血宗宗主？"孙不苦也认出来了，他半蹲下身，手摸上镜石。

周可以若有所感，微微抬头。镜面映照出来的景象渐渐清晰起来，周可以表情痛苦，他的下半身是一簇又一簇盛放的莲花，那些莲花全是灰色的，花瓣一收一放，似乎在汲取周可以身上的养分。而周可以面色惨白，正在一点点失去生机，他的眼神涣散，充满绝望，似乎在看他们，又似乎在看虚无缥缈的远处。

救，还是不救？如果出手，他们很可能也会落到与周可以一样的境地。在还未摸清这里的情况之前，即便修为强如云未思、孙不苦，也不敢小觑夔纹雷音鼓的力量。

就在两人迟疑间，景象又慢慢发生了变化。这回是许静仙，她被星星点点的绿色荧光包围。这些荧光乍看极美，她却摆出如临大敌的架势，手中纱绫不时挥舞，将荧光驱散。

荧光陡然飞起。两人这才看清楚了，那不是荧光，是一条条毒蛇的眼睛。那些毒蛇灵敏无比，生命力也极为旺盛，在许静仙的灵力攻击下，重重摔在地上竟还没死，趁机又突然跃起袭击。尖尖的牙齿竟能突破许静仙的护身屏障，咬伤她的后背，血顿时从伤口涌出。

"这些不是寻常毒蛇，是一种妖物，佛门称其为不舍嗔心。传说在十八层地狱里的第三层，它们缠绕铁树，咬噬犯了嗔怒贪色戒律之人。但世上最后一条不舍嗔心，早就被创立佛门的虚天藏佛尊斩灭了。"

不舍嗔心怎么还会出现在这里？难不成这夔龙雷音鼓内幻化出来的十八层地狱，竟连本不存在的东西也能幻化出来？

不，这不是幻境！孙不苦随即推翻了自己的推测。身在曾经拥有过一件夔纹雷音鼓的门派，孙不苦是庆云禅院里唯一的，亲眼见过、亲手摸过这件法宝的人，他与夔纹雷音鼓之间存在某种天然的联系，能够感知这一切并非幻境，而是真实存在的。那么这些不舍嗔心又是从哪儿来的，又或者佛经里说的都是假的？

旁边的云未思正要下手，却迟了半步，镜台之下的许静仙不见了，取而代之的是一片灰暗。云未思决意一力降十会，他召出春朝剑，剑身悬于镜台之上，准备直接插入镜台。

"等等！"

孙不苦拦住他："下面好像有声音，你听！"

叩，叩叩。

叩叩叩，叩叩。

有节奏的声音传来，像是有人在敲镜台的另外一面。

"谁？"孙不苦道。

叩镜声停止了，过一会儿，又响了起来。

叩叩叩，叩叩，叩。

好像在传达某种讯息。云未思神色一凛，将欲落的剑又收了回来。

是师尊。

叩叩叩，叩叩，叩。

很多年前，确切地说，应该是他拜入玉皇观的第二年，师尊让他在院子里静坐冥想，体察世间万物。

那时他的心很浮躁，闭上眼睛，入耳的任何动静都让他觉得聒噪，身体紧绷如弓，很难真正地放松下来。在他又一次静坐一下午仍不能静心之后，师尊终于出来，走到他身前，坐在他对面。

叩叩叩，叩叩，叩。师尊屈起食指在檐下木廊上轻叩数下。

"知道这是何意吗？"

他摇摇头。

"你再仔细体会体会。"

师尊丢下这句话，拍拍手起身走了。而他在接下来的无数个日夜里，按照师尊的节奏叩出声响，企图从里面听出什么玄机。但云未思失望了，就算他将耳朵贴在木板上也只能听见木板下面蚂蚁在搬家，听见雨水顺着屋檐落在台阶上，听见花草肆意生长绽放。

渐渐地，云未思不再去纠结师尊到底有何深意，在院子里的各种动静之下，心境渐渐平和下来，从前久无进展的心诀修炼，居然在一个月后突破了一重。然后师尊问他到底悟出了什么。他说，道生一，一生二，二生三，三生万物。

现在一模一样的节奏，瞬间勾起云未思的回忆。剑锋再起，直直插入镜台！

轰！镜台四分五裂，裂成碎片！

但碎片之下，并没有云未思最想看见的人。他与孙不苦两人落入冰冷的海水里，咸腥的海浪涌过来，灌入口鼻，一下子淹没了他们！晦暗不明中，几只柔软的手正随着波浪慢慢探向他们的身后，摸上云未思的肩膀。歌声悠悠传来，绵软柔情，拉着他们，沉向更深的美梦。

除了长明，没有人会叩出那样的节奏！可为什么……云未思还没来得及细想，

攀上他肩膀的手倏地刺入皮肉，猩红的血水汇入水中，逐渐化开。

这些手比美人的手还要柔软细腻，白皙的肤色在黑色海水之中微微发光，晃得人心旌摇荡，目眩神迷，像水草一样柔若无骨，饶是心硬如铁的男人，也会在这样的魅惑下软下心来。

可这样的手，不该出现在这里。云未思吃痛转身，方才判断周遭环境被分散了心神，反应略迟半步。然后他看见了一个女人，一个很美丽，却难以用言语形容的女人。她的美闭月羞花，倾国倾城，令人感叹上天竟会如此造物。在这张脸的映衬之下，所有女人都黯然失色，但这样一张脸，却生在一个深海妖物的身上。她的长发在水中漂浮不定，几乎与海水融为一体，身体两侧生出十多条手臂，远比一般人更长的胳膊和指甲尝到了鲜血的甜头，又朝云未思抓来。

心念刚起，春朝剑的剑光已至，斩向离他最近的胳膊。云未思趁机抽身后退，离得更远一些，以全面观察敌人。这女妖的下半身连接在看不见根的海草上，身子随着海水而摇摆，她却每一次都准确无误扑向他。她尖利的指甲在水中划开几道长长的波痕，云未思之前被划破的肌肤开始灼热疼痛，看来那些长得弯曲起来的指甲上带着剧毒。

女妖的胳膊被春朝剑斩为两半，又以肉眼可见的速度长出来，很快就长到和原来一样。这是个不死的怪物。如果连春朝剑都斩不死的话，还有什么能杀了她？

云未思暗自皱眉，女妖很快又扑到眼前，她的头发化为万千蔓藤缠向云未思的四肢。那些头发被灵力震开后，仍锲而不舍，一旦发现可乘之机则立刻缠上，绞紧。如附骨之疽，源源不绝，不死不休。

剑来！云未思默念剑诀，春朝剑飞入他手中。

挥剑，斩下！

真正的剑意无须任何花哨动作，他身边闪起耀眼光芒。女妖被推出一丈开外，面露愕然，随即被斩为无数块，散落在周围。

但，没有血。这些肉块像被无形力量牵引，逐渐又凝聚成团。当那张美丽的脸再度冲他微笑时，云未思只觉得恶心。那是世间最妖邪的恶，最善于蛊惑人心的魔。因为那张嘴一张一合，似乎在对他说话，明明无声，却能直达云未思心底。

"你无法杀死我，因为你心中有魔。"

她慢慢朝云未思飘过来，头发缠上云未思的身体，轻轻柔柔的，像情人的抚慰。

"你以为你将魔气控制住了，其实并没有。它一直在，只要在合适时机稍加诱导，它就会重出人间，你猜到时候会怎么样？"

女妖的手碰到云未思，这次她没有选择用指甲攻击，那会令对方清醒反击。她的头发散发出迷香，云未思的眼神微显迷惘，动作也略显迟滞。香气由淡而浓，在他

155

的鼻尖徘徊，再一点点渗入。

"当被强行压抑的大火再度喷发时，只会烧得比以往更加炽烈。你看看你的手掌，那条红线是不是重新浮现出来了？"

云未思迷迷糊糊地低头，恍惚看见原本已被长明强行淡化的红线，再次从手腕延伸至掌心，弯曲缠绕，一圈一圈，绕成无解的谜题。

什么时候又重新冒出来的？是他到处找不见师尊，心中着急的时候，还是心头那把烈火熊熊燃烧却找不到宣泄的出口的时候？

孽镜台下，原来照的不是前世今生，而是人心底最深处，无法诉之于口的魔。

女妖露出魅惑的笑，一只手臂绕到他的背后，悄悄往上，再扬起，当头插下！这个男人的脑髓，骨血，她全都要了！

突然，她身形顿住，面露惊骇之色！

云未思面上的迷惘退得干干净净，只有彻头彻尾的冷酷。春朝剑当头劈下，将她斩为两半，那美丽的脸瞬间裂开，狰狞可怖。她张着嘴尚来不及叫出声，就被夺目剑光彻底碾为齑粉。海草般的头发失去依托，纷纷从云未思身上落下，跌入万丈深渊的海底。有少许头发继续不甘心地攀附着，企图用残余的香气慢慢渗入，影响他的神志。

这一次，云未思居然没有立刻反应过来，面上反倒露出一丝恍惚。想要抓掉头发的手无力垂下，身前剑光似有所反应，也跟着慢慢变得暗淡。脑海深处警钟大作，身体却不听使唤，云未思呼吸粗重，脑中天人交战，神思在恍惚与清醒之间游移，同时也在道心与魔心之间做抉择。

"云未思！云未思！睁眼，是我！"

耳膜震动，云未思倏然睁眼！缠绕周身的头发簌簌落下，他反手握住来人的手，顺着对方向上拉扯的力往上跃。原本暗淡下去的春朝剑再度亮起来。这深海里的水如有魔力，将人死死拉往最深处，但在修士全然清醒的情况下，这点力量根本不起作用。很快，云未思被半拉半拽扯出水面，彻底脱离那片香气迷离的水域。

"你没事吧？"长明道。

云未思摇摇头，握住长明的手紧了紧，像是在确认这是不是真的。

长明会意，笑了一下，没有挣开。两人身上原本湿漉漉的，离开水面后却是出乎意料的热，根本无须使用灵力，衣服就已被烘得半干。

"我方才看见你了。"

但话却无法传递过去，灵力也被无形隔开。长明想到了另外一个办法，曾经他用这个办法让云未思顿悟，真正踏入修炼之途，只是不知道对方如今是否还记得。事实证明云未思是记得的，若不是他及时破开镜面，很快他们又会错开，再遇上不知会在多久之后。

"这里有些邪门。"长明松了一口气,起身掸去衣袖上多余的水汽,顺道打量四周。

"我方才还看见许静仙了,略一迟疑便来不及救她。你不是去找神光了吗,怎会在这里?"

长明等不到对方回应,不由得抬眼看他:"云未思?"

云未思定了定神,"嗯"了一声作为回应,下意识将灼热的手掌藏入袖中。

心神逐渐安定下来,连灼烫感也不怎么明显了,方才魔女的蛊惑之言犹在耳畔,他有意无意将其忽略:"孙不苦说,这里是仿照十八层地狱而建的世界。"

凡人信佛门的六道轮回,是因为他们希望来世能过得更好,佛门因此有了西方极乐世界与十八层地狱的说法。十八层地狱,以刀山火海、石磨血池的残酷来惩戒、驯化人心。到了此处,在日久天长的磋磨下,自我意识会一层层退去,饶是再狂妄的魂魄,也终将成为这地狱之中的肥料,被主宰者差遣。

夔纹雷音鼓有两个,一个被用来创造出九重渊,一个则幻化成他们眼前的"十八层地狱"。但假的毕竟是假的,这里既无判官也无鬼差,孽镜台无法照出人的善恶,只能趁着人心迷离,勾出他们心底最深的欲望。

无数碎片拼凑的时光洪流,动辄将人冲到不知名处,机缘巧合之下,流散的人也许会相遇,也许会在洪流中继续迷失,直到彻底消失在这里。这里并非幻境,像九重渊一样,所有的一切是真实存在的。他们想要离开,就必须找到此处的阵心。

长明在踏入万莲佛地时,就发现了这里的奇异之处。万莲佛地被分隔成无数小块,每一块之间都有结界屏障,从主院往里走,未必能抵达中庭,却很有可能被送到侧院。实际上这些地方连同这个十八层地狱,全都是万莲佛地的一部分,他们以夔纹雷音鼓为界,凭空造出一个世界,有神有佛有人,还有被打落"地狱"接受惩处的"恶鬼",就连整座幽都都已成了万莲佛地的掌中之物。之所以没有向外扩张,大约是因为掌控者的能力还不够,而不是因为他们的野心仅止于此。

想必他们一行人初入幽都,行踪就已经被万莲佛地尽收眼底。就连鬼王与他们联手,万莲佛地也知道得清清楚楚。长明原本只是想将周可以救出,情势发展却不以他的意志为转移。想要救周可以,就必须摧毁万莲佛地,谈何容易?如今连许静仙都生死未卜。

狭长的石道两旁烈焰滔天,热气逼人,火星四处飞舞,飘向两人的衣裳,随即又被灵力轻轻荡开。若说九重渊恢宏迷幻,此地便是光怪陆离,诡邪难辨。换作常人,怕是已被这灼热高温活活烫死。

长明与云未思虽然毫发无损,但也并不舒适,灵力只能将火星隔开,热气仍然萦绕,两人身上都起了薄薄一层细汗。石道蜿蜒盘旋而上,越往上就越是狭窄难行。

为免遇到突发情况,两人没有御剑,一前一后地步行。由上而下俯瞰,人影渺小,似随时都会被火海融化。

云未思心跳得有点快,不是因为遇到长明而激动。心跳快且毫无规律,有时骤然连跳数下,有时又突然恢复正常。随着剧烈心跳而升起的,是越来越古怪的感觉。他忍不住伸出手,想要抓住长明的衣袖。

"慢着!"

长明停步回头:"怎么,有什么不对?"

云未思摇摇头,神情古怪,欲言又止,终是道:"我闻见前方有妖魔的气息。"

闻见?长明心下一沉:"把你的手给我看看。"

云未思伸出手,掌心朝上。那根红线依旧停留在手腕处,没有再往前,但那种灼热感若隐若现,无法消除。他不知道怎么描述自己的感受,明明无事发生,但他下意识感到不安。他怕自己会突然失去理智,暴起伤人,做出无法弥补的事情。

长明见他手掌上的红线还和之前一样,略松了一口气,如果云未思突然在此地入魔,那还真不好办,眼下他们有太多事情要去做。

"我走前边,你在后面。"云未思道。

"好。"长明的脸色柔和下来,朝他伸出手。

那一瞬间,云未思脑中闪过的念头,无关身上的异状,也无关此地多么危险,而是他从未像现在这样觉得师尊比从前宽厚柔和许多。

从前的师尊不仅严于律己,而且在教导徒弟上也一丝不苟,容不得半分差错。据说周可以正是因为这样最后才会叛出师门,与师尊分道扬镳。当年云未思年少气盛,虽然默默忍耐,心里却也有些不以为然。直到后来,他独自下山历练,所有被磨炼出来的敏锐和耐心都变成制胜保命的关键。再后来,九方长明消失于万神山之变,云未思再没了可以依靠的人,在一夜之间快速成长,终究成了另一个九方长明。如今回头望去,在玉皇观被严厉教养的那几载,竟成了他半生中为数不多的温暖岁月。

可师尊呢,他又是如何从那个不苟言笑的九方长明,变成现在这样随意、豁达的人的?在他不曾知晓的五十年中,师尊到底经历什么?无论是面对九重渊里喜怒无常的云海,还是后来经历各种变幻莫测的险境,他始终安之若素,很少有惊怒和失态的时候。

"长明。"

他没有喊师尊,有意无意的。长明在后面"嗯"了一声,好像也不介意。

果真是变了许多,云未思心道,从前的九方长明尊卑分明,绝不会允许弟子这样僭越无礼。

"万神山一事后的那五十年,你都是在黄泉中度过的?"

"我受了重创,浑浑噩噩的,起初没有任何记忆,后来才慢慢想起。有神志时,人就已经在黄泉了。"

"黄泉中有什么?"

"飞禽走兽,与外面不大一样,还有传说中的异兽、法宝灵药,你想要的都有。不过人心所在,危险就同样存在,稍有不慎,万劫不复。"

"那你呢?"

"我?我对那些法宝没兴趣,自然也少了许多危险。大多数时候,我就坐在沙丘上看日升日落,星起星灭,思考我从前是谁,为什么会在那里,日复一日。虽然没能找回记忆,但同样的景色看了无数遍,再愤懑也会化为平静,我逐渐不再为自己的来历困惑,学会去发现反复升落的星辰中,是否有平日没有觉察到的变化。"

"在枯燥中发现了乐趣吗?"

"不算吧,起初也是迫于无奈。后来我想,我落到如此境地一定是有原因的,既然暂时无法找到原因,何妨将它看成是磨砺,兴许哪天我就知道答案了。"

虽然背对着长明,云未思却能感觉到,他翘起嘴角正在兴致盎然地回味。旁人眼中的艰辛困苦,危险重重的黄泉,在他口中竟成了淬炼心志的地方。九方长明,果然与众不同。云未思面上也不由得微微带了笑意。

当枯燥成了习惯,面对无望而漫长的绝境,长明反倒从中看见天地万物,星罗万象,窥见了天道一角。重伤的身体不知不觉在慢慢修复,哪怕记忆还未恢复,从前那个九方长明迟早也会归来。而这一次的他,将所向披靡,无坚不摧。

云未思觉得,他还是更喜欢这样的九方长明,更有温度,更有人情味,也似乎更能体察他的心意。

即使什么都没说,但这就够了。有生之年,他从未想过,在魔气入体、濒死还生之后,还能与长明一前一后走在同一条路上,听见长明的声音。哪怕这辈子两人永远只能处在近在咫尺又无法再靠近的距离,他也心满意足了。

真的够了吗?冥冥之中,一个声音从不知名处响起。似在黑暗深处,似在九霄云外,若远若近,却又充满魅惑。

你觉得这样就够了吗?你只是不敢承认罢了,没想到堂堂云道尊,竟也有掩耳盗铃的一天。假如你愿意,你完全可以将他困在你手中,任你予取予夺。

闭嘴!

"慢着!"

云未思猛地抬头,身体僵硬地立在原地,脚下就是万丈悬崖,深不可测。叫住他的长明快步上前,按住他的肩膀:"方才怎么叫你都不停下,我差点就出剑拦了,你没事吧?"

云未思缓缓摇头，平静的神色看不出半点端倪，唯有衣衫之下浑身的冷汗。长明没有察觉异样，因着火海的炙烤，他也出了一身薄汗。他们脚下的悬崖边上有一条长长的锁链，连接着黑暗中不知名的彼岸。

　　求救声遥遥传来，声音听着还有些熟悉。身后炙热难耐，两人回头望去，火海正吞噬着来路，狭长的石道慢慢被火焰淹没，烈焰朝这边逼近，很快就要到面前。

　　他们别无选择。两人对视一眼，几乎同时召出长剑，御剑向铁索的另外一端飞去。

　　既然对方想逼他们往前走，那他们就遂了对方心愿，看看这葫芦里究竟卖的是什么药。最差不过是，背水一战，佛挡杀佛。

第十三章

真假难辨

许静仙万万没想到，她来一趟传说中的佛门圣地，居然还能看见春宫戏。

她原本与云未思因故分散，独自流连在一处密林之中。那密林似乎是万莲佛地的一部分，又独立于万莲佛地之外，林叶错落，内有乾坤。许静仙转到其中一处，霎时飞沙走石，还有异兽出没，她将异兽击退转到另一处，突然又仿佛进入冰天雪地，冰刃从天而降，连灵力护身都不管用。饶是许静仙如今修为大进，也花了不少工夫才破除密林结界，却又来到如今这个地方。

时间已经失去了意义，她不知道距离他们看见神光过去了多久，也许是几个时辰，也许是几天。这里看起来像是个古墓，或者地宫。许静仙不知道长明对万莲佛地是由无数碎片集合起来的，可能覆盖整个幽都的猜测，她以为自己又被引入另一个阵法内，还在思考万莲佛地之内出现古墓的可能性。虽然幽国皇陵在北面远郊，但幽都在前朝也很繁华，用古墓来设阵似乎也不奇怪。

脚下是光滑的青石板，两侧绘着色彩绚丽的壁画，有佛门诸神讲经论法的场景，也有人死后被九天仙女迎接前往西方极乐的画面，仙女镶金戴玉，秀发如云堆高髻，花容半掩胜新月，裙带飘飘，连裙摆上的燕雀花纹，都在夜明珠的照耀下显得精致细腻，无可挑剔。

按照民间的说法，越是用心的壁画，越能引来神明青睐，也能给描绘者和受供奉者带来好运。眼前甬道两旁的壁画，无疑正是匠心独运的上品佳作。这些壁画，难道与万莲佛地有什么关联吗？

许静仙心不在焉，一边走一边想，突然听见几声呻吟。

"嗯……啊……"

她停住脚步，作为一名魔修，许静仙能区别出受伤的呻吟与交媾的呻吟。前者带着痛苦，而后者带着欢愉。

拐角之后的一男一女显然沉浸在极致欢愉之中，完全没注意到许静仙悄无声息的靠近。两人一前一后侧躺着，女子模仿仙女散花的姿势，曼妙身姿犹如天魔舞，散发致命诱惑。

许静仙饶有兴致，甚至蹲下身研究。被看的人毫无羞耻心，观看者自然也就无所谓。他们好像不知疲惫。此二人从何而来？这里若是古墓，就不该有活人。他们身上也没有灵力，不像修士，分明是普通人，但普通人怎会在这里上演活春宫？

乐声响起，时缓时急，十分悦耳。许静仙盯得有些累了，忍不住揉揉眼，闭眼再睁眼的片刻工夫，四周已经多出了十数个乐师，鼓瑟吹笙，弹拨划拢。这些人哪儿来的，怎么凭空就冒出来了？

许静仙眨眨眼，没有贸然上前，也没有后退。乐曲仿佛有种魔力，让人心境平和，生不起半点警惕心。她也跟着变得懒洋洋起来，举手投足都变缓慢了。这里安静阴凉，不像外面那般危险，动辄打打杀杀。男人女人都俊美如神佛，个个慈悲宁和，在这里待着也没什么不好，是否这就是传说中的西方极乐世界？

许静仙定睛望去，有个乐师像极了长明。对方似乎注意到她的凝视，一边吹笛子，一边朝她微微一笑，飘逸出尘，清雅似仙。他就这么一笑，她感觉浑身的尘俗烟火气似乎也被带走了。

许静仙看腻了那对似妖精打架的男女，再逐个看乐师，反倒觉得更赏心悦目。嗯，前排左起首位是不苦禅师抱着个箜篌，轻轻拨弄。许静仙不由得好笑，心说你庆云禅院院首也有今日。

她完全忽略了其中的不寻常，只觉得真好，大家都在这里。地上落着一管白玉箫。她是会吹箫的，当年在家中琴棋书画样样精通。神使鬼差的，她走过去捡起白玉箫，主动走到前排右首的位置坐下，加入乐师们的行列。这时她才发现，旁边有个人正拼命朝她挤眉弄眼，那嘴巴只差没咧到耳根了，夸张且丑陋。

有些熟悉，这人是谁？许静仙微微皱眉，动作一顿，只觉眼前的画面潮水般涌来，她心头一震，立时后退！可惜慢了半步，一股巨力将她扯向前去，许静仙全力反抗也无济于事，视线晃了一下，眼前的画面渐渐活了。

她这才意识到，刚刚那对男女也好，乐师也好，其实都过于扁平，不够立体。直到现在，所有人好像突然活过来了，连那个冲她做鬼脸的男人，也更像个活人了。乐声更加清晰了，天籁一般，那对男女不知何时已穿上衣服跳起了舞，春光乍泄，反倒比刚才更添魅惑力。

第十三章 真假难辨

她到底是在哪里？许静仙浑身上下每一根骨头都觉得不对劲，她的灵台其实是清醒的，但这种清醒不足以牵动迟钝的肢体，现在她的一举一动都慢吞吞的，内里却心急火燎。这时她终于想起挤眉弄眼的男人是谁了，正是先前一直与君子兰不对付的那名修士齐金鼓。想来齐金鼓早就发现这里的不对劲，竭力想要摆脱控制，身体却跟不上，只能狰狞可笑地做着鬼脸来提醒她，连话都说不出来。

反观孙不苦，依旧在弹琴，心无旁骛，似乎根本就没注意到多了个人，也没有抬头跟他们"眉来眼去"，仿佛他正在做的，是世上最重要的事情。堂堂庆云禅院院首难不成只是徒有其表？那云未思呢，他又去哪儿了？该不会等会儿他也会被拉进来吧，他能干什么，敲鼓？

许静仙脑中乱七八糟地转着念头，想象云未思面无表情敲鼓的模样，竟觉得滑稽好笑，可惜动作总是慢半拍，缓缓拉扯着一边嘴角。这一幕在齐金鼓看来无比诡异，可惜他自己也好不到哪去。

乐声与佛门祭典上奏的有些类似，但更为动听，似乎能让人忘记世间一切烦恼。许静仙的大脑不知不觉变得空白，吹奏箫管的动作却越来越纯熟了，仿佛这首曲子就刻在她心间，随时随地都能奏起来。

不知过去了多久，乐曲终于渐入尾声，跳舞的男女动作也慢慢缓下来，许静仙只觉双唇肿胀麻木，却像个傀儡一样跟着节奏吹奏至结束。一曲既罢，她来不及松一口气，就看见那对男女牵手起身，其他人也纷纷收起乐器，从中间让开一条道让二人通过，又跟在他们后面，鱼贯前行。

这到底是要干什么？！许静仙内心在呐喊，奈何身体不听使唤，乖乖跟在齐金鼓后面。孙不苦则在前方左侧抱着琴施施然往前走，十足的名士风范。

石道很长，一开始两旁只有夜明珠，比较昏暗，后来渐渐明亮起来。许静仙努力转动眼球观察四周，发现地面居然铺了金砖，照明的用具从夜明珠换成了犀角，角尖发出幽幽白光，头顶是各色琉璃拼出绚丽的图案。在犀角燃烛的光照下，金砖反光变得耀眼，把前路照得清清楚楚。

这些犀角与达官显贵家里珍藏的还不大一样，上头一圈圈的白纹有种规律的美感。许静仙记得北海冰川下面有种冰犀牛，浑身雪白近乎透明，其角若琉璃，上有螺纹。可那样的珍兽罕见得很，有些修士在北海待了半辈子也未必能见上一头，在这里却拿犀牛角来燃烛，简直暴殄天物。

非但如此，她发现石道两旁也有壁画，画的正是一对男女罗衫半落翩然起舞，身后数十人奏乐。许静仙越看越毛骨悚然，因为她竟然在壁画里找到了她自己！那个吹着白玉箫的女子，莫说衣裳颜色、款式与她身上穿的一模一样，就连略略垂首，不甘不愿的样子，也与她异常神似。再旁边，挤眉弄眼的年轻男人，还有那个专心弹琴的,可不正是齐金鼓和孙不苦吗?

许静仙自忖修为不低,也见过不少世面,可今日所见所闻,委实过于诡异离奇了。若说都是幻境,此刻她明明是清醒的,若说不是幻境,那壁画又是怎么回事?再走十几步,壁画内容又变了。那些人抱着乐器迤逦前行,跳舞的男女在前面带路,这不正是他们现在的样子吗?

视线迫不及待朝前面延伸,十几步之后,她果然又看见新的壁画。这回是漫天神佛驾着祥云飘浮在圆厅周围的半空中俯瞰他们,所有人跪坐于中间的神像下,肃然抬首,似在认真聆听神明训示。神明高高在上,脸上带着悲悯,以拯救众生的姿态观望着,就像人在看蝼蚁一般。

许静仙的视线落在其中一名女子身上,觉得那应该就是她自己了。再往下呢?她忍着好奇,好不容易等到众人行至下一幅壁画前,画里之前的祥和安宁荡然无存,取而代之的是神像勃然大怒,指向他们,似在训斥。天火降临,惩罚所有匍匐在地上的凡人,将他们淹没在熊熊火海之中,包括许静仙在内的所有人在火海中哭叫哀号,脸上表情痛苦,却难逃被烧成灰烬的命运。

再往后,壁画消失了。确切地说,是他们走到了石道尽头,呈现在他们面前的,是一个更为宽阔宏伟的圆厅,入目俱是金光灿灿的砖石,中间矗立着神像,四周则是浮雕神佛。许静仙看着眼熟,但叫不上名字。无形的威压从四面八方涌来,压得她喘不过气来,下意识地弓起腰,甚至有种下跪的冲动。

许静仙心中暗生恐惧,她觉得这已不似人间的力量,远远超过她所认识的修士大拿,即便是九方长明也……难不成这世间真有神明存在?都说上古神明早已陨落或飞升,世间最后一位白日飞升的修士叫落梅,是万剑仙宗前宗主,江离的师父。在他之后,再没有人能突破极限,踏破虚空,羽化成仙。可落梅是剑宗道门中人,与眼前的佛像八竿子打不着。

旁边齐金鼓的膝盖已经弯了下去,看得出他很不情愿,姿势很僵硬,直挺挺地撞在金砖上,发出令许静仙心颤的闷响。她比齐金鼓多坚持了两息左右,最终也跟着跪了下去。但当她看见孙不苦也跪下的时候,心里有种酣畅淋漓的痛快,心想你先前还敢威胁我,现在还不是任人摆布!

这个念头刚起,眼前就有东西簌簌落下,许静仙定睛一看,是花瓣,洁白无瑕,带着幽香,纷纷扬扬,从天而降,落满他们周身的地面。他们匍匐在地上,有乐声从别处传来,笙歌隐隐,恰似天乐。

"汝等,俱是有缘人。"

许静仙正恍惚间,忽闻头顶声若洪钟,竟是佛像开口,震得她耳朵嗡的一下,如铁锤重重敲在心上。

"无论过去种何恶果,有何罪孽,行何恶事,只要今日放下屠刀,回头是岸,即可成佛。"

"生清净心,成琉璃身,持戒内外,定胜大德,从前种种,不过虚妄。红尘十丈,是非功名,皆为欲念,法无定法,终得其法。我佛慈悲,今日度诸位入门,来日成佛可待,西方极乐,永生不死,离苦去悲,得享欣悦……"

许静仙感觉这一字一句如有魔力,一层层给她套上枷锁,让她动弹不得,神思也被牵着走。她恍恍惚惚走到一处鲜花盛放、百草芳美之地,奇珍异兽出没,凤鸟婉鸣于耳,往来谈笑襟飘带舞的尽是神佛天仙,他们看见她,非但没有露出看见凡俗外人的嫌恶与惊讶,反倒还向她伸出手,含笑看着她,就像她本来就是其中一员,历千百劫,最终归位。

难道她从前本是神仙?她迷迷糊糊地想,再生不起半点反抗的念头了。

"齐金鼓!"

头顶佛像忽然点名:"你出身富贵,却一意追求仙道,负气离家。你走后父母病重不起,书信辗转送至,却等不到见你最后一面。不孝不忠,如今你又修到什么境界?不过是中人之姿,泯然众人矣!"

许静仙心头微动,费力转着眼珠,余光似乎瞧见齐金鼓肩膀一耸一耸的,以面抢地,无地自容。

"许静仙!"

她心头微微一震,神思似也有所感应,瞬间被硬生生从西方极乐世界拖回来。

"你自小与佛有缘,却偏偏听信旁门左道之言,受激而入了魔门。一步错,步步错,若你自幼修佛,如今已是大德沙门尼,何至于沦落至此?"

被那声音一说,许静仙也觉得她失足入了魔门,实在是无可救药,不由得悲从中来,眼里多了些泪水,强忍着没落下来,仔细倾听来自上方的指点。而心底深处却似乎有个小人蹦跶出来,发出疑问:我凭什么听你的?姑奶奶熬了这么多年终于成了魔修宗师,怎么被你一句话就否定了?但这个念头很快被冲得干干净净,心中只余懊悔怅惘。

"孙不苦!"

"你身为佛门弟子,本该潜心修炼,弘扬佛法,但你内心深处竟生了魔念,你在质疑佛法吗?!你的佛心呢?!你早已邪魔入体,不配入我佛门!"

一声比一声重,一句比一句严厉,许静仙被压得面色煞白,喘不过气。她仿佛分裂成两半,一半战战兢兢,不敢有丝毫反抗,战战兢兢地等着审判;另一半则冷眼旁观甚至有些怒其不争,拼命想要将另一半拉扯过去,天人交战,浑身湿透。

"什么是佛法?"

清朗的质疑声骤然响起，越过众人直逼神像而去。许静仙感觉身上的压力稍稍一轻，勉力抬头，循声望去。

"什么是佛心，什么是邪魔？"

孙不苦竟敢向至高无上的佛一连三个反问！他甚至站起身来，仰头直视神佛。

"正心即佛，我法即法，依我看，你在这里伪作神佛，才是真正的邪魔！"

他不仅口出狂言，脸上也殊无半点畏惧之色。

神像大怒："大胆狂徒，竟敢放肆！"

许静仙似乎看见神像向孙不苦一指。

"尔等邪魔，千刀万剐，死不足惜！"

惜字刚出口，卍字金光骤现半空，拍向孙不苦。

孙不苦大笑："这年头邪魔也能妄自成佛度化世人了，果真是末法之时，群魔乱舞！"

话音刚起，他手里多了根禅杖，手臂随之朝前挥出，顷刻间眼前的景象犹如壁画脱漆簌簌而落。许静仙纵身而起，手里的纱绫跟着掷出。胆儿肥了，还敢算计姑奶奶！她冷笑出声，出手狠辣。

壁画脱落之时，那神像轰然倒塌。周围神佛也被孙不苦毁去，金身银像一块块剥落，宛如年久失修脱了色彩的泥塑，瞬间失去神圣感。加在众人身上的威压登时为之一轻，许静仙趁势而起，跟在孙不苦后面，遇神杀神，遇佛杀佛。

那些鼓瑟吹笙的男女在天崩地裂的变故中大惊失色却动弹不得，面上失去颜色，以肉眼可见的速度快速风化，最终变成一堆沙尘。混乱中，许静仙看见齐金鼓和她一样挣脱束缚飞身而起，一剑斩开从头顶落下的一尊佛像。

二人紧紧跟在孙不苦的后面，碎片尘土在周身形成气旋飞速旋转，若不是他们有灵力护身，此刻早已被划出斑斑血痕。

当金光灿灿的世界全部坍塌，呈现在眼前的不是生路，而是——满眼的灰白。许静仙只觉脚下虚泛，立时用纱绫裹在脚下，缓缓落地。左看右看，依旧是一片灰白，她差点以为她的眼睛出问题了。当她抬头看见头顶星空，再缓缓低头时，她才意识到，不是她的眼睛出了问题，是灰白的巨石矗立在四周，一块接一块，这才让人产生了错觉。她伸出脚碾了一下，地面松软，不是先前平坦坚硬的金砖。

"这到底是什么鬼地方，怎么没完没了！"

齐金鼓摸摸腮帮子，刚才他挤眉弄眼差点没把眼珠子瞪出来，现在感觉整张脸都是酸的。

许静仙瞥了他一眼，没说话，她的注意力放在前方正在研究巨石的孙不苦身上。

宗师与宗师之间也是有区别的。许静仙得养真草之助突破瓶颈，一跃有了宗师级修为。而孙不苦达到宗师级早已不知过了多少年，而且是依靠自身实力突破，没有借助外力，所以方才那神像所散发出来的威压让许静仙喘不过气来，却压制不了孙不苦。

这就是宗师与宗师的差距。许静仙意识到她有些松懈了，自从得了养真草，就好像所有事情都得到解决了，修炼比从前怠懒了许多，却忘了天外有天人外有人。最近她几次历经险境，方才差点就沦为傀儡了。想想周宗主何等修为，整个见血宗还不是被连锅端起？这万莲佛地不像从前想象的那样简单。思及此，她心神一凛，半点轻慢都不敢有了。

"方才多谢大师狮子吼救奴家一命。"

她走过去跟孙不苦套近乎，这娇滴滴的嗓音，铁石心肠的汉子听了都要心软。但孙不苦不为所动，他兀自盯着巨石，连一个眼神都没有施舍给许静仙，似乎巨石上的花纹比许静仙那张如花似玉的脸还要好看百倍。

许静仙心头直犯嘀咕，也跟着往巨石上看。这一看，她就被吸引住了。巨石上面斑斑点点，分散各处，看似毫无规律，实则却是二十八星宿。细看也许远不止这些，星罗棋布，天地宇宙囊括其中。

看着看着，许静仙只觉自己变得无比渺小，置身洪荒之地，被日月星辰包围其间。她无措仰望，明知天机无数，却窥不透许多秘密。这种感觉并不好。修道之人，魔门也好，道门也罢，所求者无非是能捕捉一丝半缕天机，即受用无穷，不说能得道飞升，起码境界更进一层。如果没有这种进取之心，倒不如安心当一个凡人，蝇营狗苟数十年，蹬腿撒手闭眼归西，一切从头开始。

此刻，许静仙感觉就像明知眼前的宝库里装满奇珍异宝，她却死活找不到入库的钥匙，推不开那扇门。近在咫尺，却止步于此。难道是她悟性不够吗？她能以这个年纪跻身宗师之列，虽说不乏机缘，可也有自身的努力。若单凭运势，她的尸骨早就不知道在哪儿化成灰了，哪里还会站在这里！她不甘心，这些星象里一定蕴含了什么秘密，她可以参透的！

许静仙呼吸渐重，双目圆睁，禁不住伸出手去，企图从中抓住什么来不及溜走的天机，但她抓了个空，身体也被人从后面狠狠推了一下！

眼睛一花，入目还是茫茫巨石，孙不苦正站在她面前，哪有什么宇宙洪荒？

许静仙感觉胸口正剧烈跳动，嘴角痒痒的，她伸手一抹，手背见红，她走火入魔了。

"多谢禅师相救。"许静仙哑声道。不仅是嘴角，鼻子和眼角也流血了，要是孙不苦没有及时出手，她现在恐怕就要七窍流血而死，她已是宗师修为竟被耍得团团转。由此也可见不显山露水的万莲佛地远比他们想象的还要可怕。

孙不苦似笑非笑："你是魔修，却跟着云未思。他居然也愿意带着你，有点意思。"

许静仙一怔："云道尊很讨厌魔修？"

孙不苦："从前很讨厌，他对魔修从来不会手下留情，难不成你们俩……"

许静仙连忙打断他过于丰富的想象："云道尊如今已经不拘泥于门户之见了，更何况在这里，无论是道是魔，恐怕都要受到打压！禅师可知道如何离开此处？"

另外一头，齐金鼓的修为远不及孙不苦和许静仙，他已经被巨石上的星象迷惑，抓耳挠腮大喊大叫，在地上打滚，身上一道道血痕全是他自己抓出来的。

孙不苦冷眼旁观，没有上前搭救的意思。许静仙发现他表现得很冷淡，半点也不像慈悲为怀的佛修，哪怕是装，也装不出半丝悲天悯人，倒更像是平日里那些冷冰冰的，她见了就头疼的佛像。

纱绫抛出，在齐金鼓肩膀上拍了一下。他踉跄两步跌坐在地上，神色茫然，久久仍未恢复。许静仙明白了，齐金鼓已走火入魔了。最开始他必然也是受了诱惑，一脚踩进去，但其修为远不如许静仙、孙不苦，对蜂拥而至的讯息，根本无法抵抗，更承受不了，整个人就直接崩溃了。

"石头上那些星象纹路，是有意迷惑修士的吧？"许静仙忍不住问道。

她本没指望孙不苦会回答，但对方还是开口了："不是，那上面确实蕴含着无尽天机。"

孙不苦的话里多少有些遗憾。天机不是看见了就能参悟的，一旦陷进去就很容易再也走不出来，自控力不足如齐金鼓，更会陷入疯癫，再无恢复的希望，他的意识会永远停留在他看见的瞬间。孙不苦方才也差点忍不住往更深处探索，只是念头刚起，身体就敲响了警钟，生生把他拉了回来。

许静仙奇道："万莲佛地里竟有这等高人？"

孙不苦摸上石头："这些不是万莲佛地里的，是从别的地方搬过来的。上面记载的是远古神佛飞升的天机，能参破的人，也不会留在人间了。"

别的地方？许静仙心里一动，脱口而出："万神山？"

孙不苦微微点头。谁也不敢再去细看，这里总归是上古遗迹，多逗留一会儿，说不定就有机缘。结果机缘没等到，他们却等来两个人，巨石的缝隙中走出来两道人影，许静仙既讶异又惊喜。

"云道尊！"她现在不敢喊道友了。

云未思负着手"嗯"了一声，风采如故，架子也端得足。

孙不苦对上他的视线，两人都没说话，但许静仙隐隐约约能感觉到电闪雷鸣的火药味，她默默往旁边挪开几步，不想当倒霉的池鱼。云未思旁边是君子兰，相比这两位，他的存在感明显弱了许多，见两人半天不说话，不由得顿足："我们找到出口了，快跟我来，再不走，这里随时会倒塌！"

他走向齐金鼓，伸手要去拍对方肩膀："齐道友，你没事吧？"

齐金鼓蓦地扭头，双目鼓起，满是血丝，低吼着朝他抓来，迅若闪电。

君子兰"嗬"的一声往后一蹦，动作灵敏得像只兔子，让齐金鼓扑了个空。还没等他站稳，齐金鼓挥着剑又要砍向他。君子兰避开之后一脚将人踹开，齐金鼓的后背撞在巨石上，整个人不动弹了。

"时间不多了，快走！"

云未思催促道。许静仙也感觉到脚下隐隐的颤动，似乎随时都会牵动着巨石崩裂倒塌，便赶紧跟上。孙不苦也没多话，默默跟在他们后边，刚才大声说话的君子兰反倒安静下来。

进入石缝，光从巨石缝隙里透出来，温暖昏黄，像极了故乡老家永远为许静仙点亮的一盏灯，也像她在凌波峰时，入夜后侍女们常常会捧来的烛光。她心头一软，不知不觉迈步上前，越过君子兰，甚至还比他快了半步。忽然间，许静仙感到一道灵力袭来！她猛地警醒，往旁边错开半步，那道灵力擦脸而过。她意识到这道灵力不是冲着自己来的，目标是刚刚落到她身后的君子兰。

君子兰后退两步，捂住肩膀，挥剑朝来人扑去。

对方错身挥袖，轻轻一笑，飘然落到孙不苦身旁。孙不苦却没有防御，他看着来人，脸上是掩饰不住的震惊，仿佛看见鬼。这表情虽然眨眼即逝，却被许静仙捕捉到。来人于她而言再熟悉不过，但对孙不苦而言，也像久别重逢的朋友。

"九方，长明？"

对方居然冲他笑了一下，人还是那个人，但从前的九方长明却不会这样笑。

"看见我还活着，你至于那么吃惊吗？"

幻觉，傀儡，陷阱。种种猜测在脑海一晃而过，乱哄哄的，实则只在眨眼之间。孙不苦凝神望着长明，后者不动如山，任凭他上下打量。

许静仙感觉到孙不苦周身瞬间聚起灵力，威压逼得她几乎站立不稳。她咬咬牙勉强还能站住，边上的君子兰就不行了，直接后退数步，面露惊惧之色。再看长明，一脸平静，但袍袖无风而动，高高鼓起，大有乘风归去之势。

两人在斗法！许静仙突然明白了。一方杀气腾腾，步步紧逼，一方引而不发，暗潮汹涌，看上去没有丝毫留情。昔日师徒重逢，竟是以这样的方式开场？！

许静仙仔细回想，当初周宗主看见九方长明也是差不多的反应。但又有不同，周可以是满腔仇恨，怒气冲冲，恨不得把数十年的怨气通通发泄出来。孙不苦却不是，他的面容很平和，嘴角还带着笑，眼里也毫无杀意，但他周身的杀气却是不容置疑的。

孙不苦想杀了长明！他已经在这么做了！许静仙心下暗惊，也想不明白。他到

底是在试探对方的实力，还是真要杀人？如果真要杀人，怎会脸上殊无半点杀意？若不想杀人，这杀招分明不留半点余地。

心念急转，孙不苦的禅杖往地上重重一顿，灵力如涟漪般向外扩散，所有的攻击排山倒海般倾向长明一人！

长明抬手，食指中指并为剑立于身前。"剑来。"

四非剑听令而至，剑光大盛，势如破竹，直接冲破禁制，逼向孙不苦面门。地面的"涟漪"剧烈涌动，禅杖急剧震颤，一圈又一圈的白光抖动泛开。二人的灵力激烈相撞，形成对峙之势。

许静仙发现一件奇怪的事，云未思一直没插手。以他现在对长明的维护之意，不该如此冷眼旁观。而他不只袖手旁观，面上还有股淡漠之色，就好像眼前生死相搏的人与他无关。

此时，云未思说了一句话："这个九方长明，是假的。"

许静仙一愣，一时竟没理解这句话的意思。

云未思又说了一遍："师尊正在前面与圣觉斗法，这个九方长明是假的！"

许静仙忍不住看向长明！他面色不变，视线依旧盯着孙不苦，没有因为这句话而有任何反应。孙不苦却突然撒手，他握住禅杖猛地抬起，地面的"涟漪"消失，层层白光也骤然不见。

两人之间的战意和威压瞬间化于无形，四非剑重新入鞘，回归长明手中。一切恢复如初。

"我是假的，难不成你是真的？"长明也不生气，悠悠地对云未思道。

许静仙端详长明，再看云未思，以她的眼力暂时辨不出二人真伪，她觉得两人都像真的。可彼此都说对方是假的，这就有些滑稽了。

云未思看着眼前的九方长明，冷冷问道："你有什么证据，证明你是真的？"

长明挑眉："四非剑就是最好的证据，你呢？"

云未思抬手一招，春朝剑凌空而现，悬停发光，剑气澎湃。他又一收袍袖，将剑隐去。

两人都能召出佩剑。云未思的春朝剑，孙不苦见过不止一回，也曾与之交手。九方长明的四非剑就更不必说了。方才他与九方长明交手，上手即知对方修为深厚，灵力强大，饶是对于如今的孙不苦来说，也是个不折不扣的强敌。

地面的颤动越来越厉害，君子兰急道："想打出去再打，你们不走，我就先走了！"说罢也不等其他几人，抬脚待要钻入石缝。

长明伸手打出一道灵力，直接把君子兰逼退："今天没说清楚，谁也别想走。"

这句话一出，许静仙就觉得这个长明应该是假的，这摆明是想将他们困在这里。

君子兰面露怒色，他虽不知长明身份，但从方才对方与孙不苦交手中，可看出此人修为实力，此时纵然生气也不敢造次。

"这位道友，你自己不逃生就罢了，还不让别人走，未免也太霸道了。待会儿我们全部葬身此处，到底对你有什么好处？！"

他说这话是想撺掇孙不苦等人对长明动手。但出乎意料的是，孙不苦却望向云未思，似笑非笑地问道："云师兄，你的道心是什么？"

云未思冷冷看他一眼，没有回答。他惯来如此，孙不苦也不在意，又道："这些年来，我一直有个疑问。九方长明入九重渊之后，你再无禁锢挟制。当时以你的实力，离号令道门只有半步之遥，而且你与九方长明早已决裂，不复师徒情谊，为何你非要不管不顾只身前往九重渊，赴那个九死一生的死局？"

这个问题，许静仙也想知道，不止她，这几乎是所有修士心中的疑问。

当云未思下定决心镇守九重渊时，所有人都盛赞他大公无私，心怀天下，可随着旧事被时间湮没，一代后浪推前浪，还会有多少人记得那位曾经惊才绝艳的道门首尊？

他光芒毕露时，连万剑仙宗和神霄仙府两大宗门也要避让三分，尊其为首。玉皇观前有九方长明，后有云未思，正如冉冉上升的新星，却在如日中天时，因云未思进入九重渊而跌落尘土，没落至今。虽说修真之路漫长，凡人看重的功名利禄对修士来说不算什么，但修士也有修士看重的名。名门正派瞧不上邪魔外道，大宗门瞧不上小宗门，人心如此，大同小异。

修士的终极追求自然是飞升，但古往今来，能飞升的寥寥无几，大多还是得在这尘世打滚。云未思当时舍弃了唾手可得的一切，许多人说他是为了去九重渊证道，寻找机缘，可也有许多人是不信的。

几道目光同时落在云未思身上，似乎想看他如何作答。云未思皱了皱眉，他的面色还是冷冷淡淡的，许静仙早就习惯了，但这次却觉出一丝不对劲。

到底哪里不对劲，她一时半会儿也说不上来，直到云未思看了君子兰一眼。且莫说两人素不相识，就算他们进来之后迅速发展出深厚情谊，也不至于眼神中带着询问请示之意，云未思是什么人，君子兰又是什么人，这也太……

不对劲！

九方长明和云未思互相指责，都说对方是假的，起先她是倾向云未思这边的，毕竟几个人是一起进洞的，长明却是不知从哪里冒出来的。但现在她不能确定了，因为云未思刚才那一眼，看上去有些怪。

"所以，云师兄，你的道心是什么？"孙不苦又追问了一次。

云未思不能再装听不见了，他冷冷开口："追求长生，修为的最高境界是每个修士的道心，也是初心。"

这个答案并不令人意外，许静仙也是这么想的，如果不是为了变强，谁会千辛万苦踏遍人迹罕至的穷山恶水？

孙不苦却哈哈大笑："你果然不是云未思！"

他身形随着话音而动，最后一个字落下时，人已掠出三尺，禅杖跟着挑起。云未思躲闪不及，高高飞起，撞向巨石又轰然落地。

云道尊何时变得如此不堪一击，竟连一招都没挡下来？许静仙瞠目结舌。从头到尾，旁边的九方长明居然也没阻拦。

君子兰见势不妙，转身就朝石缝冲去！他动作太快，跃起的瞬间身形陡然缩小，竟变成一只长耳朵形状的异兽。在场几人只见眼前白影飞过，下一刻兔子模样的异兽就已经消失在石缝中。长明想也不想，紧跟其后，也消失在众人视线里。

云未思落地之后身体跟抽了气似的瘪了下去，很快变成一具干尸。

齐金鼓不知何时醒来，见状倒抽一口凉气："怎么回事？"

没有人回应他，许静仙和孙不苦都去追长明了。

那异兽行动极快，用迅若闪电来形容也不为过，以长明的反应，居然一时也没法抓住它。那东西左跳右窜，一蹦蹦得老高，速度稍慢一点的，压根跟不上它。

石缝不像从外面看起来的那样狭窄，进来之后不仅明亮，而且极宽敞，只是光从四面八方照来，过于明亮反倒影响视线。长明三番两次差点追丢异兽，最后还是四非剑循迹而去，在异兽的惊叫声中将它牢牢钉在地上。

"救命，放开我，放开我！"

长得像兔子的异兽居然能口吐人言，随后而来的许静仙等人虽然有些意外，却不算震惊。会说人话的异兽，许静仙也不是没见过，早年她还见过一只鹦鹉跟一位老叟下棋，一边下一边讥讽对方棋艺不行，最后还下赢了。

眼下这只异兽的耳朵被四非剑钉住，拼命挣扎又挣不开，声音虽然稚嫩如孩童，眼神却极为恶毒："你们冒犯神使，会受到惩罚的！"

"你是神使，那谁是神？"许静仙问。

异兽发出叽叽两声，喉咙里冒出一连串稀奇古怪的语调。

"神就是神，不是尔等凡人能妄议的，你们闯进这里就是自寻死路，终会得到神的惩罚！"

如果它换个语调，不叽叽叫，也许会更吓人些。

长明问道："你知道出路在哪里？"

异兽："这里没有出路，只有死路！"

长明走过去，扯住它另一只没有被剑钉住的耳朵，用力一扯！异兽惨叫，一只耳朵被活生生撕扯下来。

第十三章 真假难辨

　　与此同时，许静仙闻到一股香气。不是血腥味，而是香气，香甜诱人，像极了从前家里老仆做的银耳莲子羹。但那不是莲子羹，是异兽的血。血怎能香甜到这个地步？许静仙生怕有毒，立时屏住呼吸。

　　长明动作很残忍，语气却依旧温和："我再问你一遍，出路在哪里？"

　　"在左边，左边！"小东西尖叫起来。

　　许静仙抬头看向左边，刺目到几乎睁不开眼的白光，哪里有路？别说左边，前后左右都是这样的光，走是能走过去，但看不见光后面隐藏着什么。

　　就在此时，方才就微微震颤的地面开始加剧震动。长明将四非剑抽起，异兽得了机会，眨眼工夫就消失在眼前。

　　"走右边！"

　　长明道，身影消失在光芒中。光与光之间开始出现裂缝，那些裂缝越来越大，让人心里发慌。

　　刚才异兽说了左边，长明却偏偏往右边。许静仙心中奇怪，却下意识跟从长明。

　　光的后面，是暗。无边的黑暗，无尽的深渊。

　　许静仙往下坠落，她想召出纱绫，却发现铺天盖地的灵力涌来，将她裹住。这些灵力醇正浓郁，却霸道异常，根本不由她抗拒。以许静仙的修为，竟感觉无从挣脱，四肢渐沉。耳朵传来嗡嗡轰鸣，细听竟是有人在念佛经，那些经文一字一句往她耳朵里灌，念得她头痛欲裂，忍不住捂住脑袋，身体直直往下坠去！

　　诵经声越来越大，仿佛成千上万个人一起念诵，配合着木鱼的敲打声，死死压制住她，让她喘不过气来。

　　佛门心诀天生克制魔修，这是许静仙一看见佛门中人就心生不悦的原因。到了她这等修为，寻常佛门心诀早已奈何不了她，但此刻诵经声经久不息，她捂住耳朵，它们就从缝隙里溜进去，她闭上眼睛，它们就从灵台侵入，许静仙避无可避，只能奋起反击！但她爆发的灵力越强，那股念经声的威压也越发强横，无论她怎么反抗，都难以逃脱。

　　不，她不信！许静仙戾气陡生，心中突然横生出一股毁天灭地的反抗之意。凭什么禁锢我，凭什么不让我好过！既然你不让我好过，那大家都别想好过了，一起毁灭吧！

　　"冥顽不灵，非人不可教也！"

　　非人是佛门中骂人的用语，大意是指对方不像人。轻飘飘的话如有万钧般重重捶在许静仙灵台，令她识海震荡，心神俱裂。她痛苦大叫，声音被淹没在诵经声中，立马感受到灵力反噬的痛苦，如飓风化为绞索，扼住她的身体，凌迟皮肉，切割筋骨。

173

这种折磨几近酷刑，许静仙苦苦支撑，如已拉到极致的弓弦，随时都有可能崩溃。

"天地本大荒，万象俱其中。道从天风过，心自海山来。碧玉持春绿，寒光照雪衣。明月自有时，何必问南山？"

就在此时，一个不疾不徐的声音传来，如带着凉雨的清风，逐渐安抚许静仙躁动的心。

随着业火散去，她仿佛看见连绵起伏的山脉被云雾遮挡住，山风成岚，绿意葳蕤，从眼前延伸到远方。山河远阔，天地浩然，所有痛苦烦恼悉数一扫而空。乾坤浩大，浩浩汤汤，岂能拘泥方寸之争。许静仙眼前天地万物近在咫尺，触手可及。清风拂面，草木清香，她若有所悟，不自觉平静下来，面上甚至露出淡淡微笑。

可还没等她抓住那一点灵感，万物蓦地退去，入目是一片血红，刺得她眼睛生疼。

许静仙禁不住惊叫一声，刚刚一刹那，她脑中灵光乍现。所谓文章本天成，妙手偶得之，文人如此，修士亦如此。三千大道殊途同归，这一抹灵感若能抓住，修为必定更上一层楼，若是错失，那将是很长一段时间内乃至下半生的遗憾。很可惜，许静仙没有抓住，她情不自禁又叹了一口气，然后才定神去查看自己如今的处境。

眼前是悬崖，她的脚步正好就停在崖边，再往前半步，粉身碎骨，神仙难救，更何况那下面……她伸长脖子看了一眼，那下面竟全是尖尖的冰柱，像有血凝结其中，微微透着红，尖尖的顶端正闪烁着妖异的微光。

有尸体零散地落在冰柱的间隙，有些还能看见面部表情，无一不是惊恐扭曲，有些早已成白骨，骨头尽碎，散落其间。从这些人的衣着打扮上可以看出，死者里头有寻常百姓，也有携带兵器的修士。许静仙甚至在想，这些冰柱之所以透着红色，是不是长年累月被血冲刷出来的。

她刚才被经文控制住心神，如果跌落下去，必然来不及使用灵力，只会被冰柱穿透，像那些尸骨一样死无葬身之地。迎面有灵力扫来，她抬手抵挡，眼前却已有一只袖子抬起如扫去尘埃一般，将这些灵力化为虚无。

前方，有两人正在斗法。两人循着峭壁向上，身形飘然，似乎无须着力，出手却又重逾千钧。其中一人是云未思，另外一个，许静仙觉得有些眼熟，过了片刻才想起来，那是圣觉，号称万莲佛地第一人，佛门座下一青莲的圣觉。

"退后点。"旁边有人出声提醒，是长明。

刚才帮她化去灵力的正是长明，念诗点醒她的也是长明。

许静仙见着他差点喜极而泣："前辈！"

长明轻轻"嘘"了一声，她立时闭口不言，改以神识传音与对方交流。

"前辈，方才到底怎么回事？"

"君子兰吃了讹兽的肉，肉体已与讹兽合而为一，那个假云未思则是他调派来

的伥鬼。"真正的云未思当时正在前方探路。

讹兽，许静仙是知道的。传说西南荒中有异兽，形似长耳兔，叫声悦耳，能口吐人言，看似无害，但它说的每一句话，都是假的，所以人称讹兽。它的肉很鲜美，但人吃了之后从此就不会说真话。可她从未听说过，吃了讹兽的肉，身体会和它融合，变成一只讹兽。

长明似乎知道她的想法，又道："那讹兽被万莲佛地所养，日久天长，早已有所变化，不能以寻常讹兽看待。"

从山洞分散开以后，所有人各有遭遇，比起外面的大部分修士，君子兰的修为已不算低，但在这等诡谲莫测之地还是远远不够看的。见宝起意的后果不是每个人都能承受的，君子兰和齐金鼓只是众多陨落者之一。此处就像一朵硕大莲花，层层剥开，方能看见中间的莲心。而他们每深入一点，就能感觉到周围的灵力更强大了一些。

中元法会当夜，长明与鬼王令狐幽等人通过阵法进入万莲佛地，但进来之后他就发现，万莲佛地远远不像外面看上去的那样简单。这里与幽都相连，早已形成一个完整的世界，其间无数结界又形成无数小世界，无数小世界各自独立又彼此相连，所有人进去之后即被冲散。

长明闯入的是幽都的一座老宅子。宅子看似不大，两进左右，片刻工夫即可逛完。但这宅子被下了无数符咒禁制，不少人无意间闯入，受尽折磨当场惨死，魂魄无法超度，化为怨魂厉鬼，往复循环地经历生前的死亡，残害后来的不速之客。这些厉鬼战力不低，数十上百个集结在一起，便可形成强大的灵力旋涡，将修士困在其中，令其无法挣脱，更勿论普通人了。

这样的小世界，在万莲佛地比比皆是，而且越是往里，受到的阻力就越大。及至此处，灵力已经强大到连许静仙都差点遭受不住的地步，再往前还会有什么样的强敌在等待他们，连长明都感觉不妙。他知道，这里还不是万莲佛地的核心，而周可以必是被关在核心的地方，这样才能将诱饵的作用发挥到极致。

这里的守护者是圣觉，想要离开这里，就必须打败圣觉。圣觉不愧是万莲佛地第一武僧，与云未思交手，竟不落下风。云未思已是大宗师修为，但圣觉凭借地利——仿佛永远取之不尽的灵力源源不断流入他的身体，让他可以和云未思打成平手。反观云未思，却开始转攻为守了。

长明没有急着插手，这个层次的对决，云未思心中自有打算，贸然插手反倒会平添变数，有害无利。他的目光从两人身上扫过，落在崖底冰柱上，随即凝住。那些尸骨上正缓缓冒出鬼火，幽幽蓝色纠结在一起，很快渐成人形，它比寻常人大了数倍，正缓缓举起手，抓向凌空而立的云未思。

长明并指为剑，点向鬼火。剑光过处，鬼火被打散，但很快又重新凝聚起来。

如是几次，长明明白了，凡间灵力根本无法消灭这些鬼火，有万莲佛地的灵力护持，这些鬼火等于多了一道护身符。

幽蓝鬼火似乎也发现长明奈何不了它，呼的一下，一跃而起，竟想直接将云未思吞噬。一道身影凭空出现，拦住了它。鬼火大怒，想也不想就卷了过去，直接张口将对方整个人"吞"下去。蓝光震荡，似乎在咀嚼消化，但它很快发现对方就像一颗石头，不管怎么"咀嚼"，都无法将其咬碎，最后不得不重新把人"吐出来"。

不，它是被活生生撕裂开来的！

"道出本心，至诚合天，内外澄清，洞慧交彻！"

道，不是道门的道，而是九方长明内心的道。这么多年来，他在修行路上不断往前走，所求并非叛出四门的恣意，而是融百家之长，真正地开宗立派。

四非剑，非道、非佛、非魔、非儒，早已寄托他对至高境界的追求。他历劫回来，记忆丢失大半，在旁人眼里，连落魄都称不上。世间高手如云，早已没了九方长明的位置，然而他又一步步，重新回到接近山巅的地方。

一双洁白如玉的手从蓝光中伸出，将鬼火直接撕成两半。此时石壁上飘出几缕黑焰，蓝火遇上黑焰，随即被吸得干干净净。黑焰凝聚为人形，鬼王令狐幽出现在半空，他低头朝冰柱望去。不知何时，那些幽蓝鬼火再度冒出来，并很快连成一片火海，将鬼王与长明二人悉数吞没。须臾之后，火海消失得干干净净，连带长明和鬼王也都不见踪影。

这一切变故，似乎都没干扰到云未思与圣觉的斗法。如今的云未思已上升了不止一个境界。而当年曾败于他手的圣觉，也不是昔日的圣觉了，但凡万莲佛地有抛头露面的盛大庆典，或者各大宗门之间的交流活动，乃至决定修士排名的千林会，几乎都能看见圣觉的身影。可以说，在世人心目中，圣觉就代表万莲佛地，他的声音就是万莲佛地的声音。

但云未思知道，万莲佛地远不止一个圣觉。圣觉不愿让外力插手他与云未思的这场斗法，兴许是他对曾经的败北耿耿于怀，希望能借这一次交手，彻底消除内心深处的心魔。

一道佛音响起，外人听来，中正平和。但对云未思而言，佛音宛若佛印，巨大威压从天而降，直欲将他碾为齑粉。饶是周身灵力充沛，此等威压兜头而来，他也有些喘不过气来。

"万法循因，皆为佛法。"

圣觉嘴唇紧闭，明明是他的声音，却又像是从别处传来的。

佛印金光越发耀眼，几乎让人睁不开眼。圣觉凌空盘坐，周围佛光环绕，如高高在上、俯瞰众生的神明。他睁开眼，金光在眼底一闪而过，面容慈悲，仿佛要度尽世间苦难人。可惜，不包括云未思。

圣觉神色微动，他发现加诸云未思身上的桎梏，正在一点点消失。

"万法回向，不可思量。"

金光又加一重。

"万法不来，世间无我。"

金光再加一重。

但那一重重的金光，又由内而外一点点被对方破解。

圣觉面色不变，语气渐重。

"万法恒永，因缘得法！"

口吐佛偈，偈语又化为金光禁制。若有佛门子弟在此，定能看出圣觉已到了口吐莲花的境界，放在凡间，这就是活佛化身，佛子降世，必受百姓顶礼膜拜。

但云未思双目微合，动也不动。圣觉眯起眼，此人不动如山，在重重金光下依旧能挺住，无非是因为道心圆融，暂未被勘破。云未思的破绽是什么？圣觉在思考这个问题。他对云未思并不陌生，在对方去九重渊之前，他们也算棋逢敌手。

云未思看似淡漠，内心却很高傲，他看似遵循道法，其实无视规则。圣觉甚至觉得他很狂，这样狂傲不羁的内心，必然不可能没有破绽。是他出身富贵后来遭逢变故的经历，还是师徒反目、后来又从天之骄子跌落的反差？还是……

云未思似有些坚持不住了，他的动作出现一丝破绽。只有一丝，但圣觉捕捉到了！

"万法无法，我即是法！"

最后一重禁制，金色卍字在虚空炸开，以绝无仅有的霸气砸向云未思！势如破竹，舍我其谁！

云未思睁开眼，似乎有一丝怯意。

正是现在！圣觉不再犹豫，飞身而起，手中禅杖以万钧之势当头斩下！

云未思却忽然笑了。

"你想知道我的破绽是什么？"

圣觉听见他如是说。不对！不应该现在出击！

但他已经来不及撤手了！圣觉将五感提到至微境界，他甚至可以听到石壁上虫子爬过的窸窸窣窣声，可以听见头顶落下来的水滴声。

头顶水滴？！

"我的道心是——"

圣觉看见云未思微微张口，无声地说了四个字。那水滴破开他的灵力，化为冰针刺入头顶，瞬间毁去圣觉所有布局。

云未思的春朝剑出鞘，身后还有一道剑光补上，那是曾经威震六合的四非剑。

金光骤然消失，圣觉从半空跌落。在冰柱插入身体的前一刻，他看见原本应该被鬼火吞噬的九方长明居然出现在他面前，与云未思一前一后形成夹击之势。

我的道心是：九方长明。

这是圣觉所能想起的最后一句话。居然……圣觉沉沉合上眼，到死都无法想通，一个以他人为道心的人，怎么可能迸发出那么强烈的战斗力？

地面震颤越发剧烈。鬼王和许静仙早已不知所终，头顶巨石一块接一块掉落，石壁出现裂缝，整片整片开始坍塌。长明没有急着走，他和云未思贴在悬崖峭壁上，脚下仅有方寸之地，摇摇欲坠。他抬起头，在寻找出口，在小世界的相连之处，必然有藕断丝连的节点。

云未思却有些异样地沉默着，他一直看着深渊下面圣觉跌落的方向，眼睛一眨不眨。圣觉临死前看了他一眼，那一眼似笑非笑，意味深长。

他想说什么？云未思不是一个喜欢胡思乱想的人，但他下意识觉得不对劲，他回忆两人交手的过程。这些年圣觉的修为大涨，云未思能明显感觉到，他的实力已然接近大宗师，全力爆发奋起一战时，可达大宗师境界。圣觉的失败源于大意，他太过轻敌，以为在自己的地盘上有地利优势，就不把云未思放在眼里，最终尸骨无存。可事实真的如此吗？

云未思摸上心口，熟悉的心跳经由手掌传递过来，似乎与以往没什么不同。忽然，他耳边传来一声冷笑。

呵。

不，不是耳边，是心口传来的。云未思皱起眉头，那是他自己的声音，还是圣觉临死前做了什么手脚？听说佛门里有一门心诀名为玄念通，可以一缕神念渗入对方识海，窃知其所思所想，久而久之窃据心魂，甚至夺舍。难道圣觉不惜以自己为饵，用性命在他心里种下一缕魔念？

"怎么？"

长明察觉到他的异常，轻轻按住他的胳膊，问道。

云未思忽然觉得他的手滚烫如烙铁，下意识想甩开！念头刚起，又怔住了，这种焦躁厌烦感，之前是没有的。他闭了闭眼，平心静气："无事，先找办法出去。"

呵。

话音方落，冷笑声又在心底响起，是他自己的声音。

费尽心思来此受死，不过是因为他想救周可以，你身上的变化，他可曾关心过？

"云未思！"

提高的声音拨开他眼前的迷雾，使他的身躯微微一震。

"你当真无事？"长明又问。

云未思也有些疑惑。在琉璃塔时，长明已将他的魔气暂时压制下去，虽然无法根除，但云海与云未思早已融为一体，不会再出现动辄失控的情形。他低头看自己的手，红线止于掌心正中之处，浅淡几近不见，并没有再进一步。难道真是圣觉？

"出去再说。"云未思道。

长明也无暇多问了，峭壁崩塌，那些冰柱被巨石淹没，圣觉的尸骨早已被掩埋。

"跟我来！"

第十四章 幽都噩梦

鬼王令狐幽发现自己刚才向下追逐鬼火，却没入一片冰海之中。澄澈的蓝色海水在周身荡漾，冰柱之下竟是如此琉璃世界。海水寒冷刺骨，但对鬼王而言不算什么，他早已没了会受冷热影响的身躯，就是滔天火海也照样能生存下来，让他注目的是前方的景象——

一人被铁链缠绕困在铁柱上，长发在水中飘荡，头颅微微垂着，看不清面目。

令狐幽下意识觉得那个身影很熟悉，手臂突然被抓住，周身黑焰腾地冒起，他扭头看向来人，鬼气森森。

对方僵了一下，似乎被他吓了一跳："不能过去！"

何青墨没有开口，但他的声音通过神识，清清楚楚传到鬼王这里。

"我们在一个阵法里，想要离开得找到阵眼，前面那个一定是陷阱！"

他比鬼王更早落到这里，早已把周围大致察看了一遍，这片冰海一眼望不到头，且极容易迷失方向。他在附近转了三回，第一次看见铁柱和柱子上的人，第二次绕回来时，同样地方却不见铁柱，第三次也就是现在，多了个鬼王，铁柱又冒出来了。

何青墨是神霄仙府这一代弟子中的佼佼者，尤其擅长阵法。他师父曾对他说过，普天之下善于布阵破阵者，除了万象宫宫主迟碧江之外，应该就是他了。但他却看不破眼前的阵法，天下阵法甚多，让他转了许久还看不出端倪的只有迟碧江亲手布下的阵法。传说这女人惊才绝艳，却天生病弱，无法修行，便将所有精力都放在研究天文术数、占卜布阵上，最终成为一代大家。可惜她死了，死讯是在上个月传来的，但真正死因和死期无人知晓。

何青墨将杂乱的思绪拉回来，发现鬼王不知何时已震开他的手，一步步朝前走去。他心下大急，冲上前要把人拦住，却没想到鬼王冷不丁出手，黑焰顺着海水涌来，瞬间将他推开。那黑焰犹如化为绳索，将何青墨捆住动弹不得。

"那是陷阱，别去！"

鬼王瞥他一眼，阴气慑人，他只觉浑身血液似要被冻住，快要说不出话来。

先前鬼王与他们相处了两天，这两天里，鬼王就像个没见过世面的乡巴佬，对什么都感到新奇，跟前跟后，问东问西。何青墨布阵的时候他也没错过，把阵法的基本排布规则问了个遍，何青墨不胜其烦。但两人也因此熟悉起来，甚至知晓了彼此过往的经历，还以为两人已经算得上是朋友了。刚才鬼王那一眼，犹如在看蝼蚁，他毫不怀疑，鬼王随时会杀了他。什么朋友，那全是他一厢情愿罢了！

一条纱绫飞来，将鬼王的去路挡住。许静仙不知从哪里冒出来，跟鬼王交上手。她的修为自然比一心研究阵法的何青墨高出许多，虽然比不上鬼王，但缠住他一时半会儿还是可以的。

"许道友拦住他！"何青墨急切地以神识传递讯息。

许静仙不认识鬼王，却认识何青墨，她虽讨厌此人，但鬼王身上的阴森气息让她浑身不适，敌意陡生，就算何青墨不说，她也会出手。

铁柱上绑的人缓缓抬头。鬼王目光触及对方，不由得心中一震。

救我……他听见那人如是说道。

"你疯了，那铁柱上哪里有人，绑的是一具白骨罢了！"

鬼王置若罔闻，他对将要拦住自己的许静仙视同仇敌。黑焰从他周身暴起，铺天盖地漫卷向许静仙，杀气腾腾。许静仙咬咬牙，勉强以灵力和他对抗，局面一度僵持住。

前两日呆萌的鬼王早已不存在，何青墨唾弃曾经看走眼的自己，他竟然还曾对鬼王的遭遇有那么一点点的同情。然而眼前这个出手就是杀招的鬼王，才是真正令人闻风丧胆的存在。

黑焰舔上袍袖立刻蔓延到整个袖子，进而包围全身，灵力都无法将其消除。被黑焰死死困住，两人只能眼睁睁看着鬼王一步步走向铁柱。

白骨周身似有鬼火萦绕，星星点点，幽蓝鬼魅，引诱着他走近。

杀了他们，她就会活过来。

杀了他们。

杀！

何青墨看着鬼王走到半途停住脚步，还以为鬼王忽然醒悟过来，却不料对方转

身朝他伸手抓来！他的视线瞬间被黑焰占据，黑焰在冰冷的澄蓝色里划开，带着浓郁的死亡气息迅速接近。

而许静仙——纱绫寸寸碎裂，许静仙心疼得要命，眼下周可以生死未卜，她的鲛绡还未到手，现在连唯一称手的法宝都要被毁掉了！

鬼王身后黑焰骤起，狂啸着凝聚成一个庞大的黑影，如暗夜幽灵，倏地蹿起，朝他们扑来！

千钧一发之际，许静仙想了许多，她想到那条可望而不可即的鲛绡，想到她好不容易拿到养真草，却没来得及彻底化用。怎么也得在千林会上威风一把，让天下人都记得魔修许静仙的名头，才算不枉此生。

至于踏破虚空飞升成仙那些至境，太过虚无缥缈，她从未奢望能达到。可自从离开九重渊起，她就身不由己被扯进旋涡之中，历经阴谋诡计，波折重重，一刻也不得闲。从见血宗到洛都，又从洛都到这里，冥冥中一只看不见的手已把天下揉乱变成一盘乱局，从前朝代更迭只是凡夫俗子之间的争斗，修士们远离凡尘大可冷眼旁观。而许静仙一介凡女苦心修炼，所求的不是长生大道，而是能够彻底掌控自己的人生。

但她现在忽然有种恐惧感，不是因为眼前的危机，而是感觉就算鬼王不杀她，她也无法逃避接踵而至的危险。鬼王，妖魔，万莲佛地，这些人背后到底隐藏的是……

巨大黑焰从头顶罩下，张口要吞噬他们。

许静仙睁大眼，心跳在这一刻停止。下一刻，也许就是她的死期！

苏河是十年前搬来幽都的。他本来住在郊区，以种田为生。夫妻俩生了一儿一女，女儿远嫁，儿子入城做点小买卖，因为脑子活络，日子越过越好，不仅在幽都置了宅子，还娶了米铺掌柜的女儿，将苏河夫妇接去城里一家团圆。

苏河辛劳一生，临到老了还能享到清福，自然是高兴的，但他闲不下来，总惦记着老家那几亩地——大部分都租出去给邻居耕种了，他特地留了几亩。平日里跟老伴养养鸡鸭，侍弄庄稼，每个月回城里住上那么几日，也不讨儿子儿媳妇的嫌，还能有来有往。中元节这一日，儿子一家原本应该回乡下祭祀祖宗的，但儿媳妇身怀六甲眼看就要临盆了，一家人不放心，商量之后便决定让儿子留在城中照顾儿媳妇，他与老伴两人在老家拜祭完先祖，再趁着城门关上之前赶回城中。

原本一切都很顺利，只是今日天黑得特别早，申时刚过，天色就已变暗，霞光漫过头顶，红得像染了血。

"老头子，我怎么瞅着这天不对呢？是不是我眼睛出毛病了？"老伴拉着苏河出来看。

苏河也觉得怎么看怎么古怪。

"会不会因为今天是中元节，不是都说那啥，鬼门大开吗？"

"那往年怎么不是这样？"

"嘘，别说话了，赶紧把东西收拾一下，马车还在外头等咱们呢！"

苏河的儿子派了米铺的伙计驾着马车出城来接老夫妇，两老也用不着怎么收拾，平日里吃穿用度，城里的家该有的都有，眼下只是带了些吃食。老伴惦记着儿子想吃乡下老家种的地瓜，特地摘了一箩筐，放上马车准备带回去。

进城的路不远，平日里驾马车走不到一个时辰就能到，今日因为载了东西走得慢了一些，马车进城时天已经完全黑了，到处都是烧纸钱的气味。

中元节家家户户都在祭祀先人，门口往往会放上火盆烧纸，加上幽都本来崇佛，平日里烧香不断，住在城里久了，苏河早就习惯这个气味了也没多想。今天的气味格外浓郁，本该会让人觉得呛鼻，不知怎的，苏河却没有掩鼻咳嗽，也没觉得熏眼睛，反倒是觉得这烟灰里有股特殊的香味，像平日烧香的香气，又有些不同，浓而不烈，令人闻了还想再闻，身体也懒洋洋的，浑身舒展惬意。

苏河一个接一个打哈欠，他坐在前头，身边的车夫也与他差不多，好在很快就到了家门口，他想着回去跟儿子打声招呼，就洗把脸歇息。他正要跳下马车，身体却忽然僵住。邻居门口火盆里的火焰忽地一下蹿高，似乎有个黑影跟着闪现，狰狞可畏！

苏河以为自己眼花了，赶紧揉揉眼睛。那黑影果然不见了，仿佛是错觉。他嘀咕两句，转身掀开车帘去喊老伴，却看见此生最为惊悚的场景——

一个人形黑影正趴在他昏睡过去的老伴身上，嘴巴一开一合，好像在啃咬着什么。定睛一看，老伴面上血迹斑斑，已露出白骨。

苏河先是后退两步，随即大吼一声，抄起车厢里的木棍就朝黑影打过去！木棍落下时，黑影骤然被打碎，随即点点黑色又凝聚为人形，倏然蹿向车外，消失得无影无踪！

苏河哀号一声，扑上去想要摇醒老伴，可摇了半天对方都没反应，他这才想起喊家人来帮忙，跌跌撞撞下了车。车夫早就不知去向，四处弥漫着令人窒息的安静，只有门口火盆里的火焰在噼啪作响。苏河无暇他顾，他一边大叫一边上去拍门叫人。

门虚掩着，一推就开。院子里也有火盆，一叠纸钱被风吹起，漫天飘舞。

"阿新！阿新！快出来啊，你娘出事了！"

苏河带着哭腔喊叫儿子的名字，没有人回应。他脑子一片混乱，下意识跑向后院。两进的宅子几步就能跑到，苏河很快听见些动静。

"阿新！快、快跟我出去，你娘……"

他的声音戛然而止。地上躺着两具躯体，一大一小。大的是个女人，腹部高高隆起，看样子已怀胎七八个月，就快临盆了。小的是他刚满三岁的孙儿，平日活泼伶俐，最

爱扑到他身上要糖吃。

屋檐下的灯笼在风里摇摇晃晃，落到苏新脸上的阴影也一晃一晃的。

苏河睁大了眼睛，勉强从喉咙里发出虚弱的气音："阿新，你、你在干什么……"

正趴在媳妇身上的苏新停下动作，缓缓抬头。

不，这已经不是自己的儿子了！这是个怪物！

苏河看着他血红的双眼，心里想。他不敢再上前，凭着本能转身就跑，踉踉跄跄的，哪怕脚软也要往外跑。

呼……呼……苏河甚至不知道这种拉风箱般的声音是来自自己的胸腔，还是背后怪物发出来的声响。他根本不敢扭头看，直到狂奔出家门，才感觉好像可以松一口气了。

但很快，他就觉得这口气松得太早了。他放眼望去，街道空荡荡的，唯有纸钱的碎屑从各家院子里飘飞出来，带着点点火光，飘上半空。

"救命啊！救命啊！有怪物！快来人啊！"

苏河觉得他喊得已经够大声了，他们的周围也住着许多户人家，平日里没事就串个门，这会儿居然没有一个人回应，别说人了，连一声犬吠都听不见。

"嗝，嗝……"

远远的，苏河看见有人打开门出来张望，想也不想就跑了过去。

"郎君，快、快帮帮我，我们——"

那人抬起头，缓缓朝苏河露出一个笑容，还能看见白森森的牙齿和里面的骨头。

苏河后退两步扑通坐倒在地上。他怎么也不明白，明明昨天一切还好好的，怎么他回了趟郊区，幽都就变成这样了？这到底是怎么了？他是不是还在一个醒不过来的噩梦里？为什么？

"啊！！！！！"

凄厉的尖叫声划破夜空，惊起几只栖在树上的乌鸦。

血腥，还在延续。

幽都，天下最繁华的都城之一。这里有着世间最美的佛塔与佛寺，最精致的宫城，最整齐的民居。据说皇宫的琉璃宝顶中涂了一种极为特殊的材料，连在夜里也能隐隐发光。

在阳光灿烂的白天，整座幽都更像是沐浴在金色之中，远看如一座黄金之城。世人人尚未至，已心生向往。文人墨客写了不少诗去咏颂它的美丽，更有好事者将幽都和洛国洛都、照月王朝的都城放在一起比较，写了一篇洋洋洒洒的辞赋，最后得出幽都无人能及的结论。这篇辞赋广为流传，虽然反对者不少，但他们也只是提到幽

都生活奢靡,无法反驳幽都的美。

然而此刻,这座曾经为世人称羡的都城,已然沦为恶鬼之都。千魂游荡,万鬼同哭,火焰与猩红四散弥漫,黑漆漆的夜空下到处都是浓得化不开的腥膻恶臭。

这里不是佛都,是地狱。

苏河觉得他的噩梦一直醒不过来。即便一道剑光将他从恶鬼的血涎下救下,他依旧看着眼前的救星发愣,表情呆滞,连话都忘了怎么说。

贺惜云根本顾不上看苏河的反应,只喊了声快跑,就提剑斩向另一个冲她扑来的恶鬼。她也有些不解,堂堂幽都为何一夜之间就到了如此境地?

贺惜云没有跟随长明他们入阵,她知道自己修为较低,不好去拖后腿,就主动提出留守幽都以备不测。当时长明说,如果万莲佛地发生变故,很可能会影响到幽都,到时候乱象频出,让她早日出城躲避。她当时还觉得对方言过其实,没太当回事,现在看来,是她自己天真了。

这么多年来,幽都一直在万莲佛地的"庇护"下,早就埋下了灾祸的种子。这些种子一旦得到滋养,就会迅速生根发芽,一发不可收拾,像瘟疫一样污染整片土壤。

鬼王和长明说过的话,此时正逐步应验。贺惜云甚至觉得,事情的严重性远远超乎预料。目光所及,哪里还有半点活人气息?难道整座城全都沦陷了?

不知从哪里冒出来的恶鬼扑过来,打断了她的思绪,她顾不上其他,赶紧提剑挥去。如果她经历过数十年前发生在玉汝镇的那场变故,就会发现眼前的一幕与当时何其相似,甚至此地情状有过之而无不及,玉汝镇再热闹,不过是数千人口,而幽都——

苏河凭着一股想活下去的勇气,跟在贺惜云身后拼命狂奔,可这股精气神稍微松懈下来,他就感觉整具躯体都不听使唤,双腿一软,跌倒在地。幽都的路面用的都是上好的青石板,平平整整,往日里驷马马车驶过也毫无问题。现在苏河跌倒在地上,近距离细看,才发现石板缝隙里流淌的全是血水,一手按下去全是猩红。而身后阴气逼人,恶鬼已至!

苏河只来得及回过头去,那是他此生看到的最后一个画面:一名嘴角淌血的恶鬼朝他扑来,张嘴喷出腥臭气息。他的后脑重重撞在青石板上,什么都不知道了。

贺惜云救得了苏河一时,救不了他第二次。数十个恶鬼闻声而动,团团围住她,贺惜云纵身跃起,飞到屋顶,但仍无济于事。这些恶鬼穿墙过地,防不胜防。以剑气灵力尚能阻挡十个八个,当上百成千个恶鬼蜂拥而来,呼啸惊号,裹挟起黑焰,贺惜云只觉满眼皆恶鬼,无论怎么杀也杀不完。她周身的灵气屏障正在一点点收缩,恶鬼一下又一下猛烈撞过来,她稍有破绽,结界就出现裂缝,恶鬼立时咆哮着钻入,黑焰瞬间布满视线!

不好!贺惜云胸口猛地一滞,四肢百骸全使不上力,手指一松,剑落在地上,

人直接从屋顶滚落。黑焰追随而至，狞笑着咬上贺惜云的腿。

忽然间，金光陡现！卍字从天而降，直接将萦绕贺惜云周围的黑焰悉数拍得粉碎！

"凡所有相，皆为虚妄。我佛面前，邪灵安敢放肆？"

贺惜云听到一个声音，不高声，不妄语，稀松平常，似在说一个世人皆知的真理，澄澈如玉，清明如风。

黑焰哀号四散，随即被金光吞噬殆尽。金光之中，一人缓缓走来，高髻广袍，长身玉立，颈挂佛珠，手握禅杖。贺惜云怔怔地看着，疑是见着神明。那人在她面前驻足片刻，见她并无大碍，并未多作停留。贺惜云回过神来，赶忙爬起来，一瘸一拐跟上去。

"多谢救命之恩！敢问这位大师尊姓大名？"

"贫僧，孙不苦。"

语调轻柔，听在贺惜云耳中却如平地一声惊雷。

"你，您是庆云禅院院首不苦禅师？！"

"正是。"

贺惜云本以为碰见长明和鬼王已是奇遇，孰料这幽都之中风云突变，波澜迭起，竟又来了个佛门大拿。她一肚子疑问，一时半会儿却不知先问什么才好。

恶灵厉鬼接踵而来，有孙不苦在前，根本不需要贺惜云再出手。金光过处，片甲不留。贺惜云得以喘息片刻，却看见满城皆是死尸。谁能想到平日烧香拜佛的佛都人，今日竟无法得到神佛庇护，在拜祭先祖、祈求佛尊保佑时却被恶鬼所害，不知这些人临死前作何感想。

如此无间地狱，万莲佛地却半个人都不见，难不成真如鬼王所言，一切与万莲佛地有关？贺惜云虽非佛门修士，对万莲佛地谈不上有什么同气连枝的感情，却也想象不到对方竟会与恶鬼妖魔沆瀣一气，反过来祸害自己地盘上的百姓。

偌大幽都绝不止孙不苦和贺惜云两名修士，不断有散修陆续寻来，等他们快走到宫城正南的朱雀门时，已经有八个修士了。但除了孙不苦之外，其他人都伤痕累累，谈不上战斗力，也许只要敌人稍强一些，他们今日就走不出这里了。

贺惜云感觉双腿越来越沉重，方才被咬过的大腿肿痛得厉害，而且这种疼痛不断往全身蔓延，她完全是凭着"不肯死在这里"的一口气，才一步步走下去。连黄泉都能熬过来，她不相信自己会折在这里。

八个人站在他们前方，着袈裟长袍，手里拿着不同的法宝。宝瓶、宝盖、双鱼、莲花、右旋螺、吉祥结、尊胜幢、法轮。

"这是……万莲八圣？！"有人失声道。

贺惜云勉强定了定神，举目望去。那八人立在前方不远处，宛若无法逾越的屏障，阻挡了他们的去路。万莲八圣，是万莲佛地修为绝高的长老，传闻修为不在圣觉之下，平日神龙见首不见尾，很少在世间行走。此刻他们站在不远处，成为这一行人的拦路虎。

贺惜云的心一点点往下沉，她与另外几人都停住了，唯独孙不苦微微一笑，举步向前。

一只手拦在鬼王面前。修长有力的手不足以让鬼王止步不前，让他停住动作的，是这只手的力量。

是云未思！许静仙悲喜交加。

汹涌澎湃的灵力将鬼王逼退两步，两人转眼在冰海里交起手来。鬼王血红双眼盯住对面的人，丝毫没有了之前人畜无害的模样。毕竟是万鬼之王，他的威势一旦释放，鲜少有人能顶住。

但云未思顶住了。海水的阻力无法阻碍两人的行动，灵力反倒令海水越发汹涌，在两人周身形成强大旋涡，高速旋转。黑焰卷来，被春朝剑挡住，剑气破开黑焰，光芒直指鬼王面门。

鬼王的心神被分散，低吼一声，双目带着将云未思揉碎的杀气，双手一抓一放，剑光居然硬生生被黑焰分开，轰的一下，黑焰形成的旋涡将两人团团裹住！

不要拦着我！

你与我是一样的人！

我看见了，你心里也有求而不得的东西！既然迟早成魔，何必强行为人？！

你成了魔，才能为所欲为，得到最想要的！

不要压抑自己，滚开！

云未思能听见鬼王的咆哮，一声接一声，如鼓槌，一下下重重捶在他的心上。但他面无表情，掐捏剑诀的手从头到尾就没有迟疑过。

长明飞向铁柱，剑光在他手中浮现，又随着他的手势掠向铁柱。

"不！不能斩断，那不是阵眼，是陷阱！"

何青墨拼命呼喊，鬼王也更疯狂了——剑光在接近。剑光直接将铁柱斩断，天地之间的支撑似乎突然倾塌，所有东西颠倒旋转，困住许静仙的黑焰不知何时散开，她却身不由己，随着突然变得浑浊的海水沉沉浮浮，被冲向不知名的彼方。

狂乱的神志似被一根弦重重弹了一下，得以恢复部分清明。鬼王眯着眼望去，哪有什么披着长发的女人被锁在铁柱上，分明只有一具支离破碎的白骨。随着铁柱倾塌冰海汹涌，白骨转眼被冲得不知去向。

多年妄梦终于醒过来了，那个人早已死了，哪怕他不肯将她从记忆里抹除，天上地下也再找不到她的身影。鬼王其实早已接受了这个事实，只是他人依旧想利用他的最后一丝妄念兴风作浪。他摸了摸胸口，海水从指缝间溜走，没有想象中的心痛欲裂，只是有些怅然若失。

突然，一只手伸过来抓住他的手腕，鬼王下意识想出手。

"快走，还愣着做什么，跟上去，那边有光！"

何青墨的声音在耳旁炸开，一下连那点怅然都消散了，连他自己都没发现。

"你不是已经走了？"

"走到半途又回来了！"

何青墨没好气，粗暴地拽起鬼王就往海中唯一耀眼的光源游去。身后海水浑浊，越来越多的碎石杂草被庞大旋涡卷进去，而那股旋涡正在朝他们急速前进，眼看就要将他们卷进去，鬼王索性反手抄起人往光源游去。

何青墨的手软软垂下，他在修炼上的天分远远不如在布阵上，若不是当时在九重渊对师姐孟藜的死因心存疑虑，他也不会专程来幽都查找真相，眼下早已接近力竭，灵力只能勉强维持他在冰海里继续呼吸，却再没力气离开险境了。

他昏昏沉沉地想，他本来可以独自逃生的。此人与他们萍水相逢，暂时化敌为友是因为有共同的敌人，真要谈交情，短短两日也建立不了多深厚的情谊。何青墨在神霄仙府里是出了名的孤高冷傲，不肯轻易搭理人，刚才偏偏回头去拉对方，无非是前两日听见他说，他死去多年在这世上再无亲朋故旧，也不会再有人像那女子一样对他那样好。当时何青墨还挺不屑，长生大道何其残酷，孑然一身者比比皆是，修仙本来就是个寂寞的事情，别说亲朋故旧，就是起点相同的同门师兄弟、情同父子的师徒，也终有一日会分道扬镳。鬼王那句话委实有些幼稚。

可幼稚归幼稚，不知怎的他却记下了。方才千钧一发之际，他被鬼王扼颈的怒气还没消，下意识又伸手拉了一把，险些连他自己也搭进去。何必心软呢，反正鬼修约莫也不会死的，何况他还是鬼王，更何况——更何况他也不把他们当朋友。

何青墨胸口一阵痛，忍不住咳嗽起来，声音越来越大，连身体也蜷缩起来。一只冰冷的手搭上后背，注入的灵力却是温暖的，甚至有些烫。

他皱着眉头睁眼，夜幕沉沉，四处残烟弥漫，混着腥臭气味，令人作呕。他们这是从冰海里出来了？还是从一个幻境又落入另外一个幻境里了？

何青墨依稀辨认出熟悉的飞檐屋顶，这里应该是幽都平日最热闹的街道之一，与他们当时歇脚的宅子隔着一条街，入夜之后时常有歌乐声传出，到处是说着各种语言的游人，虽然不比洛都那样繁华，也是天下闻名的都城。如今却是满目疮痍，鬼哭狼嚎不绝于耳，哪里还有半点往日的热闹，甚至让人怀疑他们只是来到一个同名的地方而已。他从未像现在这样觉得万莲佛地深不可测。这个平日里不显山露水的地方，

竟比神霄仙府这等声名显赫的宗门还要可怖。

为了防止外人入侵，神霄仙府内也有重重阵法禁制，却以防守为主，真正制敌的是人。但万莲佛地——平日里宣扬的是佛法，讲的是慈悲为普度众生，实际上行事却比魔修还要邪门，若是被世人知晓真相，整个佛门将会从此声名扫地。

不，世人也许不会知道，如果他们都死在这里……远处亮起刺目的金光，强大灵力威压卷土而来，令何青墨霎时有所感应。

前方云未思和长明已挥袖筑起结界，保护他们暂时不受侵扰。但是恐怕维持不了多久，一波又一波的恶灵涌来，狠狠撞在灵力壁上碎开，随即又有更多的恶灵扑上来，如此反复。

这时何青墨看见鬼王将他放下，起身走向前方。鬼王抬袖伸手，四两拨千斤一般拨开身前结界，令恶灵涌入，但下一秒，那些穷凶极恶的厉鬼悉数被鬼王纳入袍袖，根本来不及反抗。

结界彻底破碎，泼天黑焰在他周身燃起，恶鬼怨灵悚然变色，非但没有扑过来，反而争先恐后逃离此处。晚了，恶鬼们身不由己被吸入黑焰，不见了踪影。

何青墨怔怔看了半晌，待反应过来时，云未思和长明已经不见了踪影。

"前辈他们呢？"

朱雀门前，孙不苦与万莲八圣的打斗已到了不可开交的地步。八人手持佛门八宝将孙不苦围在中央，大有以多敌少，将他彻底剿灭的架势。但细看却能发现，孙不苦在这八人的围攻之下，竟然丝毫不落下风，甚至随时有反守为攻的可能。

他双手结印，禅杖在身后悬浮，缓缓转动，金光闪耀流转，与孙不苦周身灵力相互呼应。随着灵力越来越强，他的额头上竟隐隐浮现金色卍字。

手持宝瓶的守心将这一幕收入眼中，心神微震，恍惚间想起佛门一个传闻。当佛门弟子之中佛法高深、悟性天成者，领悟到虚天藏佛尊留下的真谛时，额头明光绽放，浮现卍字佛印，等同佛尊降世。但传说终归只是传说，佛尊飞升后数百年里，从来无人能有如此机缘。

此时此刻守心不由得怀疑自己的眼睛，眨了几次眼之后，对方额头上那枚金印依旧在，而且越来越耀眼。

"结阵，诛邪！"

八圣之一的守思沉声喝道，将守心有些游离的心神立时拉回来。

孙不苦却忽然大笑。

"诛邪？诛什么邪？你们自己就是邪魔外道，佛门叛徒！"

禅杖忽然往地上重重一顿，以此为中心，裂缝向四面八方迅速延伸，随着耀眼

的金光，转眼就到八人脚下！

"万法循因，皆为佛法！"

八人同时出声，威力奇大无比，瞬间灵力反弹，片片红莲挟着金光卷向孙不苦，将他包围、挤压，孙不苦只觉胸口闷痛，喉头腥甜，他强行将血咽下。

孙不苦没有跟圣觉交过手，但是他直觉这八人实力可能比圣觉稍强一些，八人合力更非圣觉可比。这才是万莲佛地的真正实力！

一直以来，许多人都以为，较常出现的圣觉是万莲佛地第一人，连佛首也不过是挂了个虚名。但现在看来，事实远非如此，也许真像长明所猜测的那样，圣觉仅仅是被推到台前而已，真正可怕的对手才刚刚浮出水面。

"万法回向，不可思量！"

八声齐出，八个方向，红莲业火，轰然而起。

孙不苦前后左右的防守，所有的筹谋，瞬间被堵住。

"万法不来，世间无我！"

威压层层堆叠，莲花在八人与孙不苦之间朵朵绽放，绚丽无比。

这是难得一见的美景，却也是最恐怖的美景，每一朵红莲都是加在孙不苦身上的枷锁。他越是挣扎，红莲就越发灿烂，枷锁也就越重。直到他再也顶不住压力，完全放弃反抗的那一刻，身体就会彻底被红莲吞噬，灰飞烟灭。

金光肉眼可见地衰弱下去，而红莲带起的业火则肆无忌惮地熊熊燃烧。

守心冷哼一声，觉得自己方才的妄想可笑。这样的对手怎么会是佛尊降世，虽然比圣觉强一些，可也不过是……念头刚起，他便微微睁大眼睛，手中宝瓶啪的一下开始寸寸碎裂。

"凡所有相——"

孙不苦终于开口念佛偈了，几乎是同时，八人也出声了。

"万法不来——"

孙不苦的声音被无形盖住，无论怎么张口，也说不出下面的话。他合目结印，神色安详，额头上的金印却在逐渐变淡。外人以为他应对得甚是轻松，却不知此刻他的四肢百骸隐隐被身后的禅杖所牵引。而那禅杖在红莲威压之下，正在一点点崩裂。

"唯有琉璃金珠杖，方才配得上庆云禅院的院首！"

熟悉的声音传来，孙不苦倏地睁开眼睛！九方长明从远处赶来，身形矫若游龙。守心等八人的红莲业火如此肆虐，却拦不住他。

金光骤起，一把禅杖从天而降，孙不苦大笑一声，起身接住。

"多谢师尊雪中送炭！"

这声师尊，居然喊得心甘情愿。

万鬼横空出世，猩红遍地的幽都，唯有孙不苦那一隅金光不断，与红色烈焰僵持不下。但放眼整座幽都，那一点金光似乎无法改变全局。

不远处的万莲佛地，一人遥遥漠然俯瞰，似远离尘世，一切变化与他无关。

"你这一步，走得急了。"边上的黑袍人忽道。

急了吗？春迟远眺幽都，默然无言。

此地地势甚佳，半山腰上林木掩映。因有灵力护持，莫说现在是秋日，便是寒冬腊月，也照样无损浓浓绿荫。从这里遥遥望去，可以看见幽都上空血色氤氲，燃烟袅袅，黑焰盘旋其中，俨然修罗地狱。

"急了。"

"何处？"

"鬼王令狐幽，他本来是一枚极好的棋子。但你急于发动，将他推到九方长明那边，令局面平添变数。"黑袍人毫不客气，他与那人似乎颇为熟稔，无须客套。

"不过是一个令狐幽而已，影响不了全局，没有他，今日结局也不会改变。"白衣僧人面容如仙，下半身却几近透明，好似随时都会消失。

一名年轻僧人小跑过来，撩着袍子，心急火燎。

"首尊，守鹤师叔从宫里传讯过来求救，说是恶鬼围攻，他快守不住了！"

各国皇宫都有常年坐镇的修士，幽都也不例外。幽国崇佛，皇宫里的修士悉数出自万莲佛地，守鹤与院首春迟同辈，修为深厚，常年驻守宫城，保护皇族。

年轻僧人本以为院首会立刻派人去救，谁知等了半晌却没得到回应，他悄悄抬头，只见春迟恍若未闻，依旧望向远处城楼方向，不发一言。

首尊身旁那个黑袍人从头到脚包得严严实实的，哪怕狂风大作，也难以掀起一片袍角。

"不必管。"

他听见首尊如是道。年轻僧人一愣，春迟的目光淡淡瞥过来，他立时不敢再多言，赶紧应声离开。走出几步，他忍不住心中好奇，偷偷又回望一眼。

正是这一眼，让他后悔终生。不，他的性命永远终结于此。年轻僧人一脸恐惧，正欲后退，人已经软软倒在地上，气息全无。

一缕黑气从他鼻孔钻出，又回到春迟袖中。自始至终，春迟与黑袍人没动过分毫。

"你对自己人也这样狠。"黑袍人道。

"从我决定做这件事起，就注定走上一条不归路。你连徒弟都下得了手，又何必说我？"

春迟神情漠然，语气平淡，好像随时都能被吹散在风里，杳无踪迹。

万莲佛地守卫的幽都乱成这样，他却像个事不关己的局外人，作壁上观，令人难以想象。

"我一直在为今日做准备。"

多年经营之下，幽国上下崇佛之风大盛，逢年过节，幽国百姓都要去佛寺进香，尤其在幽都，平日里万莲佛地山脚下也是人头攒动。达官贵人想要荣华富贵，平民百姓想要风调雨顺，大家各有所求，久而久之，信念云集佛地，凝结为无形之力，滋养佛地。

谁也没想到，幽都百姓多年来诚心诚意奉养，最后竟养出一只巨大的怪兽，反过来吞噬他们。

"这么多恶鬼，你是从哪里找来的？"黑袍人有些好奇。

"人心。"春迟道，"人心有无穷无尽的欲望，便是死了，这些欲望也不会消散，却会因为求而不得，更加念念不忘。修士尚且无法完全控制心魔，更何况是寻常人？"

黑袍人忽地笑了一下："你是指云未思吗，还是在说你自己？"

春迟漠然道："这世间，谁能例外？即便是你，若无执念，又怎会走到这一步？"

黑袍人想了想，居然点点头："所言甚是。不过整个幽都，人口甚多，今日之后你要如何收场？"

他语气平和，竟不是责怪春迟草菅人命，而是好奇万莲佛地如何收场。

"孙不苦已经身在幽都，你如此行事，庆云禅院不会坐视不管，神霄仙府迟早也会察觉，届时各大宗门联手讨伐，对你来说始终是麻烦。"

"他们不会有那个机会了。"

春迟望向幽都城中出现的巨大红莲，和与红莲缠斗在一起的金光。那是万莲八圣和孙不苦在交手。孙不苦虽然很强，但万莲八圣也不弱，八人联手，拿下孙不苦并非不可能。

没了孙不苦的庆云禅院，就像老虎没了牙，只能任人宰割。至于神霄仙府——

"自从万神山一役之后，各大宗门再难团结，神霄仙府沉寂多年，如今除了付东园和几个老不死的，其余人等不足为患。这也多亏了你，若非当年你将他们召集起来，使其死伤过半，今日再想行事，恐怕没那么容易。"

黑袍人叹道："佛首何必调侃我？当日也是我天真了，本以为将万神山的缺口打开就万事大吉了，谁能料想中途出了九方长明这个变数。不过也罢，万神山失败之后，我及时补救，如今大功将成，九方长明也主动送上门来，岂非妙事？"

春迟微微蹙眉："你好像不把九方长明当回事。"

黑袍人摇摇头："单论个人而言，他的确是强敌，但他身后无门派势力可依靠，一人再强，力量终是有限。更何况，如今的他还不如曾经。"

春迟："他当年在万神山被你算计，差点魂飞魄散，居然还能历劫归来，三番两次破坏你的布局，怎么都不能说比过去还不如吧。"

黑袍人："从前他没有破绽，如今却有了。明知此处有诈，却为了一个周可以非要赶过来。在我看来，这并非明智之举，乃愚者所为。单凭这一点，他就永远无法突破瓶颈，提升修为，更何况，如今与他同在的，还有云未思。"

春迟："云未思也是个劲敌。"

黑袍人笑了："不，云未思将会是你的助力。"

春迟侧首，面露不解。黑袍人却没有多做解释："我要先走一步了，预祝首尊一切顺利。你的本体还在沉睡，分身保持清醒不容易，此地不宜久留，你也早些回去吧。"

"不送。"

春迟头也未回，仍负手远望幽都。他近乎贪婪地看着触目所及的一切，因为平日里他根本没有机会出来。

若无意外，今日成千上万的恶鬼将会把整座幽都吞噬，死于非命的魂魄无处可依，正是炼就聚魂珠的绝佳材料。他很想知道，当人间倾覆，彻底变成修罗地狱时，漫天神佛会有一个站出来吗？

春迟平静无波的眼底泛起一丝涟漪，像石头落入水面，荡开层层波纹。

"你执掌佛门二宗之一，却不信有佛，我执掌天下道宗第一宗门，却不信有神。无知匹夫以为人间天大地大，殊不知穷尽一生，也再难往前半步。你我倾覆一切，不过是为了给人族挣出一条血路，九方长明那些人天分再高又有何用？不过是鼠目寸光的蝼蚁罢了！"

黑袍人哂然一笑，转身欲走。

春迟忽然道："你近来梦见过迟碧江吗？"

黑袍人顿住脚步，没作声。

春迟又问了一遍，黑袍人终于揭下兜帽，露出面容。若旁人在此，定然大惊，因为他不是旁人，正是万剑仙宗宗主江离。

江离嘴角的笑容渐渐隐去："何出此问？"

"最近，我入定时总会看见她，她站在不远不近的地方看我，好像有什么话要说，可当我询问她时，她却总是摇摇头，然后转身消失。"春迟似没看见他的反应，望着远方兀自道，"后来我觉着，她应该不是想见我，只是因为入不了你的梦，才只好让我代为转达。迟宫主对你一往情深，可惜情深不寿。"

"想不到方外之人也有此等感慨，都说庆云修心，万莲修身，怎么如今万莲佛地也开始修心了？"江离重新戴好兜帽，"我该走了。相信今日之后，过不了多久，

我们的夙愿就能实现。但愿你这里不要出岔子，让我失望。"

最后一个字尚未说完，白光陡起，化为白云簇簇，将黑袍悉数卷入。

幽都上空，乌云翻滚，红莲炽烈，连云层都映得红了。一切都在朝既定的方向走。

春迟看了方才倒地的年轻僧人一眼，微微叹一口气，正欲挥袖将他挪走，却忽然一怔，抬头望向自己来时的方向，似在倾听什么。片刻之后，他捏了个手诀，半透明的身形彻底消失。

第十五章 魔心蚀体

长明找到万莲佛地的阵眼了,他觉得这一次应该是正确的。

打从进入幽都起,较量就明里暗里地开始了。在进入万莲佛地之前,何青墨与长明二人以幽都为棋盘,在城中各处布下大大小小六十四处阵法。这些阵法,有的是摆设,有的是陷阱,有的却是看似不起眼,后面会起大作用的。这些阵法星罗棋布,散落全城。

这场交手注定结局难料。一力降十会无法解决所有事情,明处的敌人仅仅是对方布局的第一步,也是引诱长明他们入局的棋子。佛门讲究堪破一切,自然也喜欢以重重幻境来布局制敌。

长明觉得,圣觉的出现仅仅是一把钥匙,杀了圣觉才能打开大门,窥见万莲佛地的真正布置。果不其然,圣觉之后万莲八圣现身。他们的实力远在圣觉之上,这些年却甘愿隐居幕后,以保存万莲佛地真正的实力。

就在刚刚,万莲八圣与孙不苦交手时,长明忽然察觉到一丝异动,这一丝异动是从幽都的东北角传来的。

对方虽然布下天罗地网,但再缜密的陷阱也会有破绽,这一丝破绽就出现在琉璃金珠杖出现之时。孙不苦以绝对优势压制住八圣,令他们的心志开始动摇,满布幽都的阵法也在瞬间发动。虽然只有一瞬,但这一瞬,就像万千丝弦被人轻轻弹了一下,牵一发而动全身,立时为长明所察觉。他随即与云未思循迹而去。

这是一种玄之又玄、难以言喻的境界,仿佛诸天星辰为己所用,哪一颗骤然光芒大盛,哪一颗忽然陨落,他了然于心,就像下棋的人到了某种境界,甚至可以闭着眼睛下盲棋，对方走哪一步，他自己走过哪一步，不必用眼睛去看，整个棋局早已刻在心间。

长明感觉在这短短一息之间，他的修为似乎有了某种突破——自从将四非剑的灵力悉数让渡给云未思之后，他已经放弃短期内的自我突破了，却没想到会在此时此刻有意外收获。不过眼前他们仅仅是找到阵眼，真正的敌人还未出现。

现在呈现在二人面前的，是一片广袤无边的莲池。池子里大大小小的莲花竞相绽放，一如盛夏。只不过这些莲花并不是寻常莲花，而是仿佛石刻一般纹理粗糙，花瓣上斑斑点点的，却又缓缓收放，似有生命。莲池中央立着两根铜柱，铜柱之间则用铁索绑了一人。那人的下半身泡在莲池之中，石莲簇拥在他的周围，而他脑袋微垂，生死不知。

是周可以。

长明没有急着过去，他观察四周，企图找出莲池的异常。

"欢迎二位贵客远道而来。"

周可以抬起头缓缓道，他面色憔悴，声音沙哑，说话语气分明不是他平日里的风格。

"不知此地风物，可还令二位满意？"

"地大物博，应有尽有，不愧是佛门二宗之一的万莲佛地。只是将佛座圣觉的性命拿来当见面礼，未免过于隆重了些，春迟首尊诚意满满，委实令人过意不去。"长明缓缓道。

周可以神色急切，双目通红，语调却截然相反，诧异之中又带着一丝欣悦。

"哦？九方真人为何知道是我？"

"世人都说，万莲佛地之中，武力当属圣觉为首，但这么多年过去，圣觉修为不过宗师以上未至大宗师，这样一个人领导万莲佛地，实在说不过去。唯一的解释是，万莲佛地需要一个放在台前的傀儡，真正主事的人是几乎从不露面，一心修禅的佛首春迟才对。你说我说得对吗，春迟首尊？"

周可以微微一叹："我还记得当年初见九方真人，你立于山巅，俯瞰我等众修士，狂傲张扬不可一世，根本无须为任何琐事烦心，在你的实力面前，一切人等自该俯首称臣。没想到这么多年过去，就连九方真人也学会深思熟虑了。"

"人总是会变的，时间没有磨平我的雄心壮志，却让我的脾气好了许多。"长明微微一笑，"换作从前，我看见你如此对待我的徒弟，早就二话不说将你碎尸万段了，怎么还会浪费工夫如此啰唆？"

周可以努力睁大眼睛，似乎想要夺回身体的控制权，他的身体因用力过度而颤动，连带身上缠绕的铁索也开始抖动。但他便是双目尽赤，嘴巴张张合合，也发不出任何

声音，只能以唇形无声传递信息。

不要过来，快走！

云未思出手了。他剑诀一引，春朝剑分作三道，掠向周可以！剑光如虹，去势如电，如离弦之箭，无人可挡。

他不是要杀周可以，而是想斩断束缚周可以的铁链。但，剑光在离周可以三尺时停住了！片刻之后，剑光被一道无形屏障所吞，春朝剑本体因云未思及时撤回，回到他手中。

与此同时，云未思与长明二人前后左右被八道威压近身，金光闪耀，烈焰逼人。长明左右四顾，只见八道威压逐渐成形，化为春迟的模样。只是这八个"春迟"，身形俱是半透明的，若有似无，仿佛随时会消散。

长明有些震惊，随即恢复寻常："道家素来有一气化三清的说法，许多人穷其一生，能炼成一个化神分身已是不得了，没想到春迟首尊竟已达到化身千万的境界，果然非同凡响！"

他面上平静，心却一点点沉下去。今日想要取胜恐怕难上加难，原以为他们二人和鬼王联手，怎么也能将万莲佛地捅出个窟窿，现在看来，万莲佛地隐藏得比他们想象得还要深，春迟的修为至少已是大宗师级了。外有万鬼作祟，祸乱幽都，内里陷阱处处，变化万千。万莲佛地以周可以诱他们来此，想必早有准备。

思忖之间，八个化身已经同时出手，佛印化为金光，与春迟口中的佛音同时发出。

"唵！"

第一个音节发出，层层佛塔带着金光从天而降，金丝银线，带着绚丽光华，重重砸向长明头顶，将他周身禁锢，使其无法动弹。

细看这佛塔四周，布满六字经文中的"唵"字，层层堆叠，缓缓旋转，经文与佛塔熠熠生辉，相互映照，带着无上威力，令长明如有千万锁链加身，压得他喘不过气。

他微微张口，却发不出声音，哪怕在心里默念剑诀，也像被无形力量沉沉锁住，将神识困得密不透风。佛塔开始收缩，金光如有实质，一点点勒住他的身体，衣裳下面甚至开始渗出血。

长明的神色却很平静，仿佛受困受苦都与他无关。金光越勒越紧，仿佛要勒断他的身体，春迟的化身神色一动，手指微点，一朵莲花从佛塔顶端落下，金光轰然炸开！

那具被困住的身躯也跟着形神俱散，粉身碎骨！

不，他并没有感觉到九方长明的死，难道那人也修成化身了？心念刚起，他就发现自己身后多了个人。

是长明！

剑光，铺天盖地的剑光，挟冲霄之紫气，荡六合之异邪。佛塔的光辉一时被压

了过去，四非剑一出，无人能与其争锋。

"不是化身。"

似乎看出春迟化身的疑惑，长明主动解惑："我没有春迟首尊的机缘，修不出这万千化身，但御物化神之术还行。不如今日就来看看，到底是你的化身强，还是我的傀儡之术强？"

"如此，甚好。"

话音方落，春迟的四个化身合一，虚悬半空，双眸微合，两手捏出极为复杂的手印，掌心翻覆宛如花开花落，片片莲瓣随之绽放，佛光圣洁，不可侵犯。

这朵极为璀璨的金莲带给长明的却是无穷尽的威压，莲花越来越大，冉冉升起，像之前的佛塔一样在长明头顶盘旋，洒下点点金辉。远远望去，长明整个人就像沐浴在佛光之中。

诵经者安详平和，听者无欲无求，在旁观者看来，这正是佛经中所讲虔诚听经信佛的场景，只有身处其中才能发现，二人的角力是隐于平静水面下的汹涌暗潮，暗礁与旋涡的微微碰撞，都有可能将人拖入万劫不复之地。

莲花的威压化出无边幻界，将长明的身心连同神识层层困住，比方才的佛塔更胜一筹。若说佛塔是正餐之前的开胃菜，那么此刻才真正开始上硬菜了。

长明只觉置身于仙佛之境，周身金莲朵朵，流光溢彩，佛幡飘动，经文一条条在虚空无声流淌。入目皆是方法无法，中央一人正是佛门师祖虚天藏佛尊，细细一看竟是春迟的模样，他双目皆闭，右手拇指与中指捏在一起，碰触左手掌心，左手五指堆叠半包住右手。

这是佛门中极为隐秘复杂的一个法诀，传说大修为者持此法诀，能得金光不坏之身，刀枪不入，水火不侵，诸邪异端更是不得其门而入，心如琉璃，内外明澈，已是大圆满境界。所见者，唯有俯首受教，身心俱服，方能得佛所赦，回头是岸。

正是在这个法诀之下，六字咒语中的第二字已然出口。

"嘛！"

短短一字，佛音催伏，如狮子吼，百兽皆为之惊怖。

莲花震颤之下，花瓣片片落下，砸向长明头顶，如高山倾塌，势不可当。

长明周身的灵力屏障竟以肉眼可见的速度寸寸龟裂。花瓣继续下落，眼看就要砸在头顶上，轻若鸿毛的花瓣实则重于山石，顷刻即可将人砸死。

这时长明抬手做了一个动作，他像拂去头顶落叶那样，轻轻在头顶一拂。四两拨千斤，重重花瓣悉数被拂开，飘向春迟的方向。方才还是春暖花开，随着他这一拂，顿时化为冰天雪地，狂风大作，挟着雪花凌厉卷向二人。

一收一放，反守为攻，两人算是交手两次了。两次都是春迟先出手，一次被长明用傀儡化神之术化解，一次则被长明以新的幻境覆盖，反过来让春迟陷入考验之中。

春迟并不意外，如果眼前之人会被他轻易打败，那就不配叫九方长明了。九方长明这四个字，曾经代表天下最强大的存在。他见识卓越，博览群宗，也曾为了研究佛门修炼之法而深入佛门，虽然此等行径为佛门中人不齿，但春迟从来没有像万剑仙宗宗主江离那样瞧不起九方长明。

在他看来，九方长明是个极为难缠的对手，数十年前，对方凭借一己之力，就让六合烛天阵功败垂成。即使不明真相，他却能死而复生，从黄泉里挣出一条命来。眼下的九方长明，修为兴许比几十年前的他要略逊一筹，但此人既能九死一生历劫归来，假以时日未必不能突破障碍更上一层楼。

春迟觉得他自己也许也能通过今日这一战，领悟迟迟未能明白的玄机。寒冷刺骨，将春迟的僧袍刮得猎猎翻飞，他却岿然不动，合目微念，很快周身泛起金光。

金光如涟漪泛开，木鱼声起。每响一下，风雪就弱一重，直到第九下时，蔽天大雪已经停下，只有风还在呼啸，但风势也逐渐缓下来。云边渐有金光，映亮天空，日光即将出来，风雪即将停息。

长明微微一笑，长袖一拂。

"剑来！"

"呢！"

几乎是同时，两道敕令发出！四非剑剑光夺目，二人头顶天空的乌云也跟着散尽。云后并无日光，而是成千上万道佛光，正好被四非剑挡住，两股强大灵力正面对上，谁也不肯相让半寸。

佛光越盛，剑光就越盛。八荒丛云，寂寥长风，凝聚荟萃，风云际会，霎时间天地真气相冲，正邪相交，呈现出既撕裂又糅合的迹象。要破九方长明的屏障，唯有此刻！

"叭！"

"咪！"

"吽！"

春迟接连念出咒语的后三音，一声强过一声，一鼓作气，大有趁势将对手一举击溃的势头。

随着佛音渐高，被束缚在铁链中的周可以虽竭力忍耐，面色却越发痛苦。他的周身上下开始出现血痕，如刀刻般，一道一道，仿若凌迟。这些血痕不仅是落在肉体上，更是鞭在识海深处。周可以的灵力在这些日子里已被削弱得所剩无几，如今这每一"刀"都是刻在神识上，令他痛极，恨不能立时死去。

可内心深处偏还有一股心气撑着，让他不能就此死去。堂堂宗师，见血宗宗主，还有，那个人的徒弟，决不能以如此屈辱的方式死去。否则将来世人提起他，提起九方长明，只会轻描淡写地喟叹一声——

哦，周可以，那个见血宗宗主啊，最后不是死在佛门手里了吗，这不是正说明魔修再怎么修炼，也翻不出佛修的掌心。

他不甘心！谁说魔修不如人，哪怕只是为了证明给那人看，让他知道自己的路没有走错……他没有走错！

血，顺着嘴角淌下。伤痕裂开，一条条蜿蜒曲折，在脖颈、手臂等裸露的肌肤上呈现，触目惊心，形容可怖。

周可以迷迷糊糊睁开眼睛，仿佛看见有人朝他走来，向他伸出手。睡吧，只要睡着了，就可以忘记一切，解决问题。再不会有痛苦折磨，再不会纠结烦恼。在梦里，你依旧是魔修宗门的宗主，俯瞰众生，为所欲为。

周可以喘息着，在幻象与真实之间苦苦挣扎。他艰难地眨了眨眼，汗水混着血水的视线中，似乎看见长明仍在与春迟交战，长明甚至还分出心神，朝他这里看了一眼。

周可以勉强牵动嘴角，心道他怕是出了幻觉。都让那人别过来了，他怎么可能还过来赴死。他周可以可是他最讨厌的徒弟。

金光与剑光的对决中，剑光更胜一筹。长明结束了与春迟的对决，但他却要面临更艰难的抉择。

云未思那边遇上了万莲佛地十六金刚，对方以金刚莲花阵将他困住，再加上春迟的另外四个化身掠阵，双方一直纠缠着，久未分出高下。直到长明这边决出了胜负，春迟被迫收敛化身，转而全力对付云未思，连带十六金刚也亮出必杀之招，重重禁制之下，纵然云未思再厉害，也渐觉力有不逮。

这片刻之间，长明需要做出选择，先救周可以，还是驰援云未思？

云未思可以明显感觉到，对手的灵力如同泉水，取之不竭，用之不尽。十六金刚如莲花的十六瓣，开合张闭，合作无间，就像一个人那么完美。但他们最令人头疼之处，还是灵力的强大。

这个莲池里数不尽的冤魂是他们日日夜夜从各处收集而来的，这些冤魂凝聚在一起，加上百姓日夜祭拜的信念之力，循环往复，为金刚莲花阵提供了源源不断的灵力，就像一个垂髫孩童忽然得到一把威力巨大的绝世神兵，纵然他什么都不会，随意舞弄两下也足以造成巨大的伤害。十六金刚固然修为不如云未思，但他们配合无间，加上诡异邪门永不枯竭的灵力，竟也将云未思围困起来，令他短时间内无法离开。

诵经声不断入耳，无法隔绝，哪怕云未思已关闭心门，这些声音依旧从四面八方涌来，无孔不入，似乎在劝说他弃道从佛，皈依佛门。

第十五章 魔心蚀体

十六人分布围困在他周围，组成完整的莲花阵，将每一处生门封锁，牢牢控制云未思的每一个动向。一旦他有出手的意图，莲花池中的灵力就会出现剧烈波动，凝聚于一处形成坚不可摧的屏障，阻挡云未思的攻击。

"佛有生时，万人皆拜。其是时，金光四耀，花果满地，莲花盛放，天乐齐奏，香气充盈，草木盎然，濒死者复生无恙，残疾者行走自如，众生俯首求佛授法，佛曰，万法无相，唯求本真。何谓本真，问心自知。天地万物，举凡一草一木，一鸟一兽，高如鹰隼，低若池鱼，皆有本真之心……"

云未思合目不动。诵经声高高低低，渗透神识，灌满灵台，不知不觉中就干扰了他的道心，触动神魂。重重金光之下，春朝剑的剑光正一寸寸收起，金光进而剑光退，云未思周身的结界也一点点缩小。

守凡是十六人中性子最急躁的。他在万莲佛地待了整整二十年，这二十年没有磨掉他的急性子，反倒让他看遍世间诸相。普通人总有无穷无尽的欲望——财物、权力、爵位、女人。富贵荣华，爱恨嗔痴，他们甘愿舍弃一切去换万莲佛地的庇佑，最终神魂俱销，一无所有。

这让守凡有种感觉，万莲佛地是无所不能的。凡人无不有所求，只要有求，便有弱点，哪怕强横如修士，自诩高人一等，同样如此。修为越高的修士，所求也就越多，正因为看过高山之巅的风景，绝不肯落到半山腰甚至山下。

既有所求，就有欲望。什么道门首尊，昔日天下第一人的大弟子，守凡倒很想看看，此人内心的所求到底是什么，一旦揭下那层面纱，所谓强者也就是那么回事。欲望面前，众生平等。他已经迫不及待想看见这位云道尊沉沦于欲望之海无法自拔的情形了，那不正可证明道修的确不如佛修吗？

想及此，守凡悄然换了个手印，双手结莲花八宝印，引灵力入阵眼，想要使云未思更焦虑，引诱他发狂。层层金光中，他的神识随之潜入，滑向云未思。

已做困兽之斗的云未思悬停半空，立于十六人包围之下。他合目养神，看似平静，实则神识正在激烈交战。护卫他的剑光越来越弱，春朝剑似乎力有不逮，如风中残烛，随时可能熄灭。而金光却更加耀眼。

正是现在！守凡的神识穿过金光，迅疾掠向云未思的后脑勺！只要突破前方屏障，就能侵入对方识海，从识海彻底摧毁云未思此人，让他魂飞魄散。

云未思的灵力被佛光困住，根本阻拦不了守凡，他微微一笑，志得意满，一切尽在掌握之中。

等等……忽然间，守凡身躯一震，神识如有实体，此刻定然是睁大了眼睛。他看见了什么？

没有即将被击溃的神识，更没有脆弱濒临破碎的道心，只有无边无际的血海。

腥臭扑面而来，血海中尸骨沉浮，每一个骷髅头都对他露出诡异的微笑，强大的威压令他不由自主往前，等他反应过来，血水已经漫过来，逐渐淹没他的躯体。

原来，云未思早就发现了守凡，但没有声张，冷眼旁观他过来送死，从而将他当成突破点，击溃莲花阵！

当守凡意识到这一点时，一切已然来不及。血海滔天，尸骨堆积如山。他最后一个感受是惊恐，因为他发现了云未思的秘密。

云未思的识海最深处，竟不是道心，而是——魔心！

云未思睁开双目！在所有人看不见的地方，红焰浮现，无法熄灭，迅速在眼底蔓延开来。

那是曾经在九重渊中求而不得的痛苦，是深埋心中的困惑不解，是与诸魔缠斗交手时被种下的魔气。为了压制这股魔气，他强行分裂出云海，后来为了压制魔气，又重新融合了云海，但魔气若能就此轻易消失，也就不能成为魔了。他几次与妖魔交手，魔气都被引诱出来，用尽全力才能勉强压制下去。

但这些只是权宜之计。压抑已久的魔气迟早会像火山喷发，再也压制不住，这是云未思和长明两人心中的共识，所以在洛都的琉璃塔中，长明宁可牺牲突破瓶颈的机会，也要将四非剑的灵力先用在云未思身上。

但此刻，身处佛修重地，莲花阵中，云未思却放任魔心肆虐，红焰疯长。经声越大，经文越盛，效果却越是相反，他甚至能感觉他的心思开始发生变化。当他有能力趁着守凡的死突破阵眼，彻底摧毁金刚莲花阵时，云未思却没有这么做。他看见了周可以陷入险境，看见了长明的左右为难。某种念头在内心深处发酵，阴暗见不得光。他心道，原来任性是如此让人痛快的。

守阵十五人察觉到守凡死了，开始对云未思发动猛烈攻势。云未思引而不发，以肉身承受强大的佛光威压，苦苦支撑。他捕捉到长明面上的纠结，亲眼看见对方朝周可以掠去。

云未思的嘴角微微扬起，是冷笑，也是自嘲。他一直知道，九方长明对他是特殊的，但这种特殊和看重，是相对于其他人而言，因为他在长明身边待的时间最长，也最了解对方的习惯。

从前他总是想，没关系，能够看着长明，伴他左右，终此一生，就已足够。然而这些不过是自欺欺人，现在他知道远远不够。他不想隐忍。既然不想，又何必强人所难？魔心是一个借口，也是放纵自己的理由。

生死关头，长明的行动终于印证了他长久以来的不安，证明了他自欺欺人的可笑。充其量，他只是比较重要，却远远没重要到让九方长明能够放弃其他人。

云未思，你就是个彻头彻尾的笑话！

第十五章 魔心蚀体

冥冥之中，一个声音在他脑海炸开，肆意嘲笑。

不如成魔吧！

成魔吧！

世间万物将再也无法束缚住你，凡夫俗子通通该死，你想要的，就一定要得到！

若非如此，做人还有什么意思？

红焰从周身炸开，陡然将金色经文粉碎！

金红交织，却逐渐演化为黑色，浓烈的黑焰炽热绽开，张牙舞爪，莲花阵顷刻瓦解，十六人被击飞，又在半空被黑焰卷住，化为灰烬。

以云未思为圆心的莲花池发生了剧烈震颤，池水翻涌，石莲倾覆。整个莲花池扭曲龟裂，池中的冤魂争先恐后哀号而出，想要逃离，却又悉数被黑焰卷住，通通吸入云未思周身的旋风中。黑焰旋风越来越厚，以至于根本看不清云未思。

长明那边却晚了半步。他拼尽全力赶到时，将将看见周可以的皮肉被分解，变成一具白骨，而神魂正被莲花池吸入其中。

长明瞋目欲裂，只来得及将他的魂魄抢下纳入怀中，却不知身后黑焰转瞬即至！他回过头，便见黑焰铺地，绽开朵朵黑色莲花，云未思一步步走来，双目尽赤，神色中隐有疯狂。

这是魔心蚀体，已然成魔之象！长明心头猛地往下一沉。

此时的莲花池被魔焰席卷，阵法彻底失败，所有化身归于无形，虚空中一人缓缓现身，正是春迟。

云未思停住脚步，望向春迟。三人分踞三处，大有鼎立僵持之势。

春迟的目光滑过长明，落在云未思身上，忽然想起万剑仙宗宗主临走前说的那句话——云未思，他将会是你的助力。

春迟一直觉得，万剑仙宗宗主是一个走一步看三步的人。当年万神山计划，他虽未参与其中，却是从头到尾旁观了。江离从头到尾都很淡定，就连六合烛天阵中九方长明突然发难，导致计划最终失败，死伤惨重，他也没有太大的愤怒，就好像一切早有预料。虽然江离口口声声说是因他疏忽出了纰漏，但有时候春迟甚至怀疑，他之所以提出万神山计划，正是为了在失败之后，以天下为局，重新布阵。

这里面唯一的变数，就是九方长明没死。也许连江离也没有想到，九方长明受了那样重的伤，却没有像任海山一样魂飞魄散，居然还能在黄泉那样险恶的境地中生存下来，甚至一步步又走到与他们作对的位置上。

冥冥之中，仿佛自有天意。但春迟是不相信天意的，即使身在佛门，经常向信众讲经宣扬佛道，在他内心深处却对神佛的存在抱着质疑。正因为这一丝质疑，他放

任万莲佛地收集魂魄聚敛灵力，放任江离将此地作为新的六合烛天阵的其中一处阵脚，用以炼化聚魂珠，启动阵法。

如今其势已成，只等东风上门。在春迟眼中，九方长明就是这股完美的东风。他心志坚忍，比世间任何修士都更适合成为六合烛天阵的一部分。而周可以，仅仅是用来引诱他上门的诱饵罢了。

思及此，春迟微微一笑。他扬起袖子，周围金光闪现，道道经文从天而降，将他与其他二人分隔开来。

"二位想必有许多话要说，贫僧就先不打搅了。"

春迟的笑容忽然僵住，他看见云未思朝他这里前进了一步。但一步千里，云未思伸出的手居然直接穿过经文屏障，朝他抓来。云未思双目圆睁，杀意翻腾，已然将他当成猎物。

万剑仙宗宗主的话言犹在耳，春迟以为云未思必然会先出手对付九方长明，没想到他坐山观虎斗不成，倒是先成了对方的目标。他心念急转，手中禅杖重重一顿，双手合十。

"万法波澜，唯心一处，出来吧！"

话音方落，莲花池黑浪翻涌，无数怨魂从水中跃起，蹿向云未思与长明二人，将他们团团围住。万莲佛地已不见佛影，所见之处，俱是鬼哭狼嚎，凶灵呼啸。它们如噬血之鬼，看见猎物便一拥而上，若非长明与云未思有灵力护体，只怕立时就要被它们吞噬殆尽。

春迟并不指望这些怨魂能困住二人，他长身一跃，持杖悬空而立，一手捏诀，引金光由禅杖入水。

"法出有因，由我而引。万法恒永，因缘得法！"

须臾，十六道金光混着黑浪出水，在半空形成黑色莲花，有金光隐隐流转其上。但金光剧烈波动，似满心不情愿被纠缠住。

"法出今日，身心幻生，赦尔无罪，万邪趋避！"

春迟嘴唇翕动，念出法诀。金光与黑莲纠缠越来越紧，最终成为一体。随后，黑莲上腾起滔天黑焰，分作两股，撞向云未思与九方长明二人！

守凡一招冒进，使得阵法被云未思毁于一旦，其余十五人虽受了不同程度的伤，却还有生机在。春迟这一手竟是直接将那十五人置于死地，令他们与池中怨魂相合，形成强大的法器。

他出手之后，也不去看二人如何，毫不犹豫撤身就走，他还有更重要的事情要做。聚魂珠将成，今夜过后，整个幽都将沦为修罗地狱。万莲佛地连同幽都，将以万千生灵为祭，成为六合烛天阵最坚固的一角，而九方长明的性命也将会在这片地狱之内，

为聚魂珠锦上添花，发挥巨大作用。

这一切，不管云未思在不在，都不可能被破坏。

天，黑沉沉的，似乎永远看不见曙光。曙光停留在来临前的那一刻，万物哭号也唤不醒它。

春迟忍不住抬眼看天，即使是这样，神佛也未曾降临。万莲佛地以佛为名行妖魔之事，比魔修还不如。果然这世间，从来就未曾有神佛吗？既然如此，他不停修行又有何意义？

既然人间总有终结的时候，不如就由他来了结。

怨气由地面滋生，凝聚，波动，上涌。幽都上空，云层翻腾之中隐现血红之色，红光流转下沉，与怨灵散发的黑焰搅在一起，形成庞大旋涡，正一步步朝万莲佛地移动。当旋涡中心落在万莲佛地，六合烛天阵将正式启动，黑暗深渊的裂口豁开，整个人间将会彻底陷入绝境。

妖魔尽出，吞噬生灵。五十年前江离想做到却功败垂成的事情将会实现。

春迟不在乎万莲佛地，不在乎生灵涂炭，甚至不在乎自身修为与生死，他只想彻底解开多年来的疑惑。除了江离，没有人能帮他。

忽然间，他的身形顿住，神情僵住，甚至还带着震惊。他缓缓低头，一只手穿透了他的身体，准确无误地擒住了他的心脏。血从身体里喷溅出来，他甚至抓不住禅杖，禅杖从松开的手里直直掉落。

这只手从他身体里抽出，整个过程不过眨眼工夫。他口中吐血，身躯像刚才的禅杖一般，转眼被莲花池中的黑浪吞没，沉浮两下，不见踪影。

长明击碎十六金刚冤魂所生的黑莲浪潮，从结界中走出，便看见云未思血淋淋的双手。

察觉到被注视，云未思抬起头，冲着他展颜一笑。这一笑，让长明头皮发麻，身躯微震。眼前之人，哪里还是云未思，分明是个魔气滔天的妖孽！

他张了张口，不知道要说什么，因为云未思显然已经听不进他的任何话了，举步向他走来。

长明并指捏诀，心中纵有万千波澜，终隐于平静之下。

"剑来。"

第十六章

死劫难逃

章节不记得他已狂奔了多久。他明明是按照贺惜云的吩咐，安安分分待在一个小院子里，以备不时之需。长明他们则通过阵法前往万莲佛地，临走之前，许静仙还将一个双腿残疾的瘸子安置在他这里。那瘸子也不与他说话，整天什么事都不干，就待在杂物房里守着个破旧的小炼丹炉，也不知道在鼓捣什么。

章节穷极无聊，不得不静下心来思索过去所学，整日里打坐静修，倒也有些收获。但他从未想过，变故并非始于万莲佛地，而是来自幽都。

一夕之间，风云突变，妖魔肆虐。孤魂野鬼倾巢而出，在幽都上空呼啸盘旋，形成庞大黑焰，肆意杀戮，为所欲为。恶鬼吞噬活人，妖魔则趁机灌注魔气，附身其上，招摇过市，再狩猎下一个受害者。

满城之内，哭声不绝于耳，章节有种错觉，他从人间来到了地狱。小院子起初有阵法结界护持，还算安全，后来那些恶鬼不知怎的撕裂了结界突破进来。修士的气息对他们来说尤为香甜，恶鬼前仆后继涌入，想要将两人撕成碎片。

瘸子方岁寒在见血宗受了伤，战斗力减半，等同寻常人，只剩下章节一人单打独斗。章节的修为放在平日还够用，但以寡敌众，尤其是当黑焰般的恶鬼源源不断涌来时，他就难以支撑，不得不拖着瘸子步步后退。

费尽力气逃出宅子，两人仓皇奔向城外，可惜还未出城就被恶鬼围住，前后夹击，想跑也跑不了。唯一的办法，就是拼死抵抗，杀出一条血路。

他无数次抱怨瘸子没用，絮叨不休，瘸子也让他将自己扔下，但章节最终还是没把人丢下。他说服自己，这是因为许静仙等人回来看见瘸子死了，要找他算账，他

可不想得罪那几个人。

"我跑不动了！"方岁寒道。

他脚伤未愈，前些日子甚至无法行走，最近才好了些。许静仙带着他原是看在那几颗救命丹药的分上，想从方岁寒身上再多捞点好处，估计也没想到堂堂见血宗观海峰峰主，居然会沉迷炼丹沉迷到荒废修为。难怪见血宗变天那日，他竟会差点丧命。

"我背不了你！跑不动也得跑！"章节挥剑斩去一只恶鬼，差点崩溃。

"死就死吧，十八年后又是一条好汉！"方岁寒破罐子破摔，他脸色煞白，半瘫在地上，出气多进气少，用不着恶鬼扑上来，他就快不行了。

远远的，灵力的剧烈波动传到他们这里来，地面微微震颤，似乎有人在斗法。

有斗法就说明有两方势力，说不定有可以投靠的盟友！章节眼睛一亮，求生欲陡升，回头再看方岁寒一副死样子，咬咬牙。

"我背你，快上来！"

方岁寒磨磨蹭蹭上了他的背，两人一路斩杀，亡命奔逃到皇城前面的空地，便见遮天蔽日的黑焰笼罩在皇城上空，血气弥漫，几欲压塌皇城一般。黑云之下，许静仙、何青墨、鬼王等人都在那里，还有生面孔的散修，以及一些侥幸逃生，赶来避难的寻常百姓。万千恶灵凶魂环绕着他们，急欲撕开一个裂口。

章节和方岁寒看傻眼了，他们觉得自己不是赶过来求救的，而是过来自投罗网的。身后黑焰来势汹汹，又与前面的恶鬼合流，将两人当成餐前甜点，张口欲噬！

"紫气东来，剑意诛邪！"

章节大喝一声，剑光骤然大盛，挡在两人身前，勉力维持。这是本门高阶剑术，他平日里口诀背得多，却还未尝试过。此刻性命遭遇威胁，顾不上那么多了，想也不想就用出来，没想到还真成功了。还没等他高兴片刻，那剑光忽明忽暗，过了一会儿，居然掉转头朝他们而来！

章节面色大变，背着方岁寒就往许静仙的方向奔去。

"救命啊！！！"

令狐幽是鬼王，那是因为他是鬼修中最强者，能御鬼于千里，寻常鬼魂见了他都要俯首称臣。而现在号令这群厉鬼的前提是，他的力量要凌驾于这些凶灵之上。

眼下黑焰势大，咄咄逼人，大有将他们所有人吞噬于此，彻底将幽都变为鬼域的架势。在此等威压之下，令狐幽很难发挥出优势，甚至就连从前收服的鬼灵也隐隐有噬主迹象，换而言之，过去御鬼所能达到的巨大力量，此刻已剩下不到十之一二。鬼王手中的敛鬼幡猎猎翻飞，里面的恶鬼与外面的遥相呼应，呼的一下从幡中蹿出，却不是扑向对面，而是朝令狐幽咬来！

他挥袖斩去，气劲之下，恶鬼粉碎，却又有更多的扑上前来。它们忽然发现令狐幽这样强大的鬼修，对恶鬼来说正是最对味的猎物，远胜于活人。令狐幽一下成了众鬼的目标，不断有百姓和修士下意识离他远些，以免被波及。令狐幽面色苍白冷峻，似乎对此毫无反应，他身处一波波汹涌扑来的黑焰恶灵之中，手起手落，仿若机械的习惯动作。

许多年以来，他一直生活在黑暗中，从未奢求过光明，也不需要光明。一条路，一个人走，就已足够。袍袖被黑焰咬住不放，竟还想卷上他的衣裳，进而舔上衣裳下的身躯！

下一刻，黑焰被剑光斩断，一人狠狠撞上他的后背，将令狐幽撞得往前一步。

"别分神，你杀前面，后面我来！"

何青墨气急败坏的声音传来，带着血气。整整一晚上的厮杀，早已耗尽他的气力，包括他在内的所有人，全凭一股心气在支撑。令狐幽没想到的是，何青墨竟会在这个时候过来救自己。

"你……"

"你什么你，你死了我们也活不了多久，专心点！"

说话间，何青墨又挥剑斩下几只恶鬼。

令狐幽成为鬼修之后，就没体会过温度是什么样的，他摸什么都是冰冷的，人间热气腾腾的食物，吃到他嘴里也是一片冰冷。唯独此刻，他竟能感觉后背隐隐有些发烫，是久违的令人怀念的温度。

云未思忽然想起一件事。先前圣觉被他打败落下万丈悬崖，被冰柱穿心而死时，面上毫无恐慌，甚至向他投来意味深长的眼神。云未思还曾琢磨过，那个眼神究竟是什么意思，现在他已经明白答案了。

圣觉以自己的性命为赌注，给他种下一道禁制。平日里这道禁制不为人所察觉，也不会对修为有什么影响，但当他触动魔心，禁制就会助力魔心，引诱他彻底成魔。

也许从他进入九重渊，与妖魔日夜缠斗，被魔气入体开始，这个结局就已经注定了。这正是敌人想看见的结果，走到今日，这步棋终于开始发挥它应有的作用。但此刻云未思已经无所谓了，入魔也好，修道也罢，如果不能随心所欲，又有何用？

他的内心无波无澜，然后朝九方长明伸出带着血迹的手。

"周可以的神魂，给我。"

长明看着他，他也望着长明。四目相对，长明在对方眼中看见疯狂与偏激，唯独没有往日的冷静。

"你还记得我叫什么吗？"他问云未思。

手指微微一动，黏腻腥膻，云未思却毫不在意。

"你以为我失忆了吗？"云未思微微一笑，"我现在很清醒，师尊。"

"我记得我从小到大的每一件事，包括如何被仇家追杀，一路逃到玉皇观，求你收徒，在风雨里跪了很久。这些我都记得。"

记忆甚至比以往更为清晰，他甚至记得当时自己跪着的那块青石板上的纹路，记得雨水冲刷过后的树叶落在他面前，而他的心情就像那片叶子，无根无源，不知今日如何，明日又会怎样，家国已经离他远去，唯有眼前的玉皇观是他仅存的依靠。

如果当时九方长明不肯收留，他只能血洒当场，成为千万个亡魂中的一个。在他自己看来惊心动魄的经历，放大到整个天下，又是如此微不足道。

"我还记得，有一年冬至夜，我亲手包了饺子端去给你。你说玉皇观冬至素来是喝羊肉汤的，不过你还是将那盘饺子吃了，一边吃，一边嫌弃我包得不好，有些破了皮，肉馅掉出来，坏了整碗汤。"

他望着长明，眼中不掩杀机，却也清醒无比。胸腔里的心还在剧烈跳动，所有的记忆他都不曾遗忘，只是不想再隐忍。

就像现在，他已对清心寡欲和静心修道没有任何兴趣，唯一的执念被无限放大，他势必要做到，才能消了心头那把火。否则火势愈演愈烈，只会将他自己焚烧殆尽。

"我记得。"长明缓缓开口。

"不只饺子，第二年你也做了羊肉汤，只不过厨艺平平，那羊肉弄得太韧，根本嚼不烂，还带腥，我是捏着鼻子才喝下去的。"

长明试图用轻松的语气唤回些许旧日温情，但令他失望了，云未思就像在听旁人的过往，眼中浓郁的血色化不开分毫。若是长时间盯着，容易令人心神涣散，被扯入那波涛汹涌的血海中。

"周可以肉身虽灭，神魂还在，犹有一线生机，你想连这一线生机都剥夺吗？"

云未思神情漠然："周可以杀孽过重，从前炼化炉鼎时不也杀人如麻，与魔无异。有今日下场，不过是他在偿还前面的罪孽罢了。修道者讲因果，一饮一啄，皆有前定，这是你从前对我讲的，如今对他倒是宽容得很。"

长明："他罪孽深重，已受尽折磨而死，余下一抹残魂即便得以保存，也需细心呵护得遇机缘才能存活。杀与不杀，其实没有区别。我不希望你手上沾了他的因果，这个理由可足够？"

云未思盯着他片刻，若有所思，须臾之后，冷冷一笑。

"周可以的神魂，和你自己的命，你选一个。"

长明受了伤，而且伤势不轻。这是刚才闯入万莲佛地一路杀过来留下的，不算致命，但他修为原本就到了瓶颈，加上从前种种旧伤，已接近能负荷的极限，危若累卵，此时只需一只手便能将他推向万丈深渊。他不知道云未思有没有看出来。

此时两人的对话，也是一场博弈。以心为棋，揣摩对手。

"若我都不想选呢？"他反问道。

云未思眸色一暗，眼底掀起滔天巨浪，一只手陡然朝他伸过来。一步千里，瞬间到了眼前！

长明倏地后撤，身体往后飘飞，似早有准备，恰好避开了对方的攻势。

云未思不依不饶，身形跃起，展开的黑袍宛若遮天羽翼，将长明的视线彻底挡住。黑焰在莲花池中翻腾，焰火不时卷向两人脚面，企图乘虚而入。

长明发现云未思入魔之后，出招风格也有了许多变化。从前法诀剑诀虽影响手法，但万变不离其宗，总归还在道门范畴之内，春朝剑剑招变来变去，也脱不开他从前在玉皇观学习的影子，如今却全然不同了，他甚至没有召出春朝剑。周身魔气似乎能察觉主人心意，化为狰狞鬼脸张开大口朝长明咬来，其余魔气则分作四股将其围住，来势汹汹，贪婪得想将他一招吞下。

长明挥袖，灵力澎湃而去，将魔气阻住。

"剑来。"

四非剑应声而来，剑光夺目，如巨浪穿空，激滟光彩，不可直视。他早年携四非剑走遍天下，如今历劫归来，心中意念更上一层，早已达到无须剑诀便可与四非剑心意相通的地步。剑随心动，骤然分出无数剑影，像一把巨大的扇子哗地打开，穿透魔气，疾射向对方。

剑气凛然，杀意凛然，这一去，竟不留半分余地。

"你要杀我？"云未思问道，他没有张嘴说话，这句话是通过神识传达的。

长明只觉这声音如擂鼓，重重撞在他的识海中！他勉强吞下喉间的甜腥，眼看云未思伸手抓了过来，他的身形陡然消失在原地。

云未思冷笑一声，蓦然回头！九方长明果然在他身后！不过是故技重施罢了！魔气感应到主人的愤怒，轰然炸开，狂啸着奔涌过来。

既然他宁可抱着周可以的神魂一起死，那就死吧！云未思心想。他旁观魔气突破长明的结界，眼看就要钻入其七窍，将躯体撕碎，忽然一丝警觉从心头升起！他说不上这丝警觉从何而来，只是长久以来习惯了危险的身体的一种本能反应，警示他巨大的危险即将来临。难道这一丝危险来自九方长明？

他下意识收敛魔气，但已来不及了，部分魔气直接冲入对方胸口，将九方长明直接冲得往后飞去！与此同时，一股巨大的威压在头顶上方出现！

云未思抬头，只来得及看见一片金光灿烂，依稀有只佛手从天而降，沉沉压下！魔气在这样的威压之下，很快被碾为齑粉。白光插了进来，挡在云未思与金光之间！

千钧一发之际，九方长明居然折返，将云未思推开，以身与金光相抗衡！

剑光被寸寸吞噬，之前已将绝大部分灵力渡给云未思的四非剑终于抵挡不住，铮的一声，剑落入莲花池中！与剑一道跌落的，还有九方长明。

黑焰尖声狂啸，蜂拥而上，想要将九方长明吞噬，却被生生阻住！

被佛手重创的九方长明居然还能在莲花池中保持神志，四非剑在他手中微微发光，剑气凌厉，无数亡魂被剑光粉碎，从此灰飞烟灭，不复存在。但已被欲望日夜浸染的恶鬼亡灵们早已失去恐惧的滋味，它们难得看见修为如此强大、气味如此甜美的猎物，依旧前仆后继，不知疲惫。

云未思居高临下，冷眼旁观。他看见九方长明的手渐渐变得迟缓，嘴角见红，眼角也有血迹，显然力有不逮。灰白的发尾在黑焰中飞扬狂舞，宛若流星划过长夜，令人着迷又唏嘘。

四非剑与九方长明已然一体，当先挡在主人身前冲锋陷阵，这是四非剑对长明的忠诚，剑已成灵，如有心意。大部分修士都有属于自己的神兵，一般会伴随终生，有些是师长的馈赠，有些则是从他人手中获得的。神器法宝同样有灵，不可轻忽怠慢，许多人终其一生都在与自己的神兵法宝磨合，未必能达到随心所欲的境界。

但四非剑不同，它是长明穷尽四方打造出来的，从它诞生的那一刻，就注定只认一个主人。即使后来落入云未思手里，云未思也可以驱遣它，那是四非剑感应到两人之间的牵绊——云未思的修为都来自玉皇观，与九方长明一脉相承。更确切地说，他的修为早就打上了九方长明的烙印。

此刻，这件忠贞不贰的神兵濒临绝境，它已竭尽全力，却仍无法挽救主人于水火，只能挡在主人身前，以最后的生命发出最为耀眼的剑光，将周身一切黑焰荡平。随后，剑身碎为点点星光，消失在长明手中。

但危机并未因此终结，头顶金色威压顷刻逼近，一人在云间若隐若现，周身金光环绕，天乐齐奏，与神明降临无异。若有善男信女在此，必然毫不犹豫跪下磕头，祈求保佑。

云未思眯起眼，发现那人乍看很像万莲佛地大雄宝殿里的那尊佛像，但金身佛像上竟是方才经死去的春迟的脸。他面容慈悲，看着云未思，宛若看着迷途不返的无知孩童。

装神弄鬼！云未思冷冷一笑，舍了九方长明，将注意力都放在春迟身上。堂堂万莲佛地佛首方才那样轻易战死本就蹊跷，似如今这般死而复生，反倒似更合理。

云未思袍袖微张，魔气排山倒海涌向对方！他入魔之后，体内另一股力量冲破封印已久的禁锢，如出笼猛虎，再无禁制。云未思能感觉自己的力量甚至比原来还要强大，已经达到随心所欲的地步，他也很清楚，这股力量带来的并非无穷

尽的强大，而是毫无挟制的深渊，一旦他力有不逮，非但控制不住这股力量，还会被其反噬。

但云未思既然选择入魔，就已不在乎这些细枝末节。此时的他实力修为深不可测，魔气在半空中化为猛虎头颅，咆哮着张口欲噬！

面对山呼海啸般的魔气，春迟不愿与他正面交锋，抬手一点，金光化为屏障稍挡片刻，他选择避其锋芒，身体化实为虚，让魔气扑了个空。

"云首尊，你的敌人不该是我。"春迟的声音很柔和，柔和到听不出半点敌意，"你的心愿，我可助你达成。"

须臾，金光在莲花池上大盛，春迟竟将手伸向被困其中的九方长明。从头到尾，他的目标就不是云未思，而是九方长明！

"一念为佛，一念成魔，你的心思，我已知晓，你想杀的人，我为你杀。"

春迟嘴角含笑，金光朦胧中，身后隐有光轮，与神佛无异。

"众生皆苦，就让我来为你解决修道路上的魔障吧。"

长明已是强弩之末。也不知这些年万莲佛地到底收揽了多少魂魄在此，日夜以怨气滋养，令浑浑噩噩的无知魂魄逐渐化为难缠厉鬼，彼此在莲花池中互相厮杀，最终能够存活下来的，必然是恶灵中的佼佼者。这些恶灵方才被四非剑清扫了大半，还有一些残余下来，长明光是对付它们已是费劲，旁边还有个成魔的云未思虎视眈眈。

现在又冒出个春迟。金光袭来时，春风拂面，若美人柔荑，如柳叶过水，但长明只觉后背一阵剧痛，想必是金光佛印突破了他的灵力结界。

旁边的云未思明明有机会出手，却没有动。魔气早已侵蚀他的神志，让他变成另外一个人。又或许，他从来没有变过，只是从前的云未思有道心压制，如今抛弃道心，走上了另外一条路。

长明微微苦笑，看来，今日难逃死劫了。他从未像此刻这样对死亡有清晰的认知，哪怕当年在万神山，混乱中几大宗师大打出手，阵毁人亡，他差点魂飞魄散，他也能将身前事安排妥当，将死亡当作修道途中的另一场冒险。但现在，他真切地看见幽冥之路已在面前打开，而他一只脚已经迈了上去。

血从嘴角与眼角淌下，混杂着不知何时落下的雨水，滑向发尾。灰白与猩红交织在一起，形成近乎绮丽的粉色。莲花池的黑水慢慢退去，他半跪在池中，以本能维持着脊梁的挺直。与身体剧痛形成鲜明对比的是，他的表情始终漠然，并未流露出半分痛楚。

春迟微微皱眉。云未思还没有出手，正如万剑仙宗宗主所说的那样，云未思入魔之后，反倒成了他的助力。而只需要他再出一掌，曾经的天下第一人——九方

长明就能变成这莲花池中的一缕新魂，只不过这缕新魂将会被炼为六合烛天阵的一部分。

一切似乎如同预料，未曾偏离轨迹，但他仍旧有种不妙的预感。这种感觉一闪而逝，快得让他捕捉不住。春迟决定先发制人，九方长明一死，诸事就此已定，任谁也无法再力挽狂澜。

就在这时，春迟陡然感觉到一丝危险！不是来自云未思，而是在另一个方向！

他想也不想，当即放弃九方长明，手结法印，抵向来处。一点白光骤现，劈开虚空混沌，直指春迟而来！那白光顷刻便至，竟是个硕大卍字，会在此地用佛门法术攻击的，只有一个人。

孙不苦！

皇城前万莲八圣合力的围攻，本是有去无回之局，谁能料想他竟能在绝境中杀出生路。琉璃金珠杖之下，一切伪佛邪魔尽数伏诛，恶灵妖孽无处可逃，竞相哀号求救！

春迟面色不变，口念虚天藏法咒，捏法诀引天龙，八道金光从天而降，化为八条金龙，一条盘踞其周身护法，另七条则从云随风掠向孙不苦。

"万法无法，我即是法！"

孙不苦大笑，跃至半空，琉璃金珠杖挥向金龙，毫不胆怯。

"你多年来吸纳善信信仰之力化为己用，炼化恶鬼凶邪，如今居然还以虚天藏佛尊自居，妄称是佛尊再世。今日不如就让我来会会你，看看万莲佛地这个佛门大宗，究竟藏污纳垢到了什么地步！"

春迟呼吸一滞，他万万没想到孙不苦竟能以笑声化解自己的法诀。再看孙不苦慈眉善目，俯瞰众生，身后隐隐有金身浮现，像极了他日日夜夜在佛殿中跪拜的那个人。

不，绝不可能！世间本无神佛，虚天藏佛尊早就坐化了，哪里还会有元神降临襄助，这必是幻象！

"万法从源，我以佛身，度化众生，终得其法！"

双手结印拍出，卍字金光灿灿如有实质，重重击向孙不苦。

孙不苦还未出手，身后的金身虚影却出手了，抬袖轻挥，金色卍字粉碎四散。

春迟面露震惊之色。那虚影长眉敛目，看不出分毫表情，但春迟分明能感觉到他的一举一动无可遁形，都在对方的掌控之内。金龙与孙不苦缠斗起来，但双方优劣一望即知，孙不苦游刃有余，金龙虽威猛有余，金身却在一点点被削弱。

"我能从万莲八圣手中逃脱，你觉得很奇怪吗？"

孙不苦的声音在春迟耳边响起。

"因为我发现，你们所有人的法力都来自万莲佛地日日夜夜吸纳的信仰之力，这些信仰中夹杂着恶鬼凶灵的力量，也有人性复杂的欲望，以此为生，以此为食，彼

此相互依存，牵一发而动全身。所以我根本不必试图去打败他们，只要暂时将他们压制，直接过来杀了你，一切就会迎刃而解！"

他高高跃起，琉璃金珠杖凌空一点！

春迟面前无数幻象凭空而生，他甚至看见虚天藏佛尊冲他冷冷一笑。

"以佛自居，欺瞒世人，凌虐生灵，炼化妖魂，春迟，你该为这些年的罪孽付出代价了！"

孙不苦与春迟这一战，堪称百年少有，但这一切似乎与云未思无关。他落入莲花池，些许恶灵遇上他的魔焰，随即惊号退却，不敢再上前。云未思一步步往前走，那人坐在地上，微垂着头，一动不动，看不清面容，也看不清生死。

云未思捏起他的下巴，长明呼吸微弱，睫毛微颤，睁开眼，从眼缝里看他。

"你还有多久才死？"云未思问。

长明不答。

云未思也没指望他回答，直接上手搜身。他将人揽在怀里，手伸入衣裳下，动作暧昧。长明孱弱，倚靠着他，也不加反抗，在旁人看来，绝想不到两人的真实境况。

"你希望我亲手结束你的痛苦吗？"云未思轻声道，貌似温柔。

长明依旧没有出声，他委实没有力气说话了，长发披散下来遮住半张脸，露出的半张脸苍白不见血色，仿佛下一刻就要沉沉昏睡。长明突然微微一动，抬起头看他。四目相对，彼此都能望入对方眼底最深处。那里云雾缭绕，已然无法一眼看透。

云未思觉得，他从来无法猜透这位师尊的所思所想。一开始长明是他绝境中唯一的希望，这份恩情督促着他日日夜夜努力，教会他不以天赋而骄矜，不以进步而自满，慢慢地变成仰慕。云未思曾经努力追赶，竭力跟上长明的步伐，希望终有一日能与长明并肩而行，携手在修行路上披荆斩棘，可他发现九方长明根本不会停下来看他一眼，对方眼里似乎装得下天地万物，却容不下他一人。

云未思还记得他在九重渊里的每一个日夜，面对浩瀚无边的彼岸星河，看着日月瞬移，星斗轮转，心如枯槁，无悲无喜。那时他以为九方长明已经死了，天上地下终不复现此人身影，而他为了兑现对九方长明的承诺，却依旧要守在九重渊里，不知何时才能解脱。这份折磨，眼前此人可知道？

九方长明永远也不会知道，他是如何染上魔气的。那些妖魔蜂拥而至，其中不乏修为强大者，有时候人数众多，连云未思也未必能抵挡。魔气窥见他的虚弱，乘机钻入他的四肢百骸，在经脉中游走，在识海中飘荡，以至于身体常常要承受无异于五马分尸的撕裂痛楚。时间一长，云海应运而生，夜晚的时候他可以得到片刻喘息，而白天他又继续践行诺言。

第十六章 死劫难逃

直到九方长明死而复生，云未思以为他也会跟着被救赎，但这些魔气不肯放过他，夜以继日地折磨他，叫嚣着让他早日抛却道心彻底入魔。哪怕长明用四非剑的灵力暂时压制住他体内的魔气，那也只是暂时的，他识海里的声音小了一些，却从未消失过。

现在，那些声音总算不见了，云未思能感觉到体内的魔气在欢呼，撺掇着他将眼前的人杀了，亲手斩断这道魔障。

"没有多少时间了。"

云未思突然说了一句很奇怪的话，不知道是指长明，还是指他自己。

"我最后问你一遍，你现在会选什么？"

长明缓缓道："我心如故，你呢？"

云未思笑了："亦然。"

长明："不得道心，何必长思。未思，你最大的毛病就是想得太多，从前如此，现在入了魔，依旧如此。既然如此，就让我来看看，入魔后的你到底比之前强了多少。"

云未思："现在的你，恐怕不配与我交手。你不肯交出周可以的神魂，那便与他一起死吧。"

他话音方落，春朝剑即在手中出现，利刃化为剑光，划向怀中人的脖颈！

云未思出手极快，没有留下一丝余地，宗师以下的修士根本无法挡住这一剑。至于长明，他眼下已如风中之烛，随时将熄，势必也很难接住。一瞬之后，他的头颅即使还未落地，脖颈也会豁出缺口，鲜血喷涌，灵力尽失，神仙难救。

但云未思感觉怀里蓦地空了，重量陡然消失不见，剑光过处并无人。与此同时，耳边响起长明的声音。

"森罗万象，不离其宗，道本无物，何事自扰，天地有知，草木怀意，来势无穷，横绝长空。"

是诗非诗，又仿佛法诀的偈语，化开云未思的第二道攻势。

举重若轻，飘若鸿毛。

云未思神色一凛，放下最后一点轻忽。明明长明已经濒死，居然还能暴发到这等地步，是回光返照，还是深不可测？

春迟睁大眼睛，他现在无暇关心云未思那边的战况，因为他发现，孙不苦居然已牢牢掌握了主动权。

万莲佛地经营数十年，吸纳信仰之力，逐渐培养出如今的庞然大物，而春迟坐拥所有资源，以百姓信仰、恶灵冤魂为养分，一步步提炼修为，自忖已能与当年的虚天藏佛尊不相上下，即便将力量分给万莲八圣等人使用，他也足以问鼎佛门，

凌驾众生之上。

当年六合烛天阵失败之后，宗师大拿折损过半，各大宗门始终维持着一种微妙平衡，春迟也需要为阵法寻找新的聚魂珠，没空干涉庆云禅院。若非如此，他绝不会放任对方与万莲佛地并称佛门二宗。但现在，多年来闭关修炼，不显山不露水的孙不苦居然一鸣惊人，甫一出现就切断春迟的生机，让他无处可走。

四面八方，对方皆无破绽；方寸微末，自己皆无出路。春迟头一回感到恐惧，并非因为孙不苦的修为高到让他恐惧，而是在对方身上，他感受到虚天藏佛尊的气息。

佛光当面袭来，落在他的头上。春迟周身的恶灵鬼魅之气被悉数涤荡一空，他感觉不到疼痛，身形已往后飘去。

世间修为的巅峰是什么？是虚天藏佛尊那样的肉身成佛，金身永葆，而神识却不在；还是万剑仙宗前宗主落梅真人那样的白日飞升，在众目睽睽之下登云骑鹤，成为万民景仰的传说？

在过去的许多年里，春迟一直在思索这个问题，直到万剑仙宗宗主江离告诉了他一个秘密，让他的猜测成为事实。春迟终于相信，世间并无神佛。所谓遥不可及的成仙成佛，从来都是修士们一厢情愿的美梦，与其将一生都押在上面，不如及时行乐，成为万圣之尊，享受人间香火。

但现在，看着虚天藏佛尊显形，赋予孙不苦金刚不坏之身打败了他，仿佛真佛亲自出手惩戒伪佛，春迟头一回对自己的信念产生了巨大怀疑。

"你告诉我——"

他拼尽全力，也要问一个答案。

"这世上，到底有无神佛？"

这世间，究竟有无神佛？

初入佛门，春迟曾经以为有。那时他日日虔诚念经，在佛堂里一坐就是一天，风雨无阻。许多新晋弟子无法做到如春迟一般坚定，滚滚红尘，诱惑太多，稍有不慎就会偏离初心。春迟出身富贵人家，从小到大一帆风顺，未经历挫折苦难。初入佛门时，他的资质不算最佳，师长也没有在他身上投注较多的注意力，但日复一日，他居然坚持下来了。

修禅需要耐得住寂寞。比起其他门派，佛门的修行更为枯燥乏味，打坐冥想，背诵佛经，晨钟暮鼓从未间断，有些人无法忍受枯燥离开了，有些人则因资质跟不上而渐渐掉队，而春迟不紧不慢，稳稳地一步步往前走。

慢慢地，他超过了同门，甚至超过了入门比他早的师兄们，天长日久，他的资历地位自然足以匹配他的修为。佛首是他的师尊，可以说在万莲佛地之内，他

一人之下万人之上，再也不需要看其他人的脸色。春迟的修为也在突飞猛进，一草一木，飞花落叶，都能成为他禅心的根源。那时的他比任何人都要相信佛门，可当信仰被摧毁的那一刻来临时，内心的大厦倾塌得也比任何人都要惨痛。

许多年前一个初夏，行将坐化的师尊归夜问他对天道领悟几何，春迟的回答中规中矩，随后归夜又问他，佛门中人修行一生何所求？春迟道，成仙成佛，度化众生。归夜摇摇头，说世间本无神佛，所谓白日飞升，立地成佛，都是彻头彻尾的谎言。春迟自然不信，古往今来，成仙的修士虽然寥寥无几，可也不是没有，正因天道艰难，更可淬炼修士心志，灵气历久弥坚。

归夜未多做解释，在那之后，他将佛首之位传给春迟，嘱咐他光大佛门，却未再向他提过此事。这次交谈却在春迟心中生根发芽，他翻阅无数典籍，寻找大宗师继续修行得道的佐证，却只能得到一些似是而非的传说。那些被世人传颂的神佛故事被修饰美化，看不出原本的真实面目。

万莲佛地上一个离成佛最近的大宗师是归夜的师尊，也就是春迟的师祖，据说师祖当年是在参悟虚天藏佛尊成佛契机时走火入魔的，离得天道只有一线距离。他狂笑三日三夜之后，七窍流血而亡，这并不光彩，万莲佛地对外只说是坐化，却从不提及原因。

春迟甚至不敢再继续追查下去，他怕越查，就越接近让他难以接受的真相，到那时，修士毕生追求的终极目标都荡然无存，那他踏上修炼道路的意义也不复存在。直到那一天，万剑仙宗宗主江离将一个秘密告诉春迟。江离说，他的师尊落梅真人根本不是突破人间极限，羽化登仙而去的，而是发现了大宗师之后根本无从突破，神魂久离躯体，修为灵力与人间格格不入，最终魂飞魄散。

远至上古众神，近至宗师大拿，所谓突破人间去往极乐世界的说法竟如此荒谬。人间之上，既非神佛之界，也非更高一层的修炼境界，而是无边无际的永恒的死亡。

而落梅真人选择重新将神魂强行降入人间，让徒弟知道这个秘密。春迟震惊的同时也感到茫然，既然飞升之后，等待他们的不是新生，而是彻底的消亡，那么修士汲汲苦修的意义又在何处？

他最终选择答应江离，与之合作。他抱着最后一丝希望，想看看妖魔肆虐，人间将亡，那些隐匿在不知名处的神佛还会不会袖手旁观？他想知道，若世间没有神佛，被妖魔所占据的天地又会是怎生模样？

人汲取天地精华灵气而生，却依旧被各种欲望主宰，为了一点蝇头小利自相残杀，不死不休，即便修士也不例外，杀人夺宝从未少过，说不定绝境之处反而是新生。但现在，孙不苦身后出现的金身虚像，又做何解释？难不成佛门二宗之中，庆云禅院才是得佛尊青眼的那个？

春迟一生苦苦追求的信仰曾经崩塌，如今又重现希望，可他竟未因此感到高兴，哪怕身死魂消，也想得到一个答案。哪怕灵力受损，身躯被重创，他仍旧死死盯住孙不苦。

孙不苦稳稳落地，持杖大步流星朝他走来。

春迟很清楚，他大势已去，此地恶灵方才被九方长明扫荡大半，四非剑毕竟是绝世神器，更何况剑器以己为祭，驱除诸邪，莲花池多年的经营毁于一旦，已经无法为他提供更多力量。

"世间本无神佛，唯心向神佛，便是神佛。"

孙不苦居高临下，琉璃金珠杖高高举起，身后虚天藏金身也跟着慈悲俯瞰，仿佛无声告诉春迟，孙不苦方才是神佛选中的宠儿，而他春迟，不过是妄称佛名，侮辱佛门的败类罢了。

"春迟，你着相了。"

孙不苦的声音在他耳边响起。春迟摇摇头，这个答案并不能令他满意。有，或者没有，他只想得到这样的答复。但他无法再追问了，他一张口，血就源源不断从嘴里冒出。不只是嘴巴，还有眼睛，耳朵，他的视线逐渐被血挡住，浑身感觉不到痛苦，灵力却在飞速流失。

是莲花池内残余的恶灵……昔日为他所用的养分，在发现他的虚弱之后，竟纷纷反扑，急于汲取他的灵力化为己用。春迟被孙不苦的佛光所压制，再想挣扎已是来不及，身体被黑焰缠上，以肉眼可见的速度枯萎，魂飞魄散。

堂堂万莲佛地一派宗师，竟落得如斯田地，委实令人唱叹。但孙不苦没空在春迟身上浪费一丁点时间，他随即抢起禅杖，跃向另外一边。

九方长明与云未思的交手正到了如火如荼的阶段。昔日师徒，如今已成生死之敌，云未思面色淡然，下手却毫不留情，似乎又回到当日两人重逢之时，他一心一意，只存了对九方长明的杀念。

反观长明，虽然看似游刃有余，可以他的修为资历，未攻反守，就是处于下风了。唯有无暇进攻之人，才只能选择防守。

他手中已无四非剑，赤手空拳，云未思手中却有春朝剑。其实春朝剑之于他，如今只是锦上添花的物件，他周身呼啸着澎湃的魔焰，才是他最为妥帖的武器，心念所指，魔焰所噬，比春朝剑更加听话。

长明又一次踉跄后退，这已经是他第二次被魔焰拍中胸口，魔气乘机扑面而来，瞬间掠向面门，冲击识海。一口血涌上喉头，他想咽下去，却呛住了，最后仍是吐了出来。

衣裳早就血迹斑斑，不差这一口血，束髻玉簪不知去向，长发凌乱披散，无一不彰显着主人此刻的狼狈。长明固然看上去还能再战，但云未思很清楚，眼前此人只剩最后一口气撑着，现在丢一根稻草过去，他就会被压垮。

云未思曾经为了长明不惜生命，这时候却没有半分心软，他抬起手，周身黑焰若有所觉，瞬间涌向对方，轰的一下，炸出浓烈的黑色花朵，邪恶之极，却也绚烂之极。

这些黑焰，但凡有一星半点沾上长明的袍袖，就会顺着衣裳卷向他的身体，再侵入皮肉骨髓，与方才原本就已经侵蚀入体的魔气相呼应，将他整个人燃烧殆尽！

云未思的手指微微一颤，下一刻，黑焰呼啸而出！

罡风袭来，金光吞噬黑焰，云未思面色一动，飘然后退。

孙不苦落在二人中间，禅杖顿地，宛若明王佛尊。可惜他生来面容俊美，便是不笑时也如似笑非笑，身形笔直，面容却更似佛经中蛊惑人心的天魔。

"你欲杀他，可曾问过我？"

云未思面无表情："你早已叛出师门，何必多管闲事？"

孙不苦微微一笑："岂不闻一日为师，终生为父。"

云未思："我记得九方长明离开佛门时，你也追杀过他。"

孙不苦："那时我还未领悟佛门真谛，如那春迟一般，心有执念。现在的我已非昨日之我，对师尊自然也一如从前尊重。"

云未思："这么说，你是要保他？"

孙不苦："是。"

云未思眯起眼。孙不苦此时正是巅峰状态，身后金光虚像一直未消，而云未思魔心初成，无法保证在打败孙不苦的同时还能杀了他身后的人。

"今日便暂且将你的命多留几日，我以后再来取。"

他淡淡道，后退两步，转身没入滔天黑焰之中。随着云未思离去，黑焰也跟着一点点消散。

第十七章

迷雾渐散

何青墨眨了眨眼,汗水随着他的睫毛滑下,从眼角到颊边,像很快会被蒸发的泪水。实际上他已经无数次这样浑身湿透了,能感觉到后背的衣裳贴着皮肉,这令爱洁净的他无比难受。换作平日,他早就冲去沐浴十遍八遍了,非把肌肤每一寸都保持洁净不可。修士中热爱洁净的人不在少数,而此时这纯粹是何青墨在危难关头忽然冒出的一些不合时宜的念头,类似于人临死前总会天马行空地想些与生死无关的杂七杂八的事情。

眼前,的的确确已到了生死关头。几乎整个幽都的幸存者都聚集到皇城面前的广场,人越来越多,被吸引过来的鬼火也铺天盖地,抬眼几乎看不见夜空,仿佛它们才是这里真正的天。

人越多,并非意味着越安全,这其中大部分是普通百姓,只有小部分是修士。在恶灵面前,百姓无异于手无缚鸡之力的猎物。而这些修士大多是路过幽都,来参加中元法会看热闹的,本身修为也不算太高,无论如何也想不到竟会遇上如此生死大劫。

贴着何青墨后背的是鬼王令狐幽。他的身体如生铁般又冷又硬,贴着汗湿的衣裳,令何青墨异常难受。但他没有挪动一下,因为他能感觉到,压在后背的力量越来越大。这意味着鬼王的灵力也在大量消耗,面对这些被万莲佛地豢养多年,饥肠辘辘的鬼魅恶灵,饶是令狐幽,也渐渐力有不逮。

敛鬼幡在风中膨胀变大,几乎可以遮住大部分人的头,为他们挡下大部分鬼魅的进攻,但结界之外,呼号声越盛,敛鬼幡振幅越大,随时都有可能撕裂。

许静仙没了法宝,只能凭借赤手空拳,终究是有些吃亏。何青墨资质不低,但

迷雾渐散

他平日里将精力放在研究阵法上，反倒疏忽了修炼，此时也抵挡不了多久。

至于贺惜云和章节，此二人修为与在场大部分修士差不多，雪中送炭就不必奢望了，顶多只能勉强自保。若敛鬼幡一破，鬼焰破界而入，他们也将和普通百姓一般坐以待毙。

一切希望，系于鬼王身上。放在几年前，何青墨绝对想象不到他会与鬼王这样的人物并肩作战，托付生死。神霄仙府自诩名门正宗，何青墨骨子里也有那么一股傲气，等闲修士不入其眼，就算入了眼，他也不会主动结交，只会默默观察对方，企图找出对方的缺点，以此判断是否能将其归为朋友之列。是以他离开师门以来，虽走过的地方不少，朋友却始终寥寥无几，甚至连几个同门师弟也受不了他的孤僻，寻个借口先后溜了。

与九方长明、许静仙、令狐幽几人在一起的这几天，算是他下山以来最平和的日子了，以至于此时此刻的他竟生出一种错觉，如果今日能逃过此劫，说不定回去他们还能把酒言欢，共叙情谊。但这种一闪而逝的感觉很快就被后背突然加大的力量打断！

何青墨感觉自己背上似乎突然加了千钧之力，压得他一时支撑不住，差点佝偻着向前跌倒，连忙稳住下盘死死抵住。

"令狐幽？！"他惊诧扭头，感觉靠近他的鬼王右臂湿漉漉的，细看正往下淌血，地上已经积了一小摊。

原来鬼也是有血的？这个念头冒起，何青墨随即警醒，赶紧定了定神。

"你没事吧？"

"无妨。"

令狐幽的声音传来，依旧平静，但何青墨下意识感觉不对。鬼王虽为鬼修，但长久以来早就修出实体，不惧阳光，会流血自然也没什么奇怪，古怪的是以令狐幽的修为，能令他受伤至此，可见情势极为不妙。

思忖之间，劲风呼啸而来，何青墨抬起头，便见敛鬼幡猎猎鼓动，被撑到了极致，撕拉一下突然破开，黑色鬼焰立时从裂口处涌入，朝他们当头扑下！

众人大惊失色。来不及多想，何青墨强忍胸腔的剧痛，口念剑诀，剑光一道道斩出去。

"神存三清，心定五气，紫玄介剑，行立乾坤，敕！"

神霄仙府的神兵毕竟不凡，配合何青墨本身的灵力，勉强能护住身体。旁人就没这么幸运了，惨叫声接二连三响起，不少人被鬼焰冲倒在地。那些鬼焰遇弱则强，碰到人便疯狂扑上去，不过片刻，那些人便只留下一具干瘪尸身。

人群之中，尖叫求救声此起彼伏，许多人慌乱之下往外逃窜，四散的人群犹如奔逃的肥羊，被咬上就无力回天，倒在地上激烈挣扎，最终成为恶鬼的美食。

何青墨的心一点点往下沉，身体也开始支撑不住了。握剑的手酸麻不已，却不敢轻易松开，因为一旦松开，等待他的就是疯狂反扑，而他一倒下，令狐幽的后背立时空虚，会跟着遭殃。

眼皮越来越沉重，何青墨不知道他还能支撑多久。他只希望有人来打破这无边黑夜，赋予所有人重生的希望，哪怕微乎其微，也能激起无限战意，放手一搏。幼时听见那些四面楚歌的英雄人物在走投无路之下背水一战，以少胜多，以弱胜强，如今轮到自己，方才知道那是千难万难，几近于奇迹。

但，奇迹居然真的出现了。云边浮现金光，打破了黑沉沉的夜，也穿透了被鬼焰占据的上空。何青墨耳边出现了一个声音。

"闻音如佛，心存正法。"

声音虽然悦耳，却很陌生。他之前从未听过，只能由此判断出声之人修为极高，几乎与鬼王不相上下，也许还要更胜一筹。随着这一声，鬼焰倏地散开大半，却又号叫着被吸纳过去。拨云见日，黑云消散，一人手持禅杖，从远处走来。然后何青墨听见了另外一人的声音——

"万邪退避，浩气长存。"

是九方长明！

语调略微虚弱，却坚若磐石。金光开路，一只巨大的雄鹰从高空俯冲而下，破开大片鬼焰，将其悉数吞食入腹，而后呼啦一下化为黑灰，落在地上。这是九方长明的御物化神之术。

何青墨蓦地扭头——果不其然，在他们身后，则是九方长明的身影！

鬼焰如闻腥味，蓦地散开，分头拥向两人。这给了令狐幽他们喘息的机会，众人纷纷重新聚拢，那些四散逃窜的人也陆续奔逃回来。

敛鬼幡已破，鬼王索性将幡撕成碎片，扔向各处，幡落地变成黑色令旗，直挺挺立于地面。鬼焰顿时如入迷宫，原地缭绕。但他们的敌人不仅仅是眼前这些鬼焰魔气，还有万莲八圣。

方才孙不苦为了破阵，并未与八人纠缠至分出胜负，而是通过阵眼直接将自己传送到万莲佛地的核心，与春迟交手。如今春迟虽死，万莲佛地百足之虫死而不僵，八圣在外围八角镇守，操控鬼焰攻击众人。事已至此，幽都俨然修罗炼狱，万莲佛地也已毁了大半，对方必是抱着不死不休的决心，哪怕不能将他们杀光，也要同归于尽。

孙不苦手中的琉璃金珠杖极为耀眼，几乎成了黑暗中唯一一个夺目的存在。他挥舞禅杖，当先掠向黑焰最浓郁处，以金光破开暗色，毫无回旋的决绝之姿，风雷隐隐，大开大合，与这晦沉难辨的佛地鬼焰形成极为鲜明的对比。

众人先时被万莲佛地整得精疲力尽，如今看见孙不苦出手，顿时精神一振，大

有这才是佛门风范之感,再看在鬼焰中若隐若现的万莲八圣,简直如同妖邪一般。

九方长明则是另一种风格。他的御物化神已到出神入化之境,抬袖挥袍,黑风化为鸦雀万千,扑腾着飞向鬼焰,吃虫也似张口便啄。这些鸟雀能吃的鬼焰太少了,而且较为脆弱,被鬼焰一卷就扑棱着翅膀落地消失,但胜在数量庞大,很快形成一堵高墙,竟慢慢阻住鬼焰的攻势。

只见九方长明站在高墙最前方,背对他们,衣角袍袖狂舞,唯独身形不动如山,令人有种说不出的安心。众人见状缓缓松了一口气,虽还未能完全松懈下来,但至少压力被分担了大半。有大腿抱的感觉,真好。

许静仙却有些隐隐的忧虑。她跟着长明的时间不算短,从见血宗到九重渊,一路过来,她很清楚长明最初是个什么状态,病恹恹的,半分灵力也无。不知他身份时,也就是看在那张俊脸的分上,她才没有出手折腾他。后来在九重渊,长明虽然慢慢恢复了修为,但这么一路折腾下来,任他是大宗师,恐怕也扛不住。更何况万莲佛地妖魔鬼怪尽出,他们面对的敌人之强大前所未有,她虽不知长明与云未思在佛地核心经历了什么,但想也能想到,那必是一场恶战。

"前辈,你没事吧?"

许静仙一步步挪到长明身旁,悄声询问,刚近身就感觉不对劲。她闻见了血腥气,浓郁得化不开的血腥气从长明身上散发出来,不容错认。她赶紧出手,灵力在两人身前结成屏障,以免鬼焰冲破那些傀儡鸦雀幻化而成的高墙突围进来。

长明"嗯"了一声,听起来尚算平静。许静仙一时也看不出他身上哪里流血,只当没有大碍,松了一口气问道:"前辈看见宗主了吗?"

他们此行原是为了救周可以而来,对方以周可以为饵,想必不会轻易杀他。

"他死了。"

许静仙疑心自己听错了,愣了一下。她忍不住去看长明。夜色中对方的侧面有种冷冰冰的生硬光泽,疏离得如冰雪般,不可亲近冒犯。

许静仙有满腹疑问,却无法在此时问出口,因为眼前的局势容不得分心。只是她的心绪难免乱起来,一会儿是兔死狐悲的感慨,暗道见血宗自此没落,一会儿又想起那条无缘得见的鲛绡,竟是从周可以允诺开始,就没见过它的影子,恐怕此生也拿不到了。

识海杂乱,只听得耳边一声尖啸,竟有鬼焰撕开鸦雀之墙的缺口掠入,朝他们袭来!许静仙想也不想立即出手,但仍是慢了半步,那缺口一下被撕开老大一块,鬼焰越过他们头顶,直接扑向身后的人群!

令狐幽与其他人不同,他能听得见鬼语。在旁人耳中毫无意义的狂嚎乱啸,在

令狐幽听来，却是那些鬼魂在表达自己的心声——

这里，这里的魂魄更美味，他是修士！

我要吃了他，我要借尸还魂，我还想重新为人，我不想当鬼了，我好苦，我好苦！

你们通通该死！凭什么我这么痛苦，你们还能活着，你们也去死吧！

我好痛，浑身都好痛，谁来救救我！

……

这些语言癫狂混乱，充溢着各种各样的恶念与欲望。甚至还有鬼魅恶灵察知令狐幽内心，怂恿他投向他们的。

你明明是鬼修，为何要帮人？难不成你以为你帮了他们，他们就会感激你吗？人鬼殊途，他们永远不可能对你放下戒心！

快过来吧，我们才是同类！

你在犹豫？是因为你背后的那个人吗？他不过是因为要保住自己的性命，才虚与委蛇。一旦把我们毁灭，你也会被抛弃的，永远不要小看人心的恶！

他不过是在利用你！

杀了他！

我们可以给你更强大的力量，让你重新站在众鬼之巅！

杀了他！

这些声音一层层涤荡鬼王的识海，千方百计想要动摇他的心志。

何青墨敏锐地感觉身后人的震颤，只当是他受伤了，不由得分神微微侧首问道："你没事吧？"

令狐幽没有回答。他本来就是鬼修，那些鬼魂虽然胡言乱语，但有一句话没说错，人鬼殊途，即便他努力控制，神识也会情不自禁受到同类的牵引，只是他修为深厚，一时半会儿不至于乱了阵脚，要说完全没影响，也是不可能的。

何青墨却觉不妙，他忍不住扭头，却正好看见一波鬼焰涌来，而令狐幽依旧恍若未觉。说时迟那时快，何青墨来不及多想，下意识用身体猛地将人扑倒。

下一刻，鬼焰悉数撞在他的后背！何青墨一口血喷出，溅了身下人一头一脸。他昏昏沉沉，浑身没了气力，只觉被冰冷的手臂紧紧箍住，又被带得飞起来，身体跟着起起伏伏，颠簸得让他觉得恶心。鬼气入体，何青墨的身体逐渐冰冷下去，唇色也变得青灰。

鬼焰一击不成，狂啸着再度卷来，却见鬼王蓦地抬手，眼神一冷，插在各处的黑色令旗若有感应，同时飞起，化为流火射向黑焰，轰然爆开！鬼焰号叫着四散逃窜，开始脱离万莲八圣的掌控。

这是一个机会！

"万法无法，我即是法！"

"天道通神，日月其遵，敕令我出，九州莫违！"

长明和孙不苦同时出手。

许静仙从未听过长明口中所念的法诀，他念得极快，稍一分神就听不清。她直觉这个法诀的威力十分强大，从前竟没见九方长明或其他人用过。

念头刚起，就觉地面震颤，紫金色光芒在黑焰中炸开！夜空中有光点星星点点闪烁起来，很快连成一片，如陨石坠落，坠向人间，落在万莲八圣所在之处，彻底摧毁阵法。

金身佛像在孙不苦背后显相，那佛像嘴唇张合，仿佛与孙不苦同步念诵。金光越来越盛，众人忍不住以手遮眼，直到金光将黑焰彻底吞没，所有逃窜的恶灵悉数被消灭，化为光点，流散无影。

放眼望去，一片狼藉。

一场大战之后，许静仙灵力耗尽，外伤不少，所幸没受什么致命重创，毕竟她修为深厚又惜命。但其他人就没这么幸运了，何青墨倒在鬼王怀里不省人事，贺惜云等人也不知去向。她跟跟跄跄奔向长明的方向。长明原本直挺挺地站着，毫无征兆就往前倒去！

许静仙大吃一惊，待要伸手，却有人比她更快。孙不苦将人背起，瞥了她一眼。她顾不得其他，赶紧疾步跟上前，去看长明的情况。这一看，她不禁吓一大跳，原本灰白色只在发尾，现在竟往上蔓延了许多，接近一半头发都白了。

"孙院首，不知可否方便告知云道兄的情形？"

许静仙要了一个小小的心眼，她知道佛门不待见魔门，如果她直接询问周可以的情况，孙不苦未必愿意回答，但如果问云未思，也许能打开对方的话匣子，混个交情。

"他入魔了。"孙不苦果然痛快，只是说出来的话却令人震惊。

"是，走火入魔？"许静仙皱眉。

"魔气入体，已成半魔。"

"那九方前辈的伤？"

"是他所为。"

许静仙微微色变，心道九重渊两人反目一幕难道又要重演？可从云未思过往的言行来看，他对长明分明充满仰慕，而且他已逐渐恢复神志，与常人无异，如何说变就变了？

孙不苦似乎看出她的心思，三言两语便将当时惊心动魄的情景描述出来。

"周可以已死，一人想救，一人想杀，云未思因此成魔。"

许静仙问："云未思为何要杀周宗主？"

孙不苦微微叹息:"这是一个局。"

这是一个明知是死,却无法抗拒的局。所有人都在局中,兜兜转转。唯独有一人,愿意九死一生,去尝试破局,那人就是云未思。而用性命成全他成为破局之人的,是九方长明。

"我要走了。"云未思如是道。

无论长明用什么方式走过去,两人始终保持不远不近的距离。两人周身一片暗淡,半点星辉亦无,如亘古长夜,从未亮过。

"欲往何处?"长明问。

"去该去的地方。"

云未思站住,侧身,似看他,又似看向他身后不知名处。神色淡然,衣裳袍袖飘起来,仿佛独立于天地之外,游离于山海之间。

长明隐约知道他想干什么,到嘴边的话却怎么也说不出口,仿佛被无形禁制封住,只能吐出一句——

"我与你同往。"

云未思摇摇头,目光落在长明身上,带着些忧伤决绝。

记忆里的云未思从来没有出现过这样的神情,长明疑心自己在做梦,又不确定,抓心挠肝的,总觉得他像是遗忘了一个非常重要的秘密。

"你不能去。"云未思叹了口气,"师尊,我从未后悔过,哪怕魔心作祟,魔气入体,备受折磨,我也没有后悔过当日进入九重渊追查你的死因,追查六合烛天阵的真相。我原以为,你死而复生,从今往后我们还会有许多年,我可以……"

他的声音渐低,最终沉默,只微微笑了一下。

"算了,我要走了。师尊,愿你早日突破瓶颈,重登巅峰,斩尽诸邪,从心所欲。"

此话说完,他不再停留,转身离去。身影在暗色中渐行渐远,不复得见。

长明费尽全力,却仍旧无法迈出一步,他心中大急,下意识想召出四非剑,却怎么也召不出来。这时他才蓦然想起,在万莲佛地,为了护他,四非剑已尽碎,剑灵也消失了,从此天上地下再无四非剑。

万莲佛地……那云未思……

耳边传来细碎的说话声,由远及近,像隔着一层纱。

"是什么样的局?"

"万剑仙宗宗主欲以天下为阵,连接黑暗深渊与人间。如今万莲佛地已毁,他的'宏图伟业'恐怕要延后了,此时云未思成魔,对方必然会主动与其联系。"

"云道尊想以自己为饵?!"

第十七章 迷雾渐散

"不入虎穴，焉得虎子。"

"那他为何要周宗主的神魂？"

长明胸腔剧痛，气息如火，只觉灵力被束缚住，连手指都无法抬起。听见二人的交谈，他想睁开眼睛，却反倒引得喉头一甜，血从嘴角缓缓溢出淌下。

不必孙不苦回答，他也知道为什么，因为云未思已经问过他了。当时他问，你的性命，与周可以的神魂，必须选一个。云未思希望长明选后者，因为周可以已死，他的神魂足以让云未思作为投名状，得到万剑仙宗宗主的信任。但长明没有如他所愿，长明选了自己。他让云未思用四非剑和自己濒死为条件，去换取足够分量的信任。

云未思问了他两次，长明都给出了一样的回答。两人四目相对时，云未思已经知道长明的决心，所以他出手了。

剑是有灵的。春朝剑曾是长明的佩剑，跟随他出生入死。正如当初记忆缺失的云未思想用四非剑杀九方长明，却发现无法办到一样，春朝剑同样不肯将锋刃对准曾经的主人。是以在云未思出手的那一瞬间，他就知道，春朝剑不会真正落在长明的脖颈上，但他必须这样做，唯有如此，方能让体内作祟的魔心相信，他的确是彻底入魔了。

长明无法得知云未思与魔心的拉锯战，也无法得知云未思必须经历怎样的煎熬才能成为破局之人，他甚至不知道，云未思此去是生是死，有生之年，两人还能否见上一面。

长明自修行以来，行千山踏百川，曾于极寒处历经艰险，手缚苍龙，箭射星辰，也曾与顶尖高手斗法，经历生死瞬间。从名不见经传的修士一步步走到天下第一的位置，哪怕流落黄泉九死一生，连记忆都残缺不全，他也从未觉得自己只能坐以待毙。而此时此刻，他蓦然惊觉，他竟连自己的徒弟都保不住。

云未思以命破局，不是为了天下，不是为了苍生。他放弃世间荣华入九重渊，与妖魔缠斗，放任魔气入体魔心侵蚀，只有一个原因：为了九方长明。

"九方前辈！"

许静仙正与孙不苦说话，忽然瞥见躺在床上的长明不只嘴角淌血，连眼角都有血泪流下。血流入鬓发，在枕上晕开，化出一片暗红的湖，有种惊心动魄的妖冶感。

孙不苦上前几步将人扶起，握住其手腕，灌注灵力。但他随即察觉不对劲，长明气息微弱，生机微渺，断断续续，与方才的平稳截然不同。长明原本的伤势固然较重，但在他的修为基础和孙不苦的全力救治下，本不该出现这样的波折动荡，除非……

孙不苦忙将手放在他额头上方，片刻之后微微色变。

许静仙见状暗道不妙，忙问："如何了？"

孙不苦神情凝重，长明三魂中的两魂不翼而飞了。但方才他们二人一直守在此处，

若有任何鬼祟妖邪想要勾魂摄魄，都难逃孙不苦的法眼。那长明的残魂到底去哪儿了？

孙不苦虽有金身法相护体，但单纯以修为而论，他跟春迟决战并没有获胜的把握。是长明与云未思拖住春迟，已将万莲佛地核心的鬼焰摧毁大半，孙不苦方才能一击即中。哪怕不看过往的师徒情分，只冲着这次的助力，他也无法不管不顾，一走了之。

"我去外面看看，你守着师尊。"孙不苦对许静仙道。

许静仙叫苦不迭："我如今已无法宝，若真有厉害人物来了，单凭我一个弱女子，怕是抵挡不住！"鬼王和何青墨等人伤势严重，各自闭关静养着，如今根本指望不上，她独木难支，如何能肩负起这样的重担？

孙不苦停步，带了一丝古怪的表情回头看她："若我没看错，许道友也是宗师修为。这世间强横高手固然不少，不过眼下万莲佛地已毁了大半，还有战力的修士几乎一个不剩，不可能再有什么宗师高手凭空冒出来。以你的能力而言，并无问题。"

当年许静仙与人斗法，对方想用春毒逼她春情大发缴械投降，结果被她发现。她也不直接杀人解恨，而是给对方留了一口气，生生把人折磨得赤身裸体跑到妓坊门口自抽耳光，崩溃大哭不成人样。她也许不知道，当时孙不苦正好在场，全程都看在眼里了。这样的许静仙居然自称弱女子？

许静仙没有半点脸红，反倒越发装起可怜来，卷起袖子给孙不苦看她手臂上的累累伤痕。

"人家法宝没了，如今赤手空拳，又受了这样重的伤，若真有敌人来了，怕是一拳就能将奴家给打没了。奴家若是没了，那这里真的就一个能打的都没了，九方前辈，啊不，师尊也会被牵连的！"

孙不苦："那你想怎样？"

许静仙嫣然一笑："孙师兄身为庆云禅院院首，想必身上法宝神兵无数，只要漏一件给小妹，那小妹就有武器傍身了，孙师兄也可放心去了。小妹定然鞠躬尽瘁，绝不让师尊的玉体受到半点损伤！"

她打蛇随棍上，竟是一口一个师尊、师兄地叫上了，不知道的还当是九方长明当年在魔宗有个沧海遗珠的私生女呢。

孙不苦正要说话，便见天际乌云翻滚，原本该是黎明破晓，旭日东升的时辰，但诡异的红色却从云后冒出，显露出一丝不寻常的征兆。他飞身跃上房顶，远远看着地平线尽头的红色越来越浓，流溢晕染，妖异异常，仿若天空受伤流血了一般。

孙不苦低头思忖，似想到什么，面色越来越难看。

许静仙修行多年，从未见过如此场面，禁不住看呆了。

"那是什么？"

"缺口已经打开了。"

第十七章 迷雾渐散

"什么缺口？"

"三破日，加上日月贯天狼的星象，对应六合烛天阵，其势已成。"

许静仙先前也曾听长明提过六合烛天阵的事情，但她总觉得那离她很遥远，私下里认为不如拿到鲛绡或更厉害的法宝更为实际。直到得知周可以的死讯，她才忽然感觉到迫在眉睫的危机。山雨欲来风满楼，所有人头上都悬着阴云，随时都有可能风雨大作，她再也无法说服自己可以置身事外偏安一隅了。

"但我记得九方前辈……师尊说过，新的六合烛天阵里，万莲佛地应该是其中一角，如今万莲佛地已毁，阵法应该也失败了吧？"

"不。"孙不苦摇摇头，神色前所未有的凝重。这些年为了追查琉璃金珠杖和悲树的事情，他只身去过不少地方，也发现了许多从前鲜为人知的秘密。起初他的猜测与长明差不多，认为隐于幕后的人将六合烛天阵的阵脚分散在六处，这六处要么地处险要，钟灵毓秀，镇压着神兽神兵，要么有大量灵气汇聚，源源不断，足以供养阵法所耗费的巨大能量。

万莲佛地既然以鬼魂为灵，滋养己身，必然也会炼化六合烛天阵最需要的聚魂珠，应该是阵法里最稳固的一角。但春迟的死和万莲佛地的毁灭，让孙不苦产生一丝疑惑，为何发生了如此大的变故，幕后之人还如此沉得住气，没有现身挽救？

想来想去，只有一个答案，那就是万莲佛地的存在仅仅是个幌子，尽管春迟知道诸多内情，又一心一意执行灭世的计划，但他根本不是真正能做主的人。万莲佛地也不是阵法的一角，它甚至无关紧要，只是为了转移长明他们的注意力，拖延时间，让真正的阵法最终成功启动。

舍生峰，九重渊，万象宫，黄泉，见血宗，六合缺一，缺角不是洛都，也不是万莲佛地，会是哪里？但，不管是哪里，阵法已经启动，万神山的缺口也已经打开，这天下终究还是走到了这一步。

"我先走一步，你在这里守着，半步也不要离开！"

他伸手亮出琉璃金珠杖朝许静仙丢去，后者下意识接住，看着孙不苦转身双手结印，随即消失在自己眼前。

许静仙："……"

她看着手里禅杖，心说姓孙的难道打算度她入佛门？这辈子都不要想了，她就算成魔也绝对不会去当尼姑的。琉璃金珠杖固然金贵，可与她的修炼路数根本格格不入，还与魔门心法相克，她实在难以想象自己挥舞禅杖迎敌的场景。

天边的血色越来越浓烈，将她手中的禅杖也映红了，她抬起头看了一会儿，忽然皱起了眉头。红光最盛的那个方向，是——万神山？

长明发现自己残魂离体附在春朝剑上，是在云未思到了万剑仙宗所在仙来山山脚下的时候。云未思在"杀了"长明之后，就顺着脑海中一直作响的声音，朝万剑仙宗疾奔而去。他任凭魔心在体内肆意游走，始终将本心封印在灵台深处，但这种清醒是短暂的，随着那股想要主导他神志的声音越来越大，他开始出现嗜杀的欲望，越来越渴望闻见血的气息——云未思知道这些念头都是从魔心中萌生的，但他不知道他还能控制多久。

"到万剑仙宗来，我会告诉你所有的答案。"

当云未思在万莲佛地用魔焰穿透长明的身体时，脑海里就响起这句话，所以他必须在完全失控前，找到万剑仙宗宗主江离。

到了仙来山山脚下，他已魔心噬体，神志混乱，几欲控制不住，直直奔入湍急的河流，却难以平息心中那股狂乱的杀念。想杀人，想见血，甚至想吞食神魂！

空虚的身体频频发出怒吼，急于背叛他仅剩的一丝清醒神志，溪水溅湿了衣裳，露出精壮的身躯，他甚至不记得自己是何时将春朝剑召唤出来的。剑锋冷厉，入手刺得他打了一个激灵。云未思一愣，望着剑身倒映出的模糊身影，神志忽然为之一清。

也正是这个时候，长明发现他的残魂居然附于春朝剑剑身。云未思看不见他，而他也无法让云未思看见自己，他能影响的只有春朝剑。春朝剑剑身颤动，发出清脆鸣声。

云未思闭了闭眼，看着春朝剑，微微叹息。

"多谢，你也不愿看我入魔吧。"

长明抬袖一挥，剑忽然飞起，悬于水面，震颤不已。

云未思忽然笑起来，已然清醒许多。

"你怕是已成剑灵？早知道还是将你留给他了。"

长明忍不住道："我在！"

可惜云未思听不见。他休息片刻，对着春朝剑道："此去我上山找江离，心中并无胜算，生死不知。若有万一，我会保你完整，劳你回去找他，代我守在他身边吧。"

以云未思眼下的修为，与江离拼死相搏，未必会输。但万剑仙宗是江离的地盘，对方筹划已久，而他随时会丧失理智，此时他孤身一人送上门，结果难料。前路茫茫，他只能做最坏的打算。

剑又突然飞高，对着云未思左摇摇右摆摆，似在阻拦。这番情景委实有些好笑，倒冲淡了云未思的忧思。

"从前倒不知你如此作怪，回去吧。"

一声令下，春朝剑归鞘，随即消失，实则是隐入了云未思体内。长明也跟着陷入一片黑暗，只能听见云未思从水中出来，烘干衣服，重新上路的动静。

以云未思的法力修为，想要到达万剑仙宗的大门口，不过是眨眼工夫，但他宁可避开耳目，步行上去。他还需要时间去平息心中杂念，思考应对之策。

　　长明身处黑暗之中，也在默默思索。他对自身残魂离体倒没有太大的震惊，毕竟他这辈子经历的惊涛骇浪实在太多了，九死一生都走过来了，如今还能在云未思身边，已是不幸中最大的幸事。

　　至于为何会附身春朝剑上，他隐隐有些猜测。春朝剑与两人关系密切，当时虽两人对峙，但云未思不太可能真的对他赶尽杀绝。长明受重创之后，身体极弱，在命悬一线之际，魂魄离体，为春朝剑所牵引，不知不觉就进来了。

　　对这一切，长明默然接受了。至少，在云未思即将去见江离这样一件大事面前，他没有缺席。哪怕有去无回，至少这一次，他没有抛下云未思，让他独自去面对之后的风雨。

　　长明与江离的交集不多，但万剑仙宗这个门派，却是天下修士绕不开的一座高山。万剑仙宗历代宗主苦心经营，再加上落梅真人白日飞升，让万剑仙宗近乎成了神话一般的存在。

　　但春迟说了，成神成仙都是天道设下的骗局，这世上根本没有成仙之人，修士们走到尽头就会发现，那就是一条行不通的死路。既然没有飞升一说，那么落梅真人身上究竟发生了什么事情？这件事是否与江离后面的布局有关？

　　长明脑中灵光一闪，忽然抓住一个极为关键的点！

　　九方长明曾经辗转天下宗门，由道而佛，由佛入魔，再入儒家，出世入世，遍阅百家典籍，世上比他博闻强记之人寥寥无几。他认为，各门各派固有所长，但也有各自的局限，唯有博采众长，方能万法归一，最终一通百通，窥见天机。

　　虽然直到五十年前进入万神山时，他依旧未能完成这个目标，但他毕竟曾是天下第一人，这个称号意味着他在修为上曾经站在世间巅峰，意味着他曾无限接近天道。

　　但也仅仅是接近。他清晰地记得他当时已处于玄之又玄、奇妙无比的境界，仿佛往前一步便可抵达传说中的道心至境，领悟天道奥秘，白日飞升。可偏偏就是那一步一直无法迈出，仿佛始终有一道无形屏障横在他面前，令他无法跨越。

　　从前他百思不得其解，只当是他哪里出错了，仍有所不足。是以他走遍千山万水，追寻天下宗派法门，希望从中找到玄机。但，如果根本就没有所谓的玄机呢？如果春迟说的是真的，世上本无神佛，一切只是一场骗局，那么远至上古众神，近至万剑仙宗前宗主落梅真人，他们的飞升难道也都是假的？

　　长明没有见过落梅真人，他在玉皇观开始修行时，万剑仙宗的宗主就已经是江离了。落梅真人白日飞升的故事都是口口相传，是神化万剑仙宗的故事中的一部分。但是，在洛都时，长明与夺舍玲珑公主的妖魔曾有过一番交锋。当时妖魔否定了他关

于江离入魔的猜测，在他问及如何保证江离不会背叛与妖魔的合作盟约时，她却给了一个模棱两可的答案。她说她无法回答，只能让长明自己去寻找答案。妖魔本就不善于说谎，以长明的阅历，也能看出她无意欺骗他，那么这个回答就显得意味深长，话里有话了。

不仅如此，当时那妖魔还特意提到江离的师父，也就是落梅真人，她说江离远远比不上落梅。这说明她与落梅真人打过交道。

长明不禁生出一个离奇恐怖的想法，假如，落梅真人没有死呢？

春迟主宰万莲佛地这么多年，并非任人摆布的玩物，他能如此坚定地认为成仙是骗局，那必然是看见了令他信服的证据，又或者有传说中已成仙成佛的人物出现在他面前，亲口告诉他这件事。过于遥远的人物，春迟不认识，见到了也不会相信，如此一来唯有落梅真人。

落梅真人如果没有飞升，甚至多年来一直隐藏在江离身后，操纵万剑仙宗，那万剑仙宗与妖魔合作也就合理了。数百年来苦苦修炼一心想要飞升成仙，到头来却发现这竟是一场骗局，在被愚弄的极度愤恨之下，他选择了另外一条路也并非不可能。

许多当初不曾留意的细节如今一一浮现，无声地昭示着可怕的真相。

当魂魄与洛国天子共存时，玲珑公主就曾说起过当时她的神志被一个叫寒隐的人所控制，对方予取予夺，令她无法违背，只能顺着对方的指引，一步步来到洛国，成为差点颠覆洛国的棋子。

寒隐，落梅。寒冬隐去，春意将近，不正是梅花落败之时？！

原先隐隐的怀疑逐渐扩大，他们从前就觉得，江离没有足够的动机布下这么一个局，但如果他背后站着落梅真人，又或者他本身就是落梅，那就完全解释得通了。

那，有落梅在，云未思还能否骗过对方的法眼？

如果对方发现云未思没有完全成魔，会不会干脆出手杀了他？

如果云未思要面对的不仅仅是江离，他还有必胜把握吗？

长明无法阻止云未思奔往万剑仙宗，也无法出言警告。他现在能够驱使的只有春朝剑，但春朝剑不会说话。

云未思的脚步缓下。长明听见前面传来说话声，是万剑仙宗的弟子。

"师兄，咱们门中怎么一下少了这么多人？门中空荡荡的，走半天都没见着个人影，好不习惯！"

"陆陆续续都被派出去了，前几日我去外门找刘长老，才发现刘长老也被调走了。"

"师兄，我总觉得最近有些怪。我自小学习星术，虽称不上登堂入室，但好歹

也知道一点皮毛。最近天象星轨大乱，怎么看都是乱世将起的征兆，不说别的，今日万神山方向就频频有异象，这天下该不是要打仗了吧，是洛国打幽国，还是幽国打洛国啊？我的家人可还在洛国呢！"

"打仗那还是小事，我听说万莲佛地都没了！"

"什么？！"

"你小点声儿！"年长的弟子像是手忙脚乱去捂了师弟的嘴，压低了声音，道，"刚刚传来的消息，宗主召见了咱们师父，师父回来之后告诉大师兄，我正好在边上听了一耳朵。"

"呜……我知道了，你松手，差点没把我捂死！万莲佛地到底是怎么回事？"

"我也不晓得，听说前两日上元法会，幽都忽然有万鬼作祟屠城，万莲佛地被灭，连幽国天子也死了。如今幽国动荡，群龙无首，洛国很可能借此挥师南下。师父还说今日天现异象，万神山方向恐怕有大变故，不知是否会影响到我们。"

"应该不会吧，这里离万神山远得很，再说天塌下来还有高个顶着！"

"行了行了，别废话，今夜不把后山巡视完，咱们都别想休息了！"

二人边走边聊，渐行渐远，身影很快消失在草木之后。他们都是门中的低阶弟子，修为不高。云未思甚至不必特意隐藏气息，也不会被他们发现。

云未思停住脚步，他感觉神念兀地一动，春朝剑忽然不听使唤，离体而出，悬于他身前，微微发光，似在阻拦他。云未思默念口诀，剑却恍若未闻，不肯回去。

就在此时，另一个声音响起——

"云道友，你来了。"

玄冥天音，直抵灵台。不仅是云未思，长明也听见了，他只觉春朝剑甚至因此微微震颤了一下，对方的修为，绝不在他与云未思之下。

"睽违多年，江某甚为想念，还请云道友上山一叙旧情。"

语气怡然自得，似真与云未思阔别已久喜相逢。长明甚至从中听出一丝智珠在握的自信，他忽然有一种真相近在咫尺，却又不想马上揭开的矛盾心理。

云未思也察觉出这平和之下隐藏着汹涌的暗潮，但对方既然开了口，说明他已无退路，只能继续往前。

第十八章 同归于尽

  仙来山在天下七十二洞天福地之中排行十三,不算赫赫有名,但它的山雾美景是一绝。每逢晨光熹微之际,仙来山群峰云雾缭绕,茫茫云海之中林木葳蕤,奇石耸立,寻常山野樵夫固然入不了万剑仙宗的地盘,但偶尔迷路误入外峰都有误入仙境之感,久而久之仙来山之名不胫而走,名头反倒比原先的名字更响亮了。外界索性以仙来山称之。

  云未思来到此处时,恰好是朝霞东来,立峰赏景的最佳时刻,可惜他目标明确,顾不上欣赏。江离似乎打开了某些禁制,他一路走来畅通无阻,别说机关阻碍,就连万剑仙宗弟子也没遇上几个。

  仙来山主峰,江离负手立于崖边,背对着他。

  "你来了。"

  "我来了。"

  "与我共赏朝阳如何?"

  云未思一步步走过去,在距离江离身后五步之遥时停住。

  "你看这朝阳,每日都会由东边升起,可每日都不尽相同,霞飞雾散,来去如魅,变幻不定,多少乾坤奥妙,说不定就连我们修士汲汲追求的天道玄机也皆在其中。不知云道友是否对此参悟过?"

  修士修炼的法子各有不同,每个人有自己参悟的机缘,一山一水,一草一木,说不定有时看见一块石头,也能顿悟,突破境界。云未思没有兴趣与江离讨论这些,他也不认为江离布了这么久的局,现在仅仅是为了喊他来闲话家常。

他抬起头，此时天空东西两边分别呈现出迥异的景象，右边是朝阳初升，一如无数个清晨那样，左边则是一片暗沉，红焰冲天，红彤彤的尽头黑色旋风连接天地，形成龙卷旋涡，似要将人间一切吞噬。

一边是白日，一边是黑夜，中间甚至没有渐变过渡，鲜明而诡异，犹如将两个世界强行缝合在一起。阴阳交界水火不融，生与死对立，仿佛在告诉世人，要么得到光明，要么彻底沦陷于黑暗，没有第三条路了。

但云未思清晰地看见，暗色一点点蔓延，黑夜逐渐吞噬白日，显然暗黑一侧的力量更为强大，红焰映天之处，正是万神山的方向。

"你看这样的景色，千万年也难得一遇，多美啊！"

江离发自内心地赞叹，目光始终落在天空之上。

万神山的方向，群魔狂啸。虽未有声音传来，但云未思已能遥遥感知，他体内的魔气开始躁动，是在与远方的同伴呼应。杀戮的念头在心头激荡，难以压制，一不留神就蔓延开来，战胜所有理智。

铮！

识海之内，一声清越剑鸣令云未思身躯微震，顿时清醒。

"从未见过，的确很美。"

他渐渐沉下气息，竟也能按捺住疯狂的念头了。江离转过身，看见的却依旧是云未思双目通红，眉心魔印浮显，只当是他入魔已深，并未起疑。

"云道友离开九重渊之后，与你的师尊也走了不少地方，以你们的聪明才智，想必已经明白我要做什么了？"江离笑意盈盈，气定神闲。

他虽然语气亲热，透出的意思却疏离，如神仙高高在上俯瞰碌碌无为的众生。

云未思缓缓道："五十年前，你是否早已料到六合烛天阵会失败，特意留下一个破绽，以便日后以天下四方为基，重建更为庞大的阵法？"

江离挑眉："不错，我知道九方长明不肯安心做个傀儡，必会在护阵时闹点动静出来，我索性就留了个破绽，顺水推舟，让他成为众矢之的。当日他若身死，一缕魂魄留在黄泉成为护阵之魂，说不定日后封神还有他一席之位。可惜我漏算了一步，没想到他居然能死里逃生，重归宗师之列。"

他惋惜，却并非为他的计划失败惋惜，而是为长明惋惜，语气真挚，诚意满满。

"可惜了九方长明这等卓绝天资，没有用在该用的地方，平白浪费在这污浊人间。"

"封……神？"

云未思口中缓缓吐出这两个字。

江离颔首："封神。"

云未思："我在你眼中，想必也是护阵封神的材料？"

"不，你与他不同，你是未来的深渊之主，与我共享天地三界。你与世间庸人皆不相同，这一点连九方长明也不如你，道友无须妄自菲薄。我知你心中有许多疑问，眼下还有一炷香的工夫，若你愿意，可听我讲解一二。"

春朝剑中，长明微微皱眉。他并非因为江离的话感到不快，恰恰相反，他觉得江离这两句话里透露出太多讯息，真相就在一层即将剥落的薄纸之下，跃跃欲出。

在越接近真相的那一刻，长明反而隐隐生出一些恐惧。这对于他来说，是极为少见的情绪。他这一生历经生死，不知有多少次在阴阳之间徘徊，大多数时候他一往无前，偶尔也有谨慎之时，修炼到了他这个境界，生死已经不再重要。可现在，他真实地感觉到一丝恐惧。这一丝恐惧不仅来源于江离，更与他接下来要说的话有很大关系。

江离袍袖一挥，地面上多了一桌一壶二杯。江离直接往地上一坐，洒脱恣意，颇有名士之风。

一炷香之后会发生什么？云未思看了片刻，也在他对面坐下。

"愿闻其详。"

江离抬手，亲自为他倒了一杯茶。

"长久以来，修士都将成仙或成神视为进入另一重境界的修炼起点，那传说中的仙界，灵气可能远比这里充沛，物华天地，灵材遍地，人人修为都在宗师以上，又或许，那是一个永世无争，寿与天齐的地方。云道友，你也曾这么设想过吧？"

云未思没有回答，江离也不需要他的回答。

"许多年前，当我修炼到世间无人能及的至尊境界时，本以为迎接我的是这样一个崭新天地，但是我发现我错了，在突破人间至境之后，迎接我的并非新生，而是毁灭。我的身躯根本无法承受，当时便支离破碎，而我的神魂在巨大的压迫面前拼命挣扎，后来死里逃生，遁回人间，受尽折磨与煎熬，只能龟缩一隅安静养伤。这一养，就养了许多年。"

云未思："那么，你还是江离吗？"

江离笑了笑："许多年前，从你们认识我起，我就是江离了。你将我当作江离也可以，并无差别。"

"但你不是，你是落梅！"云未思冷冷道，"久仰大名，未曾想过是以这样的方式认识你。只怕世人从未想到，万千修士景仰的楷模，堂堂万剑仙宗前任宗主，竟是一个夺舍徒弟的失败者！"

不只长明通过前尘往事的细节猜到了江离的身份，云未思听到此番陈述，也已

猜得七七八八。

江离哈哈大笑："我也未曾想过杀人如麻的你会说出这种话，难道你师弟周可以不是间接死在你手里吗？怎么云道友就宽于待己严于待人呢？你们认识的江离，自始至终都是我，你们知道江离是什么秉性吗，他从来就没有在你们面前出现过，他就是我，我就是他！"

云未思："所以你飞升不成，就以江离的身份谋划多年，拨弄风雨。"

江离摇摇头："我要纠正你，不是飞升不成，是根本无法飞升。这是一场彻头彻尾的骗局，神殒仙销，就是魂魄消亡。当我发现受骗之后，曾经消沉了许多年，后来有一天，我又忽然悟了，既然多了一次重生的机会，我就应该另辟蹊径，为自己，也是为天下修士，挣出一条生路！"

成神不成，那就成魔。江离，不，落梅的选择很简单，既然修炼到至境也无法突破成仙，不如彻底舍弃这条路，转而与妖魔合作，毕竟黑暗深渊等同于另一个世界，说不定妖魔的力量到了极致，反而会有一条新的路。

落梅有了一个新想法，他想打开万神山那道曾经被封印的缺口，让妖魔来到人间，与人类融合，如此一来，双方互通有无，修士也可从妖魔身上学到更多。

"寻常妖魔的寿命远远超过普通人，你应该见过'玲珑公主'，她的修为与你或九方长明比，也毫不逊色，但她在黑暗深渊中并非顶尖的那一个，只不过她最聪明，最后才成为妖魔之首。"

落梅指的是那个占据了照月王朝玲珑公主躯壳的妖魔，鸠占鹊巢之后，她曾在洛都与云未思他们交过手，此后就以玲珑公主自居，竟也不用别的名字？玲珑公主与落梅达成同盟，当六合烛天阵彻底打开深渊缺口，深渊的魔气涌入，与人间融为一体，不分彼此，届时人人体内都会有魔气，天下从此人魔共存。相应地，人世间就会变成另一番模样，结果未必会比苦苦修炼多年却飞升不了的境况差。

但事情在落梅身上出了点意外，无论玲珑公主为他渡入多少魔气，无论他自己主动前往黑暗深渊历练几次，都无法真正成魔。

"我走遍天下，追寻答案，却始终未能如愿。"

落梅的视线落在云未思身上，带了一丝若有似无的癫狂。

"你如今该知道，能够成魔，是一件多么珍贵的事情，我却求之而不得。云道友能否告诉我，你入魔之后，是什么样的感觉？"

"我不想成魔。"云未思道。

落梅摇头："那是你还未体会到其中奥妙，你应该能明显感觉到，与魔气融合之后，你的修为有了很大的飞跃，从前很难逾越的难关，现在却豁然开朗，就像一个人打扫屋子，平时很容易忽略角落，现在却连横梁上的微尘都清晰可见。"

云未思冷冷道："你没听明白我的话。想不想和有没有，是两回事。我的路，我自己选，用不着别人强加于身。"

说话间，天色的变化逐渐加剧，长夜一侧已然将天光吞噬过半，占据明显优势。红焰由天际逐渐蔓延至头顶，血色流溢。山林间飞鸟四起，走兽俱惊，甚至地面都微微震颤起来。末世将近，天现异象，此时莫说飞禽走兽，便是王公贵族此刻也必然惊慌失措急于逃命，可他们并不知道，不是躲起来就安全了。红焰席卷天下，整个世间都被魔气所覆盖，躲到哪里都无济于事。

人魔殊途，寻常人根本承受不住魔气的侵蚀，他们既无修士那样的修为能力，也没有妖魔天生与魔气相融的体魄，最终只能饱受凌迟之苦，活活被折磨死。

哪怕是修士，面对魔气侵蚀，妖魔祸乱，也很难幸免。覆巢之下，焉有完卵？

落梅口中的山河焕然，是用尸山血海堆叠起来的强者世界。也许芸芸众生之中，真有人能像云未思一样在九重渊内与魔气缠斗几番却侥幸不死，很长一段时间内与之形成微妙共存的关系，但这样的人寥寥无几。

在这般灾祸之下，连这万剑仙宗的大半弟子都会死于非命，无逃生之希望。身为宗主的始作俑者却执杯饮茶，淡定自若。在他眼中，不管是世间普通人的性命，还是万剑仙宗弟子的命，不过是他改变世间法则道路上的草芥罢了，毁则毁矣，不必惋惜。因为，他们不够强。

落梅微微叹息："世间修士无人不追求变强，毕生修炼不过是为了穷游天地，堪破玄机，可是他们都办不到。我堪破了玄机，却无法超越，唯有你，云道友，唯有你拥有这份绝无仅有的机缘，余子碌碌，谁也比不上你。你如今已经超越了你师父的境界，为何还困在你师父为你画下的圈里？画地为牢，自困自苦，愚者所为也。"

云未思将视线从远处的红焰上收回，落在眼前的茶杯上。

"说说万象宫迟碧江，你说过，要解开我所有的疑问。"

落梅道："她一直以为我是江离。"

迟碧江心甘情愿为落梅布局，将天下山川，阴阳堪舆，所有能够布阵的关键点，都毫无保留地告诉了落梅，甚至还亲自选定了新的六合烛天阵的六处阵角，虚虚实实，变幻万千，终是铸成今日之局。若无迟碧江，也许落梅的计划不会那么快得到实施。

"那她为何死了？"云未思问。

落梅微微一笑："也许是她终于发现，她倾尽全力为之付出的人竟然不是她一直以为的那个人，承受不了打击吧。其实若没有当年那场飞升的变故，我倒是乐于撮合江离与迟碧江，毕竟他们也算得上珠联璧合，可惜阴差阳错，天意弄人，我已不是我，他也不是他了。"他虽然嘴里说着可惜，语气却淡淡的。

时间快到了。

落梅说话前曾点燃一支香，如今香已燃烧大半。那点光亮在漫天风云的变幻下微不足道，却又如此显眼。

天地晦暗，连草木都蒙上了一层化不开的阴霾，飞鸟在尖啸盘旋之后也绝了踪迹。先前偶尔还能听见山林间万剑仙宗弟子的声音，还有人企图上山求助，这些都被落梅的结界阻拦在外，如今反倒逐渐安静下来，唯有黑焰厉风席卷而来，势要将这天地扭转倾覆。

香即将燃尽，云未思心中还有诸多疑惑，却已来不及问了，他问了最后一个问题。

"你既无法成魔，黑暗深渊与人间相通，于你有何益处？"

落梅笑而不语，他忽然双手结印，二人周身景物随之一变！仙来山主峰山巅变成了倒映星空的镜湖迷雾，云雾缭绕，点点星光浮现，万象罗列其中如棋盘散布，风来云去，聚散无形。

"九重渊中的第九重渊，虚无彼岸，云道友想必不陌生。"

何止不陌生，这里对于云未思而言再熟悉不过，他曾经在这里待过无数个日夜，为免旧念牵扯魔心，相互交缠导致异变，他便将许多记忆存在这些呈星宿形状分布的光团里。不少修士曾误入此处，耽于回忆中的爱恨遗憾无法自拔，只能永远流连此处，再也离开不了。

苦海无边，回头是岸，佛门短短八字道尽人间悲剧根源，说到底无非执念太深不肯回头，但即便心里明白，能做到的人也屈指可数，是以回头者方能立地成佛。

至此，一切真相大白。当年落梅提议以九重渊作为人间与黑暗深渊的缓冲阻止妖魔时，就已想好让云未思作为镇守第九重渊的人选，而云未思为了查明九方长明在六合烛天阵之后陨落的真相、洗刷其背负的污名，也必然会同意这个请求。

可惜云未思当时没有想到，他进九重渊非但没有查明真相，反倒在与妖魔交手的过程中逐渐染上魔气，最终遗失记忆，遗忘了九方长明，也遗忘了他们之间的约定。

落梅的手指随意一点，光团冉冉上升。

"阵法已成，灭世将临，谁也无法阻止。"

九天星辰被他挥袖抹去，迷雾中慢慢浮现新的景象。

"以肉身成魔者，古往今来寥寥无几，大多数人最后都会神志混乱，爆体而亡，唯独你不一样。云道友，你就像那颗最明亮的星一样，未来将会是天下至尊，那些注定任人宰割的猎物自然不能与你相提并论。"

那本是人间街市，熙熙攘攘的街道如今已完全变了模样。被魔气侵蚀的人如行尸走肉，身体腐烂，踉踉跄跄走在街上，神情木然，也有些人被魔气入侵后性情大变，攻击性强，见了活人便追赶着扑上前撕扯。血在砖石缝隙间流淌，原本平整的青石板已经沾上大片大片的血色。曾经最繁华的都城，此时如同万鬼作祟的幽都一样，变成

人间炼狱。

　　画面不断推进，云未思看见熟悉的皇城和八宝琅嬛塔，不久前他们刚从那里离开。经历了变故的洛都重新恢复了平静，但这份平静还未维持多久，就被突如其来的灾变彻底打破。

　　落梅在用事实告诉他，从五十年前到现在，九方长明也好，他也好，旁人也罢，他们所做的一切都是徒劳的。在落梅眼里，只要能达成他的愿望，所有东西都是可以舍弃的，包括他脚下的这个万剑仙宗。

　　"想看你的朋友们吗？"

　　画面里倏地出现孙不苦。他正挥舞禅杖，在与泼天魔气缠斗，身后金身法像若隐若现，看似威势逼人，其实并不占优势，因为与他交手的，正是与他们在洛都交手过的玲珑公主。

　　多日不见，玲珑公主已不是孤身一人，她的周身有源源不断取之不尽的魔气，实力大增。相形之下，刚刚在万莲佛地经过一场大战的孙不苦，哪怕有金身法相的加持，也很难在魔气冲天的环境下占上风，很快便左支右绌，只能苦苦支撑。

　　还没等云未思看见孙不苦的结局，画面又换了。许静仙守在长明的屋外，手里抓着孙不苦临走前留给她的禅杖，一边与被魔气吞噬神志已近癫狂的贺惜云和章节等人交手，一边破口大骂，骂周可以不守信用，骂孙不苦不负责任一走了之，还骂长明躺在里面不出来，任她一个弱女子独挑大梁，等等。

　　她没有抛下长明独自逃生，也许是因为她觉得事情还有挽回余地，一切仍有希望，也担心云未思回来找她算账；也许是她对长明仍有信心，希望像前几次那样，在最危急的时候，长明或云未思自然会现身；也许，她还惦记着那条求而不得的鲛绡……无论如何，她没有独自逃脱，没有后退半步。

　　"或许，你想看看别的老朋友？"

　　落梅弹指，迷雾后的许静仙消失了，黄泉中戈壁下的地底深处，锁链缓缓拖动，紧紧缠绕在一条蛟龙身上。蛟龙的鳞片脱落，身体血迹斑斑，一动不动，唯有在受不住疼痛时，身体引发颤动，牵引铁链响动，才证明它还活着。

　　黑气与金色符箓始终在锁链上若隐若现，那是令它痛苦的根源，也是它无法摆脱的枷锁。它本是一条无忧无虑的小蛟龙，因为将蛟珠借给云未思，却让自己被不怀好意的人盯上，被抓走镇在黄泉之中，成为六合烛天阵的一角。

　　"其实本来应该是九方长明留在那里，但我没想到，他竟能挣脱黄泉结界，回到人间，甚至引诱你也想起往昔，离开九重渊。若是没有九方长明，许多事情本来很简单。"

　　落梅的语气中有些许遗憾："当年，九方长明横空出世，学贯各宗各派时，我

本以为，他将会是一个五百年不世出的天才，也将会是这场棋局里起决定性的一子，可惜他甚至不如当年的我，不肯将聪明放在专心修炼上，却要追查什么魔气外泄，最终误人误己。他有今日全是咎由自取。云道友，你委实不必唏嘘愧疚，在我看来，九方长明被吹捧过甚，实际远不如你。他根本不配当你的师父。"

云未思面色平静，未有落梅料想中的震怒、惊讶、恐惧。九方长明亦然，他的神魂在春朝剑中波澜不惊，是以春朝剑在云未思的识海里平静得没有半点反应。

实际上落梅说的这些，在云未思来万剑仙宗之前，他们就已陆陆续续猜到答案。两人没想到的是，万莲佛地竟是落梅虚晃一枪的布置，对方动作远比他们想象得快。

在他们疲于应付万莲佛地万鬼齐出时，真正的六合烛天阵已经完成了最后的准备，六颗聚魂珠，六处阵脚，最终将万神山缺口彻底打开。群魔乱舞，人间已成魔界，再多的动作也为时已晚。

当结局过早来临，长明反倒有种难以描述的释然，就像他少时顺着河道寻找自己放的那盏河灯，找了很久，最后终于找到它时，河灯已经灭了，被水打了个半湿，即将沉入水中，但他却有种总算得到结果的解脱。

一炷香燃尽了。黑云已经将头顶完全遮蔽，人间最后一丝光亮也被彻底吞噬。

魔气沸腾翻涌，所到之处花叶纷纷凋敝，草木俱都枯萎，纵有鸟兽侥幸在魔气侵蚀下未死，也都纷纷魔化，变成奇形怪状的灰黑色物体，日后说不定也会变得与黑暗深渊里的那些生物一般。

长明感觉到了云未思的变化。他先前强横镇压住的魔气开始蠢蠢欲动，如同遇到久别重逢的伙伴，迫切地想要回应外界的呼唤，拼了命挣扎，已有失控的趋势。魔心从心底冒头，窥破主人的虚弱，趁隙发展壮大，以迅雷不及掩耳之势占据神识！

"云道友现在是不是感应到了，这泼天的魔气都在欢迎你加入它们。"落梅手指一弹，孤月剑出现在他手中。

这把剑，云未思不陌生。当初落梅伪装成江离的弟子陈亭行走江湖，手里拿的便是这把孤月剑。

孤月在天，剑身如水，萧索秋意扑面而来。但落梅并不是要用这把剑杀云未思，入魔后的云未思，已然不是他能够对付的了。

"你现在是不是很想见血？魔心能让你强大，也让你拥有毁灭的欲望，唯有毁灭，方能新生。"

落梅说罢，居然用孤月剑在手臂上划了一道口子。他对自己下手也毫不留情，这道口子深可见骨，血一下喷涌出来，染湿衣裳，他却面色不变。

"云未思，你可将我作为你得道路上的第一个祭品。我只希望，有朝一日你修成魔神之际能告诉我，在这世间若能成神，那究竟是去往何等境界？"

血腥气令云未思体内的魔气彻底爆发，他再也控制不住，伸手抓向落梅的心口。

落梅动也不动，甚至微微合眼，似乎迫不及待想让云未思杀死自己。

长明微微蹙眉，随即一惊，他突然明了对方的意图了。此刻的落梅周身魔气萦绕，却没有被侵蚀的迹象，他的身体早就如行尸走肉，只能靠秘术维持生机。不能成神，不能成魔，是他永远挥之不去的魔咒，哪怕换了江离的身体，也无济于事，他只能另外寻找合适的皮囊。

而云未思无疑是最完美的容器。在云未思神志丧失无法主导自己身躯之际，落梅乘虚而入，以神魂侵入，最终共存也罢，取而代之也罢，他都将会得到另一种意义上的重生。如江离一般，云未思便是他细心呵护、栽培已久的猎物。

不能让他得逞！念头一起，春朝剑不召而出，挡在落梅与云未思之间，也挡住了云未思的去路。剑光灼灼，铮然长鸣，云未思脚下一顿，双目中血色微散。

落梅手指微动，孤月剑截住春朝剑，他直接朝云未思出手。春朝剑虽为神兵，却不像四非剑那样已拥有剑灵，平日里便是再厉害也需要主人的召唤，但此时春朝剑自动出鞘与孤月剑战成一团，其灵力澎湃竟已远超平时，长虹惊啸，剑起紫霄。

滚滚黑焰之中，春朝剑的光芒竟然越来越盛，孤月剑稍有势弱，立时被牵制，竟倒戈掠向落梅！

云未思忽然出手抓住春朝剑剑身，血顺着剑锋汩汩流出。长明只觉仿如巨木撞钟，神识被狠狠撞了一下，魔焰席卷而来，他的神魂几乎要从春朝剑内跌出，目眩神迷，剧痛难忍。彻底入魔的云未思竟生生将春朝剑折断了！他将断剑往地上一扔，依旧朝落梅抓去。

落梅毫不反抗，任凭对方的手指戳破他的胸口。只要云未思亲手杀了他，他的神魂便可借由玲珑公主早先留下的印记，趁隙侵入云未思的识海，占据其躯壳的部分主导权。落梅双手结印，死死抓住云未思的手，面容不知是因为疼痛还是得意，嘴角上扬，微微扭曲。

"三音入心，魔印焚体，汝得其神，吾得其躯！"

随着法咒，他抓着云未思的手开始变黑，黑色迅速往上蔓延，很快整个人都被黑焰吞噬，化为黑灰蹿向云未思的灵台！

千钧一发之际，断为两截的春朝剑突然发出刺目的光芒！在残魂强烈的念力驱动之下，长明在千里之外的身体竟无令而动，千里一瞬，与残魂合二为一！一道身影挡在云未思面前，接下落梅化成的黑焰！

巨大光团蓦地爆开，黑与白交缠，生死相搏，强烈的灵力竟将云未思生生推开，令他不由自主飞身后退，撞在树上。树干应声而倒，云未思却愀然变色，他看见了长明的身影！

倾尽多年心血的布局，眼看就要借壳重生，达成最终的圆满，现在一切却付诸东流，落梅的愤怒可见一斑，此刻悉数发泄在长明身上。黑焰狂涨，长明的双手已被黑焰死死缠住。黑白光线此消彼长，交缠得越发深，几乎到了合体的程度。但云未思知道，那不是合体，那是同归于尽！

长明想与落梅玉石俱焚！

"云未思，你在我身上苦苦追寻的，我也许无法给你，我毕生追求天道，别无所求，唯有你，是我唯一的尘缘牵绊。从今往后，魂飞魄散，后会无期，若有来世——"长明的半身已被黑焰所融，但白光同样也吞噬着黑焰。周围魔气不断涌向二人，又悉数被吸收。

云未思瞋目欲裂，竟生生将魔心逼到识海深处，以惊涛骇浪般的念力将其彻底消化吞噬。他只觉他与长明这两丈开外的距离，竟似浩瀚星河，难以跨越。

光芒中，长明微微侧身，好像对他扬起嘴角。

"若有来世，我还当你师父吧。"

"师尊！！！"

"九方长明！！！"

云未思神魂俱裂，澎湃灵力冲天而起，将周身魔焰瞬间吞没，又急剧往外扩散。

远方，正欲对孙不苦下杀手的玲珑公主忽然"咦"了一声，望向黑云翻滚的天际。在那里，不知名的灵力突然由地面形成光束，冲破长夜禁锢！

厚重沉凝的夜色竟被光束骤然冲开，黑云四散逃逸。魔焰如蝶，狂舞乱飞，在长夜里蹿向远方。光束逐渐扩大，淹没黑焰，所到之处，已被魔气催化的草木如同蒙上白霜。时间似乎已静止，生命在此刻失去意义。万籁俱寂，凛冬瞬至。

但这绝不是玲珑公主想要的。她要的灭世是妖魔占据人间，而人类匍匐在妖魔脚下为奴为婢，而非眼前真正的灭世。以落梅的老奸巨猾，他那边本不该出岔子的，一个云未思而已，怎么会……

白光以肉眼可见的速度急剧扩大，大有反扑黑焰的架势，黑与白成为视线之内仅有的两种颜色，如生与死的拉锯战，最终将决定天地归属。"玲珑公主"难以置信，她顾不上孙不苦了，随手一掌掀起魔焰阻住对方，随即飞向仙来山的方向。

不单是她，就连落梅也没想到，局面会如此发展。原本已经离死不远的九方长明，竟以残魂的形式附于春朝剑上，又在此时以神魂召回躯体，魂体合一。

黑焰落在长明身上，如水汽蒸腾。落梅感觉他的魂魄如被烈火围困，熊熊灼烧，痛苦不堪，他禁不住发出呻吟，执念却让他不肯轻易松手，索性以双臂紧紧攀附住长明的手臂，而身体难以避免地一点点化为灰烬。

"三花归位，五气朝元，灵宝引气，心通九界，太上有命，众邪俱除！"

法咒的声音不大，却重重响在落梅耳际！落梅先是震惊，而后震怒。

九方长明怎么敢！

怎么敢用万剑仙宗的法咒来对付他！

但九方长明便是如此做了，在他眼里，只有可用与不可用，并无宗门之分。他面色平淡地看着落梅，毫不在意双臂已被黑焰污染，也逐渐变得漆黑。二人近在咫尺，落梅清楚地看见，长明的眼神甚至染上了若有似无的嘲弄，似在讥讽他最终竹篮打水一场空。

此时云未思已掠过来，只要眨眼工夫，他就能以万钧之力劈开落梅。但就在这眨眼的刹那之间，落梅邪诡一笑。

"你以为，杀了我就一了百了？"

许多年前，他早已为今日做了万全准备。成功与失败，都各有方案。落梅让迟碧江在布阵时，将他的神魂与六合烛天阵维系在一起，阵在，则人在，阵破，则人亡。

反过来说，如果落梅死了，那么六合烛天阵也会就此崩塌。九重渊，万神山，众法山……这些支撑着天南地北的高山神脉一旦倾塌，人间也会随之毁灭。

极致的爆发之后，是支离破碎，所有一切都将不复存在。

地面剧颤，黑焰渐散后，白光的尽头是隐隐浮现的红。云未思已至！

长明微微一震，他似乎发现落梅这句话的秘密了。落梅的神魂，竟是六合烛天阵的阵眼！绞碎神魂的同时，世界也会因此毁灭。

但来不及了！

云未思的灵力已经袭来，被长明压制住、毫无还手余地的落梅，瞬间被强大的灵力碾为齑粉，尸骨无存！

刺目的光亮起，地面的裂缝急速增多、扩大，草木生灵纷纷失去立身之地，坠入裂缝。高山崩塌，河流倒灌，生气消失，灵脉断绝。这是真正的末世，所见之物，生机不复，所见之景，销毁殆尽。千万年来形成的灵山秀水，在顷刻间面目全非。万物生灵，修士也好，寻常百姓也罢，在这等灾变面前，毫无抵抗之力。

落梅用他的毁灭，换来这人间的毁灭。他追寻千百年无法得到的飞升，此刻依旧无法得到。他不甘的长啸响彻山野，随即被仙来山的崩塌淹没，烟消云散，神魂俱灭。

云未思紧紧抱住九方长明。他心里只有一个念头：不管是生是死，还是魂飞魄散，他都要与此人一起。即便诉之于口也无法实现的心愿，到了此刻也不算遗憾了，因为早在他容许魔心入体、彻底成魔时，他就抱了必死之志，不曾奢望有生之年两人竟还能相见。

白光占据视线，护身结界早已被打破，飞石碎木轻易割破身体，但更大的痛楚

来自灭世将临引发的灵力混乱。乱流四散，横冲直撞，云未思感觉他的躯体似乎被一把刀切成了一块又一块，他已经无法睁开眼睛，更不知道自己是死是活，唯有神识能感觉到他在抱着长明。

时间也许静止了，也许还在流动，天地也许已经毁灭，回归混沌虚无。

无论人与魔如何争斗，天道自有它的一套法则。混沌于生灵而言是毁灭，于天道本身，不过是另一种意义上的重启。在这样的天地之力下，若真有神仙，亦无法抗衡。更何况，他们只是凡人。

云未思觉得，自天地初开以来，似乎从未如此清静，也许今日灭世的结果，才是天道乐于看见的。像是一条路终于走到尽头，他放任自己的神魂随波逐流，彻底消解。

漫漫长夜里，他无数次在漆黑的河流艰难前行，循环往复，被湍急河水与尖锐暗石绊倒，却始终存着一股心气。他要追上前面那点微微的光，哪怕那点光虚无渺茫，永远在前方不知名处，让他倍感温暖又无法靠近。

他依旧，义无反顾，绝不回头。

云未思睁开眼睛，入目是青天白日，刺得眼睛生疼。他忍不住皱眉，抵不过刺痛感，又合上眼，片刻后方重新睁开。疼痛是身体传递的第一感觉，随后是沉重。

他没死？那样强大的毁灭力量，他居然还能幸存下来，那人间也没事吗？

云未思倏地低头，看着怀中那人的头顶发旋，久久无法回过神来。

"师尊……"

他尝试开口，沙哑的声音无法掩饰身体的颤抖，既期待，又害怕失去。如果这只是一场梦，他愿意将梦境停留在此刻。

（未完待续）

番外

旧梦长圆

刚过晌午，日头不毒，风吹得檐下风铃轻轻晃动，些微有些凉意。

云未思睁开眼时，正好瞧见斑驳树影随风晃动，从屋檐一侧探出头来，映在头顶。清凉无汗，是个好天气。

"云师兄，你心可真大，竟还能睡着！"

旁边有人说话，云未思睡眼蒙眬，一时没能叫出对方名字，只微怔地瞅着他。

"云师兄？云师兄？"少年不由得顿足。

云未思"嗯"了一声，也不知回过神没有。

"京都来人了，说是渡云上人亲至，还请到万莲佛地的龙象佛座圣觉禅师出马呢，你怎么一点儿都不着急！"

京都与渡云上人几个字闪入脑海，云未思终于想起来了。

这一年年初，京城突发变故，丛家满门无一幸免，云未思的父母亲亦被卷入其中。云家上下怕被连累，云未思无家可归，犹如一只丧家之犬。后来他被仇家追杀，只身逃出，千里迢迢来到玉皇观。他在观外跪了一天一夜，才终于使道观门开，驱走了那些追杀自己的人。

但，既然知道云未思的下落，那些人又怎肯善罢甘休？他们一次次上门索人，从携带重礼软硬兼施，到来的人地位修为一次比一次高，如今竟连深得天子信重的宗师修士都亲自过来了，再加上万莲佛地的佛座，岂有空手而回之理？

云未思想到他来了玉皇观大半年，见过九方长明的次数寥寥无几，后者要么闭关要么远游。观主亦不肯收他为徒，他就在观中跟着其他弟子做早课，打坐练功，但

旁人由师父授课时,他是不能跟着去旁听的,只能在庭院四处闲逛,或者回住处歇息。众人虽待他并不见外,云未思却感觉自己格格不入,始终像个局外人,随时会被遣走。

也许,九方长明由始至终都没打算收他为徒,只是碍于情面不得不暂时将人留下罢了。能容他半年在此,已是莫大恩情,估计这一次,是要让自己离开了吧?

云未思感觉他已经预知了结局,对此心中无波无澜,唯有一点遗憾。也许他终究还不够出色,不足以让此地留下自己吧。

"九方真人怎么说?可要我到前边去?"

他坐起身,拂去身上的浮尘,表现出令少年难以理解的镇定。

"真人没发话,不过掌律师兄的确让你过去。师兄,你,就半点都不怕?"

"怕。"云未思顿了顿,"怕有用吗?"

少年愣了一下:"大家都不想让你走,但对方一趟趟来人,兴许观主需要给他们一个交代。"

"最好的交代就是把我交出去。"云未思很平静,动作、脚步甚至比少年还要快一些,"走吧,莫要让观主久等。"

云未思他们来到玉皇观门口时,来客已在门外伫立多时。九方长明与观中的掌律师兄既未请他们入内,也没有下逐客令,双方隔着门槛,一里一外,形成微妙的对峙之势。但云未思分明感受到门外不速之客带来的威压,似在蓄势待发,又似试探警告,只要这边稍有让步,对方立马就会得寸进尺,伺机吞噬。

玉皇观正门的门槛仿佛一座无形高山,横在双方之间,令对方施加的威压无法寸进,只能在"高山"外面徘徊探究。

而这座"高山"的缔造者,正是九方长明。

"九方真人,掌律师兄。"

云未思轻轻喊了一声。他虽还未正式入门,也随着其他人喊师兄。

几道目光瞬时落在他身上。身旁少年扛不住如此慑人的威压,悄悄往旁边挪开。

云未思面色淡然,他已经预料到最糟糕的结局,自然也不会抱着太高的期望。他如此说服自己,但心底深处难免泛起涟漪。云未思不着痕迹瞥向九方长明,后者面无表情,波澜不惊。

如果,如果玉皇观能顶住压力,不肯将人交出去呢?

云未思知道九方长明修为深厚,实力强劲,却并不看好他同时与渡云上人和圣觉禅师交手。想及此,他心底微微一叹。自嘲,又难以言说的难受。

少年时的云未思尚没有日后的城府,他满心都在自己即将被放弃的郁闷情绪中,连手也不自觉有了小动作,紧紧握拳,指甲嵌入掌心。

"九方道友，此事本与玉皇观毫无瓜葛，此子贸然跑到此处来求助，道友愿意收留乃是出于慈悲之心，如今他牵涉一桩陈年旧案，天子召其回京，还望道友给几分薄面，速速放人。"

渡云上人自忖身份特殊，不过区区玉皇观，九方长明便再是脾气古怪，也不可能当真与渡云上人身后的所有皇庭修士作对。更何况，这次他还请来了圣觉禅师，虽说佛道不通，但放眼天下，谁能不给万莲佛地面子？

"若我不给，又如何？"

追兵一茬茬来，九方长明连废话都不曾说一句，就直接动手赶人。这次面对渡云上人和圣觉，能说这么一句，已是很给面子。

但渡云上人不这么认为，他没想到居然有人在自己与圣觉禅师亲临的情况下还寸步不让，一点回旋余地都没有。

"九方道友可想好了，这番回答会有什么后果？"渡云上人冷冷问道。

他与圣觉二人均是当世顶尖修士，这话不仅仅是威胁九方长明，更是对玉皇观上上下下施压。

"什么后果？"九方长明又是冷冷淡淡反问一句。

渡云上人决定不跟他废话了。这个世界本就强者为尊，实力才是最好的敲门砖。此前几拨儿追兵都在九方长明面前铩羽而归，渡云上人也想知道，这个名不见经传的年轻修士，究竟凭什么能护住这座道观。

凭这张嘴吗？渡云上人无声冷笑，身形微闪，人已经到了九方长明面前，他的手直直伸出去，就像无数个清晨站在花树下去摘一朵带着露水的花苞一样。

后来呢？

后来的一切对云未思来说恍如梦境一般。那时候的他还未能完全看清两人的斗法过程，只觉眼前绚烂光华，法宝尽出，二人从眼前到半空，雷霆轰响，剑光夺目，霎时周围狂风四起。掌律师兄和云未思等人不得不避至他处，只有圣觉一人在旋涡中心岿然不动，处之泰然。

风雨中云未思勉强睁开双眼，观望空中斗法的二人，那时候他心中便生出一股难以言喻的澎湃之情。他在想，衣袂飘扬发髻凌乱的九方长明竟如神明一般，无论渡云上人如何出手，九方长明总能预判到每一个细节，最终以无可争议的优势将渡云上人打败。

云未思甚至分不清，自己内心的波澜是源于九方长明愿意为自己出手的感激，还是纯粹对强者的膜拜。也许从那一刻开始，就注定他们师徒二人毕生无休无止的牵绊。

额头似被暖风拂过，他懒洋洋地睁开眼。

"做梦了？怎么叫都不醒。"

熟悉的声音传来，九方长明就坐在他身侧，手里执黑，棋盘半壁有白，正与自己对弈。

云未思笑了，得来不易的岁月静好，让他分外珍惜。

"一个好梦。"

图书在版编目（CIP）数据

参商. 中 / 梦溪石著. -- 北京：中国致公出版社，2022

ISBN 978-7-5145-1960-0

Ⅰ. ①参… Ⅱ. ①梦… Ⅲ. ①长篇小说－中国－当代 Ⅳ. ①I247.5

中国版本图书馆CIP数据核字(2022)第072631号

参商·中   梦溪石 著
SHENSHANG

出　　版	中国致公出版社
	（北京市朝阳区八里庄西里100号住邦2000大厦1号楼西区21层）
出　　品	湖北知音动漫有限公司
	（武汉市东湖路179号）
发　　行	中国致公出版社（010-66121708）
作品企划	知音动漫图书·时代坊
责任编辑	付　阳　高　瑞
责任校对	吕冬钰
装帧设计	王　钰
责任印制	程　磊
印　　刷	长沙鸿发印务实业有限公司
版　　次	2022年12月第1版
印　　次	2022年12月第1次印刷
开　　本	710 mm×1000 mm　1/16
印　　张	16
字　　数	303千字
书　　号	ISBN 978-7-5145-1960-0
定　　价	45.00元

版权所有，盗版必究（举报电话：027-68890818）
（如发现印装质量问题，请寄本公司调换，电话：027-68890818）